마지막 모든 두려움

알렉스 핀레이 장편소설

배지은 옮김

EVERY LAST FEAR

마지막
모든 두려움

알렉스 핀레이 장편소설

배지은 옮김

ALEX FINLAY

이 소설은 허구입니다.
소설에서 묘사된 인물, 기관, 사건은
모두 작가의 상상의 산물입니다.

휴가를 떠난 가족이 사고로 인해 모두 죽어버렸다. 그리고 이제 나와 교도소에 있는 내 형만이 살아 있다. 소설의 시작은 장르소설이 갖는 어떤 전형으로부터 시작된다. 하지만 가족의 불행은 결국 7년 전 사건을 향해 다양한 방식으로 전진하고, 책을 읽는 우리는 서로 분절되고 독립적인 사건과 진실, 혹은 그 사이에 숨겨진 거짓과 오해를 넘나들며 순식간에 이야기에 매혹당한다.

알렉스 핀레이의 소설 《마지막 모든 두려움》은 정교하게 설계된 퍼즐을 푸는 재미와 함께 마치 에드워드 호퍼의 그림 속 이면의 냄새(그렇다. 나는 그의 그림에서 서러움과 비극의 징후 같은 냄새를 맡곤 한다)를 느끼게 한다.

완성도 높은 장르소설이 가져야 할 대부분의 것들. 치밀한 전개와 그 서사 사이사이마다 흐르는 당대적 정서 안에서 캐릭터들은 마치 잘 구워진 파이의 수십 개의 결들처럼 복합적이다. 작가의 법적·의학적 뛰어난 지식은 사건의 모든 지점에서 우리로 하여금 그다음을 향해 작가의 의도대로 한 걸음씩 다가가게 한다. 그래서 읽는 것이 너무 재미있어 끝까지 질주하다 보면 결국 울컥하며 맷과 대니 옆에서 뉴욕의 골목을 함께 걷고 싶어지는 심정으로 책을 덮게 된다.

《마지막 모든 두려움》은 장르문학, 특히 범죄소설에서 가장 많이 다뤄지는 소재로 출발한다. 과거의 살인 사건, 불분명하게 죄를 인정한 가족, 사건을 둘러싼 보이는 것과 보이지 않는 권력, 그리고 이제 다시 시공간의 모든 지점들을 비틀고 엮어서 그 안의 씨줄과 날줄을 섬세하게 다시 직조해 진실을 향해 움직이는 이야기.《마지막 모든 두려움》은 그렇게 시작해서 문학이 가져야 할 모든 임무를 완벽하게 수행하고 끝내 승리한 소설이다.

변영주(영화감독)

가족의 시체는 화요일에 발견되었다. 이틀 전 가족은 귀국
편 비행기에 탑승하지 않았다. 엿새 전 문자 메시지와 SNS 활
동도 모두 끊겼다. 마지막 포스팅은 멕시코 도착을 알리는 셀카
사진이었다. 입술을 삐죽 내밀고 과장된 표정을 짓는 아빠와 엄
마, 쑥스러워 얼굴을 붉힌 십 대 소녀, 플라스틱 선글라스를 쓰
고 빠진 앞니를 드러내며 활짝 미소 지은 꼬마 소년.

숙소는 바다에서 좀 떨어진 곳에 있었다. 툴룸 외곽, 인적 드
문 비포장 골목길 끝 잡초가 무성한 빈터에 세워진 집이었다.
관리인이 문을 따자 어마어마한 냄새가 경찰의 얼굴 위로 확
덮쳤다. 체크아웃 후 청소를 담당하는 직원은 눈물범벅이 된 얼
굴로 시멘트 계단 위에 앉아 손가락으로 묵주 알을 굴렸다.

집 안은 후텁지근했다.

윙윙대는 파리 소리가 요란했다.

그러나 썩은 냄새가 집 안 가득했어도 핏자국은 어디에도 보이지 않았다. 범죄의 흔적은 없었다. 경찰은 즉시 집에서 나가야겠다고 판단했다.

1시간 후, 흰 방호복을 입은 조사팀이 휴대용 공기 센서를 들여다보며 집 안으로 들어갔다. 엄마는 소파에 누워 가슴 위에 책을 엎어놓은 상태로 발견됐다. 침실에는 말끔히 정돈된 침대 위에 소녀가 손에 휴대전화를 꼭 쥐고 곱게 누워 있었다. 다른 침실에는 어린 소년이 포근히 담요를 덮고 곰 인형과 함께 평화로이 잠들어 있었다.

조사팀은 스토브와 온수기도 점검했다.

팀원들은 침울해진 얼굴로 외부 가스관을 확인하러 정원으로 통하는 문을 열고 밖으로 나갔다. 그곳에는 핏자국이 있었다. 그들은 그곳에서 아빠의 시체를, 뜯어 먹히고 남은 잔해를 발견했다.

맷 파인

"어젯밤 아주 화끈했나 봐? 몰골만 보면 여기서 우리랑 노숙한 줄 알겠어."

워싱턴 스퀘어 파크의 낡은 돌 테이블 앞에 앉은 맷은 맞은편 후줄근한 차림의 흑인이 뭐라던 무시하고 체스 판만 노려보았다.

"춥진 않아? 외투는 어쨌어?"

"쉿, 레기. 지금 집중하고 있잖아요." 맷은 손짓으로 질문들을 물리치고 체스판 위의 수를 계속 고심했다. 차가운 아침 바람이 공원을 휩쓸었다. 맷은 손을 녹이려 마주 비볐다. 4월치고는 꽤 쌀쌀했다.

레기는 즐거운 듯 가르릉 소리를 냈다. "얼마든지 기다려줄게. 어차피 상관없으니까."

지난 2년간 맷은 웨스트 빌리지의 노숙자를 상대로 단 한 게임도 이기지 못했다. 이렇게 머리 좋은 사람이 거리로 나온 이유는 무엇이었을까. 궁금했지만 맷은 절대 묻지 않았다. 마침내 그는 비숍을 움직여 g7의 폰을 잡았다.

레기는 한심하다는 표정으로 고개를 저었다. 체스판에 시선을 고정한 채, 레기가 물었다. "파티에 갔었어?"

"네, 고다드요." 맷은 턱으로 슬쩍 고다드 홀을 가리켰다. 공원 바로 밖, 색 바랜 갈색 벽돌 건물이었다.

"고다드? 신입생 여자애들이랑 어울렸구나." 레기는 걸걸하게 웃었다. 그는 어지간한 대학원생들보다 뉴욕대학교를 더 잘 알았다. 그래, 그거다. 어쩌면 그도 한때는 대학에 다녔었나 보다.

희한하게도 사람들은 맷에게 자기 인생 이야기, 비밀이나 고민을 곧잘 털어놓았다. 맷은 그가 비밀을 잘 털어놓게 생겨서 그런가 보다 하고 대충 생각했다. 아니면 그가 남의 말을 듣고 관찰하는 걸 더 좋아해서 그럴 수도 있겠다. 그리고 레기는 진짜 수다스러웠다. 그렇게 끊임없이 주절거리면서도, 레기는 공원에 오기 전에 어떤 삶을 살았는지에 대해서는 그 어떤 실마리도 흘리지 않았다. 맷은 그의 배경을 알려줄 만한 것을 항상 눈여겨보았다. 레기가 들고 다니는 초록색 군용 가방. 군인이었나. 언제나 흠잡을 데 없이 깨끗하게 정돈된 손과 손톱. 어쩌면 의료계 종사자였을지도 모른다. 어떨 땐 진짜 같고 어떨 땐 억지스러운, 그가 들려주는 길거리의 일화들. 혹시 정체를 숨기고 도망 중인 범죄자는 아닐까. 아니면 그냥 많이 힘든 시기를 보냈고, 체스를 좋아하고, 성가신 대학생 꼬마한테 자신의 삶을 구구절절 설명할 필요를 못 느끼는 사람일 수도 있다.

"밤새 여자애들이랑 놀았군, 친구." 레기는 다시 키득거렸다. "너의 그 예쁜 빨강 머리는 어떻게 생각하려나?"

정당한 질문이었다. 그러나 그 예쁜 빨강 머리는 어제 맷에게 이별을 통보했다. 그래서 퍼플 헤이즈에서 과음을 했고, 고다드로 뒷풀이 파티를 갔고, 위층에서 디나랑, 아니 데이나였나, 아무튼 여자애랑 제대로 놀았다. 그리고 아침 7시에 부스스한 머리를 하고 공원에 앉아 있다. 기숙사에 돌아갈 방법이 없었다. 보안 카드, 방 열쇠, 휴대전화는 잃어버린 코트 주머니 안에 들어 있었다.

레기는 룩을 g8로 옮기고, 누런 이를 드러내며 만족스럽게 미소를 지었다. "도대체 저 좋은 학교엔 어떻게 들어간 거야." 레기는 입학 관리처 건물을 힐긋 보았다. 보라색 뉴욕대학교 깃발이 바람에 펄럭였다.

"꼭 아버지처럼 말씀하시네요." 맷은 룩을 e1으로 옮기고 고개를 들어 레기와 눈을 맞추었다. "체크."

레기는 킹을 d8로 옮겼지만, 너무 늦었다.

퀸을 g3로. 체크메이트는 피할 수 없었다.

"이런 젠장……." 레기는 다른 테이블에서 체스를 두던 동료 노숙자를 불렀다. "어이, 일라이저. 이것 좀 봐. 애플렉이 드디어 날 이겼어." 레기는 언제나 맷을 '애플렉'이라고 불렀다. '백인 소년'을 경멸하며 부르는 별명이었다.

"과묵한 사람을 조심하라." 레기가 목사 같은 말투로 맷은 처음 들어보는 인용문을 읊었다. "다른 사람들이 말할 때, 그는 지켜본다. 다른 사람들이 행동할 때 그는 계획을 세운다. 마침내 사람들이 쉴 때, 그는 공격한다."

레기는 구깃구깃한 지폐를 테이블 위에 떨어뜨렸다.

"돈 안 받아요." 맷이 일어섰다. 등이 뻐근했다.

"하, 그러셔." 레기는 맷을 향해 지폐를 흔들었다. "넌 영화과 학생이잖아. 당연히 돈이 필요하겠지." 그는 낄낄 웃었다.

맷은 망설이다 돈을 주웠다. 하늘을 보니 도시로 검은 구름이 몰려오고 있었다. 그는 비 오기 직전의 냄새를 좋아했다. "그럼 같이 학생 식당에 가서 아침이나 먹어요. 식권이 좀 남았어요."

"됐어. 지난번에 보니까 애들이 별로 안 좋아하던데…….”

레기 말이 맞았다. 부유한 진보주의에는 한계가 있었다. 맷은 그걸 뉴욕대의 상류층 학생들에게서 배웠다. 동기들에게 그는 이상한 사람이었고, 정치에 무관심한 중서부 출신 시골뜨기였다.

"그런 놈들은 엿이나 처먹으라죠." 맷은 레기에게 계속 권유했다. 그때 뒤에서 귀에 익은 목소리가 들렸다.

"여기 있었네. 너 찾느라 사방을 뒤졌어.”

기숙사 조교 필립이었다. 왜 기숙사 조교가 그를 찾는 걸까? 조교는 대개 방에서 음악 소리가 너무 시끄럽게 울리거나 복도에서 마리화나 냄새가 날 때만 나타났다.

"연방 수사관들이 기숙사에 와 있어." 필립이 걱정스러운 목소리로 말했다. "너랑 얘기하고 싶다는데.”

"수사관?”

"응. FBI가 6시에 들이닥쳤어. 네가 전화를 안 받는다고.”

"무슨 일로?" 맷이 물었다. 아마 형 때문일 것이다. 그 빌어먹을 다큐멘터리 이후로 모든 것은 다 형 때문이었다.

"나도 몰라. 혹시라도 네가 기숙사 밖에서 해서는 안 되는 짓을 하고 다닌다면…….”

"진정해. 난 그런……." 맷은 잠시 말을 끊고 숨을 골랐다. "알려줘서 고마워. 무슨 일인지 내가 알아볼게."

필립은 짜증 섞인 한숨을 내뱉고는 어슬렁거리며 걸어갔다.

"무슨 문제라도?" 레기가 물었다.

"가서 알아봐야겠어요. 아침 식사는 나중에 하죠."

레기는 고개를 끄덕였다. "조심해, 애플렉. 연방 수사관이 아침 6시에 좋은 일로 찾아오진 않아."

30분 후 맷은 기숙사 침대에 앉아 있었다. 방이 온통 빙빙 돌았다.

FBI 여자 수사관이 — 이름은 기억나지 않았다. — 계속 무슨 말을 하기는 했는데, 그냥 단어들의 뒤죽박죽에 불과했다. 맷이 반응을 보이지 않자 수사관이 그의 앞에 무릎을 꿇고 앉았다. 걱정스런 표정이었다. 호리호리한 체격에 짙은 색 정장을 입은 파트너는 뒤쪽에서 서성거리고 있었다.

"학장님과는 이미 얘기가 다 되었어요." 수사관이 말했다. "학교 측에서 심리상담사도 배정해줬고요. 수업 걱정은 안 해도 돼요."

일어서려 했지만 다리가 풀려 휘청거렸다. 온몸의 피가 머리로 솟구쳤다. 수사관이 그를 다시 침대에 눕혔다.

"전부 다요?" 맷이 물었다. 수사관이 이미 두 번이나 말했지만, 믿을 수가 없었다.

"네."

엄마.

아빠.

매기.

토미.

맷은 다시 일어서서 사과의 말을 몇 마디 웅얼거리고 화장실로 향했다. 무릎을 꿇고 변기에 대고 속을 게워냈다. 더러운 변기를 끌어안고 주저앉아서, 얼마나 오래 있었는지 모르겠다.

문득 부드러운 노크 소리가 들렸다.

"금방 나갈게요." 맷은 정신을 수습했다. 세면대를 잡고 간신히 몸을 일으키고, 수도꼭지를 틀어 얼굴에 물을 튀겼다. 거울에 그의 얼굴이 비쳤다. 지금 그가 느끼는 그대로의 모습이었다.

방으로 돌아오니 파트너는 나가고 여자 수사관만 있었다.

"어떻게 그럴 수가 있어요?" 거친 목소리가 영 낯설었다. 저멀리서 아득하게 들리는 것 같았다.

"그쪽 사람들은 사고라고 보고 있어요. 가스 누출 사고. 하지만 우리도 진상을 낱낱이 확인해야죠. FBI와 국무부가 조사 중이고, 멕시코 당국과도 긴밀히 연락하고 있어요. 최악의 타이밍인 건 알지만, 그래도 몇 가지 물어봐야 할 것 같아요."

맷은 다시 주저앉아 수사관에게 고개를 끄덕였다.

"가족이 봄 방학 여행을 갔다고 알고 있는데."

"네. 동생들이 봄 방학이라서요." 말이 목에 걸렸다. "좀 갑작스럽게 결정됐어요. 전 방학 날짜가 맞지 않아서, 갈 수가……." 그는 차마 말끝을 맺지 못했다.

"가족에게 마지막으로 소식을 들은 게 언제인가요?"

맷은 잠시 생각해보았다. "떠나는 날 엄마가 공항에서 문자를 보냈어요. 며칠 전에는 매기도 메시지를 보냈고요." 날카로운 죄책감이 그를 찔렀다. 여동생의 메시지는 답장은커녕 열어보지도 않았다.

"아버지는?"

맷은 고개를 저었다. 온몸에 감각이 없었다. 아버지와는 크리스마스 방학 때 싸운 이후로 냉전 중이었다. 심장이 쑥 가라앉았다. 아버지에게 마지막으로 했던 말이…….

"상황을 이해하려면 시간대별로 정리해야 하거든요. 그 문자들을 꼭 봐야겠는데, 괜찮을까요?"

"네, 그럼요. 하지만 제 휴대폰이, 코트 안에 있는데요. 어젯밤 어딘가에 코트를 두고 왔어요."

"어딘데요?" 수사관이 물었다. 안쓰러워하는 기색이지만, 맷은 그녀가 슬슬 인내심을 잃어가는 것을 느꼈다.

"술집에 두고 온 것 같아요." 여자애의 기숙사에서 빠져나오기 전에 집어 든 옷더미의 부피가 크지 않았다. 그러니 코트는 술집에 있어야 했다.

수사관이 고개를 끄덕였다. "거기로 데려다줄게요."

"이렇게 일찍 문을 안 열었을 텐데요."

"거기 이름이 뭐죠?"

"퍼플 헤이즈요. 이스트 13번가."

수사관은 휴대전화를 꺼내 들고 구석으로 갔다. 그녀는 빗방울이 묻은 창밖을 내다보며 누군가에게 조용히 지시를 내렸다. "상관없어. 지금 당장 거기로 사람을 보내." 그러고는 다시 맷에게 돌아왔다.

"같이 갈까요?"

최면에 걸린 것처럼, 맷은 고개를 끄덕였다.

"우비나 우산 있어요? 비가 오는데."

맷은 고개를 저으며 수사관을 따라나섰다.

복도에 사람들이 모여 있었다. 다들 얼이 빠져 있었다. 맷의 가족 얘기가 퍼진 걸까, 아니면 맷이 체포되는 거라고 생각하는 걸까.

수사관은 — 이름은 여전히 생각나지 않았다. — 사람들을 헤치고 엘리베이터까지 길을 텄다. 엘리베이터 안에서 맷이 물었다. "기자들도 알아요?"

수사관은 이해한다는 표정을 지었다. "보도자료는 나갔지만, 학생 이름은 아직 공개되지 않았어요. 유족에게 알릴 동안 잠시 기다려주는 거죠."

"기자들이 알면 어떻게 될지 아시죠?" 맷은 역겨움에 고개를 저었다. 그 빌어먹을 넷플릭스 다큐멘터리.

수사관은 고개를 끄덕였다.

엘리베이터 문이 열리고, 그들은 기자들 무리와 눈이 멀어버릴 것 같은 플래시 세례를 직면했다.

2장

술집으로 가는 길은 내내 흐릿했다. 차는 가다 서다를 반복하는 그리니치 빌리지의 교통 체증에 갇혀 느릿느릿 움직였다. 기자와 파파라치들의 무차별 질문 공세를 받은 맷은 뒷좌석에서 그로기 상태에 빠져 있었다. 왜 가족과 함께 멕시코에 가지 않으셨나요? 지금 기분이 어떠신가요? 그게 정말 사고였다고 생각하시나요? 형도 이 사실을 아나요?

수사관은 맷의 손목을 잡아끌며 말 그대로 인파를 헤치고 나아갔다. 카메라를 든 남자가 차 앞에서 두 사람을 막아서자, 그녀는 차분하게 배지를 꺼내 펼치고 남자를 위아래로 훑어보았다. 그는 움찔하며 물러섰다. 뉴욕 파파라치들은 결코 소심한 겁쟁이들이 아니다. 아마도 남자는 그녀가 우습게 볼 상대가 아니라는 걸 직감했을 것이다.

맷은 창밖을 바라보았다. 후미등 불빛이 비쳐 비에 젖은 도로가 붉게 번들거렸다. 그는 기자의 질문을 곱씹었다. 형도 이 사실을 아나요?

대니에겐 텔레비전도, 인터넷도, 전화도 없었다. 그러나 아버지는 뉴스가 ― 특히 나쁜 뉴스는 ― 언제나 빛의 속도로 교도소 벽을 뚫고 들어간다고 말했다. 대니는 그 다큐멘터리 때문에 유명인이 되었으니, 곧 소식을 듣게 될 것이다.

차가 퍼플 헤이즈 앞에 멈춰 섰다. 아침에 보니 분위기가 더 음산했다. 그래피티가 가득 그려진 철제 셔터는 닫혀 있고, 빗물 고인 쓰레기 봉지는 길가에 쌓여 있었다. 운동복을 입은 남자가 차양 아래서 발을 동동 구르며 서 있다가, 기다렸다는 듯 차를 향해 다가왔다.

"FBI 수사관이십니까?" 그는 허리를 굽혀 차 안을 들여다보았다. 몸집이 큰 대머리 남자였다. 쌀쌀한 날씨에도 이마에 땀이 송글송글 맺혔다.

"특별 수사관 켈러입니다." 그녀는 사무적인 말투로 말했다. 드디어, 수사관의 이름을 알았다.

"클럽에 무슨 문제가 있다고 전화를 받았어요." 남자가 브루클린 억양으로 말했다. "우린 깨끗한 장사만 하는데요. 그러니

난 아무 잘못도…….”

“무슨 장사를 하시든 상관없습니다.” 켈러의 말투는 친절하지도 다정하지도 않았다. 켈러는 뒷좌석의 맷을 가리켰다. “저분이 어젯밤 여기에 코트를 두고 갔어요. 휴대전화가 코트 주머니 안에 있습니다. 문 열어주세요.”

클럽 주인은 입술을 꾹 다물고 잠시 주저했다. “저기, 그 뭣이냐, 영장 있어요?”

켈러는 주인을 노려보았다. “수색 영장을 원하시나요? 그럼 일단 돌아갔다가 밤 11시쯤 수사팀과 함께 다시 와야겠군요. 저 안에서 뭐가 나올지 누가 알겠어요.”

주인은 두 손을 들며 한 걸음 물러섰다. “저기요, 수사관님. 손님 물건이 안에 있다면 제가 당연히 가져다드렸죠. 그런데 우리 문지기한테, 폐장하고 안에 남은 물건이 있으면 가져가도 된다고 했거든요.”

“재밌네요.” 켈러 수사관은 한숨을 내쉬며 말했다. “그 사람 이름과 주소 주세요.”

“잘 모르는데…….”

“이름과 주소요. 아니면 내가 다시 돌아왔을 때 문제가 훨씬 더 심각해집니다.”

“알았어요, 알았어. 잠깐 기다려요.”

켈러 수사관은 고개를 끄덕였고, 주인은 안으로 사라졌다. 잠시 후 그는 포스트잇 메모지를 들고 나왔다. 켈러가 그의 손에서 메모지를 홱 낚아챘다.

20분 후 그들은 트라이베카의 높은 유리 빌딩 앞에 서 있었다. 켈러는 차고 입구 검문소 앞에서 차를 멈췄다. 경비가 신분증을 확인하고 안으로 들여보냈다.

"문지기가 여기 살아요?" 차가 지하 주차장으로 내려가는 동안 맷이 물었다. 클럽의 근육질 문지기가 살기엔 지나치게 부자 동네에 고급 건물이었다.

"아뇨. 그쪽은 다른 수사관을 보내서 추적 중이에요."

"그럼 여긴 뭐예요?"

켈러는 똑같이 생긴 검은색 세단들 옆에 차를 주차했다. "형한테도 알려줘야죠."

"네? 뭐요?" 맷은 수사관의 말을 이해하려 애를 쓰다가, 단호하게 말했다. "싫어요."

오랜 정적이 이어졌다. 켈러가 맷의 눈을 바라보며 말했다. "나도 이게 큰일인 거 알아요. 그리고 학생이 지금 어떤 기분인지 차마 아는 척도 못하겠어요. 하지만 이모와 통화했더니, 그 소식은 학생이 형에게 직접 전하는 게 좋겠다고, 부모님도 그러길 원했을 거라고 하시더군요."

맷은 팔에 소름이 돋는 것을 느꼈다.

"형이 여기 와 있어요?" 말이 안 되는 소리라는 건 알지만, 맷이 물었다.

"아뇨. 옥상으로 올라가죠."

태어나서 처음 타본 헬리콥터였다. 속이 뒤틀리는 게 비행기 멀미 때문인지 아니면 아침부터 계속 비현실적인 일들이 이어져서 그런 건지 모르겠다. 허드슨강 수면이 높게 일렁였고 하늘은 음울한 회색이었다. 옆에 앉은 켈러 수사관은 무표정한 얼굴로 허리를 꼿꼿이 세우고 앉아 있었다.

켈러는 수다스러운 편은 아니었다. 동시에 여러 일을 하는 타입도 아니었다. 휴대전화를 들여다보지도, 신문을 읽지도 않았다. 그녀의 업무는 맷을 에스코트해서 북부 피시킬 교도소로 데려가는 것이었다. 그리고 지금 켈러는 정확히 업무를 수행하고 있었다. 맷은 네브래스카에서 여자 친구를 죽인 혐의로 유죄 판결을 받은 대니가 도대체 왜 뉴욕에 있는 교도소에 수감되었는지 영영 이해하지 못했다. 지난 7년 동안 형은 두 번 이감되었고, 피시킬은 세 번째 교도소였다.

헬리콥터가 거친 공기를 가르며 나는 동안 토미 생각이 났다. 가족 여행을 갈 때 식구들은 아주 가벼운 난기류에도 손이 하얘지도록 비행기 좌석 손잡이를 움켜잡았지만, 꼬마 남동생은 혼자 키득거리며 재밌어했다. 조금도 겁먹지 않고. 헬리콥터를 같이 탔으면 토미가 좋아했을 텐데.

멕시코로 날아가는 토미를 떠올리며 맷은 울음을 삼켰다. 토미는 그게 마지막 비행이 되리라고는 전혀 생각도 못 했을 것이다.

헬리콥터가 시 외곽 소형 착륙장에 내려앉았다. 맷은 안전벨트와 헤드셋을 풀고 켈러 수사관을 따라 내렸다. 프로펠러가 아직도 천천히 돌고 있었다. 맷은 영화에서 수도 없이 본 것처럼 반사적으로 허리를 굽혔다. 켈러는 똑바로 서서 성큼성큼 걸었다.

아스팔트 끝에 검은색 SUV가 그들을 기다리고 있었다. 켈러는 뻣뻣한 정장을 입은 남자와 몇 마디를 나누었다. 아침에 봤던 파트너는 아니지만 상당히 비슷해 보였다. 검은 정장, 선글라스, 무표정. 〈매트릭스〉에 나오는 네오 같다. 켈러와 맷은 뒷좌석에 올라탔다. 차는 시골길을 따라 달렸다. 이윽고 저 멀리 시멘트로 지은 성채가 보이기 시작했다.

이쯤 오니 맷의 손바닥에 땀이 맺히고 머리가 둥둥 울리기 시작했다. 현실이 천천히 스며들고 있었다.

진짜로, 다 죽었구나.

그리고 이제 그는 형에게 마지막으로 남은 소중한 것을 빼앗아야 했다.

3장

에반 파인

이전

"에반, 드디어 나오셨군요. 반가워요." 실버스타인 박사가 맞은편 가죽 소파를 가리켰다.

에반의 시선은 진료실 안을 헤맸다. 액자에 넣은 졸업증명서, 깔끔한 책상, 매력 없고 심심한 오피스 단지에는 어울리지 않는 괘종시계.

"지난주엔 미리 전화를 못 했어요. 죄송합니다. 지난번 세션 비용은 청구하셔도 됩니다……."

"바보 같은 소리 말아요. 아드님 뉴스는 TV에서 봤습니다. 정말 유감이에요, 에반."

박사는 계속 그의 이름을 불렀다. 영업 비결이겠지. 에반은

젊은 실버스타인 박사가 학생 시절 수업 시간에 부지런히 노트
필기하는 모습을 상상해보았다. 경청하고 있다는 걸 보여주기
위해 환자의 이름을 자주 불러주세요.

박사에게 매정하게 굴 일은 아니었다. 그녀는 좋은 심리상담
사였다. 그리고 배우자의 최후통첩 때문에 억지로 심리 치료 세
션에 나오는 사람을 상대로 상담하기가 쉽지는 않을 것이다.

"그래서 이젠 어떻게 되나요?" 실버스타인이 물었다. "법적으
로 말이에요. 대니 문제요."

이 얘기는 피하고 싶었지만, 빠져나갈 길이 없었다. "변호사
말로는 끝이래요. 대법원이 사건 심리 자체를 기각했어요. 그러
니 끝이죠." 그는 어깨를 으쓱했다.

실버스타인이 연민 어린 표정을 지었다. "대니는 어때요? 대
니와 얘기는 좀 해보셨나요?"

에반은 소식을 듣고 아들과 통화하던 때를 떠올렸다. 피시킬
의 더러운 전화기에 얼굴을 갖다 댄 아들의 모습을 상상했다.
아마도 아들은 여생을 그곳에서, 아니면 다른 어느 비참한 곳에
서 보내야 한다는 걸 알고 있을 것이다.

"그래도 예상했던 것보다는 잘 받아들이고 있습니다. 사실
통화할 때는 린킨 파크 얘기를 주로 했어요."

실버스타인 박사가 호기심 어린 표정을 지었다. 린킨 파크가

뭔지 전혀 모르는 눈치였다.

"린킨 파크는 밴드예요. 상고 기각 얘기를 하려고 대니에게 전화했는데, 마침 그날이 린킨 파크 리드 싱어의 생일이었다고 라디오에서 그러더군요. 그는 몇 년 전에 죽었고요. 대니와 나는, 우리는……." 그는 말을 맺지 못했다. 미식축구 훈련이 끝나고 대니와 함께 집으로 돌아가던 길이 생각났다. 땀에 절은 대니에게서는 고약한 냄새가 났다. 에반은 카 오디오를 켰고, 두 사람은 함께 '넘Numb'을 큰 소리로 따라 불렀었다.

"음악이, 두 사람만의 연결 고리 같은 것인가요?" 실버스타인이 말했다.

감정과는 달리 에반의 입가에 슬며시 미소가 떠올랐다. "고등학교 때 대니가 그 밴드를 엄청 좋아했거든요. 도대체 그런 밴드가 뭐가 좋다는 건지, 저는 전혀 이해하지 못했고요. 그들의 노래는 온통 분노로 가득 차 있어요. 십 대의 분노, 적대적인 아버지와 아들……. 저와 대니는 그와는 정반대였죠." 그런 노래는 에반과 맷에게 더 잘 어울리겠지.

"다른 가족들은 이 소식을 어떻게 받아들이시나요? 올리비아는?" 작년에 에반이 단독 상담을 시작하기 전에, 파인 가족은 격주 토요일마다 이곳에 찾아와 가족 상담을 받았었다. 그래서 박사는 가족 개개인이 안고 있는 문제를 속속들이 알고 있었다.

"리브요? 리브는 이제 대니가 나오지 못한다는 걸 인정하는 것 같습니다."

"옆에서 그 모습을 볼 때의 기분은 어떠세요?"

처음엔 화가 났었다. 아내에게 분노가 치밀었었다. 그러나 지금 그가 느끼는 감정은 질투였다. 깨어 있는 모든 순간에 사지에 콘크리트 벽돌을 매달고 미시간 호수에 던져진 것 같은 기분을 아내는 느끼지 않는다는 게 부러웠다. 예전에 마른 익사에 대해 읽은 적이 있었다. 물에서 나온 후 몇 시간, 심지어 며칠에 걸쳐 서서히 느리게 죽어가는 증상이었다. 지난 7년간 그가 느낀 기분이 그런 것이었다. 상처 입은 내면에서 산소가 서서히 빠져나가는 기분. "이해합니다. 다들 이 문제를 안고 살아갈 방법을 찾아야 하니까요."

실버스타인 박사는 그의 억지스런 이성적 태도를 정확히 꿰뚫어 보는 것 같았다. 그러나 지금은 이 정도로 충분하다고 생각했는지 다음 주제로 넘어갔다.

"아이들은 어때요?"

"매기는 잘 견디고 있어요." 그는 딸을 생각하며 미소를 지었다. "지금은 졸업 준비하느라 바빠요. 매기에겐 그게 꽤 도움이 되죠. 그 아인 언제나 나의 든든한 조력자예요. 그 애는 오빠가 나올 수 있다고 믿어요. 대법원이 뭐라던 상관없이."

실버스타인 박사의 미소가 슬퍼 보였다.

에반은 말을 이었다. "토미는, 음, 아직 너무 어리니까요. 리브가 토미를 잘 보호하고 있죠." 리브는 대니의 체포 직후 임신 사실을 알았다. 의사의 세련된 표현대로, 가임기를 훌쩍 지난 '고령 임신'이었다. 계획에도 없었고 세상 최악의 타이밍이었지만, 그래도 뜻밖에 찾아온 이 아이가 가족을 구원했다. 특히 리브를.

실버스타인은 오랫동안 기다렸다. 또 다른 심리상담사의 트릭이었다. 환자가 침묵을 느끼게 하세요.

그래도 에반이 미끼를 물지 않자, 결국 실버스타인이 물었다. "매튜는요?"

에반은 고개를 숙였다. "아직 냉전 중입니다."

"얼마나 됐죠?" 비난이 아닌 사무적인 질문이었다.

에반은 팔짱을 끼고 고개를 끄덕였다. 굳이 자세히 얘기하고 싶지 않았다. 그리고 박사가 더 몰아붙이지 않아서 내심 놀랐다.

실버스타인은 사려 깊은 눈빛으로 에반을 바라보았다. "가끔은, 그런 충격적인 사건을 겪은 후에는 ― 이번 법원의 결정도 그 자체로 충격적인 사건이겠죠. ― 가족이 함께 리셋을 해보는 것도 좋아요. 평소의 환경에서 벗어나 시간을 보내는 거죠. 심지어 재미있는 일도 좋고요.”

“휴가를 가란 말씀입니까?” 에반은 ‘뭐가 어쩌고 어째?’라고 따지고 싶은 걸 애써 감추며 말했다.

“그럴 수도 있고요. 아니면 그냥 함께 어울리며 시간을 보내는 거죠. 가족으로서.”

“저도 그러고 싶습니다. 하지만 정말로 그럴 수가 없어요. 금전적인 문제 때문에요.” 그는 한숨을 내쉬었다. 그리고 이 심리 상담에 들인 돈만큼의 가치를 얻어야겠다고 마음먹었다. “잘렸거든요.”

“네?” 실버스타인의 목소리에 근심이 담겼다. “직장에서 말인가요?”

“네. 25년 근속이었는데, 단박에.” 그는 손으로 폭발하는 시늉을 했다.

“무슨 일이 있었는데요?” 박사의 시선이 괘종시계로 향했다. 시간이 모자랄까 봐 신경이 쓰이는 눈치였다.

“그럴 수밖에 없었죠.”

“무슨 뜻이에요, 에반?” 그녀는 의자에서 몸을 앞으로 기울이고, 손깍지를 끼고 에반의 눈을 바라보았다.

“내 말은, 그 사람들 잘못은 아니라는 겁니다. 거긴 대형 회계 법인이에요. 제 고객 상담 시간은, 특히 시카고 지사로 옮겨 간

후부터 형편없게 줄었어요. 6개월 전엔 주요 고객사도 잃었고요. 그리고, 아시잖아요. 그 TV 프로그램이요."

"그 다큐멘터리요?"

에반은 버럭 소리 지르고 싶은 마음을 애써 참았다. 그 다큐멘터리 말고 또 뭐가 있겠는가? 사람들이 대니 파인을 알게 되고 관심을 갖게 된 게 다 그 다큐멘터리 때문이었다. 대법원의 상고 기각 소식이 전국 뉴스로 보도된 것도, 에반이 7년째 아들이 집으로 돌아올 수 있다고 스스로를 속여온 것도 다 그 때문이었다. 이제는 경이적인 사회 현상이 되어버린 바로 그 다큐멘터리, 〈폭력에 물든 세상〉.

"네, 그거요. 보셨죠?"

"네, 봤습니다."

"그럼 아시겠네요."

"무슨 말씀이신지."

"내가 완전 미친놈처럼 나왔잖아요."

"아녜요."

에반은 그녀에게 실망스러운 표정을 지었다.

"제가 봤을 땐 살인죄로 누명을 쓰고 교도소에 간 아들 때문에 좌절한 아버지 같던데요."

"그리고 미친놈이죠."

박사는 대답하지 않았다. 그러나 그녀도 동의하고 있었다. 에반은 그녀의 눈빛을 보고 그것을 알았다.

그래도 지난주부터 그가 계속 고민하던 문제들은 고맙게도 묻지 않았다. 그래서, 돈 문제는 어떻게 하실 건가요? 주택담보대출은 어떻게 갚을 거예요? 매기의 학비는?

"괜찮으세요?"

에반은 등받이에 등을 기대고 크게 한숨을 내쉬었다. "한 가지 재밌는 게, 대니의 항소가 기각됐다는 전화가 왔을 때 린킨 파크의 노래를 듣고 있었거든요. 그 가수가 죽기 직전에 발표한 노래였어요. 마지막 몇 년 동안 그의 노래는 전반적으로 분노가 가라앉고 더 감성적인 분위기로 바뀌었더라고요." 에반은 마른침을 삼켰다. 그를 유심히 살피는 실버스타인 박사의 시선이 느껴졌다. "그 노래는 저 하늘 수백만의 별 중 하나쯤은 타서 없어지더라도 누구도 신경 쓰지 않는다는 그런 내용이었어요."

실버스타인은 눈을 가늘게 떴다. "이 밴드의 가수요. 어떻게 죽었죠?"

"자살했어요." 그 단어가, 사그라지지 않고 허공에 맴돌았다.

"에반." 실버스타인이 마침내 말했다. 진지한 말투였다. "혹시……."

"당연히 아니죠."

실버스타인은 몸을 숙여 에반에게 더 가까이 다가왔다. 그녀는 부드럽게 말했다. "지금 드시는 약이요. 사람에 따라서는 그 약이 좀 거슬리는 생각을 일으킬 수도 있어요."

"현기증, 성기능 장애, 불면증도 잊으시면 안 되죠. 낙담한 사람에게 정말로 도움 되는 부작용들이잖아요."

실버스타인 박사는 엄한 표정을 지었다. "유머는 좋지만, 저는 지금 진지하게 말씀드리는 거예요. 그 약은 자살 충동을 일으킬 수 있습니다. 그게 유일한 해결책이라고 믿게끔 속일 수도 있다고요."

아니면 그 약이 마침내 진실을 알게끔 해줄 수도 있죠.

"걱정하실 것 없어요, 실버스타인 박사님. 전 괜찮습니다."

그녀의 표정을 보니, 에반을 믿지 않는다는 걸 알 수 있었다.

아까도 말했다시피, 그녀는 좋은 심리상담사였다.

시즌 1 / 제1화
'개울가의 시체'

검은 화면이 비치고,
911 녹음 기록이 보이스 오버로 재생.

신고 접수 경찰관

911입니다. 무슨 일이십니까?

신고자

(가쁜 숨을 몰아쉬며)
제가 지금 스톤 크릭인데요. 개 산책 중인데…… 저기 시체가 있
어요. 어, 저기…… 저게, 여자애 같아요.

배경으로 개 짖는 소리. 겁에 질린 것 같다.

신고자

여기 빨리 누굴 좀 보내주셔야겠는데요.

접수 경찰관

진정하세요, 선생님. 여자애의 시체가 있다는 말씀이시죠? 아

이가 숨을 쉽니까?

신고자

아뇨, 애 머리가, 온통 피투성이라……. 아이고 세상에…….

인서트―지역 뉴스 클립

앵커

오늘 밤 샬럿 로즈 살인 사건에 큰 진전이 있었습니다. 아데어의 십 대 소녀 샬럿은 하우스 파티에서 마지막으로 목격된 후 스톤 크릭에서 둔기에 맞은 시신으로 발견되었는데요. 방금 용의자가 체포되었다고 합니다. 용의자는 희생자의 남자 친구인 대니얼 파인으로…….

스튜디오.
자막:
'루이스 레스터, 오심 피해자를 위한 기관'

레스터

처음엔 저도 회의적이었어요. 우리 기관에는 자기가 무죄라고 주장하는 수감자들로부터 수천 건 이상의 의뢰가 들어오거든요. 그런데 이 건은 수감자의 열두 살짜리 여동생이 요청한 것이었어요. 그래서 재판 기록을 조사해봤죠.

레스터는 역겨운 듯 고개를 젓는다.

검찰 측 주장은 이래요. 대니와 샬럿이 같이 하우스 파티에 갔고, 샬럿이 임신 사실을 밝히자 둘이 싸웠다는 거예요. 그런 다음 대니는 완전히 취했고, 파티가 끝난 후에 다시 싸웠다는 거죠. 그러다 대니가 샬럿을 밀쳤고 샬럿이 넘어지면서 머리에 치명적인 외상을 입었어요. 겁에 질린 대니는 샬럿의 시체를 외바퀴 수레에 실어서 개울로 옮기고, 커다란 돌로 두개골을 부숴서 핏덩어리가 되도록 완전히 짓이겨놓았다는 거예요. 하지만 대니의 옷에는 혈흔이 전혀 없었거든요. DNA도 없고, 이 주장을 입증할 물리적 증거는 단 하나도 없었습니다. 이게 술에 취한 십 대가 저지를 만한 범행 같아 보이시나요? 그러다 우리는 검찰이 피고의 무죄를 입증하는 증거를 변호인 측에 제출하지 않았다는 사실을 알게 되었죠…….

4장

맷 파인

콘크리트 벽으로 둘러싸인 교도소 접견실에서는 표백제 냄새가 났다. 맷은 켈러 수사관을 찬찬히 바라보았다. 그녀는 맞은편에 조용히 앉아 있었다. 과묵한 여자였다. 그러나 그녀가 드러내는 자신감은 맷에게 위안이 되었다. 살인범, 강간범, 그 외에 이 사회가 낳을 수 있는 최악의 인간들로 가득 찬 최고 보안 시설의 교도소에서도 — 게다가 바로 문밖에서 저주받은 영혼들이 울부짖는 소리가 희미하게 들리는데도 — 켈러는 차분하고 침착했다.

"시간이 좀 걸리네요." 정적을 깨기 위한 말이었다. 이 방에 들어온 지 벌써 30분이 지났다.

켈러가 고개를 끄덕였다.

"어릴 때 이후로는 형을 못 봤어요." 맷은 긴장을 달래기 위해 애기를 이어갔다. 교도소에 수감된 형을 한 번도 면회해본 적이 없었다. 아빠는 언제나 대니가 면회를 원치 않는다고 말했다. 짐승처럼 갇혀 있는 모습을 동생들에게 보이고 싶지 않다고.

그래서 맷의 마음속에 대니는 영원히 늠름한 모습으로 박제되어 있다. 소도시의 전형적인 미식축구 스타. 톰 브래디급은 아니었지만, 그래도 미식축구의 인기가 꽤 높은 아데어에서 — 미식축구를 소재로 한 인기 드라마의 시청률이 텍사스에 이어 두 번째로 높았던 도시다. — 그의 형은 대단한 인물이었다.

"형이 체포됐을 때 몇 살이었어요?" 소소한 대화로 이곳에 대한 경멸을 누르려는 듯, 켈러가 물었다.

"열네 살이요."

그녀는 다시 끄덕거렸다. "둘이 가까웠나요? 그러니까, 그 사건이 있기 전에……."

"네." 맷은 거짓말을 했다. 물론 어릴 때는 형과 몇 시간씩 같이 놀곤 했다. 모래성을 쌓고, 나무를 기어오르고, 레고 놀이를 하고. 그러나 대니가 고등학생이 되고 유명해지고 나니 맷은 더 이상 그의 세상에 속하지 못했다. 게다가 아버지와 대니가 함께 있을 때는 그 사이에 끼어들 틈이 없었다. 아버지는 맷을 눈여겨보지 않았다.

그러다 샬럿이 살해당했다. 고등학생들의 하우스 파티에서 마지막으로 목격된 후 어딘가에서 둔기에 맞아 죽었다. 시체는 집 근처 개울가에 버려졌다. 경찰은 파인 가족의 집 길 건너 무성한 풀숲 속에 감춰진 외바퀴 수레에서 핏자국을 발견했다. 범인이 왜 샬럿의 시체를 개울가로 옮겼는지는 설명되지 않았다. 사후에 두개골이 거대한 돌로 짓이겨진 이유도 알지 못했다. 확신할 수 있는 사실은 딱 하나뿐이었다. 그녀의 남자 친구, 대니 파인이 가해자라는 사실.

그 이후로 모든 게 달라졌다. 파인 가족의 삶은 샬럿의 죽음 전과 후로 극명하게 갈렸다. 그해가 그들에게는 일종의 원년이었다. 그리고 이제 맷에게는 새로운 원년이 생겼다.

"그러니까 형을 못 만난 게……." 켈러는 말끝을 흐렸다.

"부모님이 재판에는 데려가지 않으셨어요. 전화로는 형과 통화했지만, 뭐 그랬죠."

자유로운 대니를 마지막으로 본 것은 샬럿이 죽던 날 밤이었다. 그 일만 아니었다면 소중한 기억으로 남았을 밤이었다. 그날 낮에 제시카 휠러에게서 몰래 만나자는 제안을 받았었다. 다들 휴대전화가 없던 시절이라 제시카가 9학년 과학 시간에 슬며시 쪽지를 건네주었었다. 몇 주간의 플러팅이 이뤄낸 결과였다. 네모나게 접어 붉은 실로 매듭을 묶은 쪽지가 꼭 작은 선물 상자 같았다. 맷은 가슴을 두근거리며 매듭을 풀고 쪽지를 읽던 때를 생생히 기억했다.

오늘 새벽 3시에 언덕에서 만날래?
네 - 아니오.
하나만 동그라미 쳐.

개울 근처 언덕은 인적이 드물어 데이트 장소로 유명한 곳이었다. 함께 별을 바라보며 불장난을 하는 곳. 그는 당연히 '네'에 동그라미를 쳤다. 그리고 제시카가 정말로 그곳에, 잠옷에 슬리퍼 차림으로 손전등을 들고 나온 걸 보고 깜짝 놀랐다. 두 사람은 서늘한 풀밭에 누워 먹물처럼 검은 하늘에 박힌 별을 바라보았다. 구름이 달 위로 흘러가고 있었다.

"〈워크 투 리멤버〉에 나오는 별 보는 장면 생각난다. 그 영화 봤어?" 맷이 물었다.
제시카는 고개를 저었다.
"좀 구식이고 아주 좋은 편은 아냐. 니콜라스 스파크스 원작들은 대부분 그래. 하지만 그 장면은 멋지지."

"넌 영화가 그렇게 좋아? 그러니까 내 말은, 네가 항상 모든 걸
영화랑 비교하는 거 같아서."

맷은 미소를 지었다. "미안. 우리 가족은 그것 때문에 아주 미
치겠대."

"난 귀여운 거 같은데."

"언젠가 나도 내 영화를 만들고 싶어. NYU에 진짜 멋진 영화학
과가 있어. 할아버지가 아프시기 전에 그러셨는데, 영화는 우리
시대의 시詩라고 하셨었어."

그녀는 고개를 돌려 그를 바라보았다.

"니콜라스 스파크스라면…… 〈노트북〉도 봤어?"

"당연하지. 비평가들은 싫어하지만, 그 영화는 컬트 클래식이
야. 특히 빗속의 키스 장면은……."

제시카가 손가락을 그의 입술에 올렸다. 그러고는 손가락을 치
우고, 부드럽게 그의 입술에 자기 입술을 포갰다. 라이언 고슬링
과 레이철 맥아담스도 부러워할 만큼…….

맷은 자기도 모르게 입술을 만졌다. 온몸에 전기가 흐르며
세포 하나하나까지 들뜨던 그 느낌을 떠올렸다. 그때 문이 벌컥
열렸다.

"매티?"

맷은 일어섰다. 그는 눈앞에 선 죄수를 보고 놀랐다. 십 대였던 스타 미식축구 선수가 어른이 되어 있었다. 그리고 여전히 잘생겼다. 금발 머리에 각진 턱. 그러나 한때는 파랗고 맑았던 형의 눈동자에는 냉기가 서려 있었다. 얼음장 같은 대니의 눈빛을 보니 맷을 만난 것이 달갑지 않은 기색이었다.

"여긴 왜 왔어? 아빠한테 분명히 말했는데……." 대니는 켈러를 발견하고 물었다. "누구세요?"

맷이 말했다. "좀 앉아."

대니가 움직이지 않자, 교도관이 의자를 빼주었다. "앉아, 댄." 단호한 말투였지만 어렴풋이 염려하는 마음이 엿보였다. 교도관도 앞으로 무슨 얘기가 나올지 알고 있는 것 같았다.

대니가 앉았다. 그러면서도 시선은 맷에게 고정되어 있었다.

켈러가 말했다. "교도관님, 잠시 자리를 비켜주죠."

교도관은 방을 나갈 수 있게 되어 안심하는 것 같았다. 그래, 정말 무슨 얘기가 나올지 알고 있나 보다.

"무슨 일이야, 매티?"

맷은 차오르는 눈물을 애써 누르고 울음을 삼켰다. 목구멍을 주먹이 꽉 막고 있는 것 같았다. "사고가 났어."

"사고? 무슨 사고? 지금 도대체 무슨 말을 하는 거야……."

"아빠랑 엄마. 매기랑 토미. 봄방학이라 다 같이 멕시코에 갔었어. 다 죽었어, 형."

"죽어?" 공포. 불신. 대니의 목소리가 갈라졌다.

"가스가 샜던 거 같대. 휴가지 숙소에서."

대니는 테이블을 손으로 짚고 몸을 뒤로 기댔다. 맷의 말로부터 멀어지고 싶은 것처럼. 대니의 턱 근육이 떨렸다. 무슨 말을 하려고 입을 열었지만, 단어가 목 안에서 증발해버린 것 같았다.

이후 맷은 형이 수천수만 조각으로 바스러지는 것을 말없이 지켜보았다. 그날 아침 맷도 그랬었다.

노크 소리가 들렸다. 교도관이 문틈으로 머리를 들이밀었다.

"이제 갈 시간이야. 작별 인사를 하도록." 교도관은 다시 문을 닫으려다가 대니를 매섭게 노려보며 쏘아붙였다. "정신 똑바로 차려."

대니는 셔츠로 눈물을 닦았다. 맷은 교도관이 대니에게 감정을 수습하라고 충고한 것임을 깨달았다. 이곳은 약점을 보여서는 안 되는 곳이었다.

"뭐든 더 알게 되면 전화할게."

대니는 대답하지 않았다.

맷은 더 이상 무슨 말을 해야 할지 몰랐다. 무슨 말을 더 해야 할까? 부모님이랑 동생들이 죽었다. 그리고 맷과 대니는 서로를 잘 알지 못했다.

교도관이 다시 들어와 대니를 데리고 문으로 향했다.

문 앞에서, 대니가 맷을 돌아보며 말했다. "여기 다시는 오지 마, 매티." 대니는 잠시 말을 멈췄다. "가족들은 나 때문에 인생을 너무 많이 낭비했어. 넌 그러지 마."

대니는 방을 나갔다.

문가에 서서 지켜보던 켈러가 물었다. "괜찮아?"

맷은 대답하지 않았다. 이런 일을 시킨 그녀에게 화가 났다.

다른 교도관이 맷과 켈러를 호위해 교도소 밖까지 안내했다. 그들은 시멘트 바닥에 칠해진 노란 선을 따라 걸었다. 위층에서 그들을 내려다보는 죄수들의 시선이 느껴졌다. 보안 철문 앞에서 문이 열리기를 기다리며, 맷은 이 음산한 시설을 둘러보았다. 저 멀리 끝에, 교도관이 대니를 데리고 감방으로 돌아가는 모습이 보였다.

형은 여전히 소도시 미식축구 스타다운 당당한 자세로 걸었다. 어쩌면 다른 죄수들을 향한 과시였을 것이다. 그래도, 이토록 오랜 시간이 흐른 뒤에도 그는 여전히 당당하게 걷고 있었다.

맷은 제시카 휠러를 만났던 그날 밤을 다시금 떠올렸다. 제시카를 집까지 바래다주고 날아갈 듯한 걸음으로 집으로 가던 그 밤. 새벽 4시가 다 되어가고 있었고, 맷은 자신의 미소가 너무 밝아서 어두운 오솔길을 환히 비출 수 있을 것 같았다. 그리고 바로 그 오솔길에서 맷은 형의 검은 실루엣을 보았다. 학교 교명이 새겨진 레터맨 점퍼와 당당한 걸음걸이가 눈에 띄었다. 형은 외바퀴 수레를 밀며 개울 쪽으로 가고 있었다.

5장

맷은 SUV 뒷좌석 창에 머리를 기댔다. 빗물이 유리창을 두드리는 소리가 맥박처럼 울렸다.

조수석에 앉은 켈러는 통화 중이었다. 무슨 이유에서인지 돌아갈 때는 헬리콥터를 타지 않았다. 도로 위를 얼마나 달렸을까? 1시간? 아니면 2시간?

SUV가 I-87 도로를 벗어나 주유소로 들어섰다. 비가 오는데도 선글라스를 쓰고 운전하던 수사관은 차에서 내려 연료 탱크를 채우기 시작했다.

켈러가 기지개를 켰다. "커피 좀 마셔야겠네. 뭐 좀 사다 줄까?"

"마운틴듀요." 맷이 변명처럼 덧붙였다. "잠 좀 깨려고요."

켈러는 못마땅한 듯 찡그리며 주유소에 딸린 작은 편의점으로 향했다.

맷은 다시 대니를 생각했다. 지금쯤 감방 안에서 눈물과 싸우고 있을 형의 모습을 상상했다. 세상에 그런 끔찍한 곳이 또 있을까. 조금이라도 감정을 드러냈다간 나약한 인간으로 찍히고 손쉬운 먹잇감으로 전락해버리는. 맷은 죄수 특유의 탄탄한 근육과 냉정한 눈빛의 형을 떠올렸다.

켈러가 커피와 작은 비닐봉지를 들고 편의점에서 돌아왔다. 그녀는 앞좌석으로 돌아가지 않고 뒷좌석 맷의 옆에 앉아, 봉지에서 생수병과 사과를 꺼내 건넸다.

"마운틴듀는 다 떨어져서." 켈러가 말했다. 뻔히 들여다보이는 거짓말이다. "아무튼, 학자들이 그러는데 잠을 깨는 데는 카페인보단 물이 낫대."

"그래요?" 맷은 켈러가 든 종이컵 안의 커피를 바라보았다.

그녀는 겸연쩍은 미소를 짓고는 커피를 한 모금 마셨다. 운전사가 시동을 걸었지만, 켈러는 계속 뒷좌석에 남았다. 맷은 그녀가 할 말이 있다는 것을 깨달았다.

"저기." SUV가 주간 고속도로로 진입하자 켈러가 입을 열었다. "지금이 좋은 타이밍은 아니란 거 알지만, 좀 도와주면 좋겠는데."

맷은 똑바로 앉았다. 그리고 물을 한 모금 크게 마셨다. "말씀하세요."

"멕시코 당국이……." 켈러는 숨을 들이마셨다. "가족을 돌려보내는 데 문제가 있대. 그들 말로는 시신을 인계하기 전에 직계 가족이 무슨 서류에 서명을 해야 한다는 거야."

"좋아요. 뭐든 보내라고 하세요. 서명해줄게요."

"그게 문제인데……. 서류를 안 보내줘. 직접 와야 한다면서."

"네, 뭐라고요?"

"외교 채널로 계속 작업 중이긴 한데, 지역 담당자들이 말썽이야. 정보 공유에도 그다지 호의적이지 않고. 직계 가족을 그쪽으로 직접 보내라는 말만 계속 하고 있어."

"왜들 그런대요?"

"관광 산업에 영향이 갈까 봐 걱정하는 거 같아. 그런 사건이 한번 터지면 지역 이미지에 최악이니까. 아니면 정부 관료가 그냥 권력을 휘둘러보는 것이거나. 아니면." 그녀는 맷의 눈을 똑바로 바라보았다. "그들이 뭔가 숨기고 있거나."

맷은 이 말을 곰곰이 생각해보았다. "필요하다면 뭐, 가지요. 언제 가면 돼요?"

"내일 아침 비행기표를 예약해놓았어."

맷은 한숨을 내쉬었다. 빌어먹을. 이번 주는 정말 이렇게 인생 최악의 주가 되려나? 그는 애매하게 고개를 끄덕이고 계속 창밖을 바라보았다. 당장 여행에 나설 준비가 되어 있지는 않았다. 은행 계좌에 남은 돈도 채 100달러가 되지 않았다. 아버지와 싸운 후 부모님에게 받는 용돈을 고집스럽게 거부하던 중이었다.

두 사람은 한참 동안 말없이 앉아 있었다. 이제 SUV는 헨리 허드슨 파크웨이를 지나 맨해튼으로 접어들고 있었다.

비가 잦아들고 갑자기 구름이 흩어지면서 태양이 드러나기 시작했다. 햇빛을 받아 금빛으로 반짝이는 건물들을 보니 가족의 전통이 생각났다. 매년 7월이면 아버지가 다니던 회계 법인 회사가 뉴욕에서 연례 회의를 했다. 가족은 이때에 맞춰 모두 뉴욕에 왔다. 이 시기에는 '맨해튼헨지'를 볼 수 있다. 1년에 딱 이틀, 지는 해의 궤도가 격자 형태의 맨해튼 거리와 정확히 일치할 때가 있다. 붉은 태양이 고층 빌딩들 사이 지평선 아래로 사라져가는 모습은 장관이었다. 맷은 원년 이전에 마지막으로 맨해튼헨지를 보던 때를 회상했다. 가족은 14번가 노천 카페에 모여 앉아 있었다. 와인 기운에 살짝 기분이 좋아진 아빠와 엄마는 손을 잡고 도시를 즐기고 있었다. 대니는 연예인 스타일의 선글라스와 짧은 스커트를 입은 여자애들을 훑어보고, 매기는 여행 안내 책자에 코를 박고 태양이 선사하는 희귀한 이벤트에 대해 과학적 사실들을 종알거렸다.

작년에도 그들은 그 카페에 갔었다. 다들 각자의 지정석에, 아빠는 매기 옆에, 매기는 엄마 맞은편에, 토미는 대니의 자리였던 엄마 옆에 앉았었다. 그리고 맷은 그 옆에 있는 작은 테이블에 따로 앉았다. 모두들 그저 영혼 없는 의식을 반복하며, 이 의식이 여전히 그들에게 의미가 있는 척하고 있었다. *새롭지만 나아진 건 없는 파인 가족.* 그리고 지금 맷은 가족이 모두 죽었다는 사실에 심적으로 고통을 느꼈다. 원년 이후 가족에게 실망과 분노를 느꼈고, 그 일이 있기 전의 가족을 한없이 그리워했지만, 지금은 원년 이전이든 이후든 그냥 가족을 되찾을 수만 있다면 무엇이라도 내어줄 수 있었다. 아버지에게 그동안 내뱉은 말들을 사과할 수 있다면. 엄마가 그에게 어떤 의미인지 고백할 수 있다면. 매기가 그의 인생에서 얼마나 빛나는 존재인지 말해줄 수 있다면. 가족의 구원자였던 토미에게 고마워할 수 있다면. 그러나 사랑이든 원망이든, 가족에게 마음을 전할 수 있는 삶은 이제 끝났다. 그들이 가지고 있던 것이 그토록 덧없고 유약했었나. 맷은 이 사실을 차마 감당하기가 어려웠다.

"어디에 내려줄까? 기숙사?" 켈러가 물었다.

"그 사람들 갔을까요?"

"누구? 기자들?"

"네."

켈러는 얼굴을 찌푸렸다. "아닐걸. 혹시 근처에 친구가 있나?"

"그럼 이스트 7번가에 내려주세요."

운전기사가 룸미러로 켈러를 쳐다보았고, 켈러는 그에게 고개를 끄덕였다. SUV는 다른 차들을 이리저리 제치며 달렸다. 정체가 시작되자 운전기사가 경광등을 꺼내 차 지붕에 붙였다. 앞차들이 사이렌 소리에 옆으로 갈라지며 길을 내주었다.

맷은 다시 창밖을 바라보았다. 하루가 끝나가는 시각이었다. 사람들은 저마다 가벼운 걸음으로 퇴근길에 한잔하러 가거나 통근 열차를 타고 비좁은 아파트로 향했다.

마침내 SUV가 7번가에 멈췄다.

"여기?" 켈러는 무너져가는 이발소와 그 옆의 세탁소를 바라보며 물었다.

"네. 친구가 위층에 살아요." 맷은 페인트칠이 필요해 보이는 4층짜리 건물을 올려다보았다.

켈러는 고개를 끄덕였다. "휴대폰을 찾았다는 문자를 방금 받았어. 내일 비행기 타기 전에 갖다줄 수 있겠네. 괜찮지?"

"네."

"같이 멕시코에 갈 수사관도 물색해뒀고."

"베이비시터는 필요 없어요."

"혹시라도 무슨 일이 있으면……."

"혼자 가고 싶어요."

켈러는 얼굴을 찌푸렸다. "좋아. 그래도 영사관 직원은 공항에 데리러 나오라고 할게. 그 사람이 툴룸까지 데려다줄 거야."

맷은 대답하지 않았다. 켈러는 가방에서 종이를 꺼내 그에게 건넸다. "여기, 항공편 정보."

여전히 맷은 말이 없었다.

"친구 전화번호 좀 알려줄래? 연락할 수 있게."

"몰라요. 휴대폰에 저장해놔서." 열 자리 숫자를 외우는 건 이제 애플에 의해 완전히 퇴화된 기술이었다.

"알았어. 여기 내 전화번호." 그녀는 명함을 주었다.

맷은 명함을 슬쩍 보았다. 새러 켈러, 금융 범죄 부서. 금융 범죄 담당 수사관이 왜 이 사건을 담당하게 되었을까. 대니와 그 다큐멘터리 때문인가. 아니면 미국인이 해외에서 사망해서 그런 건가. 뭐든. 알게 뭐람.

맷은 차 문을 열고 거리에 내려섰다. 태양은 다시 구름 뒤에 가려져 있었다.

"그리고, 맷." 문을 닫기 전, 켈러가 말했다. "가족을 잃은 거, 정말 유감스럽게 생각해."

맷은 연방 수사관을 쳐다보았다. 그리고 그녀의 말을 믿었다.

6장

맷은 낡은 아파트 건물의 초인종을 다시 눌렀다. 여전히 답이 없었다. 거리에는 찌그러진 차들이 주차되어 있고, 엘리베이터 없는 건물에는 창문형 에어컨이 툭툭 불거져 있었다. 이발소의 불 꺼진 창 안을 들여다보니 의자 네 개가 거울을 마주 보고 있었다. 맷은 다시 초인종을 눌렀지만, 이번에도 답이 없어서 골목으로 걸어 나와 건물 뒤쪽으로 향했다. 녹이 잔뜩 슨 화재용 비상계단이 금방이라도 떨어질 것처럼 건물 벽에 매달려 있었다. 맷은 점프를 해서 계단의 맨 아랫단을 잡고 끌어당겼다. 시끄러운 소리와 함께 비상계단이 미끄러져 내려왔다.

맷은 4층까지 기어 올라갔다. 좁은 금속 발판 위에 서서 창문 안쪽을 들여다보니, 가네시가 있었다. 그는 완전히 뻗은 상태였고, 커피 테이블 위에는 마리화나 관련 용품들이 상점 부럽지 않게 수북이 쌓여 있었다. 창틈으로 요란한 TV 소리가 새어 나왔다. 맷은 유리창을 두드렸다.

가네시는 꿈쩍도 하지 않았다. 맷은 손가락을 창틈으로 밀어 넣고 문을 들어 올렸다. 창틀이 오래되어 녹슬고 휘어져서 반쯤 올리니 더는 움직이지 않았다. 그는 그 틈새로 기어 들어갔다.

"가네시." 불러도 반응이 없었다. 그는 입을 크게 벌린 채 여전히 의식이 없었다. 가네시의 얼굴에는 뿔테 안경이 걸려 있었고, 무릎 위에는 감자칩 봉지가 놓여 있었다.

"가네시!" 맷은 벽걸이 TV의 뉴스 소리를 누를 만큼 큰 소리로 불렀다.

가네시가 놀라서 벌떡 일어났다. 그는 주위를 둘러보고, 맷을 알아보고는 긴장을 풀었다.

"젠장, 놀랐네." 가네시가 말했다. 희미한 인도식 억양은 거의 티가 나지 않았다. 말투만 보면 오히려 인도인보다는 영국인에 가까웠다.

"미안. 초인종을 눌렀는데 답이 없어서." 맷은 턱으로 창문을 가리켰다. 예전에도 가네시가 열쇠를 집에 두고 나왔을 때 똑같은 방법으로 올라온 적이 있었다. 그래도 지난번과는 달리 이번엔 맨 정신이었다.

"괜찮아." 가네시의 곱슬머리가 부스스했다. 그는 셔츠에 묻은 감자칩 부스러기를 털고, 우울하고 슬픈 표정으로 맷을 바라보았다. "소식 들었어……. 내 문자 받았어? 뭐라 할 말이 없다."

맷은 고개를 끄덕였다. 가네시가 할 말은 없었다. 무슨 말이든 할 수 있는 사람은 이 세상에 아무도 없었다. 그리고 무슨 말을 한들 달라지는 건 아무것도 없다.

가네시는 몸을 앞으로 숙이고 커피 테이블에서 기다란 원통형 담뱃대를 집었다. 한 손에는 라이터, 다른 손에는 담뱃대를 들고, 맷에게 첫 모금을 권했다.

맷은 손을 들어 거절했다. 그는 마리화나와는 영 안 맞았다. 그리고 그렇게 법질서를 엄격하게 따지는 공화당원 가네시가 그토록 마약을 해대는 것이 늘 이상했다. 그러나 가네시는 신입생 시절부터 총체적 수수께끼 같은 친구였다. 가네시는 4년제 학위 과정을 3년에 끝냈고, 뇌 신경과학 전공으로 의대 입학 허가를 받아놓은 상태였다. 그에게 잘 어울리는 전공이었다. 자기 뇌만 가지고도 몇 년은 연구할 거리가 충분할 테니. 그는 진보적인 NYU를 선택한 보수주의자였다. '장벽을 쌓자'라는_{이민자 배척을 주장하는 트럼프의 구호—옮긴이} 구호를 외치는 이민자였다. 지적 수준은 꽤 높은데도 케이블 뉴스의 음모론을 곧잘 믿었다. 뭄바이의 1,000만 달러짜리 펜트하우스에서 성장했으면서도 이스트빌리지 외곽의 허물어져가는 아파트에 들어와 살았다.

가네시는 한 모금 가득 연기를 내뿜고 리모컨을 잡았다. "그 멍청한 기숙사 조교가 TV에 나와서 네 얘길 하더라. 네 여친도 그렇고."

"전 여친이지." 맷이 바로잡았다.

"녹화해놨어." 가네시가 말했다. 그는 화면에 표시된 녹화 파일 목록을 스크롤해서 지역 뉴스를 클릭했다. 얌체 같은 필립의 얼굴이 화면에 떴다.

"……모두들 슬퍼하고 있습니다." 필립이 말했다.

"맷 파인과는 가까운 사이인가요?" 금발의 기자가 마이크를 들고 말했다.

"아, 그럼요. 저는 단순한 기숙사 조교가 아닙니다. 우리는 가족 같은 사이예요."

이 말에 가네시가 기침을 하며 연기를 뱉어냈다.

다음은 제인이었다. 방금 헤어드라이어로 말린 것처럼 긴 머리카락이 부드럽게 흘러내렸고, 눈가는 촉촉하게 반짝였다.

"파인 부부는 정말 멋진 분들이셨어요. 저를 가족의 일원으로 대해주셨죠. 그리고 매튜의 여동생, 마거릿은, 정말 특별한 아이였어요. 가족의 든든한 반석 같은 아이였고, 올가을에 MIT에 들어가기로 되어 있었어요. 그리고 토미는……" 제인의 목소리가 갈라졌다. "……토미는 그냥 사랑스러움 그 자체였어요."

그 감정은 진짜였다. 바로 어제, 제인은 맷에게 이별을 통보했다. 그를 사랑하지만 자기가 원하는 걸 맷은 줄 수 없다고 했다. 원하는 게 뭔지는 몰라도 객관적으로 볼 때 제인이 그를 차버린 건 아주 뜻밖의 일은 아니었다. 하지만 관찰력이 뛰어난 그도 이런 갑작스런 이별은 전혀 예상하지 못했다. 제인은 부잣집 딸이었다. 어퍼웨스트사이드의 호화로운 아파트에서 자랐고, 수업 시간에 비즈니스 정장에 서류 가방을 들고 들어오는 경영대학원 놈들이랑 결혼하는 게 어울릴 애였다. 맷은 가끔 제인이 가난한 영화과 장학생이랑 사귀는 게 그냥 부모님에게 반항하려고 그러는 건 아닐까 의심하기도 했었다.

TV 화면은 다큐멘터리에 나온 대니의 이미지로 넘어갔다. 맷은 곧바로 TV를 껐다.

둘은 잠시 말없이 앉아 있었다. 맷은 생각에 잠기고, 가네시는 약에 취해 솔트 앤 비네거 감자칩을 우적거렸다. 굳이 진부한 얘기는 꺼내지 않았다. 맷이 가네시를 좋아하는 이유 중 하나였다. 그는 가식적인 대화는 하지 않았다. 신입생 때 그 다큐멘터리가 공개되었을 때도, 가네시는 그 혼란스러운 와중에 맷이 제정신을 차릴 수 있게 도와주었다. "신경 쓰지 마, 친구. 인생이 신 레몬을 안겨주면 레모네이드나 만드는 거야. 그럼 그걸 여자애들 꼬시는 데 쓰라고." 아주 나쁜 조언은 아니었다.

가네시가 말했다. "브루클린에 파티가 있어서 너 부르려고 했는데. 혹시 같이 갈래?"

"난 그냥 좀 쉴게. 오늘 밤 여기서 자도 되지?"

"당연하지, 친구. 있고 싶은 만큼 있어도 돼. 옛날 생각나겠다."

꼭 신입생 시절이 먼 옛날인 것처럼, 가네시가 말했다. 어찌 보면 정말로 그랬다.

"나 파티 안 갈 수도 있어." 가네시가 말했다. "옆에 같이 있어 주길 원하면, 내가……."

"아냐. 왜 안 가, 가야지. 오늘 하루가 길었어. 난 잠이나 좀 잘게."

"좋아, 좋아." 가네시는 침실로 사라지더니 곧 후드 티셔츠를 입고 데오드란트 냄새를 풍기며 나왔다.

"네 전 여친이 계속 널 찾는 문자를 보내던데. 다른 애들도. 혹시 내가……."

"나 여기 있다고는 말하지 마. 잠깐 혼자 있고 싶어. 아침에 내가 애들한테 연락할게."

"정말 안 가고 싶은 거 맞아? 다른 일에 신경 끄고 싶어서 그래?"

맷은 고개를 끄덕였다. 이건 레모네이드를 만들어서 해결될 문제가 아니었다. "어서 가. 재밌게 놀아."

가네시는 커피 테이블에서 마리화나 봉지를 주워 후드 티셔츠 주머니에 쑤셔 넣고 방을 나갔다.

마침내 혼자가 되자, 맷은 가네시의 소파에서 웅크리고 울었다.

7장

새러 켈러

켈러는 자그마한 단층집 현관문에 열쇠를 꽂았다. 머리 위 포치에 달린 조명등 주위로 나방이 원을 그리며 날았다. 뉴저지의 리딩턴은 아주 멋진 동네는 아니지만 켈러에게는 오히려 다행이었다. 그렇지 않았다면 FBI 수사관 월급으로 이런 집은 엄두도 못 낼 것이다. 이웃들도 주로 근로자와 젊은 신혼부부들이라 동네 분위기는 소박하고 안전했다.

집에 들어선 켈러는 부엌에서 나는 소리에 걸음을 멈췄다. 현관 옆 테이블 위에 열쇠를 조심스럽게 두고, 마룻바닥이 삐걱대지 않도록 살금살금 복도를 걸었다.

부엌에 다가가니 소리가 더 커졌다. 뭔가 사각사각거리는 것이, 마라카스 소리 같기도 했다.

거기에 웃음소리도.

켈러는 가만히 서서 부엌을 들여다보았다.

스토브 앞에서 밥이 옛날 방식으로 팝콘을 만들고 있었다. 불 위에서 팬을 흔들어 포일을 부풀게 하는 식이다. 쌍둥이가 아빠에게서 한 발짝쯤 떨어진 곳에 서서 아빠의 동작을 지켜보고 있었다. 마이클은 공룡 잠옷, 헤더는 디즈니 만화 주인공 벨이 그려진 면 원피스를 입고 있었다.

밥이 팬의 금속 손잡이를 잡고 사각사각 흔들었고, 두 아이는 같은 속도로 몸을 흔들며 웃었다. 그가 갑자기 멈추자, 쌍둥이도 그 자리에 얼어붙었다. 마이클은 허수아비처럼 허공에 손을 펼쳤고, 헤더는 웃음을 꾹꾹 눌러 참았다. 곧이어 밥은 옥수수 알갱이에 기름이 고루 묻도록 팬으로 커다란 8자를 그렸고, 아이들은 보이지 않는 훌라후프를 돌리듯 엉덩이를 열심히 실룩거렸다.

켈러의 온몸에 따스한 기운이 퍼졌다. 밥은 FBI의 젊은 수사관들처럼 날렵하고 세련되지는 않았다. 정수리 쪽에 부분 탈모가 있어 위에서 보면 머리카락이 도넛 모양으로 남았다. 낡아빠진 콘서트 기념 티셔츠 안으로 배가 꽉 끼었다. 그러나 아이들은 아빠를 멋진 영화배우 보듯 우러러보았다. 켈러도 마찬가지였다.

어떤 여자아이들은 아빠와 결혼하고 싶어 한다. 켈러는 아마도 그것이 수많은 부부가 불행해지는 이유일 거라고 믿었다. 여자들은 태어나서 처음 만난 남자의 이상화된 버전을 기준으로 삼고 남편감을 찾는다. 그러나 켈러는 아버지에 대한 환상이 없었다. 그녀의 아버지는 외모에 집착하는 열정적인 변호사였다. 밥은 집에서 아이들을 돌보는 전업주부 아빠고, 외모는 보다시피. 그녀의 아버지는 겉으로 감정을 드러내 보이는 것은 약자들이나 하는 짓이라고 생각했지만, 자기감정에 솔직한 밥은 영화를 보다가, 아이들 학예회를 보다가 우는 남자였다. 그녀의 아버지는 비서와의 불륜이라는 가장 진부한 클리셰를 보여줬지만, 밥은 래브라도 리트리버처럼 충실했다. 무엇보다도 밥은 다정했다.

"엄마!" 문틈으로 엿보는 켈러를 발견하고, 쌍둥이가 합창했다.

켈러는 무릎을 꿇고 팔을 활짝 벌렸다. 아이들은 엄마 품으로 뛰어들었다. 그녀는 이 포근한 느낌을 정말 좋아했다.

밥이 팝콘 팬을 불에서 내려놓고 그녀에게 다가와 키스했다.

"우리 〈겨울왕국〉 볼 거예요!" 헤더가 말했다.

"또 봐?" 켈러는 남편을 곁눈질하며 말했다. "잘 시간 아냐?"

"제발요, 엄마, 제발요." 마이클이 말했다.

"아빠가 봐도 된다고 했어요." 헤더가 끼어들었다.

"엄마한테 잠깐 숨 돌릴 시간 좀 주자. 오늘 하루 피곤하셨을 텐데." 밥은 켈러를 바라보았다. "먹을 것 좀 만들어줄까?"

"샌드위치 가져왔어."

"와인은 어때?" 밥은 부풀어 오른 얇은 포일을 찢고 팝콘을 플라스틱 그릇에 부었다.

"좋지."

밥은 쌍둥이를 바라보았다. "너희 둘은 가서 영화 틀어라. 엄마 아빠도 곧 갈게."

마이클은 팝콘 그릇을 들고 거실로 조심조심 걸었다. 헤더가 그 뒤를 따랐다.

아이들을 향해 밥이 외쳤다. "꼭꼭 씹어 먹어! 팝콘 목에 안 걸리게."

켈러가 작은 부엌 식탁에 앉자 밥이 선반에서 와인 잔을 꺼내 그녀 앞에 놓았다. 그는 와인 병을 들고 프랑스어 억양을 흉내 내며 말했다. "트레이더조 컬렉션에서 만날 수 있는 최상품 와인입니다." 그러고는 우아한 몸짓으로 잔에 와인을 따랐다.

켈러는 와인 잔을 돌리고 향을 맡은 후 한 모금을 홀짝 마셨다. "홀푸드 2019는 아니지만, 괜찮네요."

밥이 켈러 옆에 앉았다. "피곤한 하루였지?"

켈러는 무거운 한숨을 내쉬었다. "맷을 데리고 피시킬 교도소에 갔었어. 형한테 소식 전하려고."

"걘 좀 어때?"

켈러는 와인을 마셨다. "이제 겨우 스물한 살인데. 부모님과 동생들은 다 죽고, 형은 교도소에 가 있고. 게다가 언론의 자극적인 보도도 감당해야 하지."

켈러는 고되었던 그날 하루 이야기를 밥에게 들려주었다.

"죽은 가족이 계속 생각나더라고. 막내가 우리 쌍둥이랑 동갑이던데."

밥은 아내의 손 위로 손을 포갰다. "애들 얘기가 나와서 말인데, 너무 조용하지? 금방 보고 올게." 잠시 후 그는 한 팔에 헤더를, 다른 팔에 마이클을 안고 돌아왔다. 둘 다 잠들어 있었다.

"아, 애들 안아주고 싶었는데." 켈러가 말했다.

"긍정적으로 생각하자고. 〈겨울왕국〉을 또 안 봐도 되잖아."

밥이 쌍둥이를 침실로 데려다 놓고 다시 부엌으로 돌아왔다. 켈러가 말했다. "요즘 내가 일이 너무 많아서. 미안해."

"미안해할 것 없어."

켈러는 잔에 남은 와인을 비웠다.

"그 아버지가 다니던 회계 법인과 관련이 있는 것 같아?" 밥이 빈 잔을 채워주며 물었다.

켈러가 파인 가족의 비극에 발을 들이게 된 게 마르코니 LLP의 돈세탁 수사 때문이었다.

"아닌 것 같아. 에반 파인은 그렇게 중요한 인물은 아니었어. 그 사람이 심문 대상 목록에 올랐던 건 해고자였기 때문이야." 해고된 직원은 언제나 회사의 뒷얘기를 떠벌리고 싶어 하는 경향이 있다.

"그래도 우연치고는 너무 어마어마하잖아. 회사는 카르텔과 결탁하고, 직원 가족은 멕시코에서 죽고."

"피셔도 그렇게 생각해. 하지만 확대 해석이야. 그 인간은 본부와 주 정부의 호의를 얻고 싶어서 이 유명한 사건을 이용하려는 거야. 그래서 수사력을 투입시킨 거고."

"그래서, 당신은 이게 단순한 사고라고 생각해?"

"그렇게 말하진 않았어."

시즌 1 / 제3화
'이 병신 같은 놈들'

검은 화면.

웅성거리는 소리를 뚫고, 배심원들이 평결을 내렸다는 판사의 목소리가 들린다. 페이드 인.

인트로. 법정 녹화 장면.

판사가 평결문을 읽는다. 방청석에서 환호와 흐느낌이 뒤섞여 울린다. 판사는 정숙을 요청한다. 이때 한 남자가 일어선다.
그는 분노에 차서 판사에게 손가락질하고 그런 다음 검사, 변호사를 가리킨다. 마지막으로 그의 손가락은 배심원석을 향한다.

예반 파인

이 바보들아! 부끄러운 줄 알아라. 너희들 전부 다!

판사

정숙하세요! 법정에서 소란을 피우면 안 됩니다.

에반

저 아이는 무죄야. 이 바보들아. 이 병신 같은 놈들아!

집행관 두 명이 에반 파인 앞에 선다.
몸싸움이 벌어지고, 에반 파인은 질질 끌려 퇴정한다.

에반

그 아인 결백해. 내 아들은 결백해!

에반 파인

이전

에반은 분노로 눈빛이 이글거리는 남자를 흥미롭게 지켜보았다. 잔뜩 헝클어진 머리에 구깃구깃한 셔츠를 입은 남자는 지하철역에서 미사를 집전하는 거리의 사제 같았다. 아니면 술을 진탕 마시고 케이블 뉴스에 나온 화난 전문가이거나.

남자는 고함치듯 말했다. "DNA가 등장하면서 우리는 많은 걸 알게 됐습니다. 그런데 사람들은 그걸 여전히 이해 못 하는 것 같아요. 지금도 수많은 무고한 사람들이 감옥에 갇혀 있습니다. 게다가 그중 약 4분의 1은 자백을 한 사람들이에요. 그러니까 죄가 없으면 자기가 저지르지도 않은 범죄를 자백하지 않을 거 아니냐고 하는 말들은, 흥, 그건 그냥 개소리라고요. 그리고 성인들보다 십 대들이 허위 자백을 하는 경우가 훨씬 더 많아요. 걔들은 그냥 경찰이 듣고 싶어 하는 얘기를 하는 것뿐이에요. DNA 증거를 통해 무죄 선고를 받은 사람들을 대상으로 조사를 해봤더니 허위 자백을 한 사람들 중 40퍼센트가 아이들이었어요……."

에반은 마우스를 클릭해 넷플릭스를 일시정지시켰다. 개소리. 그가 평소에 잘 쓰지 않는 말이었다. 그러나 화면 속 그 남자는 에반이다. 2,000만 시청자의 눈앞에서 분노하는 에반. 한때 그는 다큐멘터리의 댓글 창을 읽는 실수를 저질렀었다.

저 아빠 제정신이 아니네.
너무 당황해서 사리 분별을 못 하는 거야.
대니 파인을 풀어줘라!
이런 망할, 그 불쌍한 여자애한테 무슨 짓을 한 거야. 저놈 아들도 똑같이 당했음 좋겠다.

카메라가 꺼지면, 다큐멘터리 제작자인 주디 애들러와 아이라 애들러 부부가 조용히 에반을 부추겼다. 물론 그들의 의도는 좋았다. 그들은 대니가 무죄라고 믿었다. 그러나 다큐멘터리가 방영되고 후폭풍을 겪으면서, 에반은 결국 그들에게 화를 낼 수

밖에 없었다. 가족의 사생활을 공공의 눈요깃거리로 남용한 데 대해. 그의 희망을 부추긴 것에 대해. 에반은 다시 마우스를 클릭했다. 화면 속 그의 얼굴이 움직이기 시작했다.

화면 밖에서 목소리가 들린다. 주디의 목소리다. "하지만 대니가 이 일과 관련이 없다면, 샬럿의 머리가 돌로 으깨진 것을 어떻게 알고 있었을까요?"

"그 애는 아무것도 몰랐어요." 에반이 벌컥 화를 내며 대답했다. "그 형사 둘이, 그자들이 애한테 다 가르쳐준 거예요. 테이프를 좀 보라고요, 제길."

다음으로 이제는 유명해진 그 조사실 장면으로 넘어갔다. 화면 속 대니는 창문 없는 조사실 안에서 탁자 위에 머리를 박고 있다. 형사들은 그날 아침 일찍 대니를 체포했다. 에반은 일 때문에 집에 없었다. 리브는 볼일을 보느라 매기의 전화를 받지 못했다.

건장한 형사 론 샘슨이 손바닥으로 테이블을 내리쳐 큰 소리를 낸다. 대니는 흠칫 놀란다. 대니의 얼굴은 부어 있고 눈물에 젖어 있다.

그 옆에 선 형사 웬디 화이트는 곱슬곱슬한 머리에 1980년대 유행했던 뱅 헤어를 하고 있다. 화이트가 말한다. "네가 한 일만 말하면 돼. 그럼 우리가 알아서 해결해줄게. 집에도 갈 수 있어."

"난 아무 짓도 안 했어요."

"거짓말!" 샘슨이 말했다. 그의 목소리에 지난 몇 시간 동안 이어진 조사에서 받은 스트레스와 분노가 실려 있다. 에반은 찌를 듯 날카로운 죄책감을 느꼈다. 누구도 — 에반도, 리브도, 변호사도 — 아들 옆에 있어주지 못하고 도와주지 못했다는 죄책감. 대니는 바로 이 주 전에 열여덟 살이 되었다. 법적으로는 성인이라, 형사들에겐 그의 체포 사실을 부모에게 알릴 의무가 없었다. 그래도, 만일 에반이 다른 비행기를 탔더라면, 그래서 그때 하늘을 날고 있지 않았다면, 또는 리브가 집에만 있었다면……. 에반은 무의미한 생각의 굴레에 다시 갇히지 않으려 애써 생각을 끊었다.

샘슨이 계속해서 나쁜 형사 역을 맡았다. "돌에서 네 지문이 나왔어." 거짓말이다.

다음은 화이트다. "그냥 사실대로 말하면 널 집에 보내줄 거야. 엄마 아빠하고 얘기해서 이 일을 바로잡을 수 있어. 너도 이런 걸 예상하지는 않았겠지."

대니는 고개를 저었다.

샘슨이 말한다. "그냥 가둬버리자고. 애처럼 몸 좋은 젊은 놈이 들어오면 감방 친구들이 얼마나 즐거워하겠어."

“아니, 아직은 아니야.” 화이트는 부드러운 목소리로 말한다. “그냥 사실대로 말해, 대니. 그럼 집에 보내준다니까.”

마침내, 지친 목소리로 울먹이며, 대니가 말했다. “좋아요.”

“뭐가 좋아?” 화이트가 말했다.

“제가 했어요.”

“뭘 했는데?” 샘슨이 물었다. 그는 대니를 안심시키듯 어깨에 손을 올렸다. “샬럿한테 무슨 짓을 했는지 말해봐.”

“돌로 때렸어요.”

“좋아.” 화이트가 말했다. “돌로 뭘 어떻게 했는데?”

“난, 어, 돌을 던졌어요.” 진술이라기보다는 꼭 질문처럼 들렸다.

“그렇게 큰 돌은 던질 수 없다는 거 알잖아.” 샘슨이 대니의 어깨에서 손을 홱 거두며 말했다. “됐어, 이제 그만하자고.” 샘슨이 일어서자 의자가 리놀륨 바닥 위에서 끌리며 거슬리는 소리가 났다. 그는 수갑을 꺼내는 시늉을 했다.

“그 무거운 돌로 뭘 했지?” 화이트는 계속했다. 목소리가 다급했다. 화난 파트너를 달래려는 것 같았다.

대니는 고개를 저으며 알아듣기 어렵게 중얼거렸다.

“이미 네가 했다고 말했잖아. 우리한텐 증거가 있어. 샬럿한테 어떻게 했는지 솔직하게 말하는 것만이 너한테 최선이야.”

대니는 침을 꿀꺽 삼켰다. "돌로 걔 머리를 쳤어요."

"어딜 쳤다고?" 샘슨이 다시 앉으며 물었다.

"머리요."

"착한 아이네. 잘하고 있어." 화이트가 말했다.

"돌로 머리를 몇 번이나 내리쳤지?" 샘슨이 말을 이었다.

"한 번요."

"거짓말 그만하고, 대니." 샘슨이 말했다. "증거가 있다니까."

"사실대로 말하면 우리가 다 알아서 할 거야. 여기에서 내보
내줄게." 화이트가 말했다. "한 번 내리친 걸로는 머리를 그렇게
만들 수 없어."

대니는 울음을 삼켰다.

"그냥 사실대로 말해." 화이트가 말했다.

"두 번요."

"아니야." 샘슨이 말했다.

"세 번."

"그래, 잘했어, 대니. 아주 잘하고 있어." 화이트가 말했다. "이
제 왜 그랬는지 말해볼까? 파티에서 싸웠니?"

대니는 고개를 끄덕였다. 시선은 바닥을 향했다.

"아주 좋아, 대니."

"그런 다음 수레에 샬럿을 싣고 개울가로 옮겼지."

대니는 탁자 위에 머리를 박았다. "맞아요."

두 형사는 서로를 쳐다보았다. 샘슨이 화이트에게 살짝 고개를 끄덕였다. 그들은 필요한 걸 다 얻었다.

대니는 고개를 들고 두 형사를 쳐다보며 조용히 물었다. "이제 집에 갈 수 있나요?"

에반은 노트북 키보드를 눌러 넷플릭스를 껐다. 몇 번을 보았어도 볼 때마다 뜨거운 피가 치솟고 주먹이 꽉 쥐어졌다. 허둥지둥 경찰서에 도착했을 때 울던 대니의 모습이 떠올랐다. 자식의 울음소리보다 더 마음이 무너지는 소리가 있을까. 대니는 극도로 겁에 질린 채로 집에 언제 갈 수 있느냐고 물었다. 월요일까지 학교에 제출해야 하는 과제가 있다면서.

에반은 부엌 조리대 위에 놓인 위스키 병을 집어 큰 잔에 가득 따랐다. 술은 그날 오전에 받은 심리 치료만큼이나, 아니 그보다 훨씬 더 효과가 좋았다.

집 안은 조용했다. 리브와 토미는 리브의 아버지를 만나러 네브래스카에 가 있었다. 치매 환자인 리브의 아버지가 요양원에서 또 문제를 일으켜 퇴원 통보를 받아서, 요양원 직원들을 설득하러 간 것이었다. 매기는 친구 집에서 자고 온다고 했다. 좋은 타이밍이라는 것이 있다면 지금이 바로 그때였다.

부엌 조리대 위 조명이 어둑하게 그림자를 드리웠다. 에반은 마우스를 다시 클릭해 은행 홈페이지의 계좌 화면을 열었다. 2,000달러 조금 안 되는 잔액. 당좌 예금 사정도 별반 나을 것이 없었다. 주택담보대출금 납입 기한은 일주일 앞으로 다가왔다. 지금까지는 용케 잘 숨겨왔다. 대니를 위해 변호사와 사설 조사관들에게 쓴 돈이 이미 수천만 달러에 달했다. 그러나 심판의 날이 다가오고 있었다. 리브가 계좌 잔액을 확인하는 모습이 머릿속에 그려졌다. 실은 회사에서 해고당했고, 그동안 아침마다 출근하는 척했던 거라고 말해야 하는 자신의 모습도.

그는 아내의 얼굴을 떠올렸다. 처음엔 괴로워하겠지. 그리고 다른 계좌들도 확인해보겠다며 화를 낼 테지. 계좌를 뒤지다 보면 매기의 대학 입학 자금이 1만 2,332달러밖에 남지 않은 걸 알게 될 것이다. MIT 기숙사 방값에도 턱없이 못 미치는 돈.

그는 은행 홈페이지 창을 닫고 이메일이 다음 날 아침 전송되도록 보내기 예약을 설정했다. 아내에게 보내는 이메일에서 그는 경찰에 바로 신고하라고, 그리고 시체를 집에서 치울 때까지 매기가 하퍼의 집에 머물게 하라고 당부했다. 그리고 아이들 하나하나에게 쓴 편지와 생명보험 관련 정보를 저장해둔 폴더 위치도 적어두었다. 그는 자살을 하더라도 보험금을 수령할 수 있는 보험 상품에 가입했었다. 보험금은 1,000만 달러에 달했다.

실버스타인 박사의 경고가 떠올랐다. 우울증 약을 먹다 보면 해결책이 단 하나뿐이라는 생각에 속아 넘어갈 수도 있다고.

그러나 그는 속은 게 아니었다. 처음엔 귓가의 속삭임부터 시작되었다. 이성의 목소리가 그의 무의식을 파고들어 가장 밑바닥에 깔린 마지막 두려움을 건드렸다. "가족들에겐 내가 없는 편이 더 나아." 그는 가족을 위해 결심하려는 것이었다. 가족이 경제적 궁핍에서 벗어나게 하려고. 피폐해진 가장과 함께 사는 고통을 겪지 않게 하려고. 목소리는 계속해서 그렇게 속삭였다. 그러나 그의 내면 더 깊은 곳에서는, 이 결단이 실은 가족을 위한 것이 아님을 잘 알고 있었다.

그를 위한 것이다.

절망의 수도꼭지를 잠그고 싶은 것이다.

그는 알약을 한 주먹 입에 털어 넣고 스카치위스키로 쓸어내렸다. 알약은 잘 내려가지 않았고, 구역반사를 억지로 삼켜 눌러야 했다. 그는 술을 한 잔 더 따라 재빨리 들이켜고 알약이 효과를 발휘하기를 기다렸다.

에반은 신앙이 있는 사람은 아니었다. 그러나 조직화된 종교는 좋아했다. 특히 '조직화'에 방점을 찍어서. 회계사인 그는 조직과 질서의 미덕을 높이 샀다. 그리고 종교 의식과 전통도 ─

전반적으로 더 나은 사람이 되도록 이끄는 규칙들 — 어찌 보면 매력적이었다. 네브래스카에 살던 시절 리브는 매주 일요일 교회에 나가자고 주장했었다. 리브의 어머니가 세상을 떠났을 때 겨우 열 살이던 리브는 믿음으로 상실을 극복했다고 했다. 그러나 대니가 유죄 판결을 받고 수감되었을 때, 그리고 가족이 일리노이주 네이퍼빌로 쫓기듯 이사 갔을 때, 에반은 종교에 대한 호의를 완전히 잃어버렸다. 그래도 알약의 효과를 기다리는 동안 그는 저도 모르게 조용히 중얼거렸다. "하느님, 저를 용서해주십시오. 그리고 가족들을 보살펴주세요."

마치 기도의 응답처럼, 아이폰이 울렸다. 평소와는 다른 벨소리였다.

화면을 보았다. 페이스타임 통화였다. 그는 평소에 페이스타임을 전혀 사용하지 않았고, 번호도 모르는 번호였다. 무시하려 했지만, 만일 그게 신의 간섭이라면 전화를 받는 편이 나을 것 같았다.

전화를 받았다. 화면은 어두웠지만, 음악 소리와 사람들이 내는 소음이 들렸다. 나이트클럽이거나 술집 같았다. 그의 얼굴이 작은 네모 안에 담겨 화면 위 오른쪽 구석에 비쳤다. 다큐멘터리에서 본 꼭 그 얼굴이었다. 카메라가 거칠게 밀쳐지고, 여자의 얼굴이 나타났다. 그늘이 져 어두웠지만 여자가 겁에 질렸다는 건 알아볼 수 있었다. 여자는 사람들에게 부딪치며 빠르게 걸었다. 여자의 거친 숨소리와 무딘 음악 소리가 전화기의 작은 스피커를 통해 쿵쿵 울렸다. 마침내, 여자가 어둑한 불빛 아래로 가서 멈춰 섰다.

에반의 심장도 함께 멈췄다. 숨이 쉬어지지가 않았다. 아무것도 생각나지 않았다. 그는 휴대폰 화면에 얼굴을 좀 더 가까이 가져갔다.

여자가 카메라에 대고 뭐라 말하고 있었지만 알아들을 수가 없었다. 하지만 그 얼굴은 — 주근깨, 분홍빛이 감도는 금발, 이마의 작은 흉터 — 그 얼굴을 본 그의 몸에 전류가 통하며 신경 한 올 한 올을 찔렀다. 에반은 주먹 쥔 손으로 눈을 비볐다. 말도 안 돼.

그는 볼륨 버튼을 더듬어 소리를 높였다.

여자가 다시 말했다. 이번에는 분명히 들렸다.

"도와주세요."

갑자기 손이 나와 여자의 머리채를 움켜쥐었다. 카메라가 거칠게 움직이더니 화면이 먹통이 되었다.

에반은 몇 번 눈을 깜박이고, 생각을 집중하려 애썼다. 그는 싱크대로 달려가 손가락 두 개를 목구멍으로 쑤셔 넣었다. 토사물이 입을 통해 뿜어져 나왔다. 갈색 액체와 알약 캡슐. 대부분은 아직 녹지 않은 상태였다.

다리가 풀리고 생각이 뒤죽박죽이 되었다. 충격 때문인지 아니면 알약 중 일부가 혈류를 타고 흘러서인지 모르겠다. 정신을 차려야 했다. 방금 본 것을 이해해야만 했다.

휴대폰을 쥐고, 발신자 번호를 찾았다. 발신자 정보는 '몰로코 바'로 되어 있었다. 발신지 위치는, 툴룸, 멕시코. 머리가 어질어질한 채로 그는 번호를 눌렀다. 벨소리가 울리는 동안 그의 얼굴이 화면 구석에 떴다. 그러나 전화는 다시 연결되지 않았다.

전화 좀 받아,

제발, 제발 전화 좀 받아, 샬럿.

9장

맷 파인

자고 싶었지만 마음이 산란해 잠을 이룰 수가 없었다. 게다가 가네시의 소파 스프링도 잠을 방해하는 데 한몫했다. 금이 간 아파트 천장을 노려보며, 맷은 뉴욕의 소리에 귀를 기울였다. 고양이의 신음 소리(고양이 맞겠지), 멀리서 들려오는 사이렌 소리, 쓰레기 봉지가 쓰레기차에 떨어지는 둔탁한 소리. 그는 지금 자신의 감정이 무엇인지 정확히 헤아려보았다. 일단 슬픔은 한참 넘어선 것 같고, 죄책감, 회한, 통한, 괴로움이 모두 뒤섞인…… 그러면서 좀 더 익숙한 감정도 있었다. 수그러들지 않는, 깊은 외로움.

대니가 체포된 후로 외로움은 언제나 맷의 동반자였다. 맷의 외로움은 고향인 네브래스카에서 쫓겨나다시피 일리노이로 이

사 간 여름에 시작되었다. 여름방학 때 하는 이사만큼 아이를 외롭게 만드는 것은 없었다. 새로 친구를 사귀기도 어렵다. 학교는 방학 중이고, 동네 아이들은 여름 캠프를 가거나 가족 여행을 떠나거나 아르바이트를 하고 있었다.

영화는 맷의 도피처였다. 여름방학 초반에는 스코세이지와 히치콕과 큐브릭과 코폴라와 놀란과 함께 보냈다. 걱정이 된 엄마는 바람이라도 쐬라며 맷을 계속 밖으로 끌어냈다. 토미가 낮잠을 자면, 엄마와 맷은 아무 일도 없었던 것처럼 조용히 보드게임을 하거나 속삭이며 대화를 했다. 그러다 아버지의 직장 동료가 자기가 다니는 컨트리클럽의 캐디 아르바이트 자리를 소개해줘서 나머지 여름방학은 골프장에서 보냈다.

맷은 캐디 일을 좋아했다. 그곳에서 그는 캐디 매니저 채드를 만났다. 채드는 전직 프로 골프 선수였고 화사한 미소로(그리고 신탁 자금으로) 인생을 꾸려나가는 사람이었다. 캐디들은 비가 그치기를 기다리거나 필드가 비워져 자기 차례가 올 때까지 하루의 대부분을 캐디 휴게소에서 보냈다. 채드는 그런 캐디들에게 지혜의 말씀을 들려주기도 하고, 카트를 타고 다니며 차가운 맥주를 파는 가슴 큰 여대생 앤절라와 시시덕거리기도 했다.

채드는 맷과 십 대 아르바이트생들에게 조언을 아끼지 않았다. "여자애를 집에 데려올 때는 문 옆에 글레이드 플러그인 방향제를 꽂아놔. 그럼 개네들은 아파트가 정말로 깨끗하다고 생각할 거야"라거나, 그들의 고객에 대해서는 "굳이 아부하지 마. 그 사람들은 접대하는 고객이나 여자한테 좋은 인상을 주고 싶을 때가 아니면 팁을 많이 안 줘"라고 조언했다. 고등 교육에 대해서는 "대학은 의식이 깬 멍청이들을 찍어내는 공장이야. 대학에 가야 하는 이유는 딱 하나, 여자를 낚기 위해서야"라고도 했고, 인생에 대해서는 "우리 아버지는 부자였고, 방 안 하나 가득 상패로 가득 찬 성공한 CEO였어. 그래도 죽을 때 신경 써주는 사람은 아무도 없더라"고도 했다. 맷은 아침마다 잠자리에서 벌떡 일어나 교대 근무를 하러 달려갔다. 골프를 좋아해서가 아니었다. 시카고의 끈적한 더위 속에서 골프 가방을 짊어지고 다니는 것은 고된 일이었다. 그는 그저 그 무리에 속해 있는 느낌이 좋았다.

그러다 어느 날 누군가가 컨트리클럽 매니저에게 맷의 형이 교도소에 수감 중이라고, 그것도 살인죄로 복역하고 있다고 귀띔했다. 채드는 눈을 내리깔고 맷에게 유니폼과 모자를 반납하라고 했다. 그 이후로 다시는 채드를 보지 못했다. 그래도 맷은 그가 여전히 그 컨트리클럽에 있을 거라고 상상했다. 그가 좋아하는 일을 계속하고, 맥주 파는 여자애들을 꼬시고, 슬픈 열네 살짜리들한테 조언을 해주면서.

시간이 흐르면서 맷의 외로움은 분노와 원망으로 바뀌었다. 그는 싸움을 시작했다. 가족이 시카고로 이사를 오기로 급하게 결정했던 것도 학교 운동장에서 그가 벌인 난투극 때문이었다. 그때 일을 떠올릴 때마다 맷은 가족들에게 늘 미안한 마음이 들었다. 그래도 고등학교 이후에는 마음속 날뛰는 야수를 다스려 우리 안에 잘 가두어두었고, 남들 앞에서도 용케 잘 숨겨왔다. 그러나 완벽한 은폐는 아니었다. 한번은 겨울방학에 집에 갔다가 아버지와 대판 싸우고 나서 학교로 돌아왔는데, 파티에서 어느 남학생 클럽 회원이 제인에게 실수로 뭔가 역겨운 말을 했다. 맷은 물불 가리지 않고 달려들었다. 정신을 차렸을 땐 남학생은 피투성이가 되어 있었고, 옆에서 제인은 제발 그만하라고 울면서 맷을 말리고 있었다.

일어나서 TV를 켰다. 새벽 4시 30분이었다. 채널을 계속 넘겨도 "사고로 다치셨나요?"라고 진지하게 묻는 변호사들 광고만 나왔다.

더 이상은 참을 수가 없었다. 맷은 달리기를 하러 나가기로 했다. 운동을 하면 정신을 집중하는 데 도움이 되었다. 생각을 가라앉히고 쓸데없이 신경을 곤두세우는 에너지를 소비할 수 있었다. 야수를 우리 안에 계속 붙잡아둘 수 있었다. 이 시간이

86

면 파파라치들이 오전 근무를 나오기 전에 기숙사에 몰래 잠입할 수도 있을 것이다.

맷은 가네시의 침실로 들어갔다. 가네시는 운동복을 말없이 빌려 가도 뭐라 할 친구가 아니다. 엉망진창인 옷장을 뒤져 구깃구깃한 언더아머 티셔츠와 반바지 한 벌을 꺼냈다. 가네시는 기본적으로 몸집이 컸고 학교에 입학해서 13킬로그램이 불었다. 마리화나를 피우며 군것질을 한 대가였다. 가네시의 옷은 헐렁해서 펄럭거릴 정도였다. 그러나 만날 사람이 있는 것도 아니고, 운동하기에는 상관없지 싶었다.

맷은 더러운 계단을 내려가 7번가로 나갔다. 거리를 따라 늘어선 가로등 불빛을 받으며 가볍게 달렸다. 단단한 길바닥이 발밑에서 기분 좋게 느껴졌다. 구름이 흘러가고 공기는 신선했다.

쿠퍼 스퀘어에 도착할 즘에는 속도를 올렸다. 금이 간 인도 위를 달리며, 공사장과 끝없이 이어지는 오렌지색 안전 콘을 지나 길을 건넜다. 워싱턴 스퀘어 파크의 아치가 보일 때쯤엔 땀범벅이 되고 생각은 훨씬 맑아졌다. 맷은 머릿속으로 계획을 세우기 시작했다.

멕시코 여행은 부모님이 비상용으로 준 신용카드를 사용해 가기로 했다. 진짜 비상용이야. 비상용 피자를 사 먹으란 게 아니야. 엄마가 카드를 주며 농담을 했었다. 켈러 말로는 멕시코 당국에서 원하는 게 그의 서명뿐이라고 했으니, 곧 가족을 집에 데려올 수 있을 것이다. 그러면 이모에게 전화해서 장례 절차를 상의해야지. 신디 이모는 주관이 뚜렷한 사람이니 생각이 있을 것이다. 아무튼 이모에게 전화해 이모와 할아버지의 안부를 확인하자. 멕시코에서 돌아오면 집이랑 차, 예금, 복학, 대니 문제를 처리하자.

다시금, 격한 감정이 밀려들었다.

달리면서 아버지의 목소리를 들었다. 오랜 냉전이 시작되기 전, 아빠는 언제나 맷을 설득해 벼랑 끝에서 벗어나게 해주었다. 이를테면 이런 식이었다. "코끼리 한 마리를 먹으려면 어떻게 하면 될까?" 아빠는 맷의 턱을 손으로 감싸 쥐고, 눈을 바라보며 직접 답을 말해주었다. "한 번에 한 입씩 먹는 거야."

그때는 맷이 너무 어려서, 생각의 갈피 사이에서 아빠의 메시지를 놓치곤 했다. "도대체 누가 코끼리를 먹는다고 그래요? 그걸 어떻게 요리하려고요? 그리고 코끼리는 멸종 위기종 아니에요?"

아빠는 미소를 지으며 맷의 머리카락을 헝클어뜨렸다. "한 번에 한 입씩이다, 매티."

공원을 지나 계속 달렸다. 위험한 곳으로 알려진 어두운 구역에, 나무 사이로 사람의 형체가 보였다. 이 시간의 공원은 마치 영화 〈28일 후〉 속 배경 같았다. 경련에 몸을 떠는 마약 중독 자나 몸을 축축 늘어뜨리는 아편 중독 좀비들의 추격을 받으며 달리는 기분이 든다. 그는 체스판 구역을 향해 달렸다. 갑자기 레기와의 마지막 체스 게임이 생각났다. 순간적으로 다른 잡생 각은 모두 잊을 만큼 짜릿한 승리였는데.

조금 전 그 사람의 형체가 이제는 옆쪽에 보였다. 야구 모자 를 쓴 키 큰 남자의 실루엣이었다. 아마 익명의 동성 상대를 찾 아 배회하는 유부남이겠지. 해 뜰 무렵 공원의 또 다른 용도 중 하나였다.

계속 달리다 보니 기숙사 건물 로비의 불빛이 보였다. 횡단 보도 앞에 서서 숨을 고르고 주위를 둘러보았지만 언론사 차량 이나 사진 기자는 보이지 않았다. 도로 위로 차들이 쌩쌩 달리 고 있었다. 도시가 기지개를 켜고 있었다.

"불 좀 빌릴까요?" 뒤에서 목소리가 들렸다.

맷은 돌아보았다. 야구 모자를 쓴 남자였다. 모자를 깊이 내 려 써서 얼굴 위로 그림자가 드리웠다. 보이는 부분은 얼굴의 아래쪽 절반뿐이었다. 코부터 입술까지, 구순열 수술 자국 같은 흉터가 길게 이어져 있었다. 그는 손가락 사이에 담배를 들고 있었다.

"불 없어요." 맷은 단호하고 정중하게 '나한테 수작 걸지 말

라'는 투로 말했다. 공원에서 거친 사람들을 대할 때는 그런 말
투가 필요했다. 맷은 다시 고개를 돌리고 신호가 바뀌기를 기다
렸다.

　그 순간 뒤에서 세게 떠미는 힘이 느껴졌다. 맷은 휘청거리
며 도로 한복판으로 넘어졌다.

10장

맷은 아스팔트 바닥에 세게 부딪쳤다. 엉덩이에서 뜨거운 통증이 찌르듯 올라왔다. 그러나 덮칠 듯이 달려오는 자동차 헤드라이트 불빛에 느낀 두려움이 통증을 이겼다. 맷의 몸은 곧 있을 충격에 대비해 뻣뻣하게 굳었다. 세상이 어두워졌다. 끽 소리가 매섭게 공기를 찢었다. 차는 급히 방향을 틀며 멈춰 섰다. 맷은 눈앞에 반짝거리는 별을 멍하니 응시했다. 그때 누군가 옷을 잡아당기고, 거칠게 몸을 더듬고 반바지 주머니에 손을 찔러 넣는 것이 느껴졌다. 맷은 간신히 그 흐릿한 형체에 초점을 맞추었다. 가까스로 시야가 밝아졌을 즈음엔 남자는 사라지고 없었다. 그를 거의 칠 뻔했던 택시 기사가 차 문을 벌컥 열고 나왔다.

"너 바보냐? 죽고 싶어!"

맷은 사과할 일이 아닌데도 얼떨결에 기사에게 사과했다. 누가 뒤에서 떠민 데다 바로 눈앞에서 강도를 당하는 걸 기사도 봤을 텐데. 아무튼 그 강도도 참 운이 없는 놈이었다. 친구한테 빌린 옷을 입고, 지갑도 돈도 휴대전화도 없는 대학생을 털다니. 맷은 야구 모자를 쓴 남자를 찾아 주위를 두리번거렸다. 저쪽에서 웬 뚱뚱한 남자가 다가와 그에게 손을 내밀었다.

맷은 남자의 도움으로 일어났다. 두 사람은 인도 쪽으로 걸어 나왔다. 넘어질 때 제대로 부딪쳤는지 옆구리가 아팠다. 택시 기사는 요란한 경적 소리를 뚫고 다시 자기 차로 돌아갔다.

맷은 일으켜준 남자에게 감사 인사를 하러 돌아섰다. 그 순간 카메라 플래시가 연신 터졌다.

"그만 좀 해요." 맷은 그 남자도 파파라치였다는 것을 깨달았다.

"아까 괜찮다고 했잖아요." 그는 괜찮다는 말로 맷의 공간을 침범해도 좋다는 허락을 받아냈다는 듯 말했다.

"날 민 사람 봤어요?"

"누가 밀었던 거예요?" 파파라치는 신이 나 보였다. 사진의 가치가 더 높아질 거라 기대하는 모양이었다. "난 방금 여기 왔는데요. 시끌벅적한 소리가 나서 온 거지 아무것도 못 봤어요.

그냥 당신이 발을 헛디딘 줄 알았죠." 남자는 거리를 둘러보았다. "맷 파인 맞죠?"

맷은 대답하지 않고 기숙사를 향해 걷기 시작했다.

"누가 밀었다고요? 누가 그런 짓을 했대요?" 남자가 계속 따라오며 물었다.

맷은 계속 걸었다. 아스팔트에 부딪힌 엉덩이와 다리 쪽이 점점 더 아파졌다.

"기분은 어때요? 멕시코 사람들이 당신 가족한테 무슨 일이 있었는지 말해주던가요? 형하고는 얘기해봤어요? 이번 일이 대니가 사면을 받는 데 도움이 될 거라고 생각하나요?" 남자는 질문하는 동안 쉬지 않고 계속 사진을 찍었다.

맷은 남자에게 꺼지라고 말하고 싶었다. 얼굴에 주먹을 날리고도 싶었다. 그러나 다리를 절며 묵묵히 걸었다. 기숙사 입구에서 카메라를 외면하고 빨간색 인터콤 버튼을 눌렀다. 마침내 경비가 나와서 문을 열어주었다.

여느 때의 경비들은 대체로 불친절하다. 카드를 잃어버린 학생은 새 보안 카드를 발급받도록 곧장 학생 센터로 보낸다. 그러나 오늘 경비는 가만히 맷의 어깨에 손을 올렸다.

"방으로 데려다주마, 맷."

그도 뉴스를 본 모양이었다. 경비는 말없이 맷을 10층까지 데려다주고 방문도 열어주었다. 문 앞에 제인이 서 있었다. 눈이 붓고 평소와 달리 머리도 흐트러져 있었다. 제인은 팔을 벌려 맷을 안아주었다. 공용 거실로 쓰이는 작은 방도 친구들로 북적였다. 신입생 때부터 친하게 지내는 친구들이 이케아 소파와 빈백 의자와 바닥에 옹기종기 앉아 있었다. 친구들이 밤을 새우며 비운 맥주병과 와인병이 구석의 분리수거 통에 쌓여 있었다.

어디선가 신입생 때 만난 친구가 평생 친구라는 얘기를 읽은 적이 있었다. 그 말은 사실이었다. 맷의 기숙사는 루빈 홀이었다. 루빈 홀의 비공식적인 명칭은 '가난한 애들의 기숙사'였다. 1960년대 호텔을 개조해 기숙사로 쓰고 있는 이 건물은 불량한 위생 상태와 신통치 않은 냉방으로 유명했다. 학생들은 기숙사를 선택할 때 꼭 가야만 하는 이유가 없으면 루빈 홀을 선택하지 않았다. 가장 저렴한 비용으로 입사할 수 있어서, 대학은 장학금을 받는 애들을 루빈 홀에 밀어 넣었다. 맷이 입학한 첫해 첫 주에 폭염이 덮쳐서, 같은 층 기숙사생들은 유일하게 에어컨이 있는 공용 공간에 모여 파자마 파티를 했다. 가족과도 같은 친구들을 만난 게 이때였다. 맷은 그 방에 모인 친구들을 둘러보았다.

칼라가 있었다. 칼라는 밤을 새우고 나서도 여전히 멋지고 세련되었다. 그녀는 티시 예술대학 학생이었고, 입학해서 루빈

에 들어온 이후로 계속 이곳에서 생활하고 있었다. 처음엔 거의 백발에 가까운 금발로 탈색을 했고, 빈민가 사람들의 억양을 썼다. 칼라와 맷은 만나자마자 친구가 되었다. 칼라와의 우정 때문에 제인과 싸우기도 많이 싸웠다. 칼라와 가까워진 데에는 둘다 옛날 TV 드라마와 영화 애호가라는 점이 크게 작용했고, 맷이 오클라호마 시골 출신인 칼라에게 전혀 편견이 없었기 때문이기도 했다. 어쨌든 그의 가족도 네브래스카 소도시에서 야반도주하듯 달아나지 않았던가.

다큐멘터리가 공개되고 온 세상 사람들이 맷의 비밀에 대해, 교도소에 간 살인자 형과 만신창이가 된 가족에 대해 알게 된후 처음으로 맷에게 다가온 친구도 칼라였다. 칼라는 자기 아버지도 수감 중이라고 털어놓았다. 그때는 아버지의 죄명을 말하지 않았지만, 두 사람이 많이 가까워지고 나서 칼라의 아버지가 어머니를 폭행했다는 것을 알게 되었다. 맷은 그 폭행이 어머니에게서 그치지 않았으리라 짐작했다.

칼라가 맷을 한참 동안 꼭 안아주었고, 그의 귀에 조용히 속삭였다. "넌 항상 내 곁에 있어줬었지. 나도 언제나 네 곁에 있을게, 내 친구."

맷의 눈에 눈물이 고였다.

우진도 그곳에 있었다. 키가 2미터라서 못 보고 지나치기 어려운 친구다. 그는 몸을 한껏 숙이고 어색하게 맷을 포옹했다. 우진은 한국 출신이고 농구 장학생으로 입학했다. 조용한 성격이고, 강한 한국식 억양을 쑥스러워했다. 우진이 수업을 쫓아가기 힘들어할 때 맷이 따로 개인 지도를 해주곤 했다.

그 옆에 소피아가 있었다. 입고 있는 초록색 군용 재킷이 군인 같은 그녀의 성격과 잘 어울렸다. 소피아는 매사에 진지했고, 모든 인간관계에 불같은 열정으로 임했다. 입학한 첫해만 적어도 여섯 번은 사랑에 빠졌고, 그때마다 맷은 매번 소피아를 뜯어말렸다. 평소의 그녀를 생각하면 놀랍진 않지만, 그녀는 이 소식을 가장 힘들게 받아들였던 것 같다. 눈가의 메이크업이 눈물로 얼룩져 너구리가 되었고, 긴 적갈색 머리카락도 손질하지 못해 엉망이었다. 맷을 안아주는 소피아는 떨고 있었다. 맷의 몸도 함께 떨렸다.

다음은 커티스였다. 커티스는 모임의 브레인으로, 9학년 때 전국 철자법 대회에서 우승을 한 친구였다. 이 대회에서 흑인 학생으로는 두 번째, 형편없는 미시시피 공립학교의 학생으로서는 최초의 우승자였다. SAT 점수는 거의 만점에 가까웠고 모든 아이비리그 대학에서 장학금 제의를 받았다. 그가 뉴욕대학교를 선택한 건 학문적인 이유는 아니었고, 그가 몸담은 종파의 예배당이 학교 가까이에 있기 때문이었다. 규모도 작고 정체가 다소 모호한 종파였다. 커티스는 매일 수업이 끝나면 이틀에 한 번, 2시간 동안 예배에 참석했다. 그는 술도 마시지 않고, 마약도 안 하고, 욕도 안 하고, 심지어 카페인도 안 마셨다. 그리고 그는 뉴욕대의 자유분방한 분위기를 힘겨워했다. 그와 맷은 밤늦도록 종교에 대해, 그리고 커티스가 치르는 유혹과의 전쟁에 대해 긴 대화를 나누곤 했다. 맷은 커티스에게 자신의 믿음에 대한 믿음을 가져야 한다고 말했었다.

"널 위해 기도하고 있어, 친구." 커티스가 맷을 끌어안으며 말했다.

"그럴 줄 알았어. 그 기도가 필요할 것 같아." 맷의 목소리가 갈라졌다.

딱 한 사람 가네시만 없었다. 그는 언제나 모임의 외톨이였다. 그는 언제나 사람들을 좋아했지만 사람들로부터 거리를 유지하는 모순적인 태도를 취했다.

맷은 사랑하는 친구들을 하나씩 살펴보았다. 겉으로만 보면 매력적이라 할 만한 사람들이었다. 한자리에 모아놓으면 〈펠리시티〉1990년대 후반 방영된 미국의 인기 청춘 드라마―옮긴이의 리메이크 버전을 찍을 수도 있을 것이다(이렇게 말하면 칼라만 이해했다). 세상에 맞서는 잘생긴 NYU 학생들. 그러나 인생이 그렇듯, 각자의 내면은 좀 더 복잡했다. 가네시는 이 모임을 '망가진 장난감들의 섬'이라고 불렀다. 소피아는 그 말이 영화 〈빨간 코 사슴 루돌프〉2001년 개봉한 애니메이션 영화. 결함 있는 장난감들이 등장한다.─옮긴이 에 나오는 말이라며 그를 나무랐다. 소피아는 그 말이 인종 차별적이고 동성애 혐오를 담고 있다고 생각했다. 맷은 소피아가 그렇게 생각하는 이유를 전혀 이해할 수 없었다.

의식이 끝나고, 맷은 친구들에게 말했다. "와줘서 고마워. 나한테 얼마나 큰 의미인지 너흰 모를 거야."

친구들은 우리가 항상 옆에 있어줄게, 뭐든 필요한 게 있으면…… 같은 말을 한꺼번에 웅얼거리기 시작했다.

"괜찮다면, 난 이제 좀 씻고 쉬어야겠어……."

친구들은 주위를 어슬렁거리며 소지품을 챙겼다. 그들은 맷의 방문 앞에서 또 한 번 포옹 의식을 치렀다.

제인은 망설이며 그 자리에 남았다. 마지막 친구가 가고 나서, 그녀가 말했다. "어디 있었어? 걱정했는데. 온 사방에 전화를 했어. 넌 전화도 안 받고 가네시는 내 문자도 씹고 그래서……."

"나중에 다 얘기할게. 지금은 혼자 있고 싶어."

제인의 얼굴이 일그러졌다. "맷, 난 절대로…… 그런 줄 알았다면, 절대 그런 말 안 했을 거야……."

"알아. 괜찮아." 그는 문 옆에서 기다렸다. 이제 가라는 신호를 준 것이다. 지금은 이런 얘기는 하고 싶지 않았다.

"실수였어." 제인이 말했다.

맷은 순간 미소를 지었다. "아냐. 실수 아니었어."

"우리 얘기 좀 해." 제인은 갈 생각이 없어 보였다.

바로 그 전날 맷은 두 사람의 관계가 끝났다는 사실에 살짝 충격을 받았다. 그러나 조금 시간이 흐르니, 있는 그대로의 현실이 보였다. 어차피 맷과 제인은 결코 이루어지지 못할 것이었다. 루빈 홀의 친구들은 둘의 관계가 1년이나 지속된 걸 놀라워했다. 젠장, 맷이 연애 상대로 쉽지 않은 사람이라는 걸 깨닫는 게 이렇게나 오래 걸릴 일인가. 그리고 마지막에 제인은 맷에게 잔인한 말을 했다. 그는 엉망진창이라고, 학교생활과 그녀에게 집중하지 않으면 아무것도 되지 못할 거라고. 아버지와 형에 대한 분노를 다스리려면 전문가의 도움을 받아야 한다고. 그 남학생을 때려눕힌 후로 그녀는 늘 그가 두려웠다고.

최악인 건, 제인의 말이 다 맞다는 것이었다. 그리고 이젠 아무래도 상관없었다.

"매튜, 제발. 얘기 좀 해."

제인은 맷을 뒤쫓아 욕실까지 들어왔고, 샤워기를 틀고 우스꽝스럽게 헐렁한 가네시의 운동복을 벗는 맷을 지켜보았다. 옷차림에 대해 묻고 싶은 눈치였지만, 두 번이나 멈칫거리며 입을 다물었다. 맷은 샤워 부스에 들어가 뜨거운 물을 얼굴 위로 틀었다. 안개 낀 샤워 부스 유리를 통해 욕실을 나가는 제인의 실루엣이 희미하게 보였다.

수건으로 몸을 대충 닦고, 방으로 돌아왔다. 제인은 입꼬리를 한껏 내린 채 침대 위에 앉아 있었다.

"나랑 얘기 안 할 거야?" 청바지와 티셔츠를 주워 입는 맷을 지켜보며, 제인이 물었다.

"할 말이 더 있으려나 모르겠네."

맷은 침대 밑에서 더플백을 꺼내 옷가지를 쑤셔 넣기 시작했다. 그러고는 서류 파우치를 찾으려고 옷장을 뒤졌다. 서류 파우치는 엄마가 만들어준 것이었다. 거기에 어른에게 필요한 것들이 전부 들어 있었다. 사회보장카드, 여권, 출생신고서. 엄마가 만들어 넣어둔 비상용 신용카드도 그 안에 있었다. 파우치를 찾지 못한 맷은 옷장 서랍을 통째로 틀에서 빼 바닥에 쏟았다. 파우치가 바닥으로 떨어졌다. 서류봉투 크기의 아코디언 파우치. 맷은 그것을 집었다.

"지금 뭐 하는……. 어디 가려고?" 제인은 밖으로 나가는 맷에게 물었다.

"가족들 데리러."

11장

맷은 서둘러 기숙사 건물을 빠져나왔다. 제인이 뒤에서 그를 불렀다. 맷은 파파라치들을 지나쳐 잽싸게 택시를 잡아타고 기사에게 라과디아 공항으로 가자고 했다. 그는 뒷좌석의 갈라진 비닐 시트에 앉아 한동안 이리저리 부딪치며 멍하니 창밖을 응시했다. 꼭 〈마이클 클레이튼〉의 마지막 장면처럼. 그러나 현실의 택시는 곧 브레이크를 세게 밟아 급정거하며 앞차를 피해 급히 방향을 틀었다. 택시 기사는 창문을 내리고 한바탕 욕설을 퍼부었다.

문득 맷은, 이대로 앞차와의 추돌 사고로 죽어도 신경 쓸 사람은 별로 없겠다는 생각이 들었다. 제인은 사람들 앞에서 한껏 비탄에 잠길 테지. 그래, 루빈 홀의 친구들은 그래도 한데 모여 이야기를 좀 나누고 맷 파인을 위해 술잔을 들 것이다. 그러나 곧 잊겠지. 세상 사람들은 지나가는 얘기처럼 파인 가족의 불운이나 저주, 세상에 알려진 비극들을 얘기할 것이다. 가족 중에 큰형은 살인죄로 누명을 쓰고 교도소에 갔고, 엄마 아빠랑 동생 둘은 여행 갔다가 가스 누출 사고로 죽고, 남은 하나는 — 걔 이름은 뭐더라? — 가족들의 시신을 인도받으러 공항에 가다가 차 사고로 죽었대. 사람들은 파인 가족의 운명을 보며 '현재에 충실해라'라는 말을 되새길 것이다.

아니, 오늘은 아니야. 택시가 공항 터미널에 도착하자 맷은 애써 생각을 떨쳐버렸다. 그는 시무룩한 표정의 항공사 직원에게, FBI 수사관에게 받은 예약 번호를 주고 표를 받았다. 그런 다음 현금을 찾으러 ATM으로 갔다. 몇 번의 시도 끝에 비상용 신용 카드의 비밀번호를 알아내고는 안도의 한숨을 내쉬었다. 1010. 부모님이 항상 쓰는 비밀번호였다. 10월 10일. 두 사람이 대학에서 처음 만났던 날짜. 또 한 번 슬픔이 북받쳐 올랐다. 500달러를 찾아 주머니에 넣고, 맷은 현대식 비행기 여행이라는 고행길에 올랐다. 길게 늘어선 대기 줄. 신발은 벗고. 액체는 반입 불가. 잠시 후 그는 더플백을 어깨에 걸고 게이트 앞에 도착했다.

플라스틱 의자에 한참을 앉아서 멍한 눈빛으로 창밖 아스팔트 활주로를 쳐다보았다. 아침 해를 받으며 비행기들이 분주하게 뜨고 내렸다. 다시 만날 일 없는 수천수만의 낯선 사람들이 지금 이곳에서 서로 엇갈리고 있다. 바닷가의 모래알, 개미집의 개미들처럼. 아, 이 병적인 생각을 떨쳐내야 할 텐데.

9시 30분이 되니 게이트 주위가 붐비기 시작했다. 그때 맷은 누군가 자신을 지켜보고 있다는 느낌이 들었다. 주위를 둘러보았다. 휴대전화에 대고 주절거리는 사업가, 목에 목베개를 두른 대학생, 후줄근한 여행객들 사이에 완전히 잘 차려입은 희귀한 여행자. 그중에 그를 지켜보는 사람은 없었다. 그러나 맷은 자신이 감시당하고 있다는 확신이 들었다. 그는 그 느낌을 알았다.

다큐멘터리에 출연하는 건 거부했지만, 열 편의 극적인 에피소드에 가슴 절절한 현악 사운드와 함께 등장한 가족사진과 예전 뉴스 영상은 어쩔 수가 없었다. 다큐멘터리가 공개되고 나서 사람들은 종종, 혹시 내가 아는 사람인가 하는 표정으로 맷을 바라보곤 했다. 대니 파인의 진정한 신봉자이자 충실한 팬들은 어떻게든 맷과 대니를 연관 지었고, 맷은 셀카를 거부하거나 포옹을 좋아하지 않는다고 사과하며 자리를 피해야 했다. 그는 어쩔 수 없이 전 국민이 궁금해하는 미스터리가 되었고, 기자와 인터넷 탐정들이 정교한 이론으로 각자의 범인을 주장하며 벌이는 추리 게임의 일부가 되어야 했다.

다큐멘터리는 심금을 울렸다. 아름다운 소녀가 가장 잔인한 방법으로 죽었다. 전형적인 미국 소년이 누명을 쓰고 기소되었다. 작은 마을은 오명을 얻었고 진짜 용의자들은 제대로 조사하지도 않았다.

다큐멘터리는 특별히 한 사람, 바비 레이 헤이즈를 용의자로 지목했다. 그는 젊은 여성들을 살해한 혐의로 교도소에 수감 중이었다. 소녀들을 성폭행하고 살인한 후 커다란 돌로 두개골을 박살냈다. 언론은 그에게 뭔가를 박살낸다는 의미로 '스매셔'라는 창의성 없는 별명을 지어주었다. 그전에도 사람들은 백인 쓰레기, 힐빌리, 시골뜨기 등등 다양한 이름으로 헤이즈 가족을 욕했다. 다큐멘터리가 방송되고 나서는 더 험한 별명으로 비난을 받았다. 가족 중 막내, 매서운 뱀눈에 험상궂은 인상의 바비 레이는 여성을 죽이는 연쇄 살인범이었고, 다큐멘터리에서도 곧바로 주요 용의자로 부각되었다.

맷은 그를 애써 외면하는 척하는 고급 정장 차림의 남자를 주시했다. 딱 조건에 맞는 남자였다. 대니 파인의 '팬'들은 확실히 잘사는 사람들이 많았다. 그들은 도대체 어떻게 유죄 판결이 잘못 내려질 수 있는지를 결코 이해하지 못했다. 그러나 가난한 사람들에게는 그런 일이 흔했다. 맷의 아버지와 몇 분만 같이 있으면 국가 면죄 명부에 등록된 사람 중 2,852명은 자신이 저지르지도 않은 범죄에 대한 벌로 총 23,540년을 감옥에서 보냈다는 얘기를 질리도록 들었을 것이다.

"매튜." 뒤에서 부르는 소리가 들렸다. FBI 수사관, 켈러다.

"네."

"오늘 아침에 흥미진진한 일이 있었다던데."

맷은 무슨 말인지 이해하지 못했다. 길가에서 그를 민 남자에 대해서는 누구에게도 말하지 않았다. 게다가 겨우 몇 시간 전에 있었던 일이다.

켈러가 휴대전화를 보여주었다. 화면에 인터넷 뉴스 기사가 떠 있었다. 헤드라인은 이랬다. "다큐멘터리 〈폭력에 물든 세상〉 가족의 생존자, 길에서 습격당하다."

맷은 신음했다.

"오늘 아침 〈타임〉지에 가족 이야기가 특집 기사로 실렸어." 켈러의 말은 경고처럼 들렸다. "괜찮아? 어떻게 된 거야? 정말 공격을 당했어?"

맷은 입술에 흉터가 있는 남자에 대해 설명했다.

"왜 나한테 전화 안 했어? 경찰에 신고라도 했어야지! 혹시라도……."

"전 괜찮아요. 그냥 멍만 좀 들었어요. 남자를 자세히 보지도 못했고 도난당한 물건도 없고요. 그러니 신고할 만한 게 없었죠."

켈러는 맷의 대답에 만족하는 것 같지는 않았지만, 어차피 더 이상 할 일도 없었다. 그녀는 가방에서 종이 한 장을 꺼냈다. "공항으로 널 데리러 나올 영사관 직원의 이름이야. 그 사람이 어디로 갈지도 알 거야. 하지만 만일의 경우를 위해 관할 경찰서 주소와 담당 형사 이름도 적어놨어."

맷은 종이를 힐금 보고 반듯하게 접어 여권과 함께 앞주머니에 넣었다.

"아마 그냥 형식적인 절차일 거야." 켈러가 말했다. "서류 몇 장에 서명만 하면 시…… 가족을 인도해줄 거야. 영사관이 필요한 서류 작업을 도와줄 거고."

맷은 고개를 끄덕였다.

켈러는 곱게 접은 〈타임〉지를 한 부 건넸다. 1면 사진을 보자마자 주먹으로 배를 한 방 얻어맞은 기분이었다. 칸쿤 공항 표지판 앞에서 가족이 찍은 셀카였다. 카메라 앞에서 한껏 과장된 표정을 지은 가족사진. 도대체 〈타임〉지는 이 사진을 어디서 구했을까? 엄마가 페이스북에 포스팅한 사진이었을 것이다. 우린 잘 지내요, 고마워요 여러분. 사진 아래에는 캡션이 달렸다.

에반 파인(51), 올리비아 파인(51), 마거릿 파인(17), 토머스 파인(6).

사진 밑에 맷과 대니의 사진이 따로 올라와 있었다. 맷의 사진은 작년 여름 페이스북 포스팅에서 따온 것이다. 대니의 사진은 머그샷이었다.

"읽고 싶지 않아요."

"읽으라고 준 게 아니야." 켈러가 말했다. "멕시코 경찰들이 아주 세련된 친구들은 아닌 것 같아. 혹시 그 사람들이 유족이 맞냐고 물으면, 이 사진이 도움이 될 거야. 게다가 무려 〈타임〉지 기사니, 그들의 사건 처리를 전 세계가 지켜보고 있다고 일깨워주는 역할도 할 테고."

스피커에서 왜곡된 목소리의 안내 방송이 울렸다. 알아듣기 어려웠지만, 승객들이 탑승구 앞으로 서서히 줄을 서기 시작했다.

"알았어요. 저 이제 가봐야 해요."

"이것도 도움이 될 거야." 켈러는 맷에게 지갑과 스마트폰을 건넸다.

"고마워요."

"그놈도 참 어이없었겠네. 장물 전화기를 판매하는 놈이었을 텐데. 지갑도 돈도 없고."

어차피 지갑에는 돈이 있었던 적이 없었다.

맷은 아이폰 화면을 쳐다보았다. 수백 번은 떨어뜨려 실금이 잔뜩 가 있었다. 배터리는 백 퍼센트 충전이 되어 있었다. 켈러가 해준 거겠지. 잠금화면의 배경 화면은 제인의 사진이었다. 그녀가 직접 업로드한 사진이었다. 사진 속 제인은 특히 더 당당해 보였다.

"도움이 될 만한 게 좀 있던가요?"

"아직 안 봤어. 비밀번호를 물어봐야 해서. 당연히 허락도 받아야 하고." 켈러는 맷을 바라보았다. "봐도 되겠니?"

맷은 엄지손가락을 센서에 대고 잠금화면을 풀었다. 문자 메시지 앱을 열기 전, 깊이 숨을 들이마셨다. 메시지가 수백 개는 와 있었다. 대부분은 모르는 번호였고 열두어 개 정도는 친구들이 보낸 것이었다. 아버지에게 온 새 메시지는 없었다. 엄마가 보낸 문자가 하나, 지금 비행기를 탔고 그를 사랑한다는 인사말이었다. 비행기를 탈 때마다 습관처럼 보내는 문자. 혹시라도 비행기가 추락할 때를 대비한 운명론적 예방책.

그리고 맨 끝에, 매기가 보낸 새 문자 메시지가 있었다.

시즌 1 / 제4화
'홈즈와 왓슨'

인트로. 파인 가족의 집―서재.

열두 살 소녀 매기 파인이 어수선한 책상 앞에 앉아 있다. 산더미 같은 파일 상자와 서류들이 방 안 가득 쌓여 있다. 소녀의 뒤로 집에서 만든 범죄 현황판이 서 있다. 신문에서 오려낸 기사와 사진들이 지그재그로 뻗은 빨간 실로 연결되어 있다. 다른 단서들도 압정으로 고정되어 있다. 매기는 말이 그려진 티셔츠를 입고 이에는 교정 장치를 끼고 있다.

매기

맷 오빠가 영화를 정말 좋아하거든요. 아마 수십억 편은 봤을 거예요. 지난번에 제일 친한 친구가 우리 집에 자러 왔는데, 같이 오빠를 훔쳐봤어요. 친구가 놀러 오면 항상 그래요. 그래서 오빠가 보던 영화를 몰래 좀 봤는데, 제목은 기억이 안 나요. 그 영화에서 변호사들이, 음, 그러니까, 사무실 상자를 뒤져서 궁지에서 벗어나는 장면이 있더라고요. 그걸 보고 아이디어를 얻었죠.

클로즈업. 매기의 손이 상자를 뒤지고, 서류 뭉치 하나를 꺼낸다.

스스로 뿌듯해하는 표정이 역력하다.

매기

네브래스카의 할아버지 집에 갔을 때, 시청에 가서 직원에게 학교 숙제를 하는 중이라고 했어요. 거짓말은 아니었어요. 멜후즈 선생님이 그래도 된다고 하셨으니까요. 그랬더니 시청 직원이 예전 사건 파일을 뒤져볼 수 있게 허락해주셨어요. 그래서 이걸 찾았고요.

인트로. 스튜디오.

에반 파인이 스툴에 앉아 있다. 배경은 어둡다.

에반

매기가 경찰 조사 기록 사본 두 개를 가져왔어요. 하나는 그날 밤 하우스 파티의 의심스러운 참석자에 관한 것이었죠. 생존한 샬럿이 마지막으로 모습을 보였던 그 파티 말입니다. 다른 기록은, 샬럿 사건이 캔자스에서 발생한 두 건의 살인 사건과 비슷하다는 익명의 제보 내용이었습니다. 대니가 교도소에 수감된 후로 캔자스, 네브래스카, 미주리에서 소녀들이 같은 방식으로 살해되었습니다. 커다란 돌로 머리가 짓이겨진 상태로요.

인서트—신문 헤드라인

"스매셔 사건 속보: 플레인빌 용의자, 그리즐리 살인 사건과도 연관성 있어 보여."

에반

검찰은 이 내용을 보고하지 않았습니다.우리가 그때 스매셔 사건을 제대로 조사했다면 지금 이 자리에서 이러고 있지 않았겠죠. 대니의 변호사에게 보고서를 제출하지 않은 건 법 위반이에요. 무죄 입증 증거는 반드시 제출하게 되어 있거든요. 유죄 판결 이후 구제책을 찾는 과정에서 첫 돌파구를 찾은 겁니다.

인트로. 파인 가족 집—서재.

에반과 매기가 책상에 같이 앉아 사건 파일을 조사하고 있다.

에반
(목소리만)
그때부터 맥파이와 나는 홈즈와 왓슨이 되었죠. 누가 홈즈고 누가 왓슨인지는 모르겠지만요.

12장

매기 파인

이전

"네 남자 친구 왔다." 하퍼가 눈썹을 찡긋 올렸다.

학교 내 개인 교습 센터 입구에 에릭이 와 있는 건 이미 봤다. 매기는 눈동자를 굴렸다. "그만해라."

"아니, 진짜로. 쟤 너한테 완전 반했잖아. 쟤는 너 여기 나오는 날만 온다니까. 그러니까, 꼭 문자 그대로 너를 스토킹하는 거 같아."

또래 아이들이 다들 그러는 것처럼, 하퍼도 입버릇처럼 '그러니까'란 말을 붙이고 '문자 그대로'는 엉뚱한 데 갖다 붙였다. 매기는 센터 내부를 둘러보았다. 실내는 늘 오는 애들로 가득 차 있었다. 운동 경기에 나가기 위해 무조건 C학점까지 성적을

올려야 하는 운동선수들, 센터와 유치장행 사이에서 선택해야
했던 마리화나 중독자들, 그리고 그들을 가르칠 모범생 너드들.
흠, 하퍼는 모범생은 아니고 화끈한 너드라고 해야 어울리겠다.
에릭이 으스대며 방을 가로질러 걸어왔다. 딱 그 말 그대로다.
'으스대다.' 그는 친구들과 하이파이브를 하며 으스대는 걸음으
로 접수 테이블로 왔다.

하퍼와 매기 앞에 서서, 에릭은 출입자 명부에 이름을 적었
다. 그러고는 소녀들의 마음을 홀릴 미소를 지으며 매기에게 물
었다.

"나 수학 공부 좀 도와줄 수 있어?"

매기의 얼굴이 빨갛게 달아올랐다. 옆에 선 하퍼의 곁눈질이
느껴졌다. "물론이지."

에릭은 푸른 눈을 빛내며 다시 미소를 짓고, 구석 빈 책상 쪽
을 턱으로 가리켰다.

매기는 그의 매력에 넘어가지 않으려고 노력했다. 하퍼는 에
릭이 '문자 그대로' 학교의 유명 인사라고 했다. 하퍼가 '문자
그대로'를 정확히 쓴 건 처음이었다. 졸업반의 제왕. 맷 오빠라
면 80년대 존 휴즈 영화에서 튀어나온 것 같은 전형적인 소년
이라고 했을 것이다. 매기도 그에게 몽환적인 분위기가 있다는
걸 인정했다. 몽환적. 참 고풍스러운 표현이다. 매기도 엄마의

말투를 닮아가는 걸까.

매기는 에릭 옆에 앉았다. 에릭은 교과서를 펼쳤다. "유리식이 잘 이해가 안 가서."

매기는 놀란 표정을 애써 잘 감췄다.

"알아, 알아. 넌 이런 건 5학년 때 끝냈겠지." 당황한 듯, 에릭이 얼굴을 붉혔다. 그는 당황할 때도 사랑스럽다. 세상은 불공평하다.

"아냐, 유리식이 진짜 어려워." 매기는 거짓말을 했다. "게다가 의미도 없고. 도대체 살면서 이런 걸 어디에 써먹겠어?"

"그래? 하지만 MIT에 가면 써먹겠지."

심장이 두근거렸다. 내가 어느 대학에 가는지 알고 있었구나. 매기는 에릭에게 가까이 다가앉았다. 그러고는 30분 동안 전문가의 자세를 유지하며 에릭의 문제 풀이를 도왔다. 그에게서 싸구려 향수 냄새와 남자 냄새가 났다. 매기는 잡념을 떨치려 애썼다. 에릭 허친슨 같은 남자애들은 문제아다. 그런 애들은 매기 같은 모범생은 아예 여자로 인정하지 않았다. 엄마는 남자애들도 언젠가 매기의 진가를 알아볼 거라고 안심시켰지만, 남자애들은 두뇌 발달이 느리다.

"그 티셔츠 맘에 든다." 에릭이 말했다.

매기는 입고 있던 AC/DC 빈티지 티셔츠를 내려다보았다.

아빠가 좋아하는 밴드의 티셔츠다. "개인 과외는 공짜인 거 알지? 아첨할 필요 없어."

"아첨 아냐. 진짜 멋져."

"알았어. 문제에 집중해……." 매기는 미소를 지었다.

수학 문제를 계속 풀다가, 에릭이 불쑥 물었다. "오빠 사건은 어떻게 되어가고 있어?"

매기가 진학할 대학을 에릭이 아는 게 사실 놀라운 일은 아니었다. 매기는 그 다큐멘터리의 주요 등장인물이었다. 사건의 단서를 풀어나가는 믿음직한 딸이자 여동생. 그 덕에 그녀는 학교에서 유명해졌지만, 한편으로는 볼품없는 외모를 동정하는 사람들도 많았다. 인터넷 악플러들은 그래도 나이가 들면 엄마처럼 예뻐질 수도 있다거나(다큐멘터리가 방영되었을 때 매기는 겨우 열두 살이었다), '화끈한' 오빠처럼 바람직하게 성장할 수도 있다는 둥 역겨운 추측을 해댔다.

우웩. 어쩌면 세상은 이토록 외모만 따지는 걸까. 하지만 매기도 지금, 참으로 모순적이게도, 잘생긴 에릭 옆에서 설레고 있었다.

"몇 가지 좌절을 겪긴 했지만, 얼마 전엔 좋은 정보도 얻었어." 매기가 말했다. '좌절'이라니, 과소평가도 이만저만이 아니다. 미국 대법원은 좌절이라고 부를 수준이 아니었다. 아예 막

다른 길이었다. 그러나 에릭 같은 애들은 복잡한 법 제도에 신경 쓰지 않는다. 아니면 혹시 매기가 그를 과소평가하는 걸까?

"정보? 증거나 뭐 그런 거 말이야?"

"응. 보고 싶어?"

에릭은 고개를 끄덕였다. 매기는 휴대전화를 꺼냈다.

"이 사건 전용으로 SNS 계정을 하나 팠어. 인터넷 세상엔 괴짜랑 악플러들이 많긴 해. 하지만 합리적인 사람들도 제법 있거든. 그런 사람들이 가끔 유용한 정보를 줄 때가 있어." 매기는 설명을 하는 내내 휴대폰을 두드렸다. "대개는 별것 아닐 때가 많지만. 그러다 이걸 받았어."

휴대전화로 찍은 어수선한 동영상이었다. 처음 2초 동안 사람들이 희미하게 보였고, 배경으로 뭉개진 음악 소리가 들렸다.

"이게 뭐야?" 에릭이 가까이 몸을 기대며 물었다.

"파티 장면이야." 매기는 에릭도 다른 사람들처럼 다큐멘터리에 나온 약칭을 이해하리라 생각하고 따로 설명하지 않았다. 오빠의 여자 친구 샬럿은 살해당했던 날 밤 하우스 파티에 갔었다. 대니도 그해 졸업 예정자들과 같이 파티에 참석했었다. 지역 경찰이 파티 현장을 급습했고, 아수라장 속에서 대니와 샬럿은 헤어지게 되었다. 목격자들은 파티 후 옥수수밭에서의 뒤풀이 때 잔뜩 취한 대니를 보았다고 진술했다. 샬럿은 이후 살아 있는 모습으로 발견된 적이 없다.

"이게 그 자일 수도 있어." 매기는 화면을 가리키며 말했다.

"그게 그러니까, 신불남?"

에릭은 확실히 그 다큐멘터리를 봤다. '신원 불상의 남자'는 하나의 현상이 되어가고 있었다. 페이스북의 밈, 심야 토크쇼의 대화 주제, 심지어 티셔츠까지 제작되었다. 다큐멘터리 제작자들은 경찰이 그날 밤 파티에 참석한 사람들을 전원 조사할 때 딱 한 사람만 신원 확인을 못 했다는 사실에 초점을 맞췄다. 목격자에 따르면 그는 백인 남성이고, 나이는 이십 대 초반에서 후반까지로 추정되었다. 그를 아는 사람은 아무도 없는 것 같았다. 다큐멘터리에서는 이 사람이 진짜 범인일 거라고 암시했다. 시청자들은 이 사람이 '스매셔' 바비 레이 헤이즈라고 믿었다. 매기는 동영상을 느린 화면으로 전환했다.

에릭이 홀린 듯 화면을 들여다보았다.

"여기 촬영 일시 보이지? 이게 파티가 있던 날 밤이야. 그 당시 휴대폰은 그렇게 정교하지 않았지만, 그래도 꽤 많은 걸 알아낼 수 있어." 매기는 화면으로 손가락을 가리켰다. "여기 대니 오빠가 있고." 작은 화면 안에서, 오빠가 빨간색 플라스틱 컵에 든 걸 전부 마시고는 소리 내어 웃었다. 불끈불끈한 이두근이 드러나는 민소매 티셔츠를 입고, 레터맨 점퍼를 입은 소년들과 어울리고 있다. 화면이 암흑으로 바뀌기 직전, 누군가의 얼굴 윤곽이 희미하게 보였다.

"여기." 매기는 동영상을 중지시켰다.

"이 사람? 그러니까, 이 사람이 진짜 그 신원 불상의 남자라고?" 에릭이 물었다.

"확실하진 않아. 하지만 답보다는 의문이 더 많지. 아무튼 이건 바비 레이 헤이즈가 아니거든." 아빠는 헤이즈가 범인이라고는 절대 믿지 않았다. 현실에서는 다큐멘터리가 암시하는 것처럼 조각들이 완벽하게 들어맞지 않았다.

"맙소사, 이 동영상은 누가 보낸 거야?"

"나도 몰라. 익명의 제보였어."

"경찰은 뭐래?"

매기는 한숨을 쉬었다. 경찰은 정말이지 눈곱만큼도 신경 쓰지 않았다. 특히 수사를 담당한 네브래스카 경찰들은. 그들의 입장에서 보면 그들은 대니 파인 사건 때문에 대중의 비난과 공격 대상으로 전락한 셈이었다. 심지어 살해 위협에도 노출되었다. 대니를 심문했던 형사들 중 하나는 넷플릭스 시리즈가 방송되고 난 후 스스로 목숨을 끊었다.

"전화를 해도 제대로 응답해주지 않아. 한 번도 응대해준 적이 없어. 그 사건은 이미 종결됐다는 거야."

“와, 이건…….” 에릭은 신중하게 말을 골랐다. “진짜 개똥 같다.”

매기는 미소를 지었다. 에릭이 마음에 들었다.

“저기, 오늘 밤에…… 친구들이랑 놀기로 했거든. 플래허티 집에서.” 에릭이 말했다.

마이크 플래허티. 졸업반의 또 다른 유명 인사다.

“파티 같은 거야?”

“꼭 그런 건 아니고. 일종의 파티이긴 한데. 너도 잠깐 들러도 돼. 봄방학 전에 마지막으로 한번 노는 거야.”

샬럿이 그렇게 살해되고 난 후, 파인 가족은 고등학교 하우스 파티를 세상에서 가장 위험한 것으로 여겼다. 부모님이 진짜로 파티가 위험하다고 믿어서인지 아니면 단순히 그때 그 일이 떠올라서 그러시는 건지는 잘 모르겠다.

“어쩌면.” 매기는 자기 입에서 그런 말이 나왔다는 데 속으로 놀랐다. 마침 센터의 종이 울렸다.

“어쩌면.” 에릭이 매기를 따라 말했다. 그 순간 ‘유혹적’이라는 단어가 떠올랐다. 에릭은 한쪽 입술을 치켜올리며 장난기 어린 미소를 지었다. “네가 오면 수학 공부를 좀 더 할 수도 있잖아.”

“정말? 파티에서 공부를 한다고?”

"내가 낙제하길 바라는 건 아니겠지? 그랬다간 나 장학금 못 받아." 에릭은 솔직하게 말했다. 그가 미시간 대학교에서 라크로스 장학생으로 입학 허가를 받았다는 얘기는 들은 적이 있다. 미시간 대학은 평범한 C학점짜리 학생은 받아주지 않는다. 또 한 번 세상은 공평하지 않다는 걸 실감하게 만든다.

"어쩌면." 매기는 다시 말했다. 나비가 팔락거리는 것처럼 속이 간질거렸다.

"주소는 문자로 보내줄게." 에릭은 책을 챙겨 들고 으스대는 걸음으로 센터를 나갔다.

운동하는 애들은 왜 다들 저렇게 으스대며 걷는 걸까?

매기는 접수 데스크로 돌아와서 하퍼와 함께 마무리 정리를 했다. 일과가 끝나면 방문자 기록을 정리하고 센터 문을 잠가야 했다.

"무슨 얘기 했어?" 하퍼가 물었다.

"뭐가 무슨 얘기야?"

하퍼는 매기를 째려보았다.

"파티에 오라던데."

"플래허티네 파티?" 하퍼의 입이 떡 벌어졌다. 물론 하퍼는 이미 초대를 받았다. 둘은 가장 친한 친구 사이고 둘 다 책을 좋아하는 소녀들이었지만, 매기와는 달리 활발한 성격의 하퍼는 온갖 사교 모임들을 휩쓸고 다녔다. 하루는 매기의 집에서 피자를 먹으며 영화를 보고, 다음날은 자연을 좋아하는 친구들과 하이킹을 가고, 그다음 날에는 운동선수들과 술 파티를 여는 식이었다.

"응. 걔 말로는 파티라기보다는 그냥 모임이래."

하퍼는 순진한 매기가 한심하다는 듯 고개를 저었다. "그래서……?"

"나도 몰라. 아빠가 파티를 어떻게 생각하는지 너도 알잖아."

"맥, 우린 지금 졸업반이야. 넌 아직 파티는 한 번도 안 가봤잖아. 술도 안 마셔봤고. 남자랑 자는 건 아예 입도 못 떼겠다. 그러니까, 그렇게 한심한 꼴로 대학에 가고 싶은 거야?"

매기는 서류 커버로 친구를 찰싹 때렸다.

"가자. 오늘 밤에 나랑 같이 가면 되겠다."

"생각 좀 해보고."

"뭘 생각해? 어쨌든 오늘 밤엔 우리 집에서 자기로 했잖아. 그러니까 아빠한테 허락받을 필요도 없지. 분위기가 영 구리다 싶으면 나오면 되고."

매기는 가고 싶었다. 에릭을 만나고 싶었다. 그러나 몰래 가고 싶진 않았다. 다른 것도 아니고 하우스 파티에 가는 문제로 아빠를 배신하고 싶지 않았다. "생각해볼게."

생각 끝에 가기로 했다.

그날 밤 10시에 매기와 하퍼는 우버를 불러 타고 마이크 플래허티의 집 앞에 도착했다.

"별로 좋은 생각 같지 않은데." 매기는 차 뒷좌석에서 집 앞 포치에 모인 아이들을 보았다. 맥주 통을 든 소년 둘이 계단을 오르자 다른 아이들이 현관으로 들어갈 수 있도록 길을 비켜주었다. 플래허티의 아버지는 자동차 중개 체인을 운영했다. 그리고 집은 대량으로 찍어낸 개성 없는 대저택이었다. 우버 기사가 반원형 진입로를 가로막은 아이들에게 경적을 울렸다.

"긴장 풀어. 재밌을 거야. 게다가 너 지금 얼마나 예쁜데." 하퍼가 말했다.

매기는 민소매 크롭탑을 끌어내렸다. 하퍼에게 빌려 입었는데 가슴골이 많이 드러나는 디자인이었다. 하퍼에게 메이크업을 맡긴 것도 실수였다. 매기는 늘 쓰는 안경을 벗고 렌즈를 꼈다. 눈을 깜빡일 때마다 렌즈가 모래알처럼 껄끄럽게 느껴졌다.

집 안에 들어서니 속이 더 뒤틀렸다. 한 무리의 아이들이 쿵쾅거리는 댄스 뮤직의 비트에 맞춰 몸을 흔들고 있었다. 시큼한 땀 냄새와 마리화나 냄새가 진동했다.

"플래허티의 부모님은 어디 계셔?" 매기가 물었다. 고등학교 하우스 파티는 처음이었다. 이게 이 정도로 진부할 줄은 상상도 못 했다.

하퍼는 대답 대신 어깨를 으쓱하고는, 매기를 이끌고 넓은 방을 가로질렀다. 아예 댄스장이 되어버린 방에서 아이들은 엉덩이를 흔들며 부비부비 춤을 추고 있었다. 음향 시스템 뒤에서 방방 뛰는 싸구려 디제이까지 있었다.

그들은 인파를 헤치고 식당으로 갔다. 샹들리에가 달린 제대로 된 식당이었다. 거대한 테이블 위에서는 비어퐁 게임이 한창 진행 중이었다. 마이크 플래허티는 이마에 무슨 헤어밴드 같은 걸 두르고 웃통을 벗은 채 테이블 상석에 우뚝 서서, 근육을 꿈틀거리며 자유투 라인에 선 농구선수처럼 슛을 던졌다. 작은 흰색 휴지 뭉치가 허공을 날아 빨간 컵 가장자리를 맞고 튕겨 나왔다. 아이들 사이에서는 아쉬움의 탄식이 터져 나왔다.

"너 긴장 좀 풀어야겠다." 하퍼는 뻣뻣하게 굳은 매기에게 가만히 속삭였다. "마실 것 좀 가져올게. 금방 올 거야."

"괜찮아." 매기가 외쳤지만, 하퍼는 이미 사람들을 헤치고 저만치 가버렸다. 매기는 귀 뒤로 머리카락을 넘기며 긴장한 티를 애써 감췄다. 그녀도 재미있게 노는 게 싫지 않았고 마냥 진지한 사람도 아니었다. 그리고 하퍼는 모르는 일이지만, 전에 술도 마셔본 적 있고, 과학전람회가 끝나고 리브즈 앤더슨과 잔적도 있었다. 그러나 오빠가 갔던 하우스 파티의 어마어마한 후

폭풍은 매기의 고등학교 시절 내내 짙은 그림자를 드리웠다.

아빠에게 거짓말을 한 것도 영 불편했다. 하지만 엄밀히 따지면 거짓말이라 할 일은 아니었다. 매기는 그날 밤 하퍼네서 잘 거라고 했고, 이건 사실이었다. 아빠는 그날 밤 둘이 뭘 할지는 묻지 않았다. 게다가 평생 파티를 피해 다니며 살 수도 없지 않은가? 매기는 곧 대학에 갈 예정이었다. 맷 오빠는 NYU에서 맨날 파티에 간다고 했다. 맷 오빠의 자기애 강한 여자 친구가 이런 파티에 나가는 건 상상이 잘 안 가긴 했지만.

휴지 공이 술잔에 골인하자 아이들은 환호성을 올렸다. 매기는 휴대전화 동영상에 대해 생각해보았다. 파티가 있던 날 밤에 관한 익명의 제보. 샬럿이 살해당하기 몇 시간 전의 기록. 6초짜리 동영상만 봐도 지금 이 파티처럼 퇴폐적인 분위기를 느낄 수 있었다. 언제라도 통제 불능 상태가 펼쳐질 것 같은 그런 느낌. 그래서 오늘 밤이 무섭기도 하고 설레기도 하는 것이다.

매기는 7년 전의 그 유명한 하우스 파티를 생각하며 수많은 밤을 지새웠다. 그날 무슨 일이 있었던 것일까? 대니와 샬럿은 정말로 말다툼을 했을까? 경찰이 파티 현장에 들이닥쳤을 때 왜 두 사람은 따로 떨어져 있었나? 그리고 대니는 왜 아무것도 기억하지 못했을까? 매기는 대니의 재판에 가는 것을 허락받지 못했다. 그때 겨우 열 살이었기 때문이다. 그러나 나중에 재판 기록은 모두 읽었다.

검사: 파티에 참석했었죠?

피고: 네.

검사: 카일 브라운 집에서 열린?

피고: 네.

검사: 몇 시에 나왔습니까?

피고: 기억이 안 나요. 너무 많이 마셔서. 필름이 끊겼습니다.

검사: 경찰이 도착했을 때 달아났습니까?

피고: 기억이 안 납니다. 하지만 그랬을 겁니다.

검사: 파티장에서 샬럿과 싸웠죠?

피고: 아니오.

검사: 샬럿이 피고에게 임신 사실을 알렸고 그 문제로 싸운 거죠?

피고: 아뇨!

검사: 아무것도 기억하지 못한다면서, 어떻게 그렇게 확신합니까?

누가 어깨를 건드렸다. 하퍼인 줄 알고 돌아보았는데, 에릭이었다.

"안녕. 왔구나." 에릭은 이미 한참 전에 와 있었던 것 같다. 눈빛이 흐리멍덩하고 혀가 꼬였다.

매기는 딱히 할 말이 없어서 그냥 미소를 지었다.

"따라와." 그는 매기의 손을 잡아끌었다.

잠시 후 매기는 세탁실에서 에릭과 키스를 하고 있었다. 그에게서 마리화나와 맥주 냄새가 났다. 매기의 시선은 계속 건조기 위 바구니에 쌓인 더러운 빨랫감으로 향했다. 그녀는 에릭을 밀어냈다.

"왜 그래?" 에릭이 웅얼거렸다.

"아냐. 하지만 이건 내가 생각한 그런……."

에릭은 매기의 팔을 붙잡고 벽으로 밀어붙이더니 매기의 입 속으로 혀를 밀어 넣었다. 한 손으로 매기의 손목을 한꺼번에 잡아 머리 위 벽에 고정시키고, 다른 손으로는 그녀의 가슴을 더듬기 시작했다.

"그만해." 매기가 몸을 뒤로 빼며 말했다.

그러나 에릭은 멈추지 않았다. 손목을 붙잡은 손을 놓지 않았다. 그의 굵은 손가락이 매기의 손목을 계속 꽉 쥐고 벽에 단단히 고정시켜 놓았다. 아프고 겁이 났다. 그의 다른 손은 계속 아래로 아래로 미끄러져 내려와, 그녀의 바지 단추를 풀었다. 공포가 그녀를 집어삼켰다.

매기는 그의 눈을 바라보았다. 아까 센터에서 보았던 청량한 눈이 아니었다.

어두운 눈빛.

야수 같다.

"그만하라니까!"

또 다른 공포의 물결이 온몸을 훑었다. 아빠는 항상 경고처럼 무시무시한 이야기들을 들려주었었다. 상실을 용납하지 못하는 남자가 얼마나 무서워질 수 있는지. 그렇게 귀에 못이 박히게 경고를 들었는데도 이런 상황에 처하다니. 아빠가 실망하시겠지. 나도 내가 이렇게 실망스러운데.

그러나 아빠의 과도한 두려움 덕에 얻은 긍정적인 효과도 하나 있었다. 아빠는 아이들이 괴물을 직면하게 될 때를 대비해 여러 가지 훈련을 시켰다. 호신술 수업, 각종 상황극, 비상시 계획 세우기.

매기는 마음을 단단히 먹었다. "천천히 해." 그녀는 부드러운 목소리로 말했다. "하게 해줄게. 서두를 거 없잖아? 셔츠부터 벗어."

에릭은 천천히 매기의 손목을 놓고 허리띠에서 손을 뗐다. 그러고는 어색하게 셔츠를 벗어서 바닥에 던지고, 바지 단추까지 풀었다. 바지가 바닥으로 툭 떨어져 발목에 걸렸다.

"만져." 악취 나는 날숨이 그녀를 덮쳤다.

매기는 정신을 바짝 차렸다. 그녀의 손은 탄탄한 에릭의 어깨 위에 올라가 있었다. 매기는 유혹하듯 그의 눈을 들여다보면서 온 힘을 다해 두려운 눈빛을 감췄다. "원하는 게 그거라면." 매기는 무릎을 꿇으려는 듯 살짝 몸을 뒤로 뺐다. 에릭이 몸을 부르르 떨었다.

매기는 그의 어깨를 꽉 잡고, 체중을 실어 무릎으로 고환을 올려 찼다.

에릭이 울부짖으며 몸을 반으로 접었다. 매기는 그를 세게 밀어냈다. 바지가 발목에 걸린 채로, 그가 세탁실 바닥에 넘어졌다.

매기는 문을 열고 밖으로 달려 나갔다. 에릭이 달아나는 그녀를 향해 고함을 지르기 시작했다.

13장

집으로 돌아가는 차 안에서, 매기는 참았던 울음을 터뜨렸다. 비참한 심정이었고, 치솟는 아드레날린이 몸속에서 세차게 흐르는 것이 느껴졌다. 에릭을 향한 분노. 그런 바보짓을 한 자신에 대한 분노.

"나한테 말해봐." 하퍼는 매기와 함께 뒷좌석에 앉아 있었다. 매기가 모르는 하퍼의 친구가 차를 운전하고 있었다.

매기는 눈물을 닦았다. 과호흡 때문에 가슴에 경련이 일었다.

"걔가 무슨 짓을 했어? 신께 맹세하는데, 난 정말……."

"그 얘긴 하고 싶지 않아."

"그 개새끼."

"괜찮아. 난 괜찮아. 그냥 집에 가고 싶어."

“우리 집에서 안 자고?”

“집에 갈래.”

하퍼는 운전하는 소녀에게 매기의 집을 알려주었다. 차는 교외 도로를 따라 조용히 달렸다. 매기는 큰소리로 에릭에게 온갖 욕을 퍼붓는 하퍼를 외면하고 멍한 눈빛으로 창밖을 바라보았다. 마침내 차가 매기의 집 앞에 도착했다.

“이따 문자 해.” 하퍼는 안전벨트를 푸는 매기에게 말했다.

“나 운 거 티 나?” 매기가 물었다. 아빠가 깨어 있다면 분명 무슨 일이 있었냐며 걱정하실 것이다.

하퍼는 엄지로 매기의 눈가를 닦아주었다. “정말 미안해.”

“네 잘못이 아니잖아.” 매기는 차에서 내리고, 차 문을 닫으며 조용히 중얼거렸다. “내 잘못이지.”

가만히 현관문을 열었다. 현관에서 부엌으로 이어지는 복도에 불이 환히 켜져 있었다. 뭔가 이상했다. 늦은 밤이었다. 아빠는 대개 이때쯤이면 주무셨고, 가족들에게 전기를 아끼라고 늘 잔소리를 하셨다. 원래는 곧장 방으로 올라갈 생각이었다. 그러나 아빠가 깨어 있다면, 왜 하퍼의 집에서 자지 않고 이렇게 일찍 돌아왔는지 궁금해할 것이었다. 매기는 애써 마음을 가다듬고 조용히 복도를 걸어 부엌으로 갔다.

아빠가 부엌 바닥에 쓰러져 있었다.

14장

“아빠! 아, 맙소사!” 매기는 쓰러진 아빠에게 달려갔다. 아빠는 의식이 없었다. 머리 근처 바닥에 토사물이 웅덩이를 이루고 있었다.

매기는 아빠의 어깨를 흔들며 911에 전화하기 위해 휴대전화를 더듬어 찾았다.

그때 갑자기 아빠가 눈을 떴다. 그는 조용히 일어나 앉았다. 동공이 조금 확장되어 있고, 조금 어지러워하는 것 같았다.

“아빠, 무슨 일이에요? 괜찮아요?” 매기는 숨을 헐떡이며 물었다.

아빠는 혼란스러운 표정으로 주위를 둘러보더니, 손등으로 입가를 닦았다. 그러다 갑자기 제정신이 든 듯했다.

"어, 괜찮아." 그는 한 손으로 조리대를 잡고 천천히 일어섰다. 움직임이 느리고 힘겨워 보였다. 꼭 관절염을 앓는 노인 같았다. "놀라게 해서 미안하다."

매기는 아빠를 바라보며 상황을 파악해보았다. "무슨 일이에요? 넘어져서 머리를 부딪치신 거예요?" 그녀의 시선이 토사물로 향했다. 어렸을 때 엄마는 뇌진탕에 거의 강박적으로 촉각을 곤두세웠었다. 축구선수 아들을 둔 엄마의 숙명 같은 것이었다. 그 덕에 매기는 구토가 심각한 머리 부상의 징후일 수 있다는 것을 알고 있었다.

"아냐. 상한 음식을 먹었던 것 같아. 저녁을 먹고 나서, 갑자기 머리에 열이 확 쏠리더니 구토가 나오더라고." 아빠는 싱크대로 가서 수도꼭지를 틀고 싱크대 안을 닦았다. "잠깐 기절했었나 보다. 하지만 지금은 괜찮아."

도대체 뭐가 기절할 정도로 아빠를 아프게 했던 걸까. 매기의 시선이 조리대 위에 놓인 스카치위스키 병으로 향했다. 병은 거의 비어서 술이 손가락 한 마디 높이만큼도 남지 않았다. 아빠는 술을 많이 마시는 편이 아니다. 음, 적어도 최근에는. 매기는 앞뒤 상황을 맞춰보았다. 아빠가 졸도할 때까지 술을 마셨구나. 그리고 그 얘기를 딸에게 하기가 부끄러웠던 거다.

"일찍 왔네." 아빠가 좀 더 편안한 목소리로 말했다. 그는 키친타월을 한 줌 정도 뜯어서 바닥의 토사물을 무심히 닦았다. 그게 전혀 이상한 일이 아닌 것처럼.

"오늘 밤 하퍼네서 자고 오는 줄 알았는데?"

매기는 파티 얘기를 아빠한테 할까 잠깐 생각해보았다. 에릭과 무슨 일이 있었는지 말할까. 아직도 몸이 떨렸다. 그러나 부끄러웠다. 묘한 수치심이 들었다. 그리고 무엇보다도, 아빠가 확 폭주할까 봐 걱정되었다. 에릭의 부모님에게 전화해 따지거나. 어쩌면 에릭을 직접 만나러 달려 나갈 수도 있었다.

"몸이 좋지 않아서요. 제 방에서 자고 싶었어요."

"약 먹을래?" 아빠는 찬장을 열었다. 진통제와 상비약을 보관하는 곳이었다.

"괜찮아요."

그는 매기의 말을 믿는 것 같았다. 게다가 잠옷이 아니라 화려한 파티복을 입은 것도 못 알아보는 것 같다. 그래. 더 이상 아빠한테 들킬 걱정은 안 해도 되겠어.

뭔가를 깨달은 듯, 갑자기 아빠의 눈이 반짝거렸다. 매기는 거짓말이 들통 났나 싶어 가슴이 철렁했다. 그러나 아빠는 조리대 위에 놓인 스마트폰을 집어 들고 매기에게 손짓했다.

"이건 보고도 못 믿을걸." 아빠의 목소리가 한껏 들떠 있었다.

아빠는 열띤 눈으로 휴대전화를 조작하기 시작했다. "페이스타임이 왔어. 속이 안 좋아지기 직전에.”

매기는 말없이 아빠를 쳐다보았다.

“걔야, 맥파이.”

“누구요?”

아빠는 매기를 뚫어지게 노려보았다. “샬럿.”

아무래도 아빠가 머리를 심하게 부딪치신 모양이다. “지금 무슨 말씀을 하시는 거예요?”

“걔가 전화했다고. 겁에 질린 것 같았어. 걜 똑똑히 봤어. 샬럿은 살아 있었어……..”

“몸이 좀 안 좋으신 것 같아요.” 매기는 술병을 바라보았다.

“아냐! 확실히 나이는 좀 더 들은 것 같았지만, 절대 잘못 봤을 리 없어. 걔 사진은 수백 번도 더 봤다고. 샬럿이었어.”

“그럼 누가 장난친 거겠죠.” 매기가 말했다. “어디서 샬럿을 닮은 여자애를 찾았나 보죠. 아니면 무슨 CG 같은 걸 만들었거나. 역겨운 장난이에요.” 그들 가족에게 잔인한 장난을 치는 사람들은 심심찮게 있었다.

“걔가 나한테 도와달라고 했다니까, 맥파이.” 아빠는 금방이라도 울음을 터뜨릴 것 같았다.

“샬럿은 죽었어요, 아빠. 시체도 발견됐죠. 샬럿은……..”

“아니야. 생각해봐. 걔 머리가 돌로 박살이 났잖아. 얼굴이 완전히 짓이겨졌다고.”

“하지만 DNA는요, 그 사람들이 분명히…….”

“샬럿의 DNA는 검사하지 않았어. 검사를 왜 해? 그게 샬럿이 아니라고 의심한 사람이 아무도 없는데.”

“하지만, 아빠…….” 매기는 말끝을 흐렸다. 그전에도 이런 아빠를 본 적 있었다. 아빠는 곧잘 토끼굴로 뛰어들곤 했다. 어제의 미끼는 신원 불상의 남자가 찍힌 파티 동영상이었다. 그리고 오늘은 죽은 소녀가 신나게 돌아다니는 영상통화다. 사실대로 말하자면, 매기는 이런 아빠를 좀 좋아하는 편이었다. 눈에 생기가 돌고, 낙관적이고 열정적인 태도로 함께 사건을 조사하는 아빠. 이런 모습은 최근에는 보기 드물었다. 여느 사춘기 소녀들과는 달리 매기와 아빠의 관계는 특별했다. 교도소에 수감된 오빠, 그리고 오빠의 살해된 여자 친구 때문에 맺어진 끈끈한 관계.

매기는 아빠의 비위를 맞춰주기로 했다. 자고 일어나면 나아지시겠지. 매기는 휴대전화를 달라고 손을 내밀었다. “페이스타임이었다고 하셨죠?”

“그래. 끊어지고 나서 다시 전화했는데 받지 않더라.” 그는 매기에게 휴대전화를 건넸다.

매기는 아빠를 계속 곁눈질로 살펴보면서 통화 목록을 열어

보았다.

“멕시코에서 온 전화네요.” 휴대전화 화면에는 발신지가 멕시코 툴룸의 몰로코 바라고 찍혀 있었다.

“가짜 발신자 기록을 만드는 서비스가 있어요. 피싱 사기였을 수도 있어요.”

“아닐 수도 있고.”

매기는 휴대전화로 여행 관련 사이트를 열었다. 사이트에서는 툴룸을 ‘멕시코 동해안의 멋진 휴양지. 아름다운 해변과 유적지를 자랑하는 곳으로, 칸쿤과 리비에라 마야에 비해 훨씬 더 여유로운 분위기를 즐길 수 있다’고 소개했다.

아빠는 매기의 어깨 너머로 여행 사이트에 올라온 사진을 보았다. 해변의 나무 그네에 앉아 있는 젊고 아름다운 여자가 보였다. 발밑으로 하얀 모래가 깔려 있고, 뒤로는 청명한 푸른 바다가 펼쳐져 있었다.

매기는 구글에서 몰로코 바를 검색해보았다. 나이트클럽이었다. 반짝이는 옷을 입은 젊은 여자들이 인상 좋은 웨이터에게 보틀 서비스를 받는 사진이 올라와 있었다. 분명 그들은 행복한 한때를 보내는 중일 것이다.

매기는 다시 아빠를 쳐다보았다. 아빠의 머리 위로 전구가 꺼진 것 같았다.

"다음 주부터 봄방학이지." 아빠가 조용히 말했다. "우리 여행이나 갈까?"

"어디로요? 여기요?" 매기는 화면을 가리키며 고개를 갸웃했다.

아빠는 천천히 고개를 끄덕였다. 눈에 은은한 빛이 감돌았다.

"올해는 아무 데도 못 갈 줄 알았는데요. 돈 문제도 그렇고."

"돈 걱정은 내가 할게."

"하지만 엄마는……."

"엄마는 일요일에 네브래스카에서 돌아올 거야. 그날 밤 아니면 다음 날 아침에 떠나면 돼."

"엄마가 별로 좋아할 것 같지 않은데……."

"네 엄마는 내가 알아서 하마."

아빠는 충동적으로 행동하고 있었다. 아니다. 집착, 아니면 광기라고 해야 하나. 어쩌면 진짜로 뇌진탕인지도 모르겠다. 그러나 매기는 오늘 밤 이 분위기를 깨고 싶지 않았다. 어차피 아빠는 곧 원래 모습으로 돌아올 것이다.

"일단 좀 자렴. 내일 계획도 세워야 하고, 할 일이 많으니까."

매기는 그날 저녁 일을 아빠에게 말하고 싶었다. 아빠에게 거짓말을 했다고, 미안하다고 사과하고 싶었다. 아까 무척 무서웠다고. 그래도 아빠가 가르쳐준 대로 대처하고 잘 달아났다고.

그러나 매기는 아빠의 뺨에 키스하며 조용히 말했다. "잘 자요, 아빠."

잠옷으로 갈아입고 침대 위에 무릎을 끌어안고 앉아 아까 그 파티를 회상해보았다. 손목에 난 손가락 자국의 멍을 보니 심장이 쿵쾅거리며 뛰었다. 바보 같았어. 에릭이 관심을 보인다고 믿다니. 에릭도 오빠들처럼 사랑스러운 소년일 거라고 믿다니. 매기는 자꾸만 솟는 눈물을 꾹꾹 참았다. 아, 그때 그 에릭의 눈빛이라니. 그가 방심하도록 속이지 않았다면, 에릭은 아마도 그녀를……. 자꾸 생각하지 말아야지. 그날 밤 일은 잊고 싶었다. 이 바보 같은 한 해를 얼른 보내버리고 대학에서 새출발하고 싶었다. 그곳에선 예쁜 얼굴이나 공 던지는 능력 같은 것보다는 지성을 더 중요하게 여길 것이다. 그곳 사람들은 그녀를 대니 파인의 여동생이 아닌 매기 파인으로 대해줄 것이다.

엄마가 집에 있었으면 좋았을 텐데. 물론 엄마에게 전화를 걸 수도 있었다. 그러나 이런 늦은 시간에 전화를 하면 분명 엄마가 걱정할 것이다. 지금 엄마는 할아버지를 돌보는 것만으로도 충분히 힘들 텐데. 게다가 모두가 싫어하는 그 마을로 돌아가는 것도 결코 쉬운 일은 아니다.

매기의 생각은 다시 에릭으로 향했다. 대니 사건을 염려하는 척, 동영상에 관심 있는 척하던 에릭을. 매기는 침대 발치에 놓인 노트북으로 손을 뻗었다. 그 동영상에 새로운 댓글이나 정보가 달렸는지 확인하고 싶었다. 그래도 파인 가족으로서 좋은 점 하나는, 당장 외면하고 싶은 문제가 있을 때는 언제든 대니 사건으로 달아날 수 있다는 것이다. 화면을 연 매기는 슬며시 기대감이 들었다. 댓글 창에 열두어 개의 새 댓글이 달렸다. 뭔가 새로운 정보인가 보다. 그러나 메시지들은 그녀의 기대를 저버렸다.

걸레 같은 년.
나가서 자살이나 해라, 이 병신 같은 년아.
너 같은 찌질이한테 하우스 파티가 웬 말이냐.
네 오빠는 살인자고 너는 창녀야.
못생긴 매춘부 같은 년!!!!

눈물이 왈칵 쏟아졌다. 에릭 짓인가. 아니면 그 애 친구들인가. 자살이나 하라고? 자살이나? 자길 거부했다고 이러는 거야? 아니면 세탁실에서 있었던 일을 떠벌리고 다닐까 봐? 매기는 힘껏 노트북을 닫고, 손으로 눈을 가리고 울다 잠이 들었다.

15장

맷 파인

공항으로 데리러 온다는 영사관 직원은 나오지 않았다. 맷은 켈러 수사관에게 문자를 보내고, 가방이 나오기를 애타게 기다리는 여행객들을 비집고 대합실로 나갔다. 렌터카 카운터에도 들러봤지만 예약 없이 빌릴 수 있는 차가 없었다. 렌터카 직원은 툴룸까지는 차로 2시간 정도 걸리고, 출구 바로 바깥에 택시와 셔틀버스가 많이 있다고 알려주었다.

그는 여행에 지친 사람들 사이를 헤치고 작은 문을 통해 밖으로 나갔다. 눈부신 햇살이 그를 찔렀다.

차들이 모여 있는 곳 근처에서 클립보드를 들고 어슬렁거리던 뚱뚱한 남자 하나가 맷에게 다가왔다. "멕시코에 온 것을 환영합니다." 그는 강한 악센트의 영어로 말했다. "예약하셨어요?"

"아뇨. 툴룸에 가려고 하는데요." 맷이 말했다.

남자는 얼굴을 찡그렸다. "예약이 꽉 찼어요, 손님. 요즘이 한창 성수기라서요."

맷은 한숨을 쉬었다. "자리가 하나도 없나요? 뭐든 괜찮아요. 꼭 좋은 차가 아니어도 되고요."

남자는 잠시 생각에 잠겼다. 그러고는 곧 허리띠에서 무전기를 뽑아 스페인어로 뭐라 말했다. 무전기에서 잡음 섞인 대답이 들렸다.

"아주 편하진 않을 거예요. 그래도 어떻게든 태워드릴 순 있죠. 3,000페소요."

"달러도 받으세요?" 맷이 20달러 지폐를 보여주며 물었다.

"네, 그럼 160달러요."

맷에게는 현금 500달러가 있었다. 현금인출기 일일 최고 한도였다. "할게요."

"버스 싱코." 남자가 일렬로 늘어선 차를 가리키며 말했다. 일반 밴보다는 컸고 버스보다는 작았다.

맷은 스페인어를 몰랐지만 '싱코'는 알았다. 대학생 중에 싱코 데 마요 파티 멕시코의 전승 기념일—옮긴이 에 안 가본 애가 있을까? 맷은 요금을 내고 잠깐 주저하다가 남자에게 20달러를 팁으로 주었다 ─ 그보다 더 적은 액면 지폐가 없었다. ─ 남은 돈으로 공항으로 돌아오는 셔틀버스 요금 내고 저녁 식사를 하면 충분할 것이었다. 그는 5번 표지판을 붙인 밴을 찾았다.

운전기사가 차에 기대서서 담배를 피우고 있었다. 굵은 구레나룻을 기른 몸집 큰 남자였다.

"툴룸으로 가는 자리가 하나 더 있다고 들었는데요." 맷이 클립보드를 든 남자 쪽을 돌아보며 말했다.

운전기사는 길바닥에 담배를 짓눌러 껐다. 그러고는 별다른 말없이 맷을 데리고 밴 뒤쪽으로 갔다. 선팅한 창문을 통해 승객들의 윤곽이 보였다. 밴은 이미 꽉 찬 것 같았다. 기사는 뒤쪽 해치문을 열고 맷의 더플백을 넣으라는 몸짓을 했다.

맷은 가방을 안으로 던져 넣었다. 기사는 다른 가방들을 차곡차곡 정리하기 시작하더니, 아주 특별한 방식으로 가방을 한쪽에 높이 쌓았다.

그제야 맷은 기사가 '그'가 탈 자리를 만들고 있음을 깨달았다. 그는 짐칸에 올라타 여행 가방 사이에 난 비좁은 공간에 자리를 잡고 앉았다. 생각보다 나쁘지는 않았다. 적어도 다리는 펼 수 있었고, 어떤 면에서는 스피릿 항공보다 미국의 대표적인 저가 항공사—옮긴이 낫다고도 할 만했다.

"거기 괜찮아요?" 좌석에 앉은 여자가 사랑스러운 남부 말투로 말했다.

맷은 몸을 반쯤 일으켜 만석인 실내를 향해 말했다.

"괜찮아요. 태워주셔서 고맙습니다."

"뭐든 필요한 게 있으면 말해요." 꼭 엄마처럼 염려가 가득한 따스한 목소리였다.

이후 2시간 동안 맷은 차 뒤 칸에서 이리저리 부딪치며 창밖에 펼쳐지는 풍경을 바라보았다. 차는 307고속도로를 따라 남쪽으로 달렸다. 얼핏 보면 그냥 여느 평범한 미국의 고속도로와 크게 다를 것 없어 보였다. 그러나 고속도로 주변에는 쓰레기 봉지, 빈 병과 캔부터 오래된 냉장고까지 온갖 것들이 다 버려져 있었다. 게다가 약 15킬로미터 간격으로 경비소인지 사냥꾼용 오두막인지 모를 나무 구조물이 세워져 있었고, 자동화기로 무장한 남자들이 지키고 있었다.

거의 5시가 다 되었다. 이제 곧 도착이다. 경찰서에 가서 서류에 서명을 하고, 9시에 출발하는 뉴욕행 비행기를 타러 칸쿤 공항으로 돌아가기에 충분한 시간이다. 켈러 수사관은 필요하다면 체류를 연장해줄 수 있다고 했다. 그러나 해변이나 유적지나 관광 명소를 보고 싶은 마음은 전혀 없었다. 여기는 그냥 왔다 가는 곳으로 충분했다.

좌석 등받이 때문에 실내가 잘 보이지 않았지만, 창문에 비친 앞쪽 승객들 일부가 보였다. 부모와 함께 앉은 세 아이에게 유독 눈길이 갔다. 외모로 봐서는 모두 열 살이 안 되었을 것 같다. 아이들은 모두 부모에게 엉겨 붙어 있었다. 예전에 그의 가족도 이와 비슷한 밴을 타고 여행한 적이 있었다. 토미는 유리창에 얼굴을 대고 밖을 내다보았고, 아빠는 대니 음모론을 심사숙고하느라 혼자만의 생각에 빠져 있고, 매기는 여행 계획을 세우고, 엄마는 책에 코를 박은 채 읽고 있었지.

매기가 마지막으로 보낸 문자를 열어보았다. 켈러가 관심을 보였던 문자였다. 아버지의 사진이 첨부된 메시지다. 아버지의 얼굴이 줌으로 확대되어 있고, 뒤쪽 도로가에 상점 출입구가 보였다. 나이트클럽인가. 특별할 건 없었다.

그냥 지울까. 최근에 아버지와 날을 세웠던 걸 생각하면, 매기가 아버지 사진을 맷에게 보낸 게 좀 이례적이긴 했다.

NYU의 사회학 시간에, 아이가 열여덟 살이 될 때까지 부모와 평균 4,200회 정도의 다툼을 경험한다는 연구 결과를 읽은 적이 있다. 아마 맷과 아버지가 그 평균값을 꽤 높여놨을 것이다. 처음부터 둘 사이가 그렇게 나빴던 건 아니다. 대니가 체포되기 전에는 아버지도 영화에 대한 맷의 관심을 인정하고 권장하는 쪽이었다. 동영상 제작 소프트웨어도 사주고, 구식 슈퍼 8카메라를 함께 알아봐 주고, 맷이 찍은 단편영화 상영회도 열어주었다. 형의 미식축구만큼은 아니어도, 아버지는 ― 그리고 엄마도 — 그의 작품에 진심으로 감동받은 것 같았다. 그러나 고학년을 대상으로 열린 영화 콘테스트에서 처음 상을 받았을 때는 가족 중 아무도 모르고 그냥 지나갔다. 아버지는 대니에게, 매기는 아버지에게, 엄마는 토미에게 관심을 쏟느라.

맷은 아버지 사진을 바라보았다. 아버지와 나눈 마지막 대화를 생각하니 위에서 신물이 올라왔다.

"너도 같이 〈투데이 쇼〉에 나가면 정말 좋을 거야."

"그런 덴 안 나가요."

"변호사도 그러잖니. 이 사건에 대한 대중의 관심이 대법원의 판단을 바꿀 수도 있다고. 대법원 판사들은 어지간한 사건들은 다 기각한단 말이야. 그러니 우리가 할 수 있는 건 뭐든……."

"하기 싫다는 제 말은 못 들으셨나요?"

"……이기적인 놈."

"네, 제가 그렇죠. 전 아빠를 닮았거든요."

"그게 도대체 무슨……. 됐다. 신경 꺼. 아무것도 하지 말고, 학교로 돌아가서 아무 근심 걱정 없이 대학 생활이나 즐겨라. 불쌍한 네 형은 더러운 독방에 갇혀 있거나 말거나."

맷은 쿵쾅거리며 현관문으로 걸어가 외투를 낚아챘다.

"그럴 거예요. 왠지 아세요?" 맷은 잠깐 말을 멈췄다. "빌어먹을 대니 형이 있어야 할 곳이 바로 거기니까요."

그는 그길로 밖으로 뛰쳐나갔었다. 차가운 밤이었고, 눈송이가 평화롭게 허공에 떠다녔다. 평소와는 달리 고요하게 내리는 눈이었다. 그날 밤 그는 많이 외로웠었다. 형에 대한 진실을 홀로 가슴속에 품고, 아버지와 여동생이 대니의 무죄를 증명하겠다며 헛바퀴를 돌리는 걸 옆에서 지켜보는 건 정말이지 외로운 일이었다. 그러나 지금 느끼는 외로움에 비하면 그때의 외로움은 아무것도 아니었다.

마침내 셔틀버스가 뭉툭한 시멘트 건물 앞에 멈춰 섰다. 경광등이 달린 흰색과 검은색 경찰차가 아니면 그게 경찰서 건물이라는 것을 아무도 모를 것이었다. 차 뒷문이 위로 열렸다. 맷은 차에서 내리고 기사에게 팁을 주었다. 그러고는 차가 도로 너머로 사라질 때까지 그에게 손을 흔들어주는 꼬마에게 손을 들어주었다. 맷은 깊이 숨을 들이마셨다. 가족을 되찾아올 시간이다.

한 번에 한 입씩이다, 매티. 한 번에 한 입씩.

16장

새러 켈러

공항에서 돌아온 켈러는 FBI 뉴욕 현장 사무소 안 창문 없는 작은 사무실에서 보고서를 꼼꼼히 읽고 있었다. 파인 가족의 디지털 족적을 분석한 초기 자료였다. 노트북 컴퓨터와 스마트폰 조사 내용이 빠져서, 보고서는 다른 사건 때보다 가벼웠다. — 내용이라고 해봐야 인터넷 검색 기록, 소셜 미디어 게시물, GPS 위치 기록 정도가 전부였다. — 그래도 파일 두께는 10센티미터로 제법 두꺼웠다. 뚜렷한 범죄 사실도 없고 지금까지만 보면 그저 좀 특이한 사고였지만, 마음 한구석에 뭔가 거슬리는 게 있었다.

FBI 수사관들은 대체로 직감을 무시한다. 직감이란 편협한 시야로 무고한 사람을 유죄 판결로 이끄는 마법과도 같은 사고 방식의 일종이라고 비웃는다. 그러나 켈러는 언제나 직감을 따랐다. 그리고 그녀의 직감은 뚜렷한 한 단어를 외치고 있었다. '범죄'. 켈러는 마르코니 LLP의 자금 세탁 조사를 구실 삼아 IT 전문가들에게 인터넷 회사에서 데이터를 얻어 오라고 지시했다. 일단 멕시코에서 파인 가족의 휴대전화와 노트북을 받으면 좀 더 완전한 그림이 그려질 것이다.

켈러는 알 수 없는 기호들을 훑어보며 서류를 계속 넘겼다. 그러다 검색 엔진 보고서를 발견했다. 여기에는 지난 3개월 간 가족이 인터넷 포털 서비스를 통해 검색한 내용이 전부 담겨 있었다. 가족이 검색한 내용으로는 배달 음식('타이 가든 메뉴'), 날씨('오늘 비 예보'), 교육('MIT 최고의 기숙사'), 레저('오늘 밤 TV 편성표'), 건강('불면증의 원인'), 예술과 공예('슬라임 만드는 법'), 그밖에 평범한 미국 가정이 관심 가질 만한 항목들로 가득 채워져 있었다.

산더미 같은 데이터를 분석해야 하는 경제 범죄 섹션의 수사관으로서, 켈러는 알맹이와 쭉정이를 구분하는 방법을 배웠다. 일반적으로 켈러가 쓰는 트릭은 사용자가 의도적으로 삭제한 검색 항목을 집중적으로 조사하는 것이다. 물론 대개는 포르노 그래피다.

파인 가족은 포르노와 관련된 내용은 검색하지 않았다. 그러

나 누군가 검색 기록에서 조금 민감한 내용을 삭제한 흔적이
있었다.

자살하면 보험금 수령
자살 후 보험금 확실히 받는 법
졸로프트 얼마나 먹어야
부모의 자살이 아이에게 미치는 영향

그때 전화벨이 울렸다. 켈러는 사무적인 목소리로 전화를 받
았다. "켈러입니다."

"주디와 아이라 애들러 부부가 찾아오셨습니다." 1층 안내실
직원이었다.

"누구요?" 켈러는 혹시 약속을 잊었나 싶어 캘린더를 클릭해
열었다. "오늘은 만날 사람이 없는데요."

"파인 사건 때문에 찾아왔다고 합니다."

켈러는 잠시 생각해보았다. 파인 사건은 공식적으로 수사 중
인 사건이 아니었다. 그리고 사건 관련자 중 켈러와 얽힐 사람
도 없었다. 그녀는 사실상 베이비시터였고, FBI 내부 정치와 마
르코니 사건의 관련성 때문에 배치된 업무였다. 안내 직원이 수
화기 너머로 신경질적으로 내쉬는 숨소리를 들으며, 켈러는 검

색창에 '주디 애들러'를 입력했다. 위키피디아 페이지가 열렸다. '주디 애들러는 에미상을 수상한 영상 제작자 겸 프로듀서다. 남편 아이라와 함께 제작한 다큐멘터리 시리즈 〈폭력에 물든 세상〉으로 대중에 이름을 알렸다.'

켈러도 신경질적인 한숨을 내쉬었다. "바로 나가겠습니다." 그녀는 사무실을 나와 복도를 따라 걸었다. 유리 보안문을 통해 방문객들이 보였다.

주디 애들러는 오십 대 후반쯤 되어 보였다. 검은색 옷차림에 짙은 색 머리카락으로 앞머리를 빼곡하게 내렸다. 그 옆에 나이대가 비슷해 보이는 남자도 있었다. 옅은 색 선글라스를 쓰고 회색 머리카락은 잔뜩 흐트러져 있었다.

안내 데스크에 서 있던 주디는 켈러를 보고 확신에 찬 걸음걸이로 다가와 손을 내밀었다.

"켈러 특별 수사관님, 만나주셔서 감사합니다. 전 주디 애들러예요. 이쪽은 제 남편 아이라고요."

켈러는 이미 그들을 안다고 말하고픈 충동을 느꼈지만, 묵묵히 두 사람과 악수를 하고 정중하게 고개를 끄덕였다. "무슨 일이신가요?"

"얘기를 좀 나누고 싶어서요." 주디는 텅 빈 안내 데스크를 돌아보았다. 엿듣는 사람이 있나 확인하려는 것처럼. "파인 사건에 대해서요."

"무슨 말씀을 하시는 건지 모르겠네요."

주디 애들러는 켈러에게 다 안다는 듯한 미소를 지었다. "인터넷에 수사관님과 매튜 파인 사진이 도배가 되어 있는데요, 뭘. 우리 쪽 사람들이 수사관님을 추적하는 데 5분밖에 안 걸렸답니다."

기숙사에 진을 치고 있던 그 빌어먹을 파파라치 놈들.

켈러가 입을 열기 전에, 주디 애들러가 말했다. "우리는 영상 제작 일을 하고 있어요. 파인 가족에 관한 다큐멘터리를 제작했죠. 아마 보셨을 거예요. 〈폭력에 물든 세상〉이라고 하는데."

"조금은요." 켈러는 담백하게 대답했다. 사실 켈러는 그 다큐멘터리가 꽤 수작이라고 생각했다. 애들러 부부는 탁월한 이야기꾼들이었다. 파인 가족의 오래된 가족사진, 감동적인 현악 사운드, 극적 효과를 위해 솜씨 좋게 배치된 인터뷰와 뉴스 클립. 켈러는 주디 애들러의 목소리를 듣고 그녀가 샬럿 사건의 관련자들을 인터뷰했던 화면 밖 인터뷰어였음을 알게 되었다.

"실은, 우리 조사관을 멕시코에 보냈거든요. 그 사람이 발견한 게 있는데, 변호사가 그걸 FBI에 알려줘야 한다고 하더라고요."

켈러는 주디 애들러의 이야기에 흥미가 생겼다. 표정을 보니 주디도 그걸 아는 눈치였다.

"제 사무실로 가시죠."

애들러 부부는 방명록에 서명하고 방문객 명찰을 받았다. 두 사람은 켈러를 따라 사무실로 들어왔다. 켈러는 부부에게 손님용 의자를 권하고 자신은 책상 앞에 앉았다. 그러고는 컴퓨터에 열려 있던 파인 가족의 보고서 파일을 슬며시 닫았다.

켈러가 말했다. "이 점은 미리 분명히 해야겠습니다. 지금부터 하는 얘기는 전부 비공식입니다."

주디는 얼굴을 찡그렸지만 수긍의 표시로 고개를 끄덕였다. 남편은 아직 말을 한마디도 하지 않았다. 켈러는 남편이 힘은 세고 입은 무거운 스타일인 것 같다고 짐작했다.

"멕시코로 조사관을 보냈다고요?" 켈러가 물었다.

"사고 소식을 듣자마자 제일 빠른 비행기로 보냈어요. 지금 그 다큐멘터리의 속편을 제작 중이거든요. 그리고 이 사건은 명백하게 관련이 있습니다."

"그 속편은 무슨 내용인가요?"

"오늘 일에 관한 거죠." 아이라 애들러가 처음으로 입을 열었다. 허스키하고 거친 숨이 섞인 목소리였지만, 우호적이고 전혀 위협적이지 않았다. "제일 먼저 대니의 항소부터 시작하기로 했어요. 이 사건은 유명한 항소 전문 변호사들이 맡았고, 대중의 지지도 많이 받았습니다."

주디가 이야기를 넘겨받았다. "하지만 알고 보니 그 유명한 항소 전문 변호사들은……." 그녀는 손가락으로 따옴표 표시를 했다. "네브래스카만큼이나 흥미로운 친구들이더라고요. 네브래스카주의 공식 슬로건이 뭔지 아시나요?"

켈러는 고개를 저었다.

"이거 제가 지어낸 거 아니에요. 맹세해요." 주디는 선서를 하는 것처럼 손을 들어 올렸다. "네브래스카의 슬로건은, '네브래스카는, 솔직히 모든 사람에게 맞는 곳은 아니다'예요." 그녀는 큰소리로 웃다가 기침을 했다. "그곳에서 몇 개월 지낸 적이 있었는데, 거짓말은 아니더군요. 오늘 밤 다시 갈 계획이에요."

켈러는 웃음을 참았다.

"아무튼." 주디는 이야기를 이어갔다. "우리가 준비한 거대한 클라이맥스는 대법원 판결이었어요. 그런데 그 아홉 명의 바보들이 대니의 항소를 기각하면서 끝장나버렸죠. 그래서 전체 프로젝트를 거의 폐기할 처지가 되었고요."

"하지만 그 소녀에게 초점을 맞추기로 방향을 전환했죠." 아이라가 말했다. 두 사람은 오랜 세월 부부로 살아온 사람들 특유의 리듬을 타고 있었다.

"샬럿 말인가요?" 켈러가 말했다.

“맞아요.” 주디가 대답했다. “실은 〈폭력에 물든 세상〉에 대해서 한 가지 지적받았던 게 있었어요. 샬럿이 아예 안 보인다는 거죠. 솔직히 아주 근거 없는 지적은 아니에요. 대니 파인이 받았던 강압적 수사와 신원 불상의 남자, 바비 레이 헤이즈에 집중하느라 희생자 소녀에게 제대로 관심을 보이지 않았으니까요.”

“그래서 그 멕시코에서의 사고가 샬럿과 무슨 관계가 있는 거죠?” 켈러가 물었다.

“음, 그게 사고가 아니라면 어떨까요?” 주디는 켈러의 눈을 똑바로 바라보았다.

켈러는 가슴속이 간질거리는 것을 느꼈다. 직감을 믿자. “멕시코 관계자들은 범죄 애긴 한마디도 없던데요.”

“우리 친구가 좀 더 설득력 있게 질문하는 방법을 알거든요.”

“손에 뇌물을 좀 쥐여주면서 말인가요?”

주디는 움찔하지 않았다. “저는 그걸 뇌물이라고 부르지 않겠어요. 그리고 이건 분명히 말씀드릴 수 있는데, 우리는 멕시코 법을 위반하지 않았어요.” 그녀는 손가락을 튕기고는 저만치 놓여 있던 커다란 핸드백을 가리켰다. 아이라가 가방을 건넸고, 주디는 가방에서 태블릿을 꺼냈다. “하지만 거긴 상황이 좀 다르게 돌아가더군요.” 주디는 태블릿을 손가락으로 쓸었다. “수사 자료에 대해서도 더 자유롭고……."

"그 사람들 수사 파일을 당신이 가지고 있다고요?" 켈러가 물었다. 이건 중요했다. 멕시코 관계자들이 켈러에게는 아무짝에도 쓸모없는 것들을 보냈기 때문이었다. 툴룸 지역 경찰은 멕시코로 파견 나간 FBI 법률 담당관을 공공연히 무시했고, 영사관 직원은 한심스러울 만큼 아무 도움도 되지 않았다.

"그걸 그렇게 부르신다면야." 주디가 말했다. "그쪽 사람들 수사 솜씨가 그렇게 좋은 편은 아니던데요. 훈련은 제대로 받았나 모르겠어요. 범죄 현장 관리나 강력 사건 수사는 둘째치더라도요."

강력 사건.

"그래서, 그 파일에 뭐가 있는데요?"

"사건 현장 사진요. 적어도 사진은 많이 찍어놨더군요."

켈러는 침을 삼켰다. 애들러 부부가 파인 가족 사망 현장 사진을 가지고 있다. 켈러는 사진을 보고 싶지 않았지만, 봐야 했다. 그녀는 태블릿을 보며 고갯짓으로 주디에게 사진을 열어달라는 신호를 보냈다.

태블릿 화면에 사진이 떴다. 켈러는 자신도 모르게 숨을 내쉬었다. 파인 부인은 켈러가 본 사진에서보다 훨씬 더 아름다웠다. 그녀는 가슴 위에 책을 얹은 채 낮잠을 자듯 소파에 누워 있었다.

"범죄의 징후는 안 보이는데요. 가스 누출 사고 현장처럼 보이고요." 켈러가 말했다.

"다시 보세요."

켈러는 태블릿을 더 가까이에서 꼼꼼히 살펴보았다. 올리비아 파인의 얼굴은 평화로웠다. 육상 선수처럼 탄탄하고 긴 다리는 소파 위로 쭉 뻗어 있었다. 혈흔이나 외상 흔적은 없었다. 소파 옆 작은 테이블에는 조명등과 찻잔 받침이 있었다. 특별히 눈에 거슬리는 것도 없고 몸싸움의 흔적 같은 것도 보이지 않았다.

켈러는 주디의 시선을 느꼈다. 그녀가 찾아내기를 계속 기다리는 것이다. 그러다 문득, 눈에 걸리는 것이 있었다.

"책." 켈러는 올리비아 파인의 가슴 위에 놓인 소설책을 손가락으로 만졌다. "위아래가 거꾸로네요."

주디는 크게 고개를 끄덕였다.

켈러는 생각에 잠겼다. 올리비아 파인이 책을 읽다가 새어나온 가스 때문에 기절했다면, 책은 바닥에 떨어졌을 것이다. 이렇게 위아래가 뒤집힌 채 가슴 위에 놓였을 수가 없다.

"누가 현장에 손을 댔군요."

주디는 더욱 크게 고개를 끄덕였다.

“그렇다고 살해당했다는 의미는 아니에요.” 켈러가 말했다. “경찰이 현장을 망쳐놓고 그걸 덮으려다가, 책을 가슴 위에 잘못 올려놓았을 수도 있죠.”

주디는 대답 대신 켈러가 든 태블릿을 가져가 다른 사진을 열고 다시 켈러에게 건넸다.

켈러의 심장이 쿵 내려앉았다. 마거릿의 사진이었다. 맷이 매기라고 부르던 소녀. 그녀는 침대 위에 엎드려 있었다.

주디는 이번에는 켈러를 기다려주지 않고 검지로 화면을 가리켰다. 매기의 손목에 작은 멍 자국이 보였다. 손가락 모양이었다. 누군가 손목을 세게 잡았던 것 같은 흔적이었다.

“아버지와 어린 소년 쪽은 어때요?” 켈러가 물었다.

“꼬마는 특별히 흐트러진 흔적은 없어요. 하지만 아빠는⋯⋯ 뒷마당 포치 위에 시신이 있었어요. 미리 경고할게요.” 주디는 태블릿을 조작하며 말했다. “심장 약한 사람이 볼 만한 사진이 아니에요.”

충격적인 사진이었다. 켈러는 절로 숨이 들이켜지는 것을 억지로 참았다. 에반 파인은 그냥 피범벅 곤죽이었다. 공포 영화에나 나올 만한 장면이었다. “이게 도대체⋯⋯.”

“툴룸에는 들개가 많아요.” 아이라 애들러가 끼어들었다.

맙소사. 맷에게 미리 경고해야겠어. 어쩌면 멕시코 사람들이 맷에게 시체의 신원 확인을 요청할 수도 있으니까. 켈러는 사진을 외면하고 생각을 정리했다. 에반 파인의 시신이 집 밖에서 발견되었다. 이건 사고가 아닌 범죄라는 애들러 부부의 주장을 뒷받침하는 증거였다. 에반은 집 뒷마당 쪽으로 침입하는 괴한과 마주쳤을 것이다. 그래서 그 자리에서 괴한이 에반을 죽이고, 뒤처리는 개들이 넘겨받았다. 괴한은 집 안으로 잠입해 가족을 모두 죽이고 가스관을 끊었다. 이런 식이었을까. 아니면 가스가 새는 것을 알아챈 에반이 확인하러 밖으로 나왔다가 변을 당했을 수도 있다. 그러나 다른 이론도 얼마든지 가능하다. 켈러는 아까 본 인터넷 검색 기록 중 자살 관련 내용을 떠올렸다. 혹시 자살 계획을 세웠는데 뭔가 틀어진 건 아닐까? 아니면 최악의 시나리오인, 가장의 가족 살인 후 자살? 켈러는 두서없는 생각들을 접어두었다.

"이 사진들의 사본을 주시면 좋겠습니다." 켈러가 말했다.

"우리 변호사가 수사관님께 사진을 드릴 의무는 없다고 했어요. 아무튼 영장이 없다면 말이죠." 주디가 말했다.

켈러는 불쾌한 표정으로 주디를 쳐다보았다.

"하지만 서로 도울 수는 있겠죠."

한참 후에, 켈러가 물었다. "어떻게요?"

"지역 경찰들이 놓친 걸 우리 조사관이 찾아냈거든요." 주디는 다시 가방으로 손을 뻗어 큼직한 서류봉투를 꺼냈다. 그녀는 빳빳한 봉투에서 조심스럽게 작은 비닐 지퍼백을 꺼냈다.

"그건 뭐예요?" 켈러가 물었다. 지퍼백 안에는 나뭇잎 같아 보이는 식물의 일부가 들어 있었다.

"경찰이 사건 현장을 보여줘서 말이죠."

켈러는 현장을 오염시킬 가능성이 있다고 한마디 하려 했지만, 주디가 손을 저으며 말렸다.

"네, 알아요, 알아." 주디는 말할 때 손짓을 많이 쓰는 사람이었다. "하지만 그 사람들은 어차피 사건을 종결해버렸단 말예요. 결론은 사고사로 해서."

"그래서 그 조사관이 뭘 찾았는데요?" 어차피 범죄 현장 프로토콜에 대해 강의를 해봐야 소용없는 일이었다. 게다가 책상 위에 놓인 지퍼백 안에 뭐가 들었는지도 궁금했다.

"현장은 티끌 하나 없이 깔끔했어요. 모든 곳이 전부 완벽하게 닦여 있었죠. 부엌과 욕실 휴지통은 깨끗이 비웠고, 심지어 집 바깥의 쓰레기통에도 아무것도 없었어요."

의심스러웠다. 이건 일반적이지 않다. 그러나 설명이 불가능하진 않다. "어쩌면 지역 경찰이 메이드를 보내 청소했을 수도 있죠. 아니면 파인 가족이 그 전에 청소를 했거나……."

주디는 체념한 얼굴로 고개를 끄덕였다. "툴룸 경찰도 이게 특별히 이상하다는 생각은 안 했어요. 하지만 우리 조사관은 전문가의 솜씨 같다고 했죠. 그리고 바깥쪽 현장을 조사하던 중에, 에반 파인의 시체를 발견한 곳 말이에요. 거기서 이걸 찾은 거예요." 주디는 켈러에게 비닐 백을 건넸다. "임대 숙소의 뒷마당은 높은 울타리로 에워싸여 있어요. 그래서 시체가 일찍 발견되지 못했던 거예요. 문은 잠겨 있지 않았고, 조사관이 문 근처에서 이걸 찾았어요."

켈러는 엄지와 검지로 비닐 백을 눈높이까지 들어 올려 찬찬히 살펴보았다. 그리고 찾아냈다. 핏방울. 지름이 1밀리미터쯤 되는 불그스름한 핏자국이 초록색 잎에 묻어 있었다.

"그냥 에반 파인의 피일 수도 있지 않을까요?"

"그럴 수도 있죠. 하지만 에반은 문에서 상당히 멀리 떨어진 곳에 있었고 이 나뭇잎은 어깨높이에 달려 있었어요. 집 밖으로 달아나던 개들이 교차 오염을 시켰다기엔 좀 높은 위치죠. 여기에 대해서는 수사관님이 우리에게 답을 주실 거라 기대해요."

켈러는 눈을 가늘게 떴다.

"DNA 테스트를 해보시고, 뭐 맞는 게 있는지 확인해주시면 좋겠어요." 주디가 말을 이었다.

"FBI는 사설 DNA 검사 업체가 아닙니다. 그리고 우리는 수사 관련 기밀 자료를 공개하지 않아요."

주디는 얼굴을 찌푸렸다. "이봐요. 우리 변호사 말이 수사관님한테는 사법권이 없어서 우리 샘플을 제공할 의무가 없댔어요. 막말로 우리도 DNA 전문가와 유전학자들을 고용해서 공공데이터와 고객들의 DNA 데이터베이스를 대상으로 조사할 수도 있다고요. 하지만 서로 도우면 시간을 아낄 수 있잖아요."

켈러는 애들러의 변호사 말이 맞는지 알 수 없었다. 연방조직범죄법에 따르면 해외에서 발생한 살인 사건이 미국 내 범죄 조직에 이로울 경우 미국이 관할권을 갖게 된다. 그래서 마르코니 사건 담당인 그녀가 파인 사건을 조사하게 된 것이다. 하지만 능력 있는 변호사라면 몇 개월, 아니 몇 년이라도 마르코니 사건의 진행을 지연시킬 수 있다.

"정확히 원하는 게 뭡니까?" 켈러가 물었다.

"간단해요. 샘플을 CODIS에 조회해주세요. 그리고 저희한테도 결과를 알려주시고요."

CODIS는 연방정부, 주 정부, 지방 법 집행 기관에서 수집한 수백만 개의 DNA 프로파일을 저장하는 데이터베이스다. 조사하려는 샘플이 유죄 판결을 받거나 체포된 사람, 또는 그 가족에게서 나온 거라면 CODIS 조회 결과는 일치로 나온다. 샘플이 CODIS와 일치하지 않으면 연방정부는 일반인을 대상으로 DNA를 검사하는 사설 업체와 협약을 맺고 검사를 의뢰한다.

주디가 덧붙였다. "원하는 건 그게 다예요. 일치하는 결과를 얻더라도 허락 없이는 아무것도 공개하지 않을 거예요. 그건 분명히 약속해요. 만일 허탕으로 끝나면, 그게 에반 파인의 혈액이거나 들짐승 피나 뭐 그런 거면, 아무튼 우리는 그게 뭔지 알게 되는 거죠."

켈러는 파인 가족의 사진을, 그날 아침 맷 파인이 느꼈던 고통에 대해 생각해보았다. 애들러 부부에게 정보를 공개할 권한이 자신에게 있는지 없는지는 모르겠지만, 증거를 가지고 그냥 돌아가게 할 수는 없었다.

"좋아요." 켈러가 말했다. "거래합시다."

17장

애들러 부부가 느긋한 걸음으로 사무실을 나가고, 켈러는 잎
사귀에 묻은 붉은 얼룩을 분석실로 보내 CODIS 조회를 의뢰
했다. 그런 다음 파인 가족의 컴퓨터 포렌식 보고서로 다시 돌
아왔다. 머릿속에서 의문 하나가 끈질기게 남아 있었다. 정말로
그 현장은 연출된 걸까? 만일 그렇다면, 파인 가족을 죽이고 싶
어 한 사람은 누구일까? 아니면 그냥 에반 파인이 자살하려다
실수로 가스가 새서 가족도 함께 죽은 사고인가? 침입자가 있
었나? 누군가 비극적인 사고처럼 보이게 위장한 건가? 하지만
누가, 왜? 이 일이 그녀가 조사하는 마르코니의 자금 세탁과 관
련이 있을 수 있을까? 애들러가 고용한 조사관의 의견대로 이
게 제삼자, 살인청부업자의 소행이라면, 그토록 신중하게 범죄

현장을 청소한 범인은 어떻게 DNA를 흘리고 갔을까? 혹시 범인의 피일까? 에반이 침입자와 싸우는 와중에 범인이 부상을 당한 걸까?

생각을 멈추자. 속도를 늦춰야 한다. 지금 켈러는 애들러 부부처럼 영화를 찍는 게 아니었다. 모든 걸 천천히, 체계적으로, 객관적으로 다루어야 했다. 곧 DNA 검사 결과를 받고, 시체는 부검을 하고, 인터뷰를 해야 했다. 그때까지는, 디지털 포렌식 자료와 문서를 검토해야 한다.

무심히 서류를 넘기던 중, 무언가 눈에 띄는 것이 있었다. 가족이 멕시코로 떠나기 이틀 전에 매기가 대니 파인 관련 소셜 미디어 계정을 모두 비공개로 전환했다. 켈러는 곧 그 이유를 알 것 같았다. 소녀는 사이버 폭력을 당하고 있었다. 새벽 2시에 무차별 메시지 폭격이 있었다. 마음에 상처를 남기는 잔인한 메시지들. 잔인하기로 따지면 십 대들은 최악의 족속이다. 그런데 그런 메시지들을 받은 계기는 뭘까? 켈러는 '대니 파인에게 자유를' 페이스북 페이지의 피드를 조사했다. 마지막으로 올라온 포스트는 매기가 '정보'라고 불렀던 동영상이었다.

동영상을 막 재생하려는데 사무실 전화가 울렸다. 켈러는 낡은 탁상용 전화기의 LCD 화면을 힐금 보았다. 그녀의 상관, 스탠 웹이다.

"특별 수사관 켈러입니다." 켈러는 공적인 말투로 말했다. 스탠은 공적인 사람이었고, 켈러도 공적인 태도를 유지하는 것이 규칙이었다.

"같이 D.C.에 가야겠어." 스탠이 사교적인 인사 따위는 생략하고 말했다. 스탠은 본부로 갈 때 동행을 요청한 적이 한 번도 없었다. 상당히 이례적인 일이었다.

"그러죠. 언제……."

"지금 당장." 스탠은 그게 이 세상에서 그가 하고 싶은 마지막 말이라는 듯 단칼에 대답했다.

"오늘요?" 가슴이 철렁 내려앉았다. 본부에, 그것도 상관과 함께 불려 가는 게 좋은 일일 리 없다. 게다가 밥과 아이들도 한참 못 보게 된다. "무슨 문제가 있나요?"

"어떤지는 자네도 알잖아. 기자로부터 사건 관련 전화가 와야 사람들은 비로소 현장 사무소가 있다는 걸 기억하지."

"파인 가족 때문인가요?"

"그런 것 같아. 지금 기분 같으면 우리를 이 일에 끌어들인 피셔를 죽일 수도 있을 것 같아." 피셔는 워싱턴에 있는 스탠의 상관이다. 동부 현장 사무소들의 감독자이자 자신의 내부 정치를 위해 그들을 파인 사건에 끌어들인 장본인이다. "부국장에게 현황 브리핑을 할 준비가 되어 있어야 해. 마르코니 사건도."

"물론이죠. 언제 출발하나요?"

"10분 전에 떠났어야 했어. 전용기를 탈 거야. 14시 00분 출발이야."

스탠은 항상 군대 시간으로 말하는 습관이 있었다. 켈러는 머릿속으로 변환해보았다. 오후 2시. 시계를 보니 정리할 시간이 1시간 정도 있었다. 집에 들를 수는 없겠지만, 사무실에 비상용 여행 가방을 상비해두었다. 가끔 일 때문에 출장을 가긴 했어도 FBI 전용기를 타본 적은 없었다. 누군가 파인 사건을 심각하게 받아들이고 있었다.

파인 가족이 살해당했을 가능성은 전혀 모를 텐데도.

2시 직전, 켈러는 걸프스트림호의 좁은 계단을 올랐다. 전용기를 타는 건 처음이었다. 켈러는 자꾸만 들뜨는 마음이 영 당황스러웠다. 현실의 FBI 수사관들은 비행기를 타고 다니며 연쇄 살인범을 추적하는 〈크리미널 마인드〉나 〈CSI〉 같은 드라마 속 요원들과는 많이 달랐다. 금융 부서 범죄를 수사하는 그녀는 사무실 책상 붙박이로 지내면서 서류 분석이나 보고서 작성을 주로 하고, 가끔은 금융 기관과 미팅을 하며 그들의 더러운 손에서 은행 기록을 빼내는 일을 했다. 켈러는 비행기 안을 둘러보았다. 기대했던 만큼은 아니었다. 물론 전용기가 상업용 비행기보다 나은 건 사실이었다. 긴 대기 줄도 없고 끔찍한 가운데 좌석도 없었다. 켈러에게는 단독 좌석과 작업용 테이블이 배당되었다. 그러나 전용기라는 이름이 주는 호화로운 이미지와는 거리가 멀었다. 내부 장식은 구식이고 플라스틱 자재는 삭아서, 비행기라기보다는 낡은 고속버스 같은 느낌이었다. 통통한 여성 승무원은 폴리에스터 유니폼을 입고 있었다.

스탠도 단독 좌석에 앉아 있었다. 객실 저쪽, 켈러와는 편안한 거리를 유지하며 떨어져 있다. 뻣뻣한 정장 차림, 반듯한 가르마와 무테 안경. 연방 수사관이라는 사실을 모르면 기술 회사 운영진이거나 독일인 은행가쯤으로 보일 것이다.

두 사람의 관계는 일반적 의미의 친구는 아니었다. 켈러의 생각으로는 친구보다 나은 관계였다. 얼굴 비추는 시간이 아니라 결과만 가지고 공과를 판단하는 상관. 스탠은 부하 직원의 공로를 가로채지 않고, 편파적이지 않고, 사소한 것에 간섭하지 않는다. 직접적이고 공정했다. 일을 망치면 한소리 듣겠지. 그러나 어떤 상황이든 언제나 그가 뒤를 지켜준다는 건 느낄 수 있다. 그의 유일한 단점은, 어찌 보면 단점까지는 아니겠지만, 피셔와 본부를 과하게 두려워한다는 것이었다. 아니, 그건 두려움이라기보다는 자기방어였다. 켈러가 FBI에서 일하면서 관찰한 바로는, 워싱턴 사람들은 필요하기만 하면 아무렇지도 않게 동료를 버스에서 밀어내는 부류였다. 뿐만 아니라 운전석에 앉아 동료를 버스로 들이받은 다음 제대로 잘 처리되었는지 확인하고 유유히 떠난다. 그러니 워싱턴에서 부를 때는 냉큼 달려가 정치꾼들이 원하는 존경심을 보여주는 게 생존에 이로웠다.

비행기가 이륙했다. 급격하고 울퉁불퉁한 상승이 이어졌다. 켈러는 스탠에게 파인 가족 사망 사건에 대해 조사한 내용을 브리핑했다. 그는 이 사건을 두고 벌어진 야단법석에 놀란 듯했다.

"그 다큐멘터리 안 보셨어요?"

스탠은 고개를 저었다. 놀랍지는 않았다. 아마 스탠은 집에 TV를 두지 않는 사람들 중 하나일 것이다.

"오늘 아침 〈타임〉지 기사는 읽었지." 그가 말했다. "부국장 말로는 대통령 따님이 이 사건에 열중하고 있다더군. 그래서 대통령도 관심을 보인다는 거야."

켈러는 혹시 지금 이게 농담인가 싶어 스탠을 한참 쳐다보았다. 그는 건조한 유머 감각의 소유자였다.

"그 꼬마한텐 아직 연락 없나?"

"공항에 마중 나오기로 한 영사관 직원이 안 나왔다는 문자는 왔습니다. 그래서 혼자 경찰서로 가는 중이라고요."

"빌어먹을 경찰 놈들. 그 시체들이 반드시 있어야 해. 사고만으로도 스펙터클한데, 혹시라도 부검 결과 살인으로 나오면…….”

“이 사건에 배정된 영사관 직원과는 딱 한 번 통화해봤어요. 나를 ‘아가씨’라고 부르면서, 그곳 돌아가는 사정은 내가 절대 이해하지 못할 테니 자기가 다 알아서 잘 처리하겠다고 하더군요. 도대체 어떻게 된 거냐고 문자를 보내놓았습니다.”

스탠은 고개를 저었다. “빌어먹을 관료들. 그놈들은 원래 다 그 모양이야. 꼬마가 잘 처리해주길 바라야지. 멕시코 놈들이 꼬마를 힘들게 하면 대사관에 즉각 전화해서 멕시코시티에 있는 우리 쪽 사람들을 보내야겠어.”

1시간 후 켈러는 스탠과 함께 택시 뒷좌석에 앉아 본부로 향하고 있었다. 우중충한 맨해튼과는 달리 D.C.의 봄날은 아름다웠다. 대리석 정부 청사들은 햇빛을 받아 반짝거리고, 워싱턴 기념탑은 푸른 하늘을 향해 우뚝 솟아 있었다. 택시 기사는 지금 벚꽃이 한창이라 도로 사정이 이 지경이라며 투덜거렸다. “저 분홍 꽃에 왜들 그리 환장하는지 도무지 모르겠다니까요.” 택시는 12번가를 따라 경적을 울려가며 조금씩 전진했다.

밥과 아이들 생각이 났다. 나중에 가족이랑 기차 타고 D.C.에 와야겠다. 쌍둥이는 박물관을 좋아했다. 아이들과 함께 내셔널 몰의 자갈길을 걷고, 아이스크림을 사 먹고 회전목마를 타면 좋

겠다. 켈러는 컬럼비아 특별구에 대해서는 이 정도까지만 알고
싶었다.

마침내 FBI 건물이 보였다. 전성기는 조금 지난 브루탈리즘
양식 콘크리트나 철제 블록을 사용하여 짓는 건축 방식—옮긴이 의 건물이
었다. 본부 이전 문제는 몇 년째 논의 중이지만, 언제나 정치가
발목을 잡았다(그거 말고 문제 될 게 또 뭐가 있겠는가). 택시
는 9번가에 정차했고 켈러가 요금을 지불했다. 이것은 FBI의 관
례였다. 계급에 상관없이 후배 수사관이 택시 요금을 낸다. 켈
러는 FBI의 고위 관리인 스탠이 피셔와 함께 출장을 가서 똑같
이 이런 모욕을 당하는 장면을 상상했다.

겹겹의 보안을 통과한 후 — 수차례에 걸친 신원 확인, 전자
검색, 출입 카드 읽기 — 드디어 부국장 드마르티니의 사무실에
도착했다. 뒤쪽 사무실에서 퉁퉁한 얼굴의 남자가 불쑥 나왔다.
그는 스탠과 켈러에게 목례를 하고 퉁명스럽게 말했다. "따라
오게."

보조를 맞추기가 어려웠다. 부국장은 키가 거의 190센티미터
는 되어 보였다. 테스토스테론이 지배하는 연방 법 집행 기관
의 최고 자리에 오르려면 큰 덩치는 꼭 필요한 전제 조건일 것
이다.

"국장님께 그 가족 사망 사건에 대해 7분 내로 브리핑해야

해. 현재 알려진 사실은?"

스탠이 보고를 시작했다. 그의 보고는 스위스 시계처럼 정확했다. "아이들을 위한 봄방학 여행이었습니다. 비행기표는 마지막 순간에, 출발하기 바로 전날 예약되었습니다. 그들은 셋째 날인 수요일에 사망한 것 같습니다. 휴대전화와 소셜 미디어 활동은 그때부터 먹통입니다. 며칠 후 귀국 편 비행기에 탑승하지 않았습니다. 시설물 관리 회사의 메이드가 다음 손님을 위해 청소하러 갔다가 시체를 발견했습니다. 멕시코 사람들은 사고라고 합니다."

드마르티니는 고개를 저었다. "자네가 보낸 이메일에는 범죄 가능성 얘기가 있던데?"

"켈러 수사관이 설명할 겁니다."

켈러는 사무적인 걸음걸이를 유지하면서 애써 호흡을 가다듬었다. 그녀는 스탠을 따라 간결한 경찰식 언어로 보고를 시작했다. *사실만 간단하게.*

"초기 보고서에는 사인을 가스 누출로 기재했습니다. 그런데 지역 경찰들은 비협조적입니다. 아직 시신도 넘겨받지 못했고요. 그리고 현장이 연출되었음을 암시하는 사진도 있습니다."

드마르티니는 걸음을 멈췄다. 그는 눈을 가늘게 뜨고 켈러의 설명을 기다렸다.

켈러는 애들러 부부가 알려준 사실들을 설명했다. 엄마의 가슴 위에 위아래가 뒤집힌 채 놓인 책, 소녀의 손목에 남은 멍 자국, 피 곤죽이 된 아빠의 시신, 현장이 지나치게 깨끗이 청소된 점. 그리고 가장 중요한, 나뭇잎에 묻은 핏방울까지.

"그 문제라면 우리 포렌식 팀은 뭘 하는 건가? 아직 시체도 못 찾아오고?" 드마르티니의 질문은 단순히 레토릭이었지만, FBI가 다큐멘터리 제작자한테 증거를 받아 오는 현실을 못마땅해하는 기색이 역력했다.

"툴룸 지역 경찰 때문에 그렇습니다. 그들은 우리 파견 인력과는 아예 대화를 안 하고, 가족이 직접 와서 유해를 인수하지 않으면 인도해줄 수 없다는 입장입니다. 그래서 가족 중 생존한 아들을 오늘 아침 그쪽으로 보냈습니다."

"국무부 친구들이 가서 그런 헛소리를 막아버릴 순 없나?"

"그들이 어느 정도로 열심히 노력했는지는 모르겠습니다." 켈러가 말했다.

스탠이 켈러를 지그시 바라보았다. 켈러가 실언을 한 모양이었다.

"젠장." 드마르티니는 휴대전화를 꺼내 커다란 엄지로 전화 앱을 눌렀다. "국무부의 브라이언 쿡에게 연결해줘. ……알아. 중요한 문제라고 전해." 그는 한참을 기다렸다. "브라이언. 잘 지냈나?" 부국장이 다시 걷기 시작했고, 켈러와 스탠은 뒤를 따랐다. "저기, 자네 도움이 좀 필요한데. 지금 바로 수사관 둘을 보낼 거야. 시간 좀 내줄 수 있나? 그래, 1시간 내로."

드마르티니는 상대의 말을 잠시 듣고는, 크게 웃음을 터뜨렸다. "신세 좀 질게. 언제 셰비에서 공이라도 치자고. 나딘에게 지시해서 일정 잡아놓으라고 할게." 드마르티니는 휴대전화를 주머니에 넣고 걸음을 멈췄다. 국장실 문 앞이었다. "피셔 말로는 그 아버지 쪽이 현재 진행 중인 사건과 관련이 있다던데?"

"그 아버지가 마르코니 LLP에서 일했습니다. 멕시코로 떠나기 2주 전에 해고당했고요." 스탠이 말했다.

드마르티니는 전혀 감이 안 잡힌다는 듯 고개를 저었다.

"마르코니는 지난 2년간 우리 타깃이었습니다. 자금 세탁 문제로요. 그 회사는 사실상 시날로아 카르텔의 은행이나 마찬가지입니다."

"그래서, 아직 못 잡았나?"

켈러는 마르코니에게 잘못 접근하면 지난 2년간의 작업이 위태로워질 수도 있다고 설명하려 했다. 그러나 스탠이 그 전에 켈러를 가로막았다.

"내일 아침, 제일 먼저 처리하겠습니다."

"나한테도 상황 알려줘." 드마르티니는 과장된 한숨과 함께 말했다. "저 윗분들이 이 사건에 관심이 많아. 신문을 통해 상황을 파악하고 싶진 않네."

"알겠습니다." 스탠이 말했다.

"국무부의 쿡이 멕시코에서 필요한 것들을 도와줄 거야. C스트리트 로비로 가. 그리고 마르코니를 흔든 뒤에는 나에게 보고서를 보내."

스탠과 켈러는 고개를 끄덕였다. 드마르티니는 작별 인사도 없이 돌아서서 국장실로 들어갔다.

켈러가 스탠을 바라보았다. "320킬로미터를 날아와서 6분이네요."

"더 긴 미팅을 원했나?"

그들은 엘리베이터를 타고 1층으로 내려갔다.

"마르코니 얘기는 좀 뜻밖인데요." 켈러가 말했다. "아직 준비가 안 되어 있는데 자칫 들이닥쳤다가 일을 망칠 수도 있어요. 우리가 이 사안을 조사 중인 걸 알면 놈들이 증거 서류들을 파쇄하기 시작할 겁니다. 모든 게 헛수고가 될 수도 있어요. 파인 가족의 죽음이 마르코니나 카르텔과 관련어 있다는 증거는 단 하나도 없는데요."

스탠은 켈러를 바라보며 농담하듯 말했다. "대통령 따님이 실망하는 걸 보고 싶은 건가?"

18장

맷 파인

맷은 경찰서 방문자 접수 창구로 갔다. 키 작은 단층짜리 구조물에 지저분한 카펫이 깔린 내부. 대니가 수감 중인 뉴욕 북부 교도소와 비슷한 분위기를 풍기는 곳이었다.

"안녕하세요." 맷은 접수 창구에 앉은 여자에게 말을 건넸다.

여자가 맷을 힐긋 쳐다보았다. 콧잔등에 안경을 걸친 중년 여자였다.

"세뇨르 구티에레즈를 만나러 왔는데요." 맷은 켈러 수사관이 준 종이를 보며 수사관의 이름을 읽었다.

여자가 스페인어로 빠르게 대답했다. 맷은 한마디도 알아들을 수가 없었다. 말투만 보면 묘하게 혼나는 기분이 들었다.

"저는 맷 파인이에요." 맷은 큰 목소리로 천천히 말했다. 그렇게 하면 도움이 될 것처럼. 그는 여권을 내밀었지만, 여자는 당황한 표정으로 맷을 바라볼 뿐이었다.

맷은 더플백에서 켈러가 준 신문을 꺼내 카운터 위에 펼치고 사진을 가리켰다. "내 가족이에요."

여자는 사진을 보다가 고개를 들고, 안경 너머로 맷을 쳐다보았다. 그러고는 다시 속사포처럼 스페인어를 쏟아내기 시작했다. 심각한 상황만 아니라면 웃음이 절로 날 지경이었다. 〈사랑도 통역이 되나요〉의 한 장면 같다.

맷은 고등학교 스페인어 시간에 배운 내용 중 딱 하나 기억나는 말로 대답했다. "노 아블로 에스파뇰(스페인어 못 해요)."

드디어 여자는 말을 멈추고 과장된 한숨을 내쉬었다. 그녀는 맷을 한참 쳐다보다가, 마침내 종이 위에 쓰인 경찰의 이름을 손가락으로 짚었다. 그러고는 문을 가리켰다.

"아, 세뇨르 구티에레즈가 외출 중이군요. 그럼 언제쯤……." 맷은 뒷벽에 걸린 시계를 가리켰다. 초등학교에서나 볼 법한, 흰색의 둥근 문자판에 검은 숫자가 박힌 시계였다.

"세뇨르 구티에레즈가 몇 시에 돌아올까요?" 맷은 종이에 적힌 경찰의 이름을 손으로 짚어 보여준 다음 시계를 다시 가리켰다.

여자는 질문을 이해한 것 같았다. 그녀는 일어서서 시계의

9자를 가리켰다. 밤 9시? 아니, 여자는 손을 포개 귀에 대고 잠자는 시늉을 했다. 그러고는 손가락으로 시계 문자판을 따라 원을 그려 9를 지나 한 바퀴 돌고 다시 9 위에서 멈췄다. 내일 아침 9시. 여기서 하룻밤을 자려면 일이 너무 커진다. 다른 경찰관을 불러달라고 부탁할까도 생각해봤지만, 경찰서 안에 다른 사람은 없는 것 같았다.

맷은 밖으로 나왔다. 지는 해가 지평선에 걸려 있었다. 맷은 멀리 보이는 큰길을 향해 걷기 시작했다. 무너져가는 자동차 정비소, 창문 없는 편의점을 지났다. 간판에 손으로 수탉 그림이 그려진 치킨 가게도 지나쳤다. 뉴욕의 어느 지역을 걷는 기분이 들었다. 안전하다는 것은 알지만, 그래도 경계를 풀 수 없는.

꾀죄죄한 개 한 마리가 다가왔다. "안녕, 친구." 맷은 서슴없이 개의 귀 뒤를 긁어주었다. 털이 뭉쳐 있었고 상처도 있지만 사람의 손길에 익숙한 개였다. 개가 맷을 향해 웃어주는 것 같았다. 맷은 자기도 모르게 미소를 지었다. 개가 뭐라 말하고 싶은 것처럼 끙끙거렸다.

"배고파?"

개가 맷을 올려다보았다. 맷은 가방 지퍼를 열고 프레첼 봉지를 꺼냈다. 비행기에서 나눠준 간식이었다. 개는 원을 그리며 춤을 추기 시작했다.

"건강식은 아니겠지만, 자." 맷은 비닐봉지를 뜯어 과자를 바닥에 쏟았다. "나중에 또 봐, 스마일리."

맷은 중심가로 향했다. 개가 먹을 것을 바라며 맷의 뒤를 따랐다. 307번 도로에는 상점과 술집, 레스토랑, 환전소가 길게 늘어서 있었다. 관광객들은 상점을 드나들며 싸구려 장신구를 샀다. 가게마다 상인들이 낮은 의자에 앉아 손님들을 지켜보고 있었다.

배 속에서 꼬르륵 소리가 났다. 먹을 것을 찾아 헤매던 스마일리처럼, 맷도 배가 고팠다. 마지막으로 뭘 먹은 게 벌써 24시간이 지나 있었다. 식욕은 없었다. 다른 모든 일상적인 행위들처럼 먹는 것도 이제는 부질없는 짓 같아 보였다. 그러나 마냥 절망에 빠져 있을 수는 없었다. 저 앞에 작은 식당이 눈에 띄었다. 맷은 뭐라도 좀 먹고 하룻밤 묵을 곳을 찾기로 했다. 따로 자리를 안내해주는 사람이 없어, 그는 높은 바 테이블의 스툴에 앉았다. 고맙게도 웨이트리스는 영어를 할 줄 알았다. 맷은 멕시코산 맥주와 타코 두 개를 주문했다. 로마에선 로마 법을.

식당 안을 둘러보았다. 저쪽 구석에는 젊은 여자들이 전형적인 어글리 아메리칸답게 소란스럽게 수다를 떨고 있었다. 몇 테이블 건너에는 말끔한 폴로 셔츠 차림의 일본인 관광객들이 점잖게 손을 포개고 앉아 있었다. 식당 안은 지역 주민과 관광객들이 뒤섞여 붐볐다.

　부모님은 왜 툴룸을 선택했을까. 지금까지 멕시코에 가고 싶다는 얘기는 한 번도 나온 적이 없었다. 인터넷 검색을 해보면 툴룸은 멋지고 인적 드문 휴양지로, 유명인들이 즐겨 찾는 곳으로 나온다. 어느 모로 봐도 에반 파인이 좋아할 만한 곳은 아니었다. 이 동네에 도대체 무슨 유명인들이 있다는 건지 전혀 찾아볼 수는 없지만, 아무튼 어떤 유명인이 대니 사건에 대해 도움을 제안했을지도 모르겠다. 차라리 그편이 갑작스런 봄방학 여행보다는 훨씬 더 그럴듯한 설명이었다. 엄마가 네브래스카에 가 있는 동안 여행을 결정하다니, 도무지 말이 되지 않았다.

　맷은 휴대전화로 여행 업체 앱을 열고 숙소를 검색했지만, 아무리 뒤져도 빈방은 없었다. 심지어 싸구려 모텔들도 다 만실이었다. 인터넷 여행 업체들은 실시간으로 빈방을 확인하지 못할 테니, 그냥 아무 호텔이나 찾아가서 방이 있는지 묻는 게 나을 것 같았다. 어쩌면 익스피디아 같은 데는 올라오지 않는 진짜 저렴한 방이 있을지도 모른다. 켈러 수사관에게 숙소도 알아봐줄 수 있느냐고 문자는 보내놨지만, 영사관 직원이 공항에 나오지도 않는 마당에 큰 기대는 없었다. 최악의 경우 밤을 새도 그만이었다. 어차피 처음 있는 일도 아니었다.

　다른 여행 앱을 열어 방을 찾으려는데, 갑자기 젊은 여자가 다가왔다.

"안녕하세요." 여자는 사슴 같은 눈으로 맷을 바라보며 맞은 편 스툴에 슬며시 앉았다. 윤기가 도는 짙은 색 머리카락에 광대뼈가 높았다. 그녀는 비키니 상의에 데님 반바지 차림이었다.

"안녕하세요." 맷도 호기심을 보이며 대답했다. 아까 그 불쾌한 미국인 여성들과 일행인가 싶어 그쪽을 슬쩍 쳐다보았지만, 어느샌가 가고 없었다.

"정말 미안한데요. 잠깐만 같이 앉아 있어도 될까요?" 맷이 대답하기 전에 여자가 먼저 말했다. "저 뒤쪽에, 바에 앉은 남자 둘이요. 저 남자들이 제가 혼자라는 걸 몰랐으면 하거든요."

맷은 바 쪽으로 재빨리 시선을 돌렸다. 험상궂은 표정에 거친 피부와 조잡한 문신을 한 남자 둘이 맥주잔 위로 몸을 숙이고 있었다.

"약속할게요. 저 스토커 아니에요." 여자는 도톰한 입술로 환한 미소를 지었다.

"괜찮아요. 저 사람들이 당신을 괴롭히나요?"

그녀는 머리카락을 꼬면서 고개를 끄덕였다. "일단 저 사람들만 가면 바로 일어설게요. 약속해요."

겉으로 말하지는 않았지만, 맷은 일행이 생겨서 기뻤다. 그에게는 길고 외로운 하루였다.

"전 행크라고 해요." 그녀가 말했다.

"행크."

"아빠가 아들을 원했거든요." 이름이 특이한 사람들의 습관대로 여자는 곧장 부연 설명을 덧붙였다. 여자의 말투엔 독특한 억양이 있었다. 남부는 아니고 중서부 쪽 억양 같은데 살짝 시골 느낌이 났다. 칼라를 처음 만났을 때 그녀의 시골 말투가 생각났다.

행크는 느닷없이 깔깔대고 웃더니, 손을 뻗어 매트의 손 위에 손을 얹었다. "미안해요. 혹시 저 사람들이 쳐다볼 수도 있어서요."

웨이트리스가 맥주와 타코를 가져왔다. 맷은 행크에게 같이 먹겠느냐고 권했지만, 그녀는 따로 물을 한 잔 주문했다.

"물갈이가 걱정되지 않나 봐요?" 맷이 말했다.

"전 오클라호마 여자인걸요. 감당할 수 있어요."

"알고 있었어요. 중서부 쪽 분인 거. 저도 그래요. 네브래스카에 살았던 적 있어요."

"와, 네브래스카 출신이에요? 하고많은 사람 중에 네브래스카 출신한테 내 운을 맡기다니." 그녀는 미소를 지으며 말했다. "네브래스카 어디요?"

"오래전에 이사 나왔어요. 어차피 어딘지 얘기해도 모를걸요."

"지금은 어디 사는데요?"

"뉴욕이요. NYU에 다녀요. 본가는 시카고 외곽 네이퍼빌에 있어요." 맷은 테이블을 내려다보았다. 네이퍼빌이 그의 집이 될 수 있을까? 그곳을 집으로 여길 만한 뭔가가 남은 것이 있나? 다시 고개를 들었을 때, 행크가 그를 바라보고 있었다.

"그래서, 누구 친구라도 기다리는 건가요?" 행크가 물었다.

맷은 고개를 저었다. "여긴 혼자 왔어요."

그녀는 고개를 갸웃하며 호기심 어린 표정을 지었다. 그러나 더 묻지는 않았다.

"당신은요? 혼자 왔나요?" 맷은 그녀를 괴롭혔다는 남자들을 힐금 쳐다보며 물었다.

행크는 얼굴을 찌푸렸다. "처녀 파티를 하러 왔어요." 행크는 목소리를 낮췄다. "신부랑 개 친구들을 견딜 수가 없어서 말이죠."

"그래요?" 싫어하는 사람 때문에 멕시코까지. 참 멀리도 왔다.

"오빠의 약혼녀거든요."

"아."

"왜 있잖아요. 가족을 위해 해야만 하는 그런 거."

맷은 맥주를 한 모금 마셨다. 가슴이 따끔거렸다.

"전부 신부 친구들이라 끼리끼리고. 다들 술고래고, 짜증 나요.” 행크가 말했다. “그래서 개들이 2차를 갈 때 슬쩍 뒤처졌죠. 그래도 오빠가 개 때문에 행복하다니까, 어쩌겠어요?”

“행복을 찾아가는 길은 고되죠.” 맷이 말했다. 맷도 한때는 행복을 추구했었다. 심지어 그 이전에도 우울하다거나 슬프다는 말은 입 밖에 내지 않았다. 티격태격하긴 했어도 가족은 언제나 그를 사랑했고, 맷도 그 사실을 잘 알고 있었다. 자신을 염려해주고 그 자신도 마음을 쓰는 사랑하는 친구들이 늘 곁에 있었다. 모든 면에서 볼 때 그는 선택받은 삶을 살고 있었다. 그러나 원년 이후로 가슴 한편에는 언제나 떨쳐버릴 수 없는 공허함이 있었다. “학교에서 행복에 관한 수업을 들은 적이 있어요.” 맷이 말했다.

행크는 입을 벌리고 맷을 바라보았다. “잠깐만요. 지금 등록금이 어지간한 집 한 채 값인 대학에, ‘행복’을 가르치는 수업이 있다는 얘기예요?”

자신의 애기가 어떻게 들렸을지를 깨닫고, 맷이 미소를 지었다. “강의의 정식 명칭은 ‘행복의 과학’이에요. 강의 내용도 행복해지는 방법을 가르치는 게 아니라 주로 정신 건강을 다루죠. 하지만 더 행복해지는 방법도 연습해요.”

“그거야 부자 부모를 만나면 되죠.” 행크는 미소를 지으며 말했다.

"아녜요. 사람들을 행복하게 하는 건 돈도 지위도 아니고, 심지어 약혼자도 아니에요."

행크는 비밀을 듣기 위해 들뜬 표정으로 바짝 다가왔다.

"친절이죠." 맷이 말했다. "연구에 따르면 하루에 다섯 가지 친절을 베풀면 그게 더 큰 행복으로 이어진대요. 어떤 이유인지 꼭 다섯 개여야 하는데, 이유가 뭐였는지는 잊어버렸네요."

행크는 눈을 가늘게 뜨고는 미소를 지었다. "그래서 내가 여기 앉는 걸 허락해준 건가요? 오늘치 할당량을 채우기 위해서?"

웨이트리스가 물을 가지고 왔다. 맷은 행크를 쳐다보았다. "정말 물이면 충분해요?"

"뭐, 안 될 거 없겠죠?" 행크가 말했다. "마가리타를 마시겠어요."

"두 잔 주세요." 맷이 웨이트리스에게 말했다.

19장

바 테이블을 보니 행크를 괴롭힌다던 남자들은 가고 없었다. 맷은 살짝 실망스런 기분이 들었다. 행크와 함께 있는 것이 즐거웠기 때문이었다. 행크는 열렬한 미식축구 팬이었고, 최근에는 네브래스카와 오클라호마 사이의 경쟁이 좀 시들해지긴 했어도 네브래스카를 업신여기는 마음 역시 농담이 아니었다. 현재는 커뮤니티 칼리지를 자퇴했지만 곧 복학할 계획이라는 얘기도 했다. 그녀는 미용사였고, 개를 좋아했다. 맷은 자기가 왜 여기 왔는지 굳이 밝히지 않았다. 행크와의 대화는 영혼 없는 소소한 수다였지만, 맷에게는 절실히 필요한 것이었다.

"그 사람들 갔어요." 맷은 바 테이블 쪽으로 시선을 돌리며 말했다.

행크도 어깨 너머로 돌아보고는 과장된 한숨을 내쉬었다.

"아직 밖에서 어슬렁거릴 수도 있으니 같이 나가서 택시를 잡아줄까요?"

"저 렌터카 있어요. 하지만 혹시 같이 산책하고 싶으면……."

시간도 늦었고 어두웠다. 근처에 남자들은 전혀 보이지 않았다. 다행이었다. 어쨌든 버틸 순 있겠지만 놈들은 둘이었고 이미 싸움 전적이 꽤 되는 것 같은 모습이었다. 게다가 자제력을 잃고 사교 동아리 남학생에게 덤벼든 이후로 주먹질은 다시는 하지 않겠다고 다짐하기도 했다.

멀리서 개가 달려왔다. 아까 그 스마일리였다.

"스토커 말이 나와서 말인데, 이 친구가 아까부터 계속 날 쫓아다녀요."

행크는 무릎을 굽히고 앉아 손으로 스마일리의 얼굴을 감싸 쥐었다. "어머, 세상에. 정말 귀여워요. 이 얼굴 좀 봐!"

개는 두 사람을 따라 큰길까지 따라왔다. 행크가 말했다. "사람을 엄청 좋아하는 개네요. 그래도 조심해야 한다는 얘기는 들었어요. 여기에는 들개 떼가 돌아다녀서 위험하다고요." 그녀는 다시 스마일리를 바라보았다. "하지만 이 사랑스러운 녀석은 예외예요."

"숙소가 근처인가요?"

"아뇨, 바닷가에 있는 호텔이에요. 친구들이 무슨 모험을 한답시고 시내 술집을 탐색하고 싶대서 나온 거예요. 당신은요?"

"실은 숙소를 찾고 있어요. 원래는 당일치기로 온 건데 지연돼서요."

"숙소도 안 잡고 여길 왔다고요?" 행크는 흥미로워하는 것 같았다.

"얘기하자면 길어요."

"그렇겠네요."

"어디든 방이 있겠죠."

행크는 성수기 상황을 모르는 맷이 한심하다는 듯 슬쩍 맷을 곁눈질했다. 두 사람은 낡은 길가에 대충 주차된 토요타 자동차 앞에서 걸음을 멈췄다.

"만나서 반가웠어요. 결혼식에서 즐거운 시간 보내요." 맷이 말했다.

"들러리 드레스를 못 봐서 그런 말을 하는 거예요." 행크는 잠시 생각에 잠긴 듯하다가 말했다. "있잖아요. 우리 호텔에 아마 빈방이 있을 거 같아요. 오빠가 객실 한 층을 통째로 예약했는데 마지막 순간에 한 커플이 취소했거든요. 내가 태워다줄 테니 같이 가봐요."

"폐 끼치고 싶진 않은데요."

"폐 아녜요. 그냥 무작위적인 친절 행위라고 하죠." 행크가 말했다. "하지만 미리 경고할게요. 거기 친환경 호텔이거든요. 오빠의 약혼녀가 친환경 타입이라서요. 채식주의자에, 환경론자에, 독선적이죠."

맷은 친구 소피아를 생각했다. "저 그런 타입 좋아해요. 비건 클럽의 첫 번째 규칙이 뭔지 알죠?"

행크는 고개를 저었다.

"모든 사람에게 비건 클럽을 전도하라."

맷의 말에, 행크가 웃었다.

맷은 조수석에 올라탔다. 차는 자갈길 위를 달렸다. 행크는 낡은 자전거를 탄 사람들을 이리저리 피해 다니고, 벽화로 뒤덮인 상점과 노점상들을 지나쳤다. 한참 후에 도로는 인적이 뜸해졌다. 렌터카의 희미한 전조등 불빛만이 길 위를 밝히고, 양옆은 짙게 우거진 숲이었다.

"허허벌판에 호텔이 있다는 게 농담이 아니었네요." 맷이 침묵을 깨고 말했다.

행크는 그를 보며 잽싸게 미소를 지었다.

맷은 주머니에 손을 넣어 휴대폰을 찾았다. 행크는 목적지를 확실히 아는 것 같지만, 직접 호텔을 검색해볼 생각이었다. 아까 그녀는 호텔이 해변에 있다고 했는데, 지금 그들은 바다에서 멀어지고 있었다.

"젠장." 맷이 말했다.

"왜요?" 행크는 잠깐 맷을 돌아보고는, 다시 어두운 도로로 시선을 돌렸다.

"휴대폰이요. 그 식당에 두고 왔나 봐요." 맷은 주머니를 뒤지고, 더플백 안을 더듬으며 옷가지와 켈러가 준 신문지를 끄집어냈다. 휴대폰이 없으면 꽤 난처할 것이다.

맷은 정신없이 차 안을 둘러보기 시작했다. "차를 돌릴 수 있을까요?"

행크가 주저했다. "거의 다 왔는데요."

"제발, 부탁해요."

차는 서서히 속도를 늦추다 길가에 멈췄다.

행크가 내부 조명등을 켰다. 맷은 조수석 문을 열고 밖으로 나가 허리를 숙이고 차 바닥과 시트 밑을 살펴보았다. 왜 이렇게 바보처럼 자꾸 휴대폰을 잃어버리는 걸까?

맷은 힘없이 조수석에 다시 올라탔다. 행크에게 아까 그 식당으로 다시 데려다달라고 말하려는데, 행크가 〈뉴욕 타임스〉 기사를 뚫어지게 보는 것을 알아챘다. 그녀는 맷과 가족들의 사진을 보고 있었다.

행크가 고개를 들었다. "이게…… 잠깐만요……. 그래서 여기 온 거예요? 이게 당신 가족이에요?"

맷은 살짝 어깨를 으쓱했다.

행크는 다시 신문을 보고, 맷을 보았다. 그녀의 시선이 아득했다. "아, 세상에."

"미안해요. 말했어야 했는데……. 오늘 밤 분위기를 망치고 싶지 않았어요."

행크는 저 멀리서 다가오는 불빛을 쳐다보았다.

뭔가 달랐다. 그녀의 감정은 동정도 슬픔도 아니었다.

공포였다.

행크는 시트 아래로 손을 뻗어, 뭔가를 꺼냈다. 휴대폰이었다.

맷의 휴대폰.

"당신이 내 폰을…… 이게 뭐죠?"

"이런 얘긴 없었어요." 행크는 도로를 쳐다보았다. 전조등 불빛이 점점 다가왔다. "얼른 내려요."

"여기서요?" 맷은 혼란에 빠졌다. 그는 멍하니 어둠을 바라보았다.

행크가 몸을 옆으로 틀어 조수석 문손잡이를 당기고 문을 밀어 열었다.

"도망가요." 맞은편 차가 다가오자 행크가 말했다. 그리고 좀 더 큰 소리로 외쳤다. "뛰어!"

그는 뛰었다.

시즌 1 / 제6화
'우리가 잃어버린 것'

실외. 낮―시골길

우편 트럭이 길을 따라 천천히 다가온다.
트럭은 원형 공터에서 멈춘다.
공터 주위로 우편함이 둘레를 따라 늘어서 있다.
신디 포드는 트럭에서 내려 우편물을 우편함에 넣는다.

신디

대니의 재판 이후로, 여동생 가족은 시카고로 이사를 갔어요. 친구들은 다들 등을 돌렸고, 변호사 비용을 대려면 집을 팔아야 했거든요. 그래도 내 생각엔 아마 애들이 학교에서 놀림을 받지만 않았으면 어떻게든 버텼을 거예요. 그러다 어느 날엔가 맷이 친구와 난투극을 벌였고, 그걸로 끝이었죠. 그들은 짐을 싸서 떠났어요.

원형 공터로부터 뻗어나가는 흙길이 몇 갈래 나 있다.
신디는 그중 하나를 가리킨다.

신디

사람들은 이곳을 '허브'라고 불러요. 저 길이 개울로 이어지는데,
그곳에서 샬럿이 발견됐어요. 그리고 저 길은 여동생이 살던 집
으로 이어지고요. 아마 그래서 사람들이 대니가 이 일과 관련이
있다고 생각했던 것 같아요. 하지만 보다시피 다른 길도 있어요.
저 길은 고속도로로 이어지고, 저쪽 길을 따라가면 집들이 한 십
여 채 정도 모여 있어요. 그리고 이쪽 덤불숲을 지나가면 '언덕'
이라고 하는 공터가 나와요. 십 대 애들의 데이트 장소죠. 십 대
여자애를 쫓아가겠다고 맘먹으면, 그냥 숨어서 기다리기만 하면
돼요.

낡은 고출력 자동차 하나가 갑자기 흙길 위로 질주해 달려온다.
음악이 쾅쾅 울리고, 먼지가 피어오른다.
차 안의 십 대들이 창밖으로 몸을 내밀고 고함을 지른다.
빈 맥주 캔이 우편 트럭 옆면에 부딪힌다.

신디

나는 왜 안 떠났냐고요? 누군가는 남아서 아버지를 돌봐야 하니
까요. 그리고 평소엔 이 정도는 아니에요. 쟤들은 지금 카메라가
돌고 있으니까 저러는 거예요. 잠깐 카메라 좀 꺼봐요.

저 멀리에서, 고출력 자동차가 방향을 틀어 다시 허브를 향해 질주해
다가온다. 신디는 우편 트럭 안으로 몸을 굽혀 작은 단지 같은 것을
꺼낸다. 단지 안에는 못이 가득 들어 있다.

신디는 도로로 걸어가 단지 안에 든 못을 거꾸로 쏟는다.

신디

사람들 편지를 배달하다 보면 말이죠. 그 사람들에 대해 많은 걸 알게 돼요. 그래서 말인데, 여기 사람들은 지금 남을 재단하고 자시고 할 여유가 없어요. 누구든 나를 내가 사는 집에서 쫓아내려고 한다면 그만큼 비용을 치러야 할 거예요. 그리고 그 비용은 새 타이어 네 개 값보다 훨씬 더 많이 들 거고요.

20장

올리비아 파인

이전

"엄마, 진짜로요. 나 이제 내릴래요."

리브는 렌터카의 룸미러로 뒷좌석을 보았다. 카시트에 앉은 토미는 아랫도리를 붙잡고 몸을 꼼지락대면서 엄마에게 계속 위험 신호를 보내고 있었다.

"신디 이모네 집에 거의 다 왔는데. 못 참겠니?"

차는 이제 막 네브래스카주 아데어의 중심 도로에 들어섰다. 이곳은 변한 게 없었다. 이 길에는 철물점, 식당, 옛날 영화 전용 상영관, 약국 들이 늘어서 있었다. 중서부 농경 지역의 수많은 농촌 소도시와는 달리 아데어의 분위기는 그렇게 우울하지 않았다. 마을 주민들은 대부분 아데어 수로 개발 회사에서 일했다. 이 회사는 나라의 가장 큰 관개 수로 관리 체계를 개발하는 제조 업체였다. 옥수수밭 한가운데에 팩토리 타운이 서 있는 모양새다.

가족은 대니가 유죄 판결을 받은 후 아데어를 떠났다. 사람들은 공공연하게 경멸하기보다는 조용히 그들을 배척했고, 수근대는 소리는 점점 커졌다. 그러다가 넷플릭스 다큐멘터리가 공개되고 나서 온 나라가 아데어를 비난하게 되었다. 마을 사람들은 파인 가족을 더욱 멸시했다. 리브는 자신을 알아볼 만한 곳은 어디도 들르고 싶지 않았다. 그러나 발개진 얼굴로 쉴 새 없이 꼼지락거리는 토미를 보니 다른 선택이 없었다. 파커 식료품점에는 공공 화장실이 있었다. 리브는 주차장 쪽으로 방향을 급히 틀었다.

"지금 세울게, 아가. 좀만 더 참아." 간판은 새것으로 바뀌었지만 상점은 리브가 아이였을 때와 거의 똑같았다. 아버지는 매주 토요일마다 리브를 데리고 파커 식료품점에 가서 사탕을 사주었다. 그러다 충치가 생기고 어머니가 사탕을 금지하면서 나들이가 중단되었었다.

리브는 토미의 손을 잡아 이끌며 재빨리 상점으로 들어갔다. 계산대 뒤에 서 있는 여자를 보자 속이 조여드는 기분이 들었다. 대니엘 파커는 예전 모습 그대로였다. 여전히 뚱뚱한 체구

196

에 눈과 눈 사이가 좁았고, 찌푸린 표정도 그대로였다. 리브는 상점 뒤쪽 화장실로 곧장 향했다. 토미도 안간힘을 쓰며 성큼성 큼 걷는 엄마를 뒤따랐다. 그러나 화장실 문은 잠겨 있었다. 당연히 그렇겠지.

"여기서 기다려, 아가. 열쇠 가져올게."

"빨리요, 엄마." 토미는 울음이 터지기 직전이었다.

리브는 계산대로 돌아갔다. "저기요." 그녀는 억지 미소를 지으며 말했다. "화장실 좀 쓸 수 있을까요? 저희 아이가 급해서 그러는데……."

"화장실은 손님만 쓸 수 있어요."

리브는 입을 다물고 눈을 가늘게 뜨고 대니엘을 노려보았다. 지체할 시간이 없었다. 리브는 계산대 옆 큰 플라스틱 통에서 사탕을 한 움큼 꺼내고 계산대 위에 알록달록한 사탕을 던지다시피 내려놓았다.

"최소 5달러어치는 사야 해요."

리브는 분노를 터뜨릴 뻔했지만, 화장실 문 앞에서 동동거리는 토미가 보였다. "이 통 전부 얼마예요?" 리브는 사탕이 든 플라스틱 통을 가리키며 물었다.

대니엘은 복잡한 수학 문제를 암산하는 것 같은 표정을 지었다. "20달러요."

리브는 핸드백을 뒤져 20달러 지폐를 꺼내 계산대에 내던졌다. "이제 열쇠 주시겠어요?"

이 순간을 마음껏 즐기며, 여자는 커다란 플라스틱 조각에 끈으로 묶인 열쇠를 꺼내 카운터 위로 슥 밀어주었다.

리브는 열쇠를 낚아채 화장실로 달렸다. 문을 열고, 토미가 안으로 뛰어 들어갔다. 바지 앞자락을 내린 순간, 채 변기까지 가기도 전에 무차별적으로 소변이 발사되었다.

일을 다 치르고, 토미는 큰소리로 안도의 한숨을 내쉬었다.

"이제 괜찮아?"

토미는 눈을 동그랗게 뜨고 고개를 끄덕였다.

리브는 변기 시트와 바닥에 온통 튄 소변 자국을 바라보았다. 저 계산대 마녀더러 치우라고 내버려두고 싶었다. 하지만 그랬다간 리브가 파커 식료품점의 공공 기물을 파손했다고 온 동네에 소문이 날 것이다. 리브는 엉망진창이 된 화장실을 청소하고 나와 열쇠를 계산대에 던져 주었다. 그러고는 곧장 문 앞까지 갔다가, 다시 계산대로 돌아가 커다란 사탕 통을 집어서 나왔다. 토미와 상점을 나올 때 등 뒤로 꽂히는 대니엘의 매서운 시선이 느껴졌다.

"고향에 왔구나." 리브는 혼잣말로 중얼거렸다.

21장

리브는 차를 집 앞 진입로에 세웠다. 집을 보니 절로 눈살이 찌푸려졌다. 리브가 어린 시절을 보냈던 집은 거의 폐가가 되어 있었다. 생울타리는 지금 당장 가지치기를 해야 할 것 같았고, 덧문은 뒤틀어지고 페인트는 조각조각 갈라졌다.

신디가 문 앞에서 그들을 맞이했다. 신디도 집과 마찬가지로 방치된 상태였다. 염색할 때가 지났는지 가르마를 중심으로 손가락 두 마디 정도 회색 띠가 보였다. 신디는 폴리에스터 바지에 실밥이 닳은 카디건을 입고 있었다.

리브의 언니는 겉치장을 좋아하는 편은 아니었다. 그래서 사람들은 둘이 자매라는 사실을 신기해했다. 고등학생 때 리브는 마을에서 매년 열리던 미인 대회에서 세 번이나 여왕으로 뽑했다. 리브는 돌아가신 어머니의 섬세하고 우아한 외모를 물려받았다. 신디는 아빠를 닮아 골격이 크고 이목구비는 우락부락했다.

"이게 누구야? 와, 몰라보겠는데." 신디는 쉰 목소리로 말했다. "지난번 봤을 때는 완전 애기였는데." 이 말은 리브를 향한 것이었다.

"저 토미 맞아요." 토미가 정직하게 말했다.

"그래, 얼른 와서 이모 한번 안아줘."

토미는 망설이다가 천천히 다가가 신디 이모를 안아주었다.

"늦어서 미안해. 비행기가 연착해서……." 리브가 말했다.

"면회 시간이 곧 끝나." 신디가 말을 잘랐다. "오늘 아빠를 보려면 지금 출발해야 해."

신디의 차에는 카시트가 없어서 다 같이 리브의 렌터카를 탔다. 신디는 앞좌석 사이에 놓인 거대한 사탕 통을 보았지만, 묻지는 않았다. 차는 곧 고속도로를 달려 요양원으로 향했다. 길 양쪽으로 넓은 들판이 펼쳐져 있고 간간이 솟은 전봇대가 보였다. 전선 위로 새들이 앉아 있었다.

"새 요양원을 알아볼 때까지 일주일 준대." 신디가 건조한 말투로 말했다.

"안 나가면? 알츠하이머 걸린 노인네를 길바닥으로 집어 던

진대?"

"아니. 그냥 더 비싼 요양보호사를 고용할 거래. 아빠를 가장 비싼 방에 넣고 우리가 항복할 때까지 팔 하나 다리 하나에 요금을 물리는 거지."

"다른 데는 알아봤어?"

신디는 고개를 끄덕였다. "배회하는 환자를 받아주는 요양원은 거의 없어. 문제를 일으키는 노인은 더 꺼리고. 게다가 비싸."

"얼마나 비싼데?"

"지금 내는 돈의 네 배."

리브는 요란하게 소리 내어 웃었다. 지금 트와일라이트 미도우 요양원도 간신히 버티는 지경인데. "돈이 더 나올 데는 없어. 매기도 대학에 진학할 거고, 우리 주택 담보 대출 갚는 것도 허덕거리는데." 어쩌면 현실은 그보다 더 심각할 거라고 리브는 생각했다. 마지막으로 에반과 크게 싸운 후, 그녀는 매달 날아오는 청구서를 에반에게 모두 넘겼다. 지금 리브는 집안의 경제 상황은 애써 외면한 채 지내고 있었다. 그러나 심판의 날이 다가오고 있다는 걸 그녀는 알았다.

신디는 말없이 넓은 들판을 멍하니 바라보았다.

말하고 싶지 않았지만, 해야만 했다. 리브는 어렵게 입을 열었다. "저기, 우리 집 말이야. 그걸 파는 건 어떨까……."

"그럼 난 어디로 가라고?" 신디가 버럭 성을 냈다.

"모르겠어. 그래도 집이 너무 넓잖아. 아마 언니도……."

"뭐 어쩌라고? 파이프 레이어즈 위층에 셋방을 얻으라고?"

리브는 눈살을 찌푸렸다. "그런 얘기가 아니지." 그러나 생각
해보면, 신디는 마을에 하나뿐인 술집 위층 허름한 방에서 지내
는 노동자들과 잘 어울릴 것 같았다. 우체국 일자리를 얻기 전
에 신디는 아버지를 따라 아데어 수로 개발 회사에서 일했었다.
거친 노동자들과 함께 일하는 동안 신디가 딱히 여성스러워졌
을 리는 없었다.

리브는 스스로를 꾸짖었다. 언니에게 너무 가혹하잖아. 파커
상점의 사탕처럼, 언니도 겉은 단단해 보였지만 내면에는 부드
러운 구석이 있었다. 비록 사람들은 그 부드러운 내면을 발견하
기 전에 사탕을 뱉어버리겠지만.

신디가 말했다. "이 동네가 너희 가족에게 야박하게 대한 건
알겠어. 하지만 여긴 내 인생이야." 신디는 고집스럽게 아데어
에 머물렀다. 사람들도 파인 가족과 친척인 신디를 특별히 배척
하지는 않았다. 아마도 신디가 자기네 우편물을 어떻게 할까 봐
두려워서 그러는 것 같았다.

도로 위를 달리는 타이어 소리 말고는, 주위가 고요했다.

"아빠를 계속 받아주도록 그 사람들을 설득할 방법이 있을까?" 한참 후에 리브가 말했다.

신디는 얼굴을 찌푸렸다.

"상황이 그렇게 심각하지 않을 수도 있잖아."

"네 번이나 밖에 나가 돌아다녔어. 그리고 지난주에는 요강을 벽에 집어던지고는 간호사에게……." 신디는 토미 때문에 목소리를 낮추었다. "……험한 욕을 하셨고."

리브는 손가락으로 관자놀이를 짚고 문질렀다. 여기 온 지 겨우 1시간밖에 되지 않았는데 벌써 머리가 지끈거렸다.

"내 말 믿어." 신디가 말했다. "이 문제로 직원들하고 한바탕 했어. 나한테 요양원 면회를 금지하겠다고 협박까지 했다니까. 이게 믿어져?"

리브는 믿을 수 있었다.

"그러다 어제 원장한테 전화가 온 거야." 신디가 말했다. "그 사람 말이 '네가' 도와줄 수 있을 것 같대."

리브는 언니를 쳐다보았다. "어떻게?"

"그건 직접 가서 물어봐." 신디가 말했다.

리브는 다시 도로를 주시했다. 신디가 궁금하게 만드는 게 좀 짜증이 났다.

신디가 물었다. "노아 소식은 좀 들어?"

"무슨 소식?"

"네 옛날 남자 친구가 부지사에서 더 거물급으로 올라갈 예정이야. 터너 주지사가 어린 여자애들하고 스캔들이 났거든. 터너는 아마 당장 사퇴해야 할 거야. 사람들 말로는 기소될 거라던데. 그럼 법에 따라 부지사가 남은 임기를 채워야 하잖아."

리브는 잠시 생각에 잠겼다. 흥분의 기운이 서서히 온몸에 퍼져갔다. 노아는 공식적으로 대니의 무죄를 지지했다. 그가 주지사가 되면 네브래스카 사면위원회를 이끌게 된다. 대니의 무죄 방면을 결국 포기해야 했을 때, 입 밖으로 말한 적은 없지만 노아는 그녀에게 가느다란 한 줄기 희망이었다. 그러나 한편으로는 그게 가장 잔인한 일이기도 했다. 맷은 언제나 이 상황이 옛날 마피아 영화의 장면 같다고 했다. 거의 풀려났다고 생각했는데, 그들이 날 다시 감옥에 처넣었지. 에반은 무너졌다. 그리고 두 사람의 결혼 생활도.

입구에서 방문자 등록을 하고 공용 생활 구역을 지나갔다. 노인들이 테이블에 앉아 보드게임을 하거나 텔레비전을 보고 있었다. 휠체어에 앉은 허약한 두 할아버지가 테이블을 사이에 두고 마주 앉아 체스를 두고 있었다. 문득 맷이 생각났다. 맷은 보드게임을 좋아했다. 리브는 나중에 맷에게 전화하자고 속으로 다짐했다. 맷은 여전히 에반에게 화가 나 있었고, 아마 리브에게도 화를 내고 있을 것이다. 그래도 다정한 구석이 있는 아이니 곧 누그러지겠지.

신디가 닫힌 방문 앞에 멈춰 섰다. 진료 기록 아래쪽에 다음과 같은 팻말이 붙어 있었다. '나는 찰리 포드입니다. 나에게는 두 딸과 네 명의 손자 손녀가 있습니다. 나는 군 복무를 했고 제대 후에는 아데어 수로 개발 회사에서 용접공으로 일했습니다.' 직원들이 환자와 대화를 나눌 수 있도록 도와주는 큐 카드였다. 그리고 치매라는 괴물이 덮치기 전, 아버지가 실제로 살아서 활동했던 진짜 사람이었음을 일깨워주기도 했고.

"괜찮을까……." 리브는 토미를 바라보았다.

"괜찮을 거야. 안 괜찮으면 내가 토미를 정원으로 데려갈게. 여기 노인들하고 같이 놀 수 있게 요양원에서 개들을 몇 마리 키우거든. 그러니까 강아지도 있을 거야."

"강아지요?" 토미가 갑자기 생기가 돌았다.

신디가 세게 문을 노크하고 잠시 기다렸다. 아무 대답이 없자 천천히 문을 열었다.

아버지는 집에서 가져온 낡은 안락의자에 앉아서, 소리를 죽인 텔레비전을 멍한 눈빛으로 바라보고 있었다. 그래도 방은 넓었다. 구석에는 병실용 침대와 식사 때 쓰는 작고 동그란 테이블이 있었다.

아빠를 보자 리브의 마음이 무너졌다. 너무 말랐고, 콧잔등엔 주름이 졌고, 팔걸이를 잡은 손은 뼈만 남았다.

"아버지, 저 왔어요." 신디가 큰 소리로 말했다.

아버지는 고개를 돌리지 않았다.

신디는 텔레비전 앞을 가로막고 서서 허리를 굽혀 아버지와 시선을 맞추었다. "깜짝 놀랄 일이 있어요." 신디는 팔을 뻗어 리브를 잡아끌었다.

리브가 아버지 앞으로 걸어왔다. 토미는 호기심 가득한 얼굴로 문가에 서 있었다.

"안녕, 아빠."

아버지의 시선이 리브의 얼굴로 향했다. 아버지의 표정이 환하게 밝아졌다.

"올리브 오일?"

리브는 미소를 지었다. 아빠는 리브가 어린 소녀일 때부터 그렇게 불렀다. 아빠와 리브는 함께 뽀빠이 만화를 즐겨 봤다. 아빠는 리브에게 문신을 보여주고 팔을 구부려 이두근을 부풀리며 선원처럼 웃었다. 세상 사람들은 아빠의 그런 모습을 몰랐지만, 그녀의 아버지는 다정한 사람이었다.

리브는 눈물을 애써 참으며 무릎을 꿇고 아빠의 손을 잡았다.

토미가 엄마 옆으로 달려왔다. "할아버지, 안녕하세요."

"대니로구나!"

"전 토미인데요." 토미가 얼굴을 찡그리며 대답했다.

할아버지는 혼란스러워하는 것 같았다.

"엄마랑 할아버지랑 잠깐 같이 있게 해줄까?" 신디가 토미의 손을 잡으며 말했다. 토미가 주저하자, 신디가 덧붙였다. "어, 지금 저게 강아지 소린가?"

토미를 데리고 방을 나가는 언니의 뒷모습을 향해 리브는 속으로 '고마워'라고 중얼거렸다. 그때 리브는 언니의 눈에서 슬픔을 보았다. 신디는 아버지의 얼굴을 물려받았지만, 아버지의 마음을 가진 쪽은 리브였다. 리브는 식탁 의자를 당겨 리클라이너 안락의자 옆에 놓았다. 두 사람은 소리를 죽인 텔레비전으로 스포츠 채널을 한참 보았다. 아버지는 리브의 손을 잡고, 간간이 리브를 돌아보며 미소 지었다.

그러다 불쑥, 아버지가 물었다. "에디 해스켈은 어디 있냐?"

아버지가 노아 브라운을 부르는 별명이었다. 리브의 고등학교 시절 남자 친구이자 곧 주지사가 될 사람. 에디 해스켈은 옛날 TV 프로그램에 나오는, 아첨 잘하고 능글맞은 캐릭터의 이름이었다. 물론 노아를 모욕하기 위해 붙인 별명은 아니었다. 다만 노아는 십 대 시절부터 이미 정치인 기질이 다분해서, 아버지는 그런 노아에게 속아 넘어가지 않는다는 의미로 그를 그런 애칭으로 불렀다.

리브는 에반과 결혼했다고 설명하려 했지만, 아버지의 눈빛은 다시 아득히 멀어졌다. 아버지는 마치 시간 여행자 같았다. 이때에서 저때로, 이곳에서 저곳으로, 아버지의 시간은 그런 식으로 뒤죽박죽 이어졌다.

리브도 자신만의 시간 여행을 떠났다. 방학을 맞아 노스웨스턴 대학교에서 집으로 돌아왔고, 딜레마로 고민 중이었다. 대학에서 새 남자 친구가 생겼다. 이제 결정을 해야 했다. 고등학교 시절 내내 노아와 데이트를 했지만, 두 사람은 서로 다른 대학에 진학했다. 처음엔 그래도 가까이 지냈다. 매일 밤 전화 통화를 하고 방학도 함께 보냈다. 그러나 그들은 예견했던 대로 서서히 멀어지기 시작했다.

그리고 리브는 에반을 만났다.

"나 어떡해요, 아빠?"

"누가 더 잘해주니?"

"둘 다 잘해줘요."

"네 마음과 이성은 뭐라고 하느냐?"

"머리로는 노아요. 그는 야심이 있고, 언젠가 주지사가 되고 싶어 하고, 어쩌면 대통령 출마를 할지도 모르겠어요. 그와 함께라면 더 큰 삶을 살 수 있겠죠.”

“그럼 네 마음은?”

리브는 미소를 지으며 에반을 생각했다. “잘 설명은 안 돼요. 하지만 에반이 곁에 있으면, 그 어느 때보다도 편안해요. 그리고 그이는 내가 원하면 언제라도 아데어에 오겠대요. 시카고도 떠날 수 있고 자기 커리어도 접을 수 있대요. 그냥 나랑 같이 있고 싶다고요. 가정을 꾸리고, 인생을 꾸려나가고.”

아빠는 턱을 문질렀다. “내가 널 위해 결정을 내릴 수는 없겠다, 올리브 오일.”

“엄마라면 뭐라고 말하셨을까요?”

아버지는 슬며시 미소를 지었다. “엄만 분명히 네 이야기의 일부가 되어줄 남자를 선택하라고 할 거야. 그 사람 이야기에 네가 끼어드는 게 아니라.”

코 고는 소리에 현실로 돌아왔다. 아버지는 머리를 가슴에 떨구고 자고 있었다.

신디가 문틈으로 머리를 들이밀었다. “토미는 강아지들이랑 놀고 있어. 우리가 원장이랑 얘기하는 동안 직원들이 잠깐 아이를 봐주겠다고 했어.”

리브는 천천히 아버지의 손을 놓고 일어서서, 이마에 키스했
다. "가서 끝장을 보자."

22장

트와일라이트 미도우 요양원의 원장인 데니스 창은 리브에게 미소를 지으며 의자를 권했다. 그는 카키색 바지에 미스터 로저스 제품인 스웨터를 입었다. 책상 위는 티끌 한 점 없이 깔끔했다. 전체적으로 완벽주의자의 사무실 같은 모양새였다. 신디는 아무 말 없이 리브의 옆자리에 앉았다.

"파인 부인, 이렇게 와주셔서 감사합니다."

"그냥 리브라고 부르세요." 리브는 친밀한 태도를 보이며 말했다. 아버지를 계속 받아주도록 원장을 설득하지 못한다면 대재앙이 닥칠 것이다.

"리브." 창은 호흡을 가다듬었다. "일이 이렇게 되어서 정말 유감입니다."

리브는 고개를 끄덕였다. 그녀가 학교에 다닐 때만 해도 주위에 아시아인 가정을 전혀 접하지 못했었다. 네브래스카는 다양한 문화가 어우러지는 곳은 아니었다. 그래도 다양성 측면에서는 아데어가 다른 지역보다 좀 나았다. 아데어 수로 개발 회사는 높은 임금과 저렴한 생활비, 아이들을 키우기에 이상적인 환경을 제시하며 전국에서 직원을 유치했다. 시카고로 이사를 간 후에도 이 회사는 파인 가족의 삶의 중심에 있었다. 아데어 수로 개발 회사는 에반이 다니는 회계 법인의 주요 고객이었다. 리브 아버지의 고등학교 시절 친구가 회사의 부사장이었는데, 에반이 시카고 지사로 발령을 받은 후에도 가끔 에반과 만났다.

"얘기를 잘 풀어나갈 수 있으면 좋겠어요." 리브가 말했다. "아버지는 이곳 지역 사회의 기둥이셨어요. 아버지의 아버지처럼, 아이들을 모두 이곳에서 기르셨고요. 회사에서는 40년간 근속하셨고, 고등학교 축구팀 코치도 하셨어요. 아버지는 정말 친절하고 다정한 사람이에요. 단지……."

창은 손을 들어 리브의 말을 끊었다. 공격적인 태도는 아니고, 그저 더 말하지 않아도 잘 안다는 표현이었다. "누구도 아버님의 인품이나 우리 커뮤니티에 그분이 보여준 헌신을 문제 삼지 않습니다. 다만 현재 아버님의 상태를 볼 때, 아버님께 필요하고 또 마땅히 드려야 하는 서비스를 저희가 제공할 수 있을지 확신이 서지 않아 그런 겁니다.”

리브는 눈물이 차오르는 것을 느꼈다. 오랜만에 고향에 와 아버지를 봐서 그런 것이겠지만, 지금은 이렇게 감정에 휩싸일 때가 아니었다. “뭐든 할 수 있는 일이 있지 않을까요? 저희가 주기적으로 추가되는 요양보호사 비용은 마련해드릴 수 있어요. 아니면 의사와 약물 처방에 대해 얘기해볼 수도 있고요. 방금 아버지를 뵙고 왔어요. 조금 정신이 없어 보이긴 해도, 그래도…….”

리브는 도움을 바라며 신디를 돌아보았다. 그러나 언니는 약간 째려보는 것 같은 얼굴로 말없이 앉아만 있었다.

리브는 말을 이어갔다. “아버지는 아데어에서 평생을 사셨어요. 다른 시설로 옮기자니 너무 멀기도 하고요. 그리고…….” 그러다 묘한 분위기에 입을 다물었다. 창이 뭔가 할 말이 있는 눈치였다.

“언니분께서 말씀하셨겠지만, 우린 가능한 해결책을 논의하고 있었습니다.” 창이 말했다.

리브는 신디를 바라보았다. 신디는 여전히 말이 없었다.

“그러니까 이런 겁니다.” 창이 몸을 앞으로 숙이며 말했다. “우리 회사는 주 전역에 요양원을 몇 군데 추가 개원하려고 노력해왔어요. 그런데 라이선스에 문제가 생겼죠. 어느 경쟁 업체가 근거도 없는 민원을 제기했거든요. 아, 물론 노인들의 복지 문제는 아닙니다." 그는 재빨리 덧붙였다. "그 친구들의 주장은 우리가 불공정하게 입원비를 깎아서 다른 업체들을 몰아내려 한다는 겁니다."

리브는 도대체 지금 무슨 얘기를 하는 건지 알 수가 없었다.

"터너 주지사는 우리 얘기를 안 들어줬지만, 아시다시피 부지사는 아데어 출신이잖아요. 부지사는 적어도 우리 얘기를 들어주긴 하거든요. 하지만 지금까지는 부지사가 제대로 된 활동을 못 했죠." 창은 자세를 고쳐 앉았다. "그 얘기는 들으셨겠지만……."

"노아 브라운이 터너의 자리를 넘겨받을 거란 얘기요." 그래, 이게 핵심이었다.

창은 고개를 끄덕였다. "두 분이 고등학교 때 친구였다고 들었습니다. 만일 파인 부인이 브라운을 어떻게 좀 흔들어놓으실 수 있으면……."

리브는 언니를 매서운 눈빛으로 노려보았다. 신디는 리브의 시선을 피했다. 그러다가, 리브는 생각을 고쳐먹고 말했다. "내가 뭘 하면 되는지 말씀해주세요."

23장

새러 켈러

늦은 오후에도 국무부 청사 로비는 북적거렸다. 비즈니스 정장을 입은 사람들이 아트리움 중앙에 있는 보안 검색대 앞에 긴 줄을 섰다. 원둘레를 따라 만국기가 펄럭였다. 저 멀리 금발 머리에 커다란 선글라스를 쓰고 일행과 함께 건물에서 걸어 나오는 여자는 전국 뉴스에 나오는 기자 같았다.

검색대를 통과한 켈러와 스탠은 사람들 무리에 휩쓸려 5층으로 올라갔다. 유리와 철제로 지은 현대적인 분위기의 로비와는 달리, 이곳의 내부 장식은 구식 컨트리클럽 같았다. 벽에는 초상화가 잔뜩 걸려 있고, 짙은 색 목재로 깐 마루 위에는 묵직한 러그가 덮여 있었다. 사무실로 들어가기 전에, 비서가 그들에게 숫자가 새겨진 플라스틱 패에 달린 작은 열쇠를 주었다. 그러고는 나무 캐비닛의 번호가 새겨진 작은 서랍을 열어주었다. "휴대폰은 이곳에 보관해주세요." 켈러와 스탠은 무기 확인도 받지 않고 그대로 통과했었다. 보안을 위협하는 건 무기보다 휴대폰이었다.

브라이언 쿡은 키가 컸다. 아, 우리의 구세주여. 켈러는 쿡을 보자마자 생각했다. 그러나 우람한 몸집의 FBI 부국장과는 달리, 쿡은 중서부 출신 특유의 상냥한 태도를 갖춘 호리호리한 몸매의 소유자였다.

짧은 소개가 오가고, 스탠이 말했다. "급하게 연락드렸는데도 시간 내주셔서 감사합니다."

"괜찮아요." 쿡은 두 사람을 책상으로 안내했다. 국무부 고위 공직자의 사무실치고는 좀 작은 편이었다.

"드마르티니 말로는 영사관의 도움이 필요하다면서요?"

켈러는 파인 가족의 사망 사건에 대해 간략히 보고했다.

"그 다큐멘터리는 못 봤습니다." 쿡이 말했다. "하지만 〈타임〉지 기사는 봤죠. 비극이에요. 그렇게 멋진 가족이 어쩌다가. 아무튼, 영사관에서 제대로 협조를 안 하나요?"

"그 사람들 업무가 많은 건 이해합니다. 하지만 그 지역 영사관은 문제가 좀 있어요." 켈러가 설명했다. "현재 그 가족 중 유일하게 생존한 아들 맷 파인이 멕시코에 가 있습니다. 영사관 직원이 공항에 마중을 나가 툴룸까지 동행하고 시신 인도 절차를 돕기로 되어 있었는데요. 직원이 공항에 나오지 않았습니다. 제 문자에 답장도 안 하고요."

"툴룸 어디에 있는 영사관일까요?" 쿡은 혼잣말처럼 중얼거렸다. 그는 의자 바퀴를 굴려 컴퓨터 앞에 앉아 자판을 두드리고 모니터를 노려보았다. "……메리다에 있군요. 여기 꽤 좋은 자리인데. 칸쿤, 코주멜, 플라야 델 카르멘, 툴룸. 영사관 직원 이름이 뭐죠?"

"길버트 포스터입니다." 켈러는 살짝, 아주 살짝 죄책감을 느끼며 대답했다. 길버트 포스터 씨는 이제부터 아주 좋지 않은 하루를 보낼 운명이었다.

"내가 전화해보겠습니다. 큰 문제는 아닐 거예요."

"자리를 비켜드릴까요?" 스탠이 문을 가리키며 말했다.

"아뇨. 금방 끝나요."

이후 15분 동안 켈러와 스탠은 다음 날 아침으로 예정된 마르코니 LLP와의 미팅에 대해 이야기했다. 켈러의 첫 방문이었다. 켈러는 적절한 준비 과정 없이 접근해야 하는 게 영 마뜩잖았다. 강력한 조사와 심문은 철저한 사전 계획이 필수였고, 절대 즉흥적으로 진행할 일이 아니었다.

스탠은 공감하며 고개를 끄덕이고, 끈기 있게 듣고 난 후 말했다. "알겠네. 하지만 어쩔 수 없지." 그가 즐겨 쓰는 말이었다.

"방문 날짜를 잡는 것만으로도 상대를 겁먹게 할 수 있어요. 그러면 곧장 증거를 없애기 시작하겠죠."

"에반 파인 얘기로 접근하면 괜찮을 거야. 해외에서 죽은 전 직원에 대한 통상적인 인터뷰로 가장해봐. 그리고 미리 간다는 얘기도 하지 마. 그냥 들이닥쳐."

괜찮은 생각이었다.

"그런데 마르코니 자료는 다 확보했다고 자네가 말하지 않았나?"

"맞습니다. 하지만……."

"하지만 뭐? 이 사건은 분석 마비를 용납할 수 없어." 스탠이 즐겨 쓰는 또 다른 용어였다. '분석 마비.' 생각할 수 있는 증거는 모두 ─ 문서 기록, 도청 자료, 증인들 ─ 깔끔하게 하나로 매듭짓기 전까지는 섣불리 체포하지 않으려는 수사관들의 고질적 병폐. 그녀가 너무 소심한 걸까? 지나치게 신중한가? 켈러는 마르코니를 완전히 무너뜨릴 수 있는 기록을 확보하고 있었다. 그러나 자금 세탁은 기소가 복잡했다. 놈들은 값비싼 변호사를 고용하고, 변호사는 솜씨 좋은 재정 전문가를 고용한다. 그러면 그 재정 전문가는 놈들의 구린 부분에 대해 말끔한 설명을 만들어놓거나 누구도 사건을 이해하지 못하도록 복잡하게 만든다. 금융 관련 재판에서는 TV 드라마에 나오는 것 같은 극적인 증거물이 없다. 증거라고 해봐야 대개 감정은 한 오라기도 섞이지 않은 수 테라바이트짜리 데이터 블록이다. 켈러의 경험상 배심원들에게 호소하려면 이야기를 엮어 들려줄 살아 있는 사람, 즉 직원이나 내부자가 필요하다. 켈러는 자료는 확보했지만 살과 피로 이루어진 증인은 하나도 없었다.

"자, 이렇게 해보지." 스탠이 말했다. "시카고 사무소에 지원 인력을 요청해두겠네. 혹시 일이 잘못되면 신호를 보내. 그럼 그 친구들이 컴퓨터와 서버를 전부 압수할 거야. SAC미 중앙정보국 특무과—옮긴이의 칼 뷰캐넌은 내가 개인적으로 잘 아는 친구야. 돌아이지만 그만큼 효과적이지." '돌아이'는 가장 공격적인 수사관들을 지칭하는 FBI의 은어였다. 정부의 화력으로 물불 안 가리고 나쁜 놈들을 굴복시키는 요원들을 흔히 '저돌적인 돌아이'라고 부르곤 했다.

켈러는 고개를 끄덕였다. 더 논쟁을 해봐야 의미가 없었다.

쿡이 마침내 사무실로 돌아왔다. "오늘 인도될 겁니다. 시신은 지금 툴룸의 장의 업체가 보관 중이에요. 여긴 시신을 해외로 인도해본 경험이 있어요. HR과 유품은 네브래스카의 장의 업체로 보낼 겁니다. 그럼 거기서부터는 FBI가 결정해서 처리할 수 있겠죠."

HR. 사람의 유해(Human Remain)의 약자. 누군가의 가족을 가리키기에는 참 비인간적인 명칭이다.

"지금부터는 칼리타 에스코바르가 담당할 겁니다." 쿡은 스페인어 발음으로 이름을 불러주었다. "마약왕 파블로 에스코바르와는 아무 관계 없어요. 칼리타는 만나는 사람마다 꼭 그렇게 설명하죠. 하지만 파블로는 툴룸에도 조직이 있었으니까……. 뭐, 그렇다는 얘깁니다. 아무튼 칼리타는 인맥도 좋고 엉뚱한 짓도 안 하는 친구니까 더는 문제가 없을 겁니다."

"칼리타가 포스터 씨에게 너무 심하게 굴지 않았으면 좋겠네요." 켈러가 농담처럼 얘기했다.

"포스터는 아카풀코의 새 직책을 좋아할 거 같은데요." 쿡이 말했다. "미국인 여행 경보를 띄운 지역이니, 그 친구한테는 꽤 '흥미진진한' 곳이 될 거예요. 사건이 잘 해결되도록 행운을 빌어드리죠."

24장

“정말 미안해.” 켈러가 전화기에 대고 말했다.

“도대체 미안하단 말 좀 그만하라고 몇 번이나 말해야 해? 내가 보낸 기사는 안 읽었어?”

히죽거리며 웃고 있을 밥의 얼굴이 눈에 선했다. 밥은 페이스북에 돌아다니는 ‘전문직 여성을 위한 열 가지 항목’을 켈러에게 보냈었다. 세상에 지친 스물두 살짜리들에게 보내는 조언 같은 것이었다.

“1번이 ‘사과하지 마라’였다고.” 밥이 말했다.

“최근에 출장이 잦아서. 당신 일이 너무 많아졌잖아.”

“아, 물론 내가 이제 곧 패션모델 활동을 시작하긴 하겠지만. 그래도 지금 당장 우리 가족의 일용할 양식을 벌어 오는 건 당신이니까." 밥은 잠깐 말을 멈췄다. "사실 난 셔터맨이 체질이야. 순종적인 남편이 나의 로망이라고."

심장 박동이 차분해지고 혈압이 가라앉는 게 느껴졌다. 실제로 그렇게 느꼈다고 맹세라도 할 수 있었다. 밥은 켈러에게 늘 그런 편안함을 주었다.

"그런데 지금 누구 전화로 통화하는 거야? 발신자 정보도 안 뜨고, 잡음도 많이 들리는데." 밥이 주제를 바꾸며 물었다.

"지금 비행기 안이야."

"뭐라고? 왜 그걸 이제야 얘기해?" 밥이 그가 말했다. "와, 꼭 〈양들의 침묵〉에 나오는 클래리스 스탈링 같은데. 아니면 〈더 울프 오브 월 스트리트〉 같달까? 옆에서 스탠이 창녀들하고 같이 코카인 들이마시고 있다고 말해줘."

"아, 제발 그만 좀 해." 켈러는 결국 미소 짓고 말았다. 단추를 정갈하게 잠근 상관이 창녀들과 난잡하게 어울리는 모습이 머릿속에 떠올라버렸다. "스탠은 사무실로 복귀했어."

그녀의 상관은 마르코니 회계 법인에 혼자 들어가도록 그녀를 밀어 넣었다. 본부가 파인 사건에 지대한 관심을 가지고 있음을 감안하면, 이게 기뻐할 일인지 걱정할 일인지 가늠이 되지 않았다. 스탠이 그녀를 전적으로 신뢰하거나 아니면 곧 펼쳐질 대환장 쇼로부터 멀찍이 거리를 두거나 둘 중 하나였다. 스탠은 믿음직한 사람이었으니, 켈러는 전자라고 믿기로 했다.

"그래서 시카고엔 뭐가 있는데?" 밥이 물었다.

"지난 2년간 내가 조사한 카르텔 사건을 망칠 일이 있겠지." 켈러의 작업 테이블 위에는 마르코니 파일이 펼쳐져 있었다.

"와, 그 사람들, 파인 가족에게 무슨 일이 있었는지 진짜로 알고 싶어 하는구나. 방송의 힘인가."

"대통령 딸의 힘이기도 하고. 법대생인데 〈폭력에 물든 세상〉의 팬이래."

"농담이겠지."

켈러는 대답하지 않았다.

"집에는 언제쯤 와?"

"모르겠어. 아침에 그 회사에 들어가야 하고, 시간이 좀 남으면 매기의 학교 친구랑 얘기를 좀 해보려고. 건질 건 없겠지만 어차피 거기까지 간 김에." 켈러는 망설이다 덧붙였다. "어쩌면 네브래스카에도 갈지 모르겠어. 시신을 그곳으로 보낸다니까." 켈러는 맷 파인에게 계속 통화를 시도했지만 바로 음성사서함으로 넘어갔다. 문자도 보냈지만 계속 무시하는지 답이 없었다. 아니면 휴대폰이 꺼졌을 수도 있다.

잠시 침묵이 흘렀다. 켈러가 또 사과의 말을 하려는 순간, 밥이 말했다. "당신이 자랑스러워. 알지?"

켈러의 눈에 눈물이 고였다. "사랑해."

"그 말은 반사한다, 특별 수사관. 내일 놈들에게 화끈한 맛을 보여주라고." 밥은 과장된 진지한 말투로 덧붙였다. "그리고 나가서 시카고 피자라도 사 먹어. 시카고잖아, 젠장."

25장

맷 파인

맷은 나무 뒤에 몸을 숨겼다. 행크의 토요타 앞에 차가 우뚝 멈춰 서는 게 보였다. 운전석에서 누군가 내려 차 문을 쾅 닫고 행크 쪽으로 다가갔다. 어둠이 짙어 남자의 형체만 간신히 알아볼 수 있었다. 자갈길 위에서 발소리가 요란하게 울리는 걸로 보아 묵직한 부츠를 신은 것 같았다.

남자가 뭐라고 말을 했는데 잘 알아들을 수는 없었다. 그리고 곧, 맷은 심장이 철렁했다. 남자가 정확히 맷이 숨어 있는 곳을 향해 달려오기 시작했다.

본능에 따라, 맷은 돌아서서 덤불을 뚫고 달렸다. 나뭇가지가 얼굴을 때리고 가시가 셔츠에 걸렸다. 불빛이, 강력한 손전등 불빛이 맷의 등에 꽂히면서 앞에 긴 그림자를 드리웠다. 맷은 쓰러진 나무를 건너뛰고, 곧장 오른쪽으로 방향을 틀었다가 다시 왼쪽으로, 또다시 오른쪽으로 방향을 꺾으며 불빛을 피해 달렸다.

무성한 덤불 뒤로 뛰어들어 몸을 숨겼다. 손전등 불빛이 잠시 사라졌다. 맷은 뒤돌아보지 않고 숲속으로 더 깊숙이 들어갔다. 폐가 화끈거리도록 달렸다. 주위가 다시 칠흑처럼 어두워졌다. 그는 커다란 나무 뒤에 숨어서 호흡을 가다듬었다. 숨소리를 애써 죽이며 습한 공기를 들이마시고 내쉬었다. 심장이 너무 거세게 뛰어 에일리언처럼 가슴을 찢고 튀어나오지 않을까 겁이 날 정도였다.

추격자를 따돌렸다고 생각한 순간, 주위가 갑자기 고요해지고 손전등 불빛이 다시 나타났다. 불빛은 안개를 자르고 사방을 휘저었다. 교도소 영화에 나오는 탐조등 불빛처럼 직각으로 움직였다. 불빛이 점점 밝아졌다. 맷은 죽은 듯이 가만히 있었다. 그러다, 불빛이 사라졌다. 어둠이 사방을 뒤덮고, 미친 듯이 혈관을 따라 도는 혈류 소리 말고는 아무 소리도 들리지 않았다.

맷은 거친 나무 기둥에 등을 기대고 꼿꼿이 서 있었다. 멀어지는 남자의 발소리를 귀 기울여 들었다. 도움을 요청해볼까. 하지만 누구에게? 멕시코에도 911이 있나? 그리고 그게 뭔 상관이람? 어차피 저 사람이 누구인지도 모르는데. 휴대폰으로 현재 위치의 좌표를 보낸다고 해도 누가 도우러 왔을 땐 상황은 종료되었을 것이다. 그래도 시도는 해봐야 할까? 그는 천천히 주머니에서 휴대전화를 꺼냈다. 꺼져 있었다. 당연히 그렇겠지. 맷은 그의 손에 휴대폰을 쥐여주던 행크를 떠올렸다. 그 여잔 누굴까? 도대체 그들이 원하는 게 뭘까? 누군가를 골탕 먹이려면 훨씬 더 쉬운 방법도 있다. 게다가 깨진 아이폰과 돈 몇 백 달러를 들고 있는 대학생보다 좀 더 짭짤한 목표물도 있을 것이다. 뉴욕의 길 한복판에서 그를 넘어뜨리고 주머니를 뒤졌던 갈라진 입술의 남자가 기억났다.

영원 같은 순간이 지났다. 밤의 생명체들이 조금씩 정적을 깨기 시작했다. 머리 위로 나뭇잎이 바스락거리고, 멀리서 들개들이 짖었다.

그러고도 한참 후에, 추격자가 떠났을 거란 생각이 든 맷은 걸음을 옮겼다. 발아래 나뭇가지 부러지는 소리가 밤공기 안에서 쩌렁쩌렁 울렸다. 아니면 그에게만 들린 소리였을까? 맷은 신중하게 또 한 걸음을 내딛고, 어둠 속에서 추격자가 뛰쳐나오기를 기다렸다.

괴물은 다시 나타나지 않았다. 그러나 맷은 운에 맡기지 않았다. 천천히, 소리 없이 걸었다. 한 걸음 또 한 걸음, 나무 덤불 사이로 길을 찾아 나아갔다. 그렇게 한참을 가다가 불빛을 보았다. 고맙게도 손전등 불빛은 아니었다. 저 멀리 지나가는 자동차의 전조등 불빛이 나무 사이로 비친 것이었다. 적어도 정글 안에서 밤새 길을 잃을 일은 없었다. 인적 드문 황량한 도로였어도, 아무튼 도로였다.

숲을 벗어난 맷은 어려운 결정을 내려야 했다. 노출의 위험을 감수한 채 도로를 따라 걸어가거나, 그림자에 몸을 감추고 마을이 나올 때까지 걷거나. 도로를 따라가면 운 좋게 마음 착한 운전자를 만나 차를 얻어 탈 기회가 있을 것이다. 그러나 그 운전자가 그를 사냥하려던 남자일 수도 있었다. 게다가 이 시간에 낯선 사람을 차에 태워줄 제정신인 사람이 과연 있을까? 맷은 조심하는 쪽을 택했다. 그림자를 따라 걸으며 다가오는 차량을 하나하나 살피기로.

한참을 걸었다. 1시간쯤 지나는 동안 차는 딱 두 대가 지나갔다. 첫 번째 덤프트럭은 맷이 채 손짓도 하기 전에 지나가버렸다. 두 번째는 오토바이였는데, 달리는 속도로 보아 운전자가 테스토스테론과 레드불에 취해 있는 것 같았다.

현기증이 일었다. 부드러운 바닥과 덮을 것만 있으면 그 자리에 바로 누워 자고 싶었다. 그러나 정글 안에 무엇이 도사리고 있을지 두려웠다. 저 숲속에 코요테나 들개 같은 것이 돌아다닐지 누가 알겠는가. 게다가 벌레도. 발을 끌며 걷는 동안 이 생각 저 생각이 났다. 자꾸 영화 〈더 로드〉가 떠올랐다. 지금 이 상황을 생각해보면 딱 맞는 영화이긴 하다. 세상에 종말이 닥치고 아버지와 아들이 피난처와 먹을 것을 찾아 하염없이 길을 따라 걷는 내용. 맷은 그 영화를 별로 좋아하지 않았다. 아버지가 맷과의 관계를 어떻게든 개선해보려는 노력으로 같이 보자고 제안해서 봤던 영화였다. 아버지는 영화보다는 책을 더 좋아했는데, 영화의 원작 소설을 좋아해 고른 것이었다. 맷은 결정적인 장면에서 아버지가 뺨을 타고 흐르는 눈물을 애써 감추려던 모습을 기억했다. 영화 속 죽어가는 아버지가 아들에게 하던 말. 내 온 마음은 너한테 있어. 늘 그랬어. 어두운 극장 안에서, 맷은 아버지가 대니를 생각하고 있다는 것을 알았다.

뒤쪽에서 환한 불빛이 다가왔다. 돌아보니 죽 뻗은 도로를 따라 픽업트럭처럼 생긴 것이 다가오고 있었다. 덤불 안으로 숨을까 생각도 해봤지만, 죽도록 피곤해서 될 대로 되라는 심정이었다. 트럭이 점점 가까이 다가오자 머플러가 덜컹거리는 소리가 주위를 가득 채웠다. 맷은 도롯가로 잽싸게 나가 엄지손가락을 세우고 팔을 내밀었다. 멕시코에서도 이런 식으로 히치하이킹을 하나? 트럭이 눈앞을 지나쳐 갈 때, 조수석에서 밖을 내다보는 아이와 눈이 마주쳤다. 열 살쯤 되어 보이는 아이였다. 맷은 힘없이 팔을 내렸다. 그런데 그때, 빨간색 후미등 불빛이 어둠 속에서 빛났다. 트럭이 멈췄다.

맷은 트럭까지 달려갔다. 차 안에는 소년과 노인이 타고 있었다. 아이의 아빠, 어쩌면 할아버지일 수도 있겠다. 회색 머리의 남자는 경계하는 눈빛으로 맷을 노려보았다.

어디로 데려다 달라고 해야 하나? "아, 호텔." 맷은 아주 천천히, 아주 크게 말했다. 그렇게 또박또박 말하면 언어 장벽이 무너질 것처럼.

노인은 소년을 바라보았고, 소년은 노인에게 스페인어로 말했다. 맷은 딱 한마디, '조나 호텔레라(호텔 지역)'만 알아들을 수 있었다. 노인은 소년에게 스페인어로 대답했다.

소년은 맷을 돌아보며 고개를 끄덕였고, 뒤에 타라고 손짓했다.

"그라시아스(고맙습니다)." 맷은 트럭 짐칸에 올라탔다. 짐칸에는 배낭과 갈퀴 더미가 있었고, 갈퀴 날에는 해초 같은 것이 걸려 있었다.

맷은 차가운 금속 바닥에 등을 대고 누워 밤하늘을 올려다보았다. 트럭이 속도를 높이고, 머리 위로 바람이 불었다. 잔잔한 백색 소음을 들으며 눈부시게 빛나는 별과 흐릿하게 지나가는 나무 꼭대기를 바라보니 최면에 걸릴 것 같았다.

잠깐 눈을 감았던 것 같았다. 다시 눈을 떴을 때 하늘은 보랏

빛이었고, 소년이 트럭 뒤쪽에 서 있었다. 맷은 벌떡 일어나 앉았다. 트럭은 해변가에 주차되어 있고, 노인과 소년은 갈퀴와 배낭을 치우고 있었다.

맷은 트럭 짐칸에서 뛰어내렸다. "고맙습니다."

소년이 돌아섰다. 얼굴에 검댕을 묻히고 어깨에 갈퀴를 짊어진 맨발의 소년은 50년대 떠돌이 일꾼 같아 보였다.

"호텔." 소년은 검지로 해변을 가리키며 말했다. 횃불 장식이 활활 타오르고, 그 사이로 헛간처럼 생긴 건물이 보였다. 소년과 노인은 반대쪽에 해초 무더기를 갈퀴질하는 사람들 쪽으로 갔다.

맷은 횃불을 향해 걸어갔다. 발이 모래에 푹푹 빠지며 모래 알이 운동화 속으로 들어왔다. 방갈로와 열대 분위기로 장식된 바가 있는 나무 데크를 지났다. 호텔 간판에는 '미 아모르'라고 쓰여 있었다. 울타리 안으로 방갈로와 독채 빌라들이 모인 곳을 지나, 호텔 뒤 바닷가까지 계속 걸었다. 해변에는 긴 의자와 테이블이 설치되어 있었다. 뒤쪽으로 호텔 본관의 불 꺼진 로비가 보였다. 해가 뜰 때까지 직원은 나오지 않을 것이다.

캔버스 의자에 앉아 바다를 물끄러미 바라보았다. 문득 팔과 얼굴에 긁힌 상처들이 따가웠다. 그날 밤 모험에서 얻은 상처였다. 아무도 없는 바다를 가만히 쳐다보다가, 일어서서 기지개를 한 번 쭉 켜고 속옷만 남긴 채 옷을 벗었다. 그는 바다를 향해 달려가 물에 뛰어들었다. 차가운 바닷물의 짜릿하고 청량한 느낌을 기대했지만, 바다는 따뜻한 목욕물처럼 그를 품어주었다. 맺은 물 위로 몸을 띄우고 누워 파도 소리를 들었다. 압도적인 슬픔에 몸이 마비되는 것 같았다. 수평선을 따라 가느다란 주황색 선이 그어지기 시작했다. 그래도 오늘은 어제보단 좀 낫겠지. 솔직히 그보다 더 나빠질 수는 없지 않을까? 아침이 되면 경찰서에 가서 세뇨르 구티에레즈를 만나고, 서류에 서명을 하고, 내 갈 길을 갈 것이다. 정말 모든 게 다 엉망진창이었다. 그는 행크를, 그 예쁜 얼굴에 떠올랐던 공포를 생각했다. 갑자기 모든 게 공허해졌고, 생각은 흐릿해졌다. 그냥 지금까지 그 모든 일이 다 나쁜 꿈인 것만 같았다.

아주 나쁜 꿈.

26장

매기 파인

이전

쿵 소리에 놀라 잠에서 깼다. 매기는 침대에서 내려와 무슨 소리인지 알아보러 방을 나왔다. 복도에 커다란 여행 가방 두 개가 뒹굴고 있었다. 그때 천장에 달린 다락방 문에서 가방 하나가 또 떨어졌다.

접이식 사다리 위로 아빠의 다리가 보였다. 아빠는 사다리를 타고 내려오다 매기를 발견하고 환한 미소를 지었다.

"잘 잤니, 맥파이. 아빠 때문에 깬 건 아니지? 여행 가려고 가방을 내리는 중이었어."

"그러신 것 같네요." 매기가 말했다. 이게 지금 현실인가. 하룻밤을 푹 자고 나도 아빠는 정신을 차리지 못한 것 같다. 이성이 아직 깨어나지 못한 걸까. 엄마에게 전화를 하는 게 좋겠다. 아빠를 진정시키는 데는 엄마가 최고였다.

"아빠, 그 멕시코 얘기 진심은 아니죠? 내 생각엔……."

"완전 진심인데?"

"이건 좀…… 모르겠어요. 너무 갑작스럽지 않아요?"

"너도 이제 졸업이고, 곧 집을 떠나게 되잖니. 그전에 너도 좀 놀아야지. 게다가 의사가 그러는데 이런 식의 여행은 나한테도 좋대. 마침 여행 간 김에 그 전화는 어찌 된 영문인지 확인도 할 수 있고."

아빠가 하도 태평스럽게 말해서 거의 설득당할 뻔했다. 그러나 매기는 그렇게 호락호락하지 않았다.

"그게 그냥 장난일 가능성도 생각해보셔야 할 것 같아요. 그러니까 제 말은, 음, 샬럿이 죽었는지 살았는지는 일단 접어두더라도, 왜 샬럿이 나이트클럽 이름으로 등록된 휴대폰으로 전화를 하겠어요? 이상하잖아요. 발신자 정보를 위조하는 건 엄청 쉽단 말예요."

"그래서 나한테 네가 있는 거야, 우리 딸."

매기는 미간을 찡그렸다.

"네가 통화 추적을 할 테니까. 그게 정말로 클럽에서 걸려온 전화인지 확인해주겠지."

매기는 저도 모르게 웃음을 터뜨렸다. "저요? 제가요? 제가 그걸 어떻게 해요?"

아버지는 여행 가방 손잡이를 잡았다.

"그거야 네가 알아내겠지. 넌 항상 방법을 알아내잖니."

이 말과 함께, 아빠는 다른 여행 가방을 잡고 턱으로 세 번째 가방을 가리켰다. 가방은 슬금슬금 굴러 계단참까지 흘러가고 있었다.

"바닷가에서 입을 옷도 챙기렴. 엄마 짐을 쌀 때는 네 도움이 필요하겠구나." 아빠는 다시 눈을 빛내며 침실로 들어갔다.

매기는 여행 가방을 자기 방으로 끌고 가 침대 위에 올려두었다. 정말 엄마한테 전화를 해야겠다. 그렇지만 멕시코 해변에 앉아 있을 생각을 하니 기분이 좋았다. 컴퓨터와 휴대전화와 그녀를 괴롭히는 문제들에서 벗어나, 머리를 비울 수 있는 시간이다. 그리고 정말 솔직히 말하면, 아빠가 그녀를 굳게 믿어주는 게 좋았다. 아빠는 정말로 매기가 멕시코에서 온 익명의 전화를 추적할 수 있다고 믿고 있었다. 한 자락의 의심도 없었다. 그래도 아무튼 엄마에게는 알려야 했다. 매기는 휴대전화 자판을 두드렸다.

아빠에게 전화해서 멕시코에 대해 물어보세요…….

지금 바로 전화해달라고, 중요하게 할 말이 있다고 엄마에게 문자를 보낼까 잠깐 고민했지만, 매기는 그대로 전화기를 침대 위로 던졌다. 그러고는 협탁에 놓인 노트북으로 손을 뻗었다. 보고 싶진 않았지만 봐야 했다. 일단 대니 파인 사이트를 열었다. 더욱 잔인하고 치졸한 말들. 매기는 댓글을 몇 개 읽다가 참지 못하고 노트북을 세게 닫았다. 다시금 눈물이 고였다.

아니다. 정면으로 맞서자. 그녀는 부끄러울 게 없었다. 잘못을 저지른 것도 없다. 겁먹지 않을 것이다. 에릭은 쓰레기고, 어젯밤 일로 그녀를 재단하게 놔두지 않겠다. 매기는 다시 노트북을 열고 악의적인 댓글에 하나하나 답을 달기 시작했다. 그러나 그녀는 다시 멈췄다. 어차피 악플러들은 증오와 다툼, 자극적인 에피소드를 먹고 자란다. 매기는 그냥 대니 파인 사이트들을 모두 비공개로 닫았다. 아무튼 일시적인 거다. 매기의 에피소드가 아니어도 오빠가 안고 있는 문제는 충분히 심각했다. 시간이 지나면 상황은 진정될 것이다. 학교 친구들도 이런 일에는 그렇게 오래 관심을 두지 않는다. 어차피 금방 지나갈 일이다.

이제 매기는 새로운 프로젝트로 관심을 돌렸다. 그토록 열정적으로 눈을 빛내는 아빠를 생각했다. 그녀에 대한 아빠의 확고한 신뢰를. 네가 알아내겠지. 넌 항상 방법을 알아내잖아.

매기는 다시 휴대폰으로 손을 뻗어 연락처를 훑고, 번호 하

나를 골라 전화를 걸었다. 음성 전화다. 부모님 말고 다른 사람
에게 목소리로 전화를 건 게 마지막으로 언제였더라? 이런 고
풍스러운 소통 방식이라니. 그러나 음성 통화는 문자로 보내고
싶지 않은 내용을 전달할 때 요긴하다. 문자 기록을 남기고 싶
지 않을 때. 뭔가 불법적인 일을 하려고 할 때.

27장

매기는 차고 문을 두드렸다. 토비가 창문을 가린 시트를 들쳐 밖을 내다보고, 매기를 확인한 후 문을 열어주었다.

"안녕. 빨리 왔네." 토비가 말했다.

매기는 토비의 차고를 배트케이브 배트맨의 본거지—옮긴이 의 가난한 버전이라고 부르곤 했다. 여기 마지막으로 왔던 게 언제였는지 기억도 나지 않았다. 매기는 주위를 둘러보았다. 토비의 요새는 그새 확장되어 있었다. 커다란 L자 모양 책상에는 모니터가 여섯 개 놓여 있었다. 컴퓨터 하드웨어는 120센티미터짜리 캐비닛에 차곡차곡 쌓여 있고, 이리저리 엉킨 케이블과 반짝이는 불빛들이 보였다. 거기에 찌그러진 에너지 음료 캔과 기름 얼룩이 묻은 피자 상자가 쓰레기통에 쌓여 전형성을 더했다. 딱 어린 시절의 스티브 잡스였다.

매기와 토비는 6학년 과학 클럽 때부터 친구 사이였다. 중학교에 진학해서는 떼려야 뗄 수 없는 사이가 되었고, 친구들로부터 둘이 사귀냐는 식의 농담을 곧잘 들었다. 그러나 그런 사이는 아니었다. 토비는 매기에게 전혀 관심을 보이지 않았다. 그리고 그 문제에 관해서라면 다른 여자애들에게도 마찬가지였다. 어떤 애들은 토비가 게이일 거라고 추측하기도 했는데, 그것도 사실이 아니었다. 굳이 설명하자면, 토비는 나이를 먹어가면서 인간의 효용 가치에 덜 의존하게 되었을 뿐이다. 고등학교에 진학할 무렵이 되자 토비는 컴퓨터와 더 '큰 것'을 창조하겠다는 일념에 몰두하게 되었다. 어설픈 앱 따위가 아니라 차세대 컴퓨터나 아이폰 같은, 세상을 완전히 뒤바꿀 아이디어를 꿈꾸는 것이다. 매기와 토비는 이제는 예전처럼 함께 노는 사이는 아니지만, 토비는 매기의 전화는 첫 번째 벨소리가 끊어지기 전에 받았고 놀러 가도 되느냐고 물으면 조금도 망설이지 않고 수락했다.

"내 은신처에 잘 왔어." 토비는 기분 좋은 미소를 띠며 말했다. 엄마가 깎아준 것 같은 헤어스타일에, 비쩍 마른 몸과 창백한 안색도 여전했다.

"이야." 매기는 방을 훑어보며 과장된 태도로 감탄했다. "여기는 어째 더······."

"난장판이라고? 테러리스트 소굴처럼?" 토비가 무표정하게 말했다.

"요샌 뭐해?"

토비는 미소를 지었다. "말 못 해. 너 MIT 출신 스파이 공범이 될 수도 있어."

매기는 토비의 팔을 주먹으로 때렸다.

"아우." 토비는 붉어진 팔을 문질렀다. 그러다 매기를 잠시 가만히 응시했다. "너, 그러니까 그게, 괜찮아?"

왜 이런 걸 묻는 걸까? 배트케이브에 한참 동안 못 놀러 와서? 아니면 그 파티 소문을 들었나?

"저기, 그, 스냅챗에 보니까 어떤 애들이······."

"난 괜찮아." 매기는 토비의 시선을 피했다. 그녀는 애써 마음을 가다듬고, 억지로 고개를 들어 토비와 눈을 마주쳤다. "네 도움이 필요해."

"그럴 것 같더라." 토비가 낡은 의자에 푹 주저앉자 의자가 밀려 차고 벽에 부딪쳤다.

"어쩌면 너의 그 수상쩍은 인터넷 친구들에게 도움을 요청해야 할지도 몰라."

"걔들은 수상하지 않아. 좀 너저분할 뿐이야. 괴짜고. 하지만 수상하진 않다고."

"뭐 어떻든 간에."

토비는 어깨를 으쓱했다. "뭐가 필요한데?"

"휴대폰으로 전화 건 사람을 추적해야 해."

토비는 커피 테이블 위에 발을 올려놓았다. 테이블이라고 해봐야 콘크리트 블록 위에 판자를 얹어놓은 것이었다. "그거야 쉽지. 그 휴대폰을 입수해서 추적 앱을 깔면 돼. 넌 TV도 안 보냐?"

"근데 그게 누구 폰인지 몰라. 내가 가진 건 번호뿐이야."

토비는 턱을 긁다가, 일어서서 컴퓨터 워크스테이션 앞에 앉아 마이크가 달린 헤드셋을 썼다. 매기는 애써 웃음을 참았다. 토비는 자판을 두드리기 시작했고, 마이크에 대고 뭐라고 중얼거렸다. 그는 웃으며 자판을 몇 개 더 두드렸다. "……고마워, 친구."

학교 복도에서 마주칠 때와는 달리 — 구부정한 어깨, 잰 걸음, 바닥으로 향한 시선 — 여기에 있는 토비는 그 누구보다도 믿음직스러워 보였다.

그는 헤드셋을 홱 잡아 뺐다. "뭐, 쉬웠네."

"무슨 말이야?"

"200달러 있어?"

매기는 눈을 가늘게 떴다. "뭐에 쓰게?"

"휴대폰 위치를 알고 싶다며?"

"누군가에게 200달러를 보내라고? 누구한테? 나이지리아 왕자님?"

"휴대폰을 추적하고 싶은 거 맞지? 그럼 맞아. 그 사람들은 200이면 그 어떤 전화기든 지난 한 달간의 좌표를 찍어서 보내 줄 수 있어. 내 친구 말로는 합법이래. 포상금 사냥꾼들은 이 서비스를 항상 이용한대."

"별로 합법적인 것 같지 않은데."

토비는 두 손을 들어 올렸다.

매기는 이 조건에 대해 생각해보았다. 200달러는 큰돈이었다. 대학에서 쓸 새 노트북을 사기 위해 개인 과외 지도도 하고 베이비시터 일도 하며 돈을 모아왔다. 그러나 아빠를 실망시키고 싶지도 않았다. "확실한 거야?"

"브로셔를 받았어. 진짜 회사 같아."

토비는 링크를 열었다. 매기는 토비의 어깨 너머로 모니터를 보았다. 회사의 정식 명칭은 '위치 집계 서비스'였다. 휴대전화 회사들은 대량의 휴대전화 위치 데이터를 다른 회사에 판매하고, 이 회사들은 데이터를 가공해 고객 정보를 확인하고 싶어하는 회사에 재판매했다. 브로셔는 휴대전화 기록을 통해 고객의 주소를 신속하게 교차 확인할 수 있다며 은행 같은 업체들을 상대로 광고하고 있었다.

"스토커나 배우자를 학대하는 사람이 상대방을 추적하고 싶어 하면 어쩌고?" 매기가 말했다.

토비는 한숨을 내쉬었다. "세상을 바꾸고 싶은 거야, 휴대폰을 추적하고 싶은 거야?"

"그 사람들 벤모미국의 송금 결제 플랫폼—옮긴이도 받아?"

토비는 고개를 끄덕였다. "휴대폰 번호 줘봐."

매기는 번호를 알려주었다.

토비는 송금을 마치고 자판을 두드렸다. "이제 앞으로 24시간 안에 이메일로 결과를 받을 수 있어." 토비가 말했다. "자, 이제 이게 무슨 일인지 말해줄래?"

"아니."

"좋아. 그럼 어젯밤에 무슨 일이 있었는지는?"

"싫어." 매기가 말했다. "하지만 하나만 더 도와줬으면 좋겠어." 매기는 눈을 깜박였다. 토비는 끙 소리를 내고는 고개를 끄덕였다.

"페이스타임이나 스카이프를 통해 전화를 걸면서 자기가 아닌 다른 사람처럼 보이게 조작할 수 있어?"

"그러니까 네 말은, 내가 너한테 영상통화를 하는데 나 말고 다른 사람처럼 보이게 할 수 있냐는 거지?"

"응."

"모르겠는데. 넌 MIT에 갈 거잖아. 네가 알려줘야 하는 거 아냐?"

매기는 토비를 찰싹 때렸다. "딴소리 말고."

토비는 잠시 생각했다. "그거 딥페이크 같은데."

매기는 고개를 갸웃했다. 딥페이크는 들어봤지만 자세히는 알지 못했다.

"러시아 사람들이 우리나라 선거판을 어지럽히기 위해서 개발한 거야." 토비는 거대한 모니터에서 시선을 떼지 않고 자판을 두드렸다. "이미지에 생명을 불어넣을 수 있는 소프트웨어야. 정치인이 술에 취해서 돌아다니게 하거나 나쁜 말이나 행동을 하는 것처럼 만드는 거지. 기본적으로는 어떤 사람의 얼굴을 다른 사람 몸에 붙이는 원리야. 그걸 완전히 실제처럼 보이게 하는 거지." 토비는 아이폰을 들고 매기의 동영상을 찍기 시작했다. "보여줄게."

갑자기 매기는 정신이 번쩍 들었다. 얼굴이 붉어졌다. "나 찍히는 거 싫어. 나는……."

"가만있어 봐. 그냥 아무거나 충격적인 말을 해봐." 토비는 계속해서 매기에게 휴대폰을 겨눴다. "이런 거. '토비는 완전 섹시

한 멋쟁이야.'"

"그런 말 절대 안 해."

토비는 휴대폰 너머로 매기를 바라보았다. "좋아. 그럼 아무 말이나 해."

"알았어." 매기가 말했다. "에릭 허친슨은 개새끼야. 완전 썩어빠진 개새끼!"

토비가 휴대폰을 천천히 내리고, 매기의 말에 동의하듯 고개를 끄덕였다. 온라인상의 소문을 토비가 어디까지 아는지는 모르겠지만, 고맙게도 더 이상 캐묻지 않았다.

"포르노 중독자들이 러시아 기술을 바탕으로 개발한 공개 소스 코드가 있어." 토비는 휴대폰으로 찍은 동영상을 업로드했다.

매기는 어이없다는 듯한 표정을 지었다.

"진짜야. A급 여배우들의 얼굴을 기존의 포르노 영상에 얹을 수 있는 기가 막힌 코드야. 원한다면 보여줄 수도……."

"네 말 믿을게."

그는 좋을 대로 하라는 식으로 어깨를 으쓱하고는 컴퓨터로 돌아섰다. "좋아. 그럼 이제, 너 좋아하는 여배우가 누구야? 아님 가수도 좋고. 누구든."

매기는 잠시 생각에 잠겼다. 그녀는 대중문화를 크게 좋아하는 편은 아니었다. "긴즈버그로 해봐."

토비는 눈살을 찌푸리며 고개를 저었다. "하아, 너보다 일흔 살이나 많은 여자 말고 딴 사람은 없어?"

"기가 막힌 소프트웨어라며."

토비는 한숨을 쉬고, 연방 대법원 대법관 루스 베이더 긴즈버그의 이미지를 띄웠다. 매기는 토비가 방금 녹화한 동영상 클립을 큰 화면으로 보았다. 화장기 없는 부스스한 얼굴. 눈 아래 다크서클과 빗질도 안 한 머리카락. 그러나 한편으로는 자신이 더 어른스럽고 강인해 보인다고 생각했다. 전날 밤 에릭의 고환에 니킥을 날렸던 순간이 떠올랐다. 나는 터프한 여자야. 매기는 속으로 생각했다. 그 자식은 절대 날 이길 수 없었을 거야.

다른 모니터에 긴즈버그의 얼굴 수백 개가 깜빡거렸다.

토비가 말했다. "20분 정도 걸릴 거야. 계속 놀다 갈 거면 피자롤 만들어줄 수 있는데."

"나 피자롤 좋아해." 매기가 말했다. 중학교 때 둘이 같이 TV를 보면서 입천장이 델 정도로 뜨거운 피자롤을 산더미처럼 쌓아두고 먹던 기억이 났다.

토비가 집으로 들어갔고, 잠시 후 접시 가득 피자롤을 담아 들고 돌아왔다. 같이 먹는 동안 토비는 자신의 계획을 들려주었다. 그는 비밀 프로젝트를 위해 갭이어를 보낼 거라고 했다. 부모님은 1년까지는 동의하셨다고 한다. 그때까지 자립하지 못하면 케임브리지에 가기로 했다.

"MIT 가는 거 좋아?" 토비가 물었다.

"응. 그래도 아빠를 두고 떠나는 게 좀 걸려."

토비는 무슨 말을 하려다가, 화제를 바꿨다. "오빠 사건은 어떻게 돼가?" 그는 턱으로 컴퓨터 모니터를 가리켰다. 모니터에는 여전히 긴즈버그의 얼굴들이 휙휙 지나가고 있었다. "이게 다 오빠 사건과 관련 있는 거야?"

마침 그때 영상이 완성되었다. 덕분에 매기는 설명하지 않아도 되었다.

"준비됐어?" 토비가 물었다.

매기는 고개를 끄덕였다.

토비는 기름 묻은 손을 바지에 닦고 워크스테이션으로 돌아갔다. 화면에는 얼어붙은 루스 베이더 긴즈버그의 이미지가 떠 있었다. 그러나 그녀는 매기의 옷을 입고 있었다. 토비는 마우스를 클릭해 동영상을 재생했다. 놀랍기도, 무섭기도 한 장면이었다. 긴즈버그가 토비의 차고에 서서 외치고 있었다. "에릭 허친슨은 개새끼야. 완전 썩어빠진 개새끼!"

"도대체 이게……?" 매기는 충격에 휩싸였다.

토비는 자랑스럽고 뿌듯한 표정이었다. "1시간만 주면 조도를 조정하고 머리 주변의 블러도 최소화할 수 있어. 전문가가 아니면 가짜인지 절대 몰라."

매기는 고개를 저었다. "다시 재생해봐."

동영상이 다시 재생되었다. 이번에는 좀 더 꼼꼼히 관찰했다. 긴즈버그의 입이 매기의 말에 맞춰 움직였다. 머리 크기도 매기의 몸과 비율이 잘 맞았다. "이미지만 있으면 아무한테나 이걸 할 수 있다는 거야?"

"응. 사람의 이미지가 많을수록 퀄리티는 더 좋아져. 이 포르노 애호가들이 시간과 노력을 엄청 들여서 만든 거야. 그래서 기술은 견고해."

시간이 남아도는 괴짜의 능력은 절대 과소평가하면 안 된다.

"그래. 이렇게 동영상이 나왔다고 하자. 그럼 이걸 영상통화에서도 사용할 수 있을까?"

"아마도. 통화하는 사람이 말을 많이 하지 않으면, 라이브 방송처럼 보이게 할 수도 있고 비디오 피드로 주입시킬 수도 있고."

"나 하나만 더 만들어줄 수 있어?"

"물론이지." 토비는 피자롤을 크게 한입 깨물었다. 붉은 양념이 턱을 타고 흘러내렸다.

매기는 토비의 어깨 너머로 기대어 자판을 두드리고, 넷플릭스를 재생시켰다.

"누구 이미지를 찾는 거야?"

매기는 대답 없이 마우스를 클릭하고 원하는 장면이 나올 때까지 빨리감기를 했다. 그러다 어느 장면에서 멈췄다. 샬럿의 예쁜 얼굴이 두 사람을 돌아보고 있었다.

매기가 벌떡 일어서서 머리카락을 손질했다. "나 동영상 다시 찍어줘."

시즌 1 / 제8화
'신원 불상의 남자'

인트로. 자동차 안. 일출

부지사 노아 브라운은 옥수수밭 가운데로 뻗은 2차선 고속도로 위로 밝게 부서지는 햇빛을 바라본다.

노아

론 샘슨 형사는 몇 년이나 알고 지낸 사이입니다. 그가 거짓 자백을 강요했다고는 믿지 않아요. 사실 아데어 경찰은 강력 사건을 한 번도 다뤄본 적이 없고, 정교한 수사 기법을 훈련받은 적도 없습니다. 뿐만 아니라 체제에 헌신적인 선의의 전문가들도 흔히 실수를 저지르곤 합니다. 우리는 사법 제도가 완벽하다고 여기지만, 그 이면엔 이런 끔찍한 진실도 있는 거죠. 꼭 무슨 잘못을 저질러야만 교도소에 가는 게 아니고, 누군가의 치명적인 실수 때문에 무고한 사람이 갇힐 수도 있다는 겁니다.

인터뷰어

(O.S.) *

* 오프 사운드, 화면에는 등장하지 않고 목소리만 들림.—옮긴이

저희도 심문 전문가들에게 자문을 구했었는데요. 그분들은 샘슨 형사와 그의 파트너를 그다지 너그럽게 보지 않던데요.

노아

이해합니다. 심문은 제삼자가 지켜보기 어렵죠. 하지만 제 생각에는, 아마 론도 의심을 품고 계속 수사하고 싶었지만 카운티 검사가 저지했을 것 같아요.

인터뷰어

(O.S.)

러스티 핼퍼드 검사를 썩 좋아하진 않으시나 봐요?

노아

아, 말해 뭐합니까.

인터뷰어

(O.S.)

형사 사법 제도 개혁을 위해 부지사 님이 지금까지 해오신 일에 대니 사건이 영향을 주었나요?

노아

그럼요. 국가 면죄 명부에 기록된 사건 중 15퍼센트는 허위 자백 건이었습니다. 거의 3분의 1 정도는 부정확한 목격자 신원 확인과 관련이 있고요. 육안 목격자의 증언이 얼마나 신뢰성이 떨어지는지 이것만 봐도 알 수 있죠. 여기에 재소자가 자기 형량을 감형받기 위해 제공한 허위 증언이 또 다른 15퍼센트를 차지합니다. 우리는 네브래스카주 그리고 전국에 걸쳐 이런 문제를 바로잡기 위해 노력 중입니다.

인터뷰어

(O.S.)

이 문제를 꽤 개인적으로 받아들이시는 것 같은데요.

노아

젠장, 그 말이 맞아요. 아, 제가 험한 말을 썼군요. 대니의 어머니와는 고등학교 때부터 친구 사이예요. 샬럿도 잘 알고요. 아내가 세상을 뜬 후 그 애가 일하던 식당에서 일주일에 몇 번 식사를 하곤 했습니다. 제 아들은 이 아이들과 함께 학교에 다녔고요. 다른 걸 다 떠나서, 그날 밤 파티에 왔던 정체불명의 남자에 관한 보고서, 그리고 이웃 주에서 섬뜩하리만큼 유사한 사건에 관한 보고서를 검사가 가지고 있었는데도 피고 측 변호사에게 통보하지 않았다는 게 대단히 불쾌했습니다. 공정한 시스템은 그런 식으로 돌아가면 안 되죠.

인터뷰어

(O.S.)

신원 불상의 남자와 스매셔가 동일 인물이라고 생각하시나요?

노아

요즘 애들 말로 하자면, '당근'이죠.

28장

올리비아 파인

이전

리브는 끔찍한 편의점 커피를 억지로 한 모금 더 삼켰다. 차는 링컨 도심의 공용 주차장에 세워두었다.

주 의사당 건물의 보안 검색대를 거쳐 계단을 올라 화려한 사무실들로 이어지는 엘리베이터로 향했다. 2년 전에도 똑같이 이 길을 걸었었다. 다큐멘터리가 발표된 직후였다. 그때는 노아에게 터너 주지사를 설득해 대니의 사면을 지지하도록 해줄 수 있는지 부탁하러 왔었다. 터너는 거의 30년 가까이 주지사 자리를 꿰차고 있는 두꺼비 같은 정치꾼이었다. 그러니 솔직히 가능성은 희박했다. 그래도 노아는 〈폭력에 물든 세상〉에서 꽤 중요한 역할을 맡았다. 정의를 실현하기 위해 활약하는 젊고 잘생긴 정치인. 노아는 무려 열 편의 에피소드에 등장했다. 제작자들은 특히 아데어의 집에서 의사당까지 직접 운전해 출근하는 길에 형사 사법 제도 개혁에 대해 시적인 표현으로 주장하는 장면을 좋아했다. 대니에 대한 변호와 대니에게 유죄를 선고한 제도에 대한 비난은 그 자체로 유려한 연설이었다.

노아가 아데어 출신인 것도 결코 손해 될 일은 아니었다. 그는 부지사로 선출되기 전 아데어 시장이었다. 그의 아들은 대니의 학교 친구였다. 그러나 무엇보다도, 문제의 그날 밤과 아주 강력한 개인적 연결 고리가 있었다. 생존한 샬럿의 마지막 모습이 목격되었던 그 하우스 파티는 노아의 아들이 연 것이었다. 정치가들은 대부분 이런 사건과 연루되는 것을 피하지만, 노아는 이 사실을 묵묵히 인정했다. 그게 리브에 대한 의리였는지, 아니면 대니를 나락에 빠뜨린 그 파티의 장소 제공자로서의 죄책감이었는지는 알 수 없었다.

다큐멘터리 덕분에 노아는 일약 유명인이 되었다. 죄 없는 사람의 자유를 위해 노력하는, 아내와 사별한 늠름한 정치인. 특정 연령대의 여성들은 페이스북에 그에 관한 외설적인 코멘트를 열심히 올리고 퍼 날랐다. 노아는 전국을 돌며 오심 문제와 관련된 여러 연설회에 참여했다. 빌 마허의 TV 프로그램과 몇몇 정치 프로그램에도 초대되었다. 미 중부 외딴 지역의 부지사로서는 보기 드문 활약이었다.

리브는 노아의 사무실로 들어갔다. 예쁜 이십 대 여성 비서가 가식적인 미소를 지으며 그녀를 맞이했다.

"안녕하세요. 올리비아 파인이라고 합니다. 브라운 부지사를 잠시 만날 수 있을까 해서요."

젊은 여자는 자판을 두드렸다. 잠시 모니터를 훑어보더니, 여자가 말했다. "예정된 약속이 없네요."

"약속은 안 했어요. 우린 옛 친구예요. 멀리 살다가 잠깐 고향에 와서요. 리브가 왔다고 전해주시겠어요?"

비서는 미소를 지었다. 아까처럼 친절한 미소는 아니었다. "잠시 앉으세요."

몇 분 후 젊은 남자가 안쪽 사무실에서 나왔다. 리브는 깜짝 놀랐다.

"파인 부인?"

셔츠 소매를 팔꿈치까지 걷은 늘씬한 청년이 리브에게 다가왔다. 아버지와 똑같은 회청색 눈동자가 반짝거렸다.

"어머나 세상에, 카일. 정말 많이 컸구나."

가슴이 미어졌다. 노아의 아들, 대니의 예전 학교 친구를 만나니 오랫동안 눌러두었던 자책이 고개를 들었다. 그때 그랬더라면, 그렇게 하지 않았더라면. 지금 상황이 좀 달라졌을까.

“안녕하세요. 잘 지내셨어요?” 카일은 어색하게 포옹하며 인사했다. 전에 노아는 카일이 그날 밤 파티 때문에 죄책감에 빠져 많이 괴로워한다고 말했었다. 그러나 리브는 이 소년에게는 악감정이 없었다. 카일도 그냥 아이였을 뿐이다. 모범생 학생회장이 인기 많은 운동선수들 앞에서 나름 강한 인상을 심어보겠다고 처음으로 일탈 비슷하게 저질러본 것이었다. 게다가 솔직히 말하자면 대니와 샬럿은 그 파티가 아니었어도 다른 파티에 갔을 것이었다. 리브와 에반은 아들을 소홀히 감독한 문제를 두고 끊임없이 서로를 비난하며 다투었다.

“잘 지내. 너는? 아버지 밑에서 일하니?”

“파트타임으로요. 지금은 네브래스카 링컨 대학교 로스쿨에 다녀요.”

“멋지다, 카일. 정말 굉장한데.” 리브는 다시 가슴이 아파왔다.

카일은 리브에게 용건을 묻지 않고 말없이 아버지의 사무실로 안내했다.

책상 앞에 앉아 있던 노아가 리브를 맞이하러 나왔다. “와, 이렇게 놀라울 데가.”

“불쾌하게 만든 건 아니지?”

“말도 안 되는 소리를 하고 있어.” 노아는 리브를 조심스럽게 안았다. 두 사람은 서로의 등을 가볍게 두드렸다.

"우리 사무실의 매 맞는 소년은 벌써 만났겠군." 노아는 카일의 어깨에 손을 올렸다.

"만났지. 너 대학 때 사진 보는 줄 알았어."

"하지만 촌스러운 헤어스타일은 개량되었죠." 카일은 작게 웃으며 덧붙였다.

"야, 그게 그때 얼마나 유행하던 스타일이었는데. 내가 얼마나 멋졌는지 말해줘, 리비."

예전 애칭을 들으니 긴장이 풀렸다. "물론, 네 아버지는 본인이 멋있다고 생각했지." 리브는 카일에게 의미심장한 미소를 지었다.

"두 분 대화 나누시게 자리 비켜드릴게요." 카일이 말했다.

"만나서 반가웠어, 카일." 리브는 카일의 뒤에 대고 말했다.

노아는 안락한 손님용 소파로 리브를 안내했다. 리브는 테이블을 마주한 일인용 소파에 앉았다. 사무실 내부는 전반적으로 깔끔하고 세련되게 장식되어 있었다. 다만 허영심의 벽은 예외였다. 벽 하나에는 여러 정치인, 유명인과 함께 찍은 노아의 사진 수십 장이 걸려 있었다. 그중에서도 노아와 조지 클루니가 긴 테이블에 함께 앉아 있는 모습에 시선이 머물렀다. 두 사람의 진지한 표정이 패널 토론이라도 하는 것 같았다. 다큐멘터리 〈폭력에 물든 세상〉으로 스포트라이트를 받은 것은 리브의 가족만이 아니었다.

"곧 승진한다고 들었어." 리브가 말했다.

그는 진심 어린 미소를 지었다. "네가 오는 줄 알았으면 점심 사줬을 텐데. 아니면 차라도……."

"가기 전에 잠깐 들른 거야." 리브가 말했다. "실은 아버지가……."

"아, 안 돼. 아버님 괜찮으신 거지?"

"괜찮아. 조만간 요양원에서 쫓겨날 신세지만, 그것만 아니면 괜찮아."

"그래?"

"거기 직원들을 너무 힘들게 하셔서."

노아는 킥킥 웃었다. "딱 아버님답네. 옛날에는 나도 꽤 힘들게 하셨는걸."

리브는 미소를 지었다.

"정말이야. 들러줘서 고마워. 지난번 이후로……." 노아는 말 끝을 흐렸다.

"그땐 미안했어. 상황이 안 좋았어서."

"아니, 미안한 건 나지."

"우리 다시 시작하는 건 어때?"

"나야 좋지." 노아가 말했다. 잠시 후 그가 덧붙였다. "대법원이 항소를 기각한 건 봤어.”

리브는 고개를 끄덕였다.

“그리고 들었겠지만 아마 곧 주지사로 지명될 것 같아. 그러면 사면 절차에 대해 내가 뭘 할 수 있는지 좀 보고…….”

“오, 노아, 아니야.” 리브가 말했다. “글쎄, 그게…… 그래. 물론 네 도움이 절실하긴 해. 하지만 오늘은 그것 때문에 온 건 아니야.”

“아니라고?”

“다른 일로 부탁할 게 있어.”

노아는 미소를 지었다. 치아가 전보다 더 희고 반듯해졌다. 라미네이트를 했나 보다라고 그녀는 생각했다. 그는 나이를 먹어가며 더 멋있어지고 있었다. 불공평하게도 세월은 Y 염색체를 가진 이들에게만 유리하게 흘러갔다.

“언니랑 요양원 원장이 일을 꾸몄어. 곧 주지사가 될 사람이라면 요양원 라이선스 문제에서 약간의 번거로운 절차를 걷어내 줄 수 있을 거라고 생각하고…… 아버지의 문제 중 일부는 눈감아줄 의향이 있다는 거야.”

“아, 데니스 창이 널 이 문제에 끌어들였구나.”

“일반적인 거라면 절대 부탁 안 했을 거야. 하지만 요양원에서 아버지를 쫓아내려 하고 있어. 우리한테는 뾰족한 수가 없고. 그래서…….”

“알았어. 그 건은 다 끝났어.”

리브는 이해할 수 없었다. “무슨 말이야? 도와줄 수 있다고?”

“아니, 다 됐다고.” 노아가 말했다. “그 친구가 라이선스 문제 때문에 터너랑 부딪치고 나서 몇 달을 나한테 매달리더라고. 시설을 몇 군데 더 지으려고 하는데, 여태 확실한 결론이 나지 않은 상태였지.”

“그래서, 정말로? 이게 끝이야?”

“그래. 정말로. 돌아가. 가서 데니스 창한테 다음 주말쯤이면 좋은 소식을 들을 거라고 전해줘. 그리고 그 전에 아버님이 그곳에 평생 계실 수 있도록 보장해달라고 해.”

“하지만 이게…… 합법적인 거 맞아? 난 네가 문제에 휘말리는 건 원치 않아.”

“날 믿어. 그냥 가서 그 친구한테 아버님을 평생 모시겠다는 확인을 받아. 그러면 다음 주말쯤 좋은 소식이 갈 거라고 해. 혹시라도 그가 거절하면 곤란해지는 건 네 쪽이야. 그 친구는 아무튼 좋은 소식을 듣게 될 거거든. 라이선스 문제는 이틀 전에 해결됐어.” 그는 미소를 반짝였다.

“와, 세상에. 정말 다행이다. 알려줘서 고마워. 어떻게 감사 인사를 해야 할지 모르겠다.”

"모르겠으면 내가 알려줄게."

리브는 그를 쳐다보았다.

"내일 저녁에 빈첸조 레스토랑에서 카일이랑 그 아이의 파트너랑 만나기로 했어. 같이 가줄래?"

"모르겠어." 리브는 주저하며 대답했다. "토미를 데려왔거든. 신디 언니랑도 시간을 많이 못 보냈고. 우린 일요일에 떠나. 그리고……."

"다 데려와."

"언니랑 얘길 해봐야겠는데."

"이렇게 하자, 리비." 노아는 책상으로 가서 펜을 집어 들고 종이에 뭔가를 썼다. "이게 내 휴대폰 번호야. 신디하고 얘기해보고 올 수 있으면 알려줘. 데리러 갈게."

"네 번호는 이미 알고 있어."

"다큐멘터리가 나온 후에 바꿔야 했거든."

"네 사랑스러운 팬들 덕분이구나."

"전부 다 팬은 아니야."

리브는 종이를 살펴보았다. 부지사의 공식 문구류 메모지에 굵은 글자로 노아의 이름과 네바다주의 상징 문장이 새겨져 있었다. 7년이 지났어도 메모지는 그대로였다. 그날 아침, 호텔 방 베개 위에도 이 메모지가 남겨져 있었다. 아들의 하우스 파티

뒤처리 때문에 먼저 가보겠다는 메모였다. 그녀의 아들을 교도
소로 보내게 된 그 파티의 뒤처리 때문에.

29장

맷 파인

누군가 어깨를 두드렸다. 맷은 화들짝 놀라 잠에서 깼다. 벌떡 일어나 앉아, 밝은 햇살에 눈을 찡그리며 잠시 어리둥절했고, 곧 해변에서 잠들었다는 것을 기억해냈다. 눈앞에 흰 폴로 셔츠와 황갈색 반바지를 입은 젊은 멕시코 남자가 서 있었다. 비슷한 옷차림의 남자들이 파라솔을 세우고 의자를 펼치고 모래를 고르고 있었다. 맷은 바다 쪽을 둘러보았다. 아직 이른 시간이라 그런지 해변에는 사람이 거의 없었다. 한 커플이 어린아이 둘과 함께 바닷가를 산책하며 조개껍질을 줍거나 파도에서 물장난을 하고 있었다.

"죄송합니다만 여긴 투숙객 전용이에요." 남자가 말했다.

"저도 투숙객이에요." 맷은 일어서서 모래를 털었다. 남자가 거짓말을 알아채지 못하길 바라며, 호텔로 이어지는 오솔길을 따라 걸었다. 로비의 뒷문을 지나 호텔 정문까지 걸어가는데 축축한 운동화 밑창이 바닥에 닿으며 삐걱삐걱 소리를 냈다. 정문 앞 벨보이가 택시를 잡아주었다.

경찰서까지는 15분 걸렸다. 맷은 안으로 들어가기 전 깊이 숨을 들이마셨다. 문은 벽돌을 고여 열려 있었다.

로비는 한증막이었다. 어제도 이렇게 더웠던가. 접수 창구에 같은 직원이 앉아 있었다. 책상 위 낡은 금속 선풍기가 뜨거운 바람을 불어내고 있었다. 그녀는 맷을 발견하고 안됐다는 표정을 지어 보였다. 맷은 어제 일이 반복되는 건 아닌지 걱정되었다.

그러나 이번에는 여자가 어딘가에 전화를 걸어 뭐라 중얼거리고는 끊었다. 그러고는 맷을 작은 방으로 안내했다. 이 방은 대기실보다 훨씬 더 무더웠다. 여자는 아무 말 없이 맷에게 의자를 권하고 조용히 방을 나갔다.

한참을 기다렸다. 흰색 벽에 손자국 얼룩이 묻어 있고, 가구라고는 망가진 테이블과 의자 세 개뿐이었다. 천장의 조명등이 내는 소음 말고는 조용했다. 대니를 만났던 그 방과 비슷한 분위기였다. 창문도 없이 완전히 고립된 방. 뜨겁고 눅눅한 공기. 그 방도 무시무시하고 위협적이었다. 이런 방에 난폭한 경찰 몇 명과 함께 갇힌다면. 사람들이 왜 그렇게 쉽게 허위 자백을 하는지 이해할 것도 같았다. 그들은 단지 이 상황을, 이 방을 벗어나고 싶었을 뿐이다. 맷은 대니가 조금은 불쌍하다는 생각도 들었다.

문이 열리고, 근엄하게 생긴 남자가 들어왔다. 군복 스타일의 검은색 제복을 입고 기후에 맞지 않는 전투화를 신었다.

"세뇨르 구티에레즈?" 맷이 일어서서 손을 내밀었다.

구티에레즈는 맷의 손을 잡지 않았다. 그 대신 거칠게 의자를 끌어당겨 맷을 마주 보고 앉았다.

맷도 어색하게 자리에 앉았다. 형사는 여전히 그를 노려보고 있었다. 그래도 가족을 잃은 사람에게는 동정심이나, 적어도 예의 바른 태도를 보일 거라고 기대하게 된다. 그러나 구티에레즈는 맷의 존재를 불쾌하게 여기는 것 같았다.

"가족의 유해를 돌려받아 집으로 보내려면 제 서명이 필요하다고 들었어요." 맷이 말했다.

"누가 그러던가요?" 구티에레즈는 강한 억양의 영어로 말했다. 간결하면서도 비난조의 말투였다.

맷은 놀라서 잠시 그를 바라보았다. "FBI의 특별 수사관 새러 켈러가요. 그분 말로는 영사관에서……."

"쳇." 구티에레즈는 맷을 노려보았다. "시체는 어제 인도했

266

어요."

맷은 맥박이 뛰는 것을 느꼈다. "그럼⋯⋯."

"수사는 종결되었습니다."

맷은 이 말을 곱씹어보았다. 그럼 지금까지의 여행이 완전 헛수고인 건가? 게다가, 수사가 종결돼? 아직 며칠 되지도 않았는데. 남자의 태도로 볼 때, 그들이 의미 있는 수사를 했을 것 같지는 않았다. 맷은 구티에레즈를 바라보았다. "그래서⋯⋯."

"그래서 뭐요?"

"그래서, 수사 결과가 어떻게 나왔나요?"

구티에레즈의 눈빛이 험악해졌다. "FBI의 당신 친구나 영사관 직원한테 물어봐요."

"저기요. 이게 당신에겐 중요하지 않을 수도 있지만요. 그리고 당신이 이런 유의 수사를 하시는 분이 아닐 수도 있지만요. 내 가족이 죽었다고요. 그러니까⋯⋯."

"지금 말대꾸하는 겁니까?" 남자는 벨트 고리에서 경찰봉을 풀어 테이블 위를 내리쳤다.

맷은 침을 꿀꺽 삼켰다. "말대꾸가 아니라요. 저는⋯⋯ 됐습니다." 젠장. 될 대로 되라지. 이 남자와는 더 이상 상대하기 싫었다. 맷은 자리에서 일어섰다.

"나가도 된다는 말은 안 했습니다. 앉아요." 맷이 말을 듣지 않자, 구티에레즈는 일어서서 오른손으로 경찰봉을 잡았다.

"앉으라고!"

맷은 항복의 표시로 손을 들어 올리고, 천천히 의자에 앉았다.

"불쾌하게 할 의도는 아니었어요." 맷이 말했다. 거짓말이었다. 그래도 맷이 아버지에게 배운 한 가지가 있다면, 분노한 경찰의 힘을 절대 과소평가하지 말라는 것이었다. 아버지는 사람들에게 대니 사건에 대해 얘기하면서, 경찰을 대할 때는 모르는 대형견을 다루듯 대하라고 아이들을 가르치도록 경고했다. 대부분의 개들은 착하다. 그래도 모르는 개는 무작정 쓰다듬으려고 다가가면 안 된다. 조심스럽게, 물리지 않도록 주의하며 접근한다. 절대 막대기로 찔러도 안 된다. 경찰도 마찬가지다. 대부분은 성실히 일하는 좋은 사람들이다. 그러나 직업 특성상 난폭한 경찰도 심심찮게 있다. 성질 나쁜 개처럼, 이 사람이 나쁜 경찰이라는 걸 알았을 때는 너무 늦어버릴 때가 있다.

아버지는 사람들에게 늘 이렇게 말했다. "그러니까 말도 안 되는 상황에서 경찰이 말도 안 되게 화가 나 있어도, 경찰에게는 지나칠 정도의 존경을 표해야 합니다. 지나칠 정도로 신중해야 하고, 절대로 갑작스러운 행동을 하지 않도록 주의해야 합니다. 그런 신중함이 목숨을 구할 수 있어요."

맷은 아버지의 충고를 따르기로 했다. "그동안 좀 힘들었거든요. 무례하게 굴려던 건 아니었어요. 어제 밤을 꼬박 샜거든요."

"압니다. 창녀들과 어울리느라 그랬겠죠."

"이봐요, 당신 도대체⋯⋯."

그 순간 방문이 벌컥 열렸다. 웬 여자가 들어왔고, 접수 담당 직원이 그 뒤를 따랐다. 비즈니스 정장을 입은 여자는 분노로 얼굴이 일그러져 있었다. 그녀는 스페인어로 구티에레즈를 질책하기 시작했다.

구티에레즈 역시 거친 어조로 대꾸했다. 맷은 두 사람을 번갈아 보았다. 마치 그가 이해할 수 없는 모욕의 테니스 경기가 펼쳐지는 것 같았다.

여자는 마침내 단호한 손가락질로 구티에레즈를 가리켰다. 그러고는 무언가 엄중한 경고 같은 말을 했다.

놀랍게도, 방금 전까지 흥분해 대들던 구티에레즈가 입을 다물고 뒤로 물러났다.

그제야 여자는 맷을 보았다. "갑시다, 파인 씨."

구티에레즈는 그들을 말리지 않았다.

경찰서 밖에서, 여자는 맷에게 명함을 내밀었다. "칼리타 에스코바르라고 합니다. 마약왕과 친척 아니에요. 영사관에서 나왔습니다."

"어, 저는, 포스터 씨가 담당자인 걸로 알았는데……."

"그는 다른 곳으로 발령받았어요. 앞으로 당신 사건은 제가 맡을 겁니다."

맷은 영문을 알 수 없었지만, 상관없었다. 그저 이곳에서 빨리 벗어나고 싶었다. "아까 그 경찰관 말이 가족이 어젯밤 인도되었다고 하던데요."

"맞아요. 국무부 고위 관리의 지시가 있었어요. 그래서 내가 구티에레즈를 좀 휘둘러야 했죠. 높은 자리에 친구가 있나 봐요, 파인 씨."

맷은 그녀가 무슨 말을 하는 건지 알 수가 없었다. 그러나 다시 한번, 상관없었다. 가네시라면 맷이 보낸 지난 24시간을 '개판'이라고 불렀을 것이다.

"내 가족을 어디로 보낸 거죠?"

에스코바르는 핸드백에서 휴대전화를 꺼내 검색했다.

"네브래스카네요." 에스코바르는 네브래스카를 처음 들어본 사람처럼 '니-바라스카'라고 발음했다. "어젯밤 비행기로 보냈습니다."

납득이 갔다. 가족 묘지는 아데어에 있었다. 누군가 이모와 통화를 한 모양이다.

"공항까지 갈 차를 가져왔어요. 바로 떠나고 싶겠죠." 그녀는
근처에 세워진 승용차를 가리켰다. 그리고 경찰서를 곁눈질했
다. "툴룸을 빨리 떠나야 해요."

30장

새러 켈러

미시간 애비뉴를 따라 우뚝 선 고층 빌딩들 위로 밝은 아침 햇살이 빛났다. 새러 켈러는 오피스 타워 로비로 들어갔다. 마르코니 LLP 시카고 지사는 첫 방문이었다. 켈러는 지난 2년간 이 회사를 조사했다. 퇴사한 직원을 인터뷰하고, 은행 기록을 조사하고, 경영진들의 이력을 연구했다. 그래서 여기 직접 온 게 낯설었다. 마르코니 LLP는 뉴욕에 본사를 두고 아홉 개 주에 지사가 있었다. 회사 전체는 더럽지 않았다. 적어도 켈러는 그렇게 생각했다. 문제는 시카고 지사였다.

노스 미시간 애비뉴 875번지 건물의 방문자 접수 창구에 긴 줄이 늘어섰다. 뻣뻣한 정장을 입은 남녀가 으리으리한 100층짜리 건물에 입주한 로펌, 통신 회사, 그 외 각종 회사에서 미팅을 하기 위해 줄을 서 있었다. 켈러는 끈기 있게 기다리다가 데스크의 보안 경비에게 배지를 보여주었다. 경비는 아무 말 없이 곧바로 보안 카드를 내주었다. 경비는 마르코니 직원이 아니었고, 그의 임무는 허가받지 않은 사람이 엘리베이터에 접근하지 못하게 하는 게 전부였다. 굳이 FBI 수사관을 힘들게 할 필요가 없다고 판단했을 것이다. 이 사람에겐 분석 마비증이 없었다.

켈러는 말쑥한 정장 차림에 하나같이 스마트폰을 들여다보고 있는 비즈니스인들과 함께 엘리베이터에 올라탔다. 그 틈에 주름진 바지를 입고 컵 네 개가 든 트레이를 들고 끼어 있는 이십 대 직원에게 켈러는 미소를 보냈다. 엘리베이터가 올라가자 고막에 찡한 느낌이 들었다.

여기 오기 전 켈러는 시카고 현장 사무소 팀에게 2시간 동안 필요한 정보를 공유했다. 스탠의 경고대로 시카고 SAC는 성질 급한 막무가내 기질이 있었고, 마르코니가 그녀를 힘들게 하면 곧장 달려들어 다 뒤집어엎을 기세였다. 켈러는 그들을 진정시키고, 사무실을 급습할 필요가 있을 때는 펜으로 위장한 송신기를 한 번 클릭해 신호를 보내주기로 했다. 사실 켈러는 그런 식으로 일을 마무리하고 싶지 않았다. 그녀는 사건이 무르익도록 기다리는 쪽을 좋아했다. 사실 증거 자료는 충분히 확보했다. 카르텔 비밀 계좌의 출금 기록. 자금 세탁을 위해 이루어진 복잡한 투자와 유령 회사에 관한 자료. 막대한 수수료를 제외한 원금 회수 기록. 그러나 배심원단에게 이야기를 들려줄 증인은 단 한 명도 확보하지 못했다. 회사의 내부 제보자이면서 사건의 최초 정보 제공자였던 R. 스탠턴 존스는 현재 실종 상태였다. 어쩌면 시날로아 카르텔의 전매특허인 목재 파쇄기에 들어갔거나 산성 용액이 담긴 통에서 용해되었을 가능성도 있다. 아니면 정체를 바꾸고 새로운 삶을 시작하기로 결심했을 수도. 마르코니의 전화를 도청해봐도 사라져버린 중년의 회계사에 관한 단서는 전혀 찾을 수 없었다. 마르코니의 경영진들도 다른 사람들 못지않게 존스의 실종에 꽤 당황한 것 같았다.

켈러 팀은 다른 퇴사자들에게 접근했고 꽤 좋은 정보를 수집했지만, 팀 내에서 켈러만큼 이 회사의 내막을 잘 아는 사람은 없었다. 켈러는 자료 추적과 분석에 거의 2년을 보냈다. 에반 파인도 만나볼 계획이었다. 해고자들은 언제나 회사에 반감을 품는 경향이 있기 때문이다. 그러나 그는 켈러가 연락을 취하기 전에 죽었다. 영상 제작자들의 추측대로 살해당한 것일까? 아니면 가족을 죽이고 자살한 것일까? FBI의 컴퓨터 포렌식 팀은 인터넷 기록 분석 결과를 바탕으로 자살 계획을 세운 것은 리브가 아닌 에반이었을 가능성이 높다고 결론 내렸다. 그래, 에반은 자살했을 수도 있다. 하지만 아내와 아이들을 죽여?

켈러가 조사한 에반은 가족을 죽일 사람이 아니었다. 게다가 그가 인터넷에서 검색한 내용은 대부분 그가 떠나고 난 후 가족의 안위와 관련된 것이었다.

엘리베이터에서 내려 마르코니 콤플렉스로 향했다. 예상했던 그대로다. 지나치게 세련되지도, 지나치게 사치스럽지도 않은 절제된 우아함. 고객들은 자기 돈을 다루는 사람이 화려하기를 원치 않는다.

아, 이 말은 취소. 방문 접수 직원은 화려했다. 모델처럼 완벽한 대칭의 얼굴이 놀랄 만큼 예뻤다. 켈러는 가까이 다가오는 여직원을 지켜보았다. 이렇게 일차 관문을 통과하면서 의외로 많은 것을 알아낼 수 있다. 회사 비서들, 특히 마르코니 시카고 지사처럼 규모가 작은 회사의 비서들은 많은 비밀을 알고 있다. 그들은 누가 들어오고 나가는지 일일이 지켜보고, 회사 내에 떠도는 소문에 촉각을 곤두세운다. 지루한 일과를 버틸 수 있게 해주는 흥밋거리가 항상 필요하기 때문이다. 지금 이 여자는 어떨까? 근심에 차 있나? 두려운가? 침착한가? 아니면 일상을 깨뜨리는 파격에 신이 나 있나?

"안녕하세요." 켈러는 친절한 목소리로 말했다. "특별 수사관 켈러입니다. 데빈 밀뱅크 씨를 만나러 왔어요." 켈러는 배지를 보여주고 여자의 얼굴을 살폈다.

"잠시만 기다려주세요." 여자가 말했다. 미소 짓고 있었지만, 켈러는 안면 근육의 경미한 씰룩거림을 간파했다. 간신히 알아볼 정도지만 눈빛도 번득였다.

접수 직원은 자판을 두드리고 헤드셋 마이크에 대고 말했다. "셰릴, FBI 특별 수사관 켈러 씨가 밀뱅크 씨를 만나러 오셨어요." 긴 침묵이 이어졌다. "……아뇨. 말씀 안 하셨는데요." 여자의 시선이 켈러를 향했다. "켈러 수사관님, 잠시 앉아 계시면 모시러 나올 거예요."

"서서 기다리겠습니다." 켈러가 말했다. 여자의 반응을 보기 위해서였다. 그녀는 다시 미소를 짓고 손가락으로 머리카락을 꼬기 시작했다.

켈러는 끈기 있게 기다리면서 창밖으로 펼쳐진 스펙터클한 경치를 바라보았다. 고층 건물의 꼭대기와 지평선까지 펼쳐진 푸르른 미시간 호수가 장관을 이루었다. 거의 10분이나 기다린 끝에 안에서 예쁜 여자가 나왔다. 이렇게 늦어진 걸 보면 경영진이 회의를 하고 있었던 것 같았다. 놀라서 허둥거리며 급히 소집한 회의겠지. 여자는 켈러를 회의실로 안내했다. 회의실 벽 유리가 뿌예서 안이 들여다보이지는 않았다.

여자가 문을 열고 잡아주었다. 안에는 남자 둘이 서 있었다.

첫 번째 남자는 생각보다 키가 컸다. 켈러는 이 사람을 언론

매체에 나온 사진으로만 보았었다. 마르코니 시카고 지사 사장, 데빈 밀뱅크. 이 회사가 더럽다면 그도 더러운 사람이었다.

"켈러 수사관님." 굵은 바리톤 목소리였다. 밀뱅크는 켈러와 시선을 맞추며 손을 꽉 잡고 악수했다. 그리고 옆에 서 있던 다른 남자를 소개했다. 그는 밀뱅크보다 거의 30센티미터는 작았고, 몸집이 퉁퉁해 세로줄 무늬 정장이 꽉 끼었다. "이쪽은 멜 브래드포드라고, 우리 법률 자문입니다." 남자는 소시지 같은 손가락으로 켈러의 손을 죄듯이 악수했다.

"다른 분이 더 오시나요?" 밀뱅크가 물었다.

"저만 왔습니다." 켈러가 말했다.

그는 조금 놀란 듯 고개를 끄덕였다. 아니면 안도의 표현일 수도 있다. 여자 하나만 보냈다면 그렇게 심각한 일은 아닐 것이다.

그들은 반짝이는 긴 테이블의 끄트머리에 앉았다.

밀뱅크가 운을 띄웠다. "FBI 수사관께서 매일 방문하시는 건 아니라서요. 무슨 일로 오셨습니까, 켈러 수사관?"

"에반 파인 건 때문에 왔습니다."

이 말에 밀뱅크 옆에 앉은 변호사는 바로 긴장을 풀었다. 그는 자연스러운 자세로 가죽 의자 안에서 편히 앉았다.

밀뱅크가 말했다. "우리도 도무지 믿기지가 않습니다. 그런 비극이 또 있을까요."

켈러는 고개를 끄덕였다. "사고 같습니다. 하지만 해외에서 미국인이 일상적이지 않은 상황에서 사망할 경우 조사를 해야 하거든요."

"이해합니다." 밀뱅크가 말했다. "우리도 기자들에게 몇 차례 전화를 받았습니다. 그 TV 다큐멘터리 이후로 에반은 뭐랄까, 유명인이 되었거든요."

"파인 씨가 이곳에 재직한 기간이 얼마나 됩니까?" 이미 알고 있었지만, 이야기를 시작할 적절한 질문이 필요했다.

"이곳에서는 약 7년이요. 그전에는 오마하 지사에서 거의 20년 가까이 일했습니다. 아들 일 때문에 회사에서 발령을 내주었어요. 가족의 새 출발을 돕는 차원에서." 밀뱅크는 파인을 해고한 일은 말하지 않았다.

"이곳에서 파인 씨와 가장 가깝게 지낸 친구는 누구였나요?"

밀뱅크는 한숨을 내쉬었다. "에반은 이곳에서 가깝게 지낸 사람이 없었습니다. 그것도 문제라면 문제였죠."

"무슨 뜻인가요?"

"에반은 회사 일에 온전히 집중하지 않았습니다. 언제나 산만했고, 생각이 다른 데 가 있었죠. 처음 한두 해는 그냥 환경이 바뀌어서 그러려니 생각했습니다. 그런데 도통 나아지질 않더

군요. 다큐멘터리가 발표될 때까지 우리는 그가 얼마나 괴로웠
는지 이해하지 못했습니다.”

“그런데도 그를 몇 년이나 계속 이곳에 두셨네요.” 켈러는 질
문이라기보다는 서술로서 말했다.

“그 친구 고객 중에 큰 단골이 있었거든요.” 밀뱅크가 설명했
다. “아데어 수로 개발 회사가 그 친구를 상당히 신뢰하더군요.
넷플릭스 다큐멘터리가 나온 후에도 그에게 계속 일을 맡겼어
요. 거기 사장이 아마 에반의 장인과 오랜 친구였나 그랬죠.”

“그러다 무슨 일이 있었던 건가요? 최근에 그를 내보낸 것으
로 알고 있는데요.”

밀뱅크는 자세를 조금 틀었다. “아데어에서 에반의 담당자
가 은퇴했고 새 후임이 팀을 새로 꾸몄어요. 그래서 재무를 다
른 팀이 맡게 되었죠. 에반은 그 외의 업무는 거의 다 다른 직
원들에게 떠넘기다시피 했고, 아데어 쪽도 새 팀이 들어섰으
니까…….”

“혹시 다큐멘터리가 이 일과 관련이 있나요?” 켈러가 물었다.
사실 답은 듣지 않아도 알 것 같았다. 다큐멘터리 속 에반 파인
은 집착이 심하고 조금은 나사 풀린 사람처럼 보였다. 확실히
재무 관련 업무를 맡기고 싶은 사람은 아니었다.

“그것도 도움이 되진 않았죠.” 밀뱅크가 말했다.

켈러는 밀뱅크를 살펴보았다. 회색 정장이 짙은 회색 머리카락과 잘 어울렸다. 그는 켈러를 몰아붙이지도 않고, 무례하거나 거만하게 굴지도 않았다. 그러나 밀뱅크는 여전히 날이 서 있었다. 켈러는 그의 긴장을 느낄 수 있었다. "마지막으로 에반과 얘기를 나누신 게 언제였습니까?"

밀뱅크는 잠시 생각했다. "거의 1년은 됐을 겁니다."

켈러는 놀란 표정을 지었다.

"그의 직속상관이 그에게 해고 사실을 통보했거든요." 밀뱅크는 질문을 기대하며 말했다.

20년 넘게 근속한 직원에게, 참 잘하는 짓이다. 켈러는 분노가 치밀었다. 에반에겐 부양할 가족이, 네 자녀가 있었다. 이 사람들은 최소한의 예의도 없이 그의 등을 떠밀었다.

켈러는 노트를 들여다보았다. 준비해 온 질문을 전부 다 던져도 되지만, 어차피 시간 낭비였다. 수사관으로 일하면서 인터뷰는 수백 건도 넘게 해봤다. 계속 진행해봐야 헛바퀴만 돌릴 뿐이다.

데빈 밀뱅크는 다시 미소를 지었다. 협조적인 경영자의 역할을 연기하는 것이다. 켈러는 에반 파인의 인터넷 검색 기록을 떠올렸다. 자살로 가족을 경제적 곤궁에서 구하려던 그의 계획. 그리고 면전에 대고 해고 통보를 하는 무례한 밀뱅크. 켈러는 스탠의 조언을 따르기로 마음먹었다. 더 이상 분석 마비는 없다. 켈러는 변호사를 힐금 보았다. 그는 대화에 관심을 보이지 않고 휴대전화만 들여다보고 있었다.

"질문 두어 개만 더하겠습니다. 그러고 나면 다시 일상으로 돌아가게 해드리죠." 켈러가 말했다.

"물론입니다. 뭐든 도울 게 있으면 말씀하세요."

"시날로아는 얼마 동안 이 회사의 고객이었습니까?" 켈러는 밀뱅크의 눈을 똑바로 바라보며 물었다.

밀뱅크의 몸이 굳었다. 반응을 보이지 않으려고 애쓰는 것 같았다. 휴대폰만 보던 변호사도 드디어 고개를 들었다.

"지금 에반 파인 얘기를 하고 있는 줄로 알았는데요." 변호사가 말했다. "제가 알기로 파인 씨가 관리하던 고객사는 아데어 수로 개발 회사 하나뿐이었습니다. 저는 도무지……."

"파인 씨와 관계 있는 일입니다." 켈러가 말했다. 거짓말은 아니었다. 파인에게 이 회사의 구린 점을 알고 있는지 물어볼 생각이었으니까. 그러나 어차피 거짓말이든 아니든 중요하지 않았다. 사람들이 사법 체계에 대해 잘 모르는 사실이 하나 있는데, 법을 집행하는 수사관은 용의자에게 거짓말을 해도 아무런 문제가 되지 않는다.

밀뱅크가 말했다. "시날로아라는 회사는 잘 모르겠는데요. 하지만 다른 걸 다 떠나서 우리는 고객에 관한 내용은 비밀을 지킬 의무가 있습니다. 도대체 왜 그런 질문을 하시는지…….”

“간단한 질문입니다.”

밀뱅크가 변호사를 쳐다보았다.

“켈러 수사관님, FBI가 원한다면 기꺼이 약속을 잡고 무엇이든 논의할 수 있습니다. 그러나 저는 밀뱅크 씨에게 더 이상의 질문에는 대답하지 말라고 조언하려고 합니다.”

“멕시코에 먼저 물어보셔야 하나요?” 켈러는 펜을 한 번 클릭했다.

변호사가 일어섰다. “이 인터뷰는 끝난 것 같군요.”

사법 체계에 대해 사람들이 잘 모르는 것이 하나 더 있다. 체포되지 않는 용의자는 심문 중간에 마음대로 나갈 수 있고 심지어 법 집행자에게 노골적으로 무례하게 굴 수도 있다.

켈러는 자리에 그대로 앉은 채 고개를 저었다. “지금까지 분위기 좋았잖아요.”

변호사와 밀뱅크는 둘 다 일어서 있었다. 변호사가 말했다. “당신이 보고하는 상관의 이름을 알고 싶은데요. 그분은 당신이 이렇게 하는 걸 좋아하지 않을 것 같은데…….”

켈러는 손을 들어 그의 말문을 막고 무심히 휴대폰을 들여다보았다. 그러고는 한참 동안 화면을 스크롤하다가 천천히 고개를 들었다.

두 사람은 당황한 기색으로 켈러를 내려다보고 있었다. 이 상황을 어떻게 이해해야 좋을지 모르겠다는 표정이었다. 켈러는 세상 신경 쓸 것 없다는 무심한 표정으로 가만히 앉아 있었다.

변호사가 다시 입을 열었지만, 켈러는 손가락을 들어 또다시 그의 입을 막았다.

"잠깐만요." 켈러는 고개를 갸웃하고, 소리를 잘 들으려는 듯 손을 귀에 가져다 댔다. 한참 후 그녀가 말했다. "왔네요."

밀뱅크와 변호사는 화들짝 놀랐다.

밖에서 묵직한 발소리가 들렸다. 문이 벌컥 열리고, 유리 벽이 진동했다. 정장에 카우보이 부츠를 신은 남자가 불쑥 들어오고, 그 뒤로 파란색 윈드브레이커를 입은 남녀 대원 여섯 명이 우르르 뒤따랐다.

칼 뷰캐넌이 변호사에게 수색 영장을 건넬 때 켈러는 비어져 나오는 미소를 애써 눌렀다. 영장을 읽는 변호사의 얼굴이 영장처럼 하얘졌다.

"회의실에 전원 소집시켜요." 뷰캐넌은 마르코니 시카고 지사장과 법률 자문에게 고함을 질렀다. "지금 당장!"

스탠의 말이 맞았다. 뷰캐넌은 저돌적인 돌아이였다.

켈러는 그제야 일어서서 밀뱅크에게 손을 내밀었다. "휴대폰 주세요."

변호사가 켈러와 밀뱅크 사이를 가로막고 섰다. 그의 얼굴은 분노로 붉어져 있었다.

"비켜요." 켈러가 차분하게 말했다.

변호사는 움직이지 않았다.

"뭐 좋으실 대로." 켈러는 변호사를 돌려세워서 손목에 수갑을 채웠다.

이 일로 나중에 한소리 듣게 되겠지. 세로줄 무늬 정장의 변호사는 육체적으로 포박되는 걸 좋아하지 않을 테니. 슬쩍 옆을 보니 칼 뷰캐넌이 감탄하는 얼굴로 그녀를 보고 있었다. 나도 만만찮은 돌아이지? 켈러는 생각했다.

켈러는 수사관들에게 뒷일을 맡기기로 했다. 파일이 공개되면 회사의 비리가 폭로될 것이다. 그러면 직원들은 자기 상사에게 등을 돌릴 것이고, 마르코니 사건에서 부족했던 '살과 피로 이루어진 증인'을 확보할 수 있을 것이다. 그렇게 되지 않는다면, 어쩔 수 없이 문서만 가지고 진행해야겠지.

켈러는 회의실로 몰려드는 직원들을 헤치고 엘리베이터로 향했다. 아래층으로 내려가면서 밀뱅크와의 인터뷰 내용을 복기해보았다. 에반 파인에서 카르텔로 주제를 전환했을 때 분위기가 갑자기 싸해졌었다.

그녀의 직감이 두 가지를 말해주고 있었다. 첫째, 마르코니 LLP 시카고 지사는 1년 안에 문을 닫을 것이다. 둘째, 이 회사는 파인 가족의 죽음과는 관련이 없다.

31장

올리비아 파인

이전

링컨에서 집으로 돌아가는 길에, 리브는 한없이 들떴다. 날아갈 것 같은 기분이었다. 이제 아버지는 요양원에서 계속 지낼 수 있게 되었다. 아데어까지 날아와 문제를 해결하다니. 이렇게 멋지게 일을 처리한 게 얼마만인지, 기억도 나지 않았다. 뿌듯한 성취감이 느껴졌다. 오는 길에 신디에게 전화해 소식을 전하고 토미가 잘 있는지 확인했을 때, 시무룩한 신디도 감동받은 것 같은 목소리였다.

주간 고속도로를 따라 달리며, 리브의 생각은 두서없이 흘러갔다. 앞 창문 두 개를 다 열고 달리니 십 대 시절이 떠올랐다. 아빠의 스테이션 왜건으로 속도를 내며 달렸지. 바람이 차 안으로 휘몰아치고, 머리카락은 소용돌이를 이루며 춤을 추었지. 그녀는 차에서 음악을 틀지 않았다. 노래는 에반과 대니가 좋아했다. 그녀는 노래보다 윙윙대는 바람 소리를 더 좋아했다.

노아를 생각했다. 소년 노아는 지역 정치계에 입문해 주지사가 되고, 더 나아가 큰물에서 활약하겠다는 원대한 계획을 세웠었다. 상원의원, 심지어 미 대통령까지도. 그에게 잘 어울리는 역할이었다. 완벽한 대칭형 얼굴에 클라크 켄트의 곱슬머리까지 갖춘 수려한 외모. 그는 어릴 때보다 지금이 훨씬 더 잘생겨진 것 같았다. 거기에 신중한 움직임과 확신에 찬 걸음걸이까지. 그는 그냥 정치가로 성장해버린 것 같았다. 삼십 대 초반에는 아데어 시장이 되었고, 지금쯤이면 전국 정치판에서 활약할 거라고 다들 생각했었다. 그러나 뜻대로 되지 않는 게 인생이라고, 아이를 갖고 얼마 되지 않아 아내가 암에 걸렸다. 노아는 그런 개인적인 시련을 딛고 미 중부 지역 정치계에서 우뚝 일어서더니 네브래스카주 2인자가 되었다. 그리고 이제 곧 주지사가 될 것이다.

노아의 승승장구는 리브에게도 개인적으로 의미가 있었다. 단순히 옛 남자 친구가 꿈을 이루어가는 모습을 지켜보며 항수에 젖는 것이 아니라, 노아가 사면위원회를 이끌 것이라는 현실 때문이었다. 네브래스카주의 주지사는 단독 사면권이 없다. 사면위원회는 주지사, 법무장관, 국무장관으로 구성되었다. 터너 주지사는 사면 가능성을 아예 일축했지만, 노아는 달랐다. 그렇게 할 용기만 있으면 된다. 그에게 그럴 용기가 있을까? 리브는 강한 의심이 들었다. 노아는 태생적인 정치가였다. 그는 민심의 추이를 살피고 여론 조사 결과를 확인할 것이다. 유권자들은 그가 새로 얻은 권력을 이용해 TV에서 주장한 대로 불의를 바로잡으리라 기대할까? 그렇게 바랄 수는 있다. 그녀가 할 수 있는 일은 그저 시도해보는 것뿐이다.

만일 노아가 사면위원회를 설득해 대니의 사면이 집행되면, 어쩌면, 정말로 어쩌면, 그들의 삶은 '원년 이전'과 비슷하게 돌아갈 수도 있다. 물론 그때처럼 완벽하진 않겠지만. 사실 대니가 체포되기 전에도 그녀와 에반은 서먹한 관계였었다. 그녀는 남편을, 아이들을 배신했다. 죄책감이 그녀를 덮쳤지만, 지금은 떨쳐버리기로 했다.

오늘은 아니야.

고속도로의 아데어 출구로 나와 익숙한 시골길을 부드럽게 달렸다. 곧 어릴 때 살던 집이 나올 것이다. 다시 십 대 소녀 시절로 돌아간 것 같았다. 곧 곡선 도로가 나오면, 열여섯 살 때 반짝거리는 새 면허증을 받아 집으로 돌아가던 그날 이후로 늘 그랬던 것처럼 속도를 올려볼 계획이었다.

그러기 전에 에반에게 다시 전화를 걸었다. 그에게 소식을 전할 생각에 기분이 들떴다. 그러나 곧바로 음성사서함으로 연결되었다. 바람 소리에 섞여 남편의 인사말이 들렸다. 에반은 몇 년 동안이나 음성사서함의 인사말을 바꾸지 않았다. 그의 친근하고 활기찬 목소리가 차 안에 울렸다. 그녀가 사랑에 빠졌던 그 시절 그 남자의 목소리였다.

신호음이 울린 후 리브가 말했다. "나야. 이거 들으면 전화 줘. 알려줄 게 있어." 그러고는 잠시 멈췄다가, 덧붙였다. "좋은 소식이야."

좋은 소식. 그런 말을 해본 게 얼마나 오랜만인지. 리브는 가속 페달을 밟았고, 렌터카는 속도를 냈다. 그리웠던 커브 길을 돌 때 바람은 더욱 세차게 몰아쳤고, 머리카락은 차 안에서 어지러이 휘날렸다.

그때 룸미러로 빨간 경광등이 보였다.

32장

"이게 말이 돼?" 리브는 차를 길가에 세우면서 큰 소리로 말했다. 도로에 다른 차는 없었다. 아마 사방 1.5킬로미터 안에도 없었을 것이다. 그런데도 이런 작은 마을에서 제한 속도보다 약간 빨랐다는 이유로 경찰이 그녀의 차를 세웠다. 도대체 경찰이 이런 데서 뭘 하고 있는 걸까? 어린 시절을 통틀어 떠올려봐도 이 황량한 곡선 도로를 순찰하는 경찰차는 단 한 대도 본 기억이 없었다.

차의 글로브 박스를 뒤져 렌터카 등록증을 찾기 시작했다. 그때 유리창을 세게 두드리는 소리가 났다.

고개를 드니 손전등 불빛이 리브의 얼굴을 찌르듯 곧장 비추었다. 앞이 보이지 않았다. 말도 안 돼. 아직 해가 지지도 않았는데. 마침내 손전등이 옆으로 돌아가고, 한동안 잔상만 보였다. 그러다 시야가 선명해지면서 경찰관의 얼굴을 확인할 수 있게 되었다.

피가 싸늘하게 식었다.

그 여자다.

실수일 리가 없다. 여자는 여전히 과장된 앞머리에 곱슬곱슬한 80년대 헤어스타일을 하고 있었다. 그때와 똑같은 거친 태도. 대니의 심문 동영상에 등장하는 악역 중 하나. 웬디 화이트 경관.

"왜 차를 세웠는지 아십니까?" 경관이 물었다.

리브는 깊이 숨을 들이마셨다. 분노를 눌러야 했다. 남편의 강연을 충분히 들어서 경찰에게 입을 삐죽대 봐야 좋을 게 없다는 건 잘 알고 있었다. 그러나 이 여자는, 이 사악한 생명체는. 리브는 과연 이를 악물고 하고픈 말을 참아낼 수 있을지 자신이 없었다.

"모르겠는데요."

"과속입니다."

"음, 사슴과 다람쥐들이 이제 안전하다니 기쁘군요."

화이트 경관의 표정이 어두워졌다. "내리세요, 부인."

"네?"

"밖으로 나오시라고요."

"이해가 안 가는데……."

"지금 부탁하는 게 아닙니다, 부인."

리브는 과장된 태도로 크게 한숨을 쉬고, 천천히 차에서 내렸다. "이거 고의적인 괴롭힘이에요."

화이트는 리브보다 15센티미터는 작았다. 그녀는 리브를 떫은 표정으로 올려다보았다. "괴롭힘이요? 진짜 괴롭힘이 뭔지 전혀 모를걸요."

화이트의 말투와 태도에, 리브는 가슴이 철렁했다. 주위를 돌아보았다. 휑한 도로와 풀밭뿐이었다.

"저기요. 뭔가 오해가 있으신 것 같은데……." 리브는 달래는 말투로 조심스럽게 말했다.

"닥쳐요. 뒤돌아서 차 위로 두 손 올리세요."

"이럴 순 없어요. 진짜로 이런 식으로……."

순간 숨이 멎었다. 경관은 리브를 강제로 돌려세워 차 후드 위로 짓눌렀다.

"손 차 위로 올리라고!"

리브는 순순히 지시에 따랐다. 경관의 손이 그녀의 몸을 위아래로 훑으며 거칠게 몸수색을 했다.

"손 등 뒤로 돌려."

수갑을 채운다고? 호흡이 무거워지고, 생각이 요동쳤다. 손을 등 뒤로 돌리자 단단한 금속 물질이 손목을 때렸다. 리브는 움찔했다.

"아야! 아파요." 그러나 경관은 아랑곳없이 수갑을 세게 조였다.

"돌아서."

리브는 천천히 돌아섰다. 두 여자의 시선이 마주쳤다. 정말로 체포하려는 건가? 그럴 수는 없을 것이다. 그랬다간 뉴스에 도배가 될 텐데. '대니 파인에게 허위 자백을 강요한 경찰이 아무 이유 없이 어머니도 체포하다.' 속에서 신물이 올라왔다. 이 도로에 순찰 경관이 있었던 건 우연이 아니었다. 그녀는 틀림없이 리브가 돌아왔다는 얘기를 들었을 것이다.

그래서 숨어 기다렸을 것이다.

만일 그렇다면, 리브를 체포하려는 의도는 아닐 것이다. 리브의 뺨으로 땀방울이 굴러 내렸다.

그때, 희망의 징조가 보였다. 도로 위쪽으로 괴상한 군용 트럭 하나가 그들을 향해 다가오고 있었다. 낡은 험비. 리브가 아는 차였다. 아버지의 친구이자 이웃인 글렌 엘모어 씨의 차다. 별난 남자의 별난 자동차. 리브의 아버지는 항상 관습에 저항하는 사람들을 좋아했다.

화이트 경관도 어깨 너머로 험비를 보았다. 험비는 빠르게 곡선 도로를 따라 달리고 있었다. 저 구간은 운전자를 달리게 하는 마력이 있는 모양이었다.

다시 리브를 돌아보며 경관이 말했다. "경찰관이 지시하면 그대로 따르는 게 좋습니다." 화이트의 입가에는 깊은 팔자 주름이 잡히고 이마에도 주름이 새겨져 있었다. 그 나이 여자치고는 주름이 많은 편이었다.

"내 가족은 경찰 말을 따르다가 이 모양이 된 건데요." 리브는 가슴 깊은 곳에서 분노를 느꼈다. 이런 말은 안 하는 게 나았을까. 그러나 글렌의 차가 가까이 다가오고 있었다. 리브를 알아본 게 틀림없었다.

화이트 경관이 리브에게 바짝 다가섰다. 담배와 시큼한 커피 냄새가 훅 끼쳤다. "적어도 넌 가족이 있지. 샘슨의 아내와 아이들은 너처럼 운이 좋지 않아."

샘슨. 다큐멘터리는 화이트의 평판만 망쳐놓은 것이 아니었다. 그녀의 파트너 론 샘슨은 스스로 목숨을 끊었다. 뉴스에서는 악당으로 전락해버린 데 대한 압박이 원인일 거라고 추측했다. 경찰서로 쏟아지는 항의 전화와 협박성 전화. 사람들로부터 받은 수모와 굴욕.

고맙게도, 글렌의 험비가 리브의 렌터카 옆에 멈춰 섰다.

"차로 돌아가세요." 글렌이 차에서 내리자 화이트가 외쳤다.

"올리비아, 네가 왔다는 얘기는 들었다. 이렇게 보니 참 좋구나, 아가." 글렌은 화이트를 무시하고 리브에게 말을 건넸다. "아버지는 좀 어떠냐?"

리브는 미소를 지었다. "잘 지내세요. 요양원에서 문제를 좀 일으키시긴 했는데요."

글렌도 함께 미소를 지었다. "딱 그럴 줄 알았다. 한번 가서 봐야 할 텐데. 안 본 지가 오래되었어." 그는 화이트를 향해 돌아섰다. "웬디 화이트, 넌 도대체 여기서 뭐 하는 거냐?"

"차로 돌아가시라고 했잖아요."

"어이, 이 친구야. 난 네가 갓난아기였을 때부터 네 아버지 친구였어. 그러니 나한테 이래라저래라 하지 마라."

화이트는 입술이 가늘어졌다. "경찰 업무예요."

"웃기고 있네. 그나마 남은 평판이라도 망치지 않으려면 당장 수갑 풀어. 이런 망할." 글렌은 고개를 저었다. "그래험 보안관에게 전화 걸고 싶지 않으니까."

화이트는 크게 심호흡을 하고 얼굴을 찡그렸다. 그녀는 허리띠에서 열쇠를 꺼내 수갑을 풀어주었다.

리브는 손목을 문질렀다. 수갑 때문에 손목이 빨개져 있었다.

경관은 한마디 말도 없이 화난 걸음걸이로 순찰차로 갔다.

그러고는 곧장 시동을 걸고 급출발해 허공에 먼지를 날리며 사라졌다.

리브는 글렌을 포옹했다.

"이런 일이 생기다니 유감이다." 글렌이 말했다. "쟤가 그 TV 쇼 이후로 좀 엉망이 됐어. 마을 전체가 엉망이 됐지."

"저도 유감스럽게 생각해요." 리브가 말했다. 이 거지 같은 마을이 그녀의 가족에게 저지른 일 때문에 엉망이 된 건데 왜 그녀가 유감스러워해야 하는지는 잘 모르겠지만.

"다들 지옥으로 꺼지라고 해."

리브는 이 말에 미소를 지었다. "어떻게 지내세요, 글렌 아저씨?"

"불평할 일은 많지만, 안 하겠다."

"도리스 아주머니는요?"

"죽었어."

"아, 정말 죄송해요." 리브가 말했다. "전혀 몰랐어요. 아무도 말을 안 해줘서……."

"흠, 그럼 뭐, 괜찮다." 글렌이 말했다. 리브가 어릴 때 글렌은 과묵한 사람이었고 감정을 드러내는 법이 거의 없었다.

"그럼, 저도 괜찮아요." 리브가 대답했다.

33장

새러 켈러

"정말 끔찍한 일이에요. 매기는, 그 애는······." 교장은 천장을 바라보며 할 말을 찾고 있었다. "정말 착한 아이였어요. 친절하고요. 가족이 힘든 일을 많이 겪었지만 그 아인 늘 긍정적이었죠. 밝은 아이였어요. MIT 입학 허가도 받아서 신이 나 있었는데······."

켈러는 고개를 끄덕였다. 플라워즈 교장은 흐느적거리는 블라우스에 큼직한 나무 목걸이를 걸고 있었다. 네이퍼빌 고등학교 교장실은 학생들과 찍은 사진으로 가득 차 있었다. 자질구레한 여행 기념품들은 모양으로만 보면 아프리카에서 사 온 것 같았다. 켈러는 매일 아침 학생들과 인사를 나누는 교장의 모습을 머릿속에 그려보았다. 모든 아이들의 가능성을 보고, 적은 보수를 받으며 초과 근무를 하고, 그러면서도 그 자리에 있는 것을 기뻐하는 선생님. 쌍둥이가 고등학교에 가려면 몇 년은 더 있어야겠지만, 아이들도 이런 선생님을 만나면 좋겠다는 생각이 들었다.

“매기의 친구들과 얘기를 나눠보고 싶습니다.” 켈러가 말했다.

플라워즈의 표정이 굳어졌다. 부모에게 통보하지도 않고 학생을 FBI와 만나게 해도 좋을지 고민하는 표정이었다. 그러나 그녀는 곧 수화기를 들고 하퍼 베넷을 교장실로 호출하도록 비서에게 지시했다.

잠시 후 예쁜 소녀가 문 앞에 나타났다. 소녀는 걱정 가득한 표정으로 눈을 크게 뜨고 조심스럽게 다가왔다. 혹시라도 무슨 문제에 휘말린 건 아닌지 염려하는 것 같았다.

“하퍼, 들어오렴.” 교장이 말했다.

하퍼 베넷은 초록색 눈동자가 매력적인 아이였다. 멋들어진 갈색 머리카락에 군데군데 밤색 블리치를 넣었다. 켈러는 하퍼의 옷차림에 놀랐다. 플란넬 바지는 잠옷 같았고, 흰색 무릎 양말에 스포츠 샌들을 신고 있었다. 스웨트 셔츠에는 큼직하게 ‘보울더’라고 쓰여 있었다.

“이분은 FBI에서 나오신 켈러 수사관이셔.”

하퍼의 눈이 더 휘둥그레졌다.

"매기 일로 궁금한 게 있으시대. 어려운 줄은 알지만, 네가 도와줄 수 있으면 좋겠다."

하퍼는 고개를 끄덕이고, 교장과 마주 보며 켈러의 옆자리에 앉았다.

플라워즈 교장이 나갈 기미가 없어 보이자 켈러가 말했다. "어디 회의실이나 그런, 하퍼와 제가 따로 얘기할 수 있는 공간이 있을까요?"

"아." 교장은 잠시 고민하다가 말했다. "하퍼, 내가 나가도 괜찮겠니?"

하퍼는 다시 고개를 끄덕였다. 교장은 주저하며 천천히 교장실을 나갔다.

켈러는 소녀를 바라보며 연민 어린 미소를 지었다. "일단 먼저, 네 친구 일은 진심으로 안타깝게 생각하고 있어."

하퍼의 얼굴이 붉어졌다. 그녀는 한쪽 다리를 접어 깔고 앉았다.

"괜찮다면 뭘 좀 물어봐도 될까?"

"네, 물론이죠. 하지만, 그러니까, 잘 이해가 안 가는데요. 사람들 말이 그게, 그러니까, 그냥 좀 특별한 사고였다던데요. 그런데 FBI 수사관님이라고 하시니까, 이해가 잘……."

"그래, 좀 이상하지. 그런데 FBI는 해외에서 미국인이 사망할 경우 진상 조사를 하기도 해. 사고사일 때도." 완전히 진실은 아니지만 굳이 자세히 설명할 필요는 없을 것이다. 아직도 그 사건이 범죄라는 확증은 얻지 못했다. 그래도 상관없었다. 부국장도 대통령도, 파인 가족 죽음의 진실을 알고 싶어 한다. 그러니 살인이든 사고든, 그게 무엇이든, 켈러는 진상을 밝혀야 했다.

하퍼는 조금 의심스러운 표정이었지만, 고개를 끄덕였다.

"너랑 매기는 친한 사이였니?"

"절친이죠." 하퍼가 마른침을 삼키며 말했다. "걔가 6학년 때 여기 이사 온 이후로요."

"마지막으로 매기를 본 게 언제였어?"

"그러니까, 직접요? 아니면 인터넷에서……."

"직접 만났을 때부터 시작하자." 켈러가 말했다. 요즘 아이들은 다르다. 켈러가 어릴 때 전화는 유선 전화뿐이었고, 친구를 만나려면 쇼핑몰이나 롤러 스케이트장에 가야 했다. 하지만 요즘 아이들은 작은 화면을 통해 서로 만난다.

하퍼는 바닥을 쳐다보았다. "걔가 여행 가기 며칠 전에 파티에 갔었어요."

"생일 파티? 아니면 학교 파티? 아니면 그냥 파티였어?"

"그냥 파티요." 하퍼가 말했다. "학교에 어떤 애가, 부모님이 여행 가셨거든요."

켈러는 미소로 답했다. 별일 아냐. 나도 그런 시절이 있었어. "매기는 어땠어? 평소와 비슷했니?"

"걘 가기 싫어했어요." 하퍼의 목소리가 갈라지고 눈에 눈물이 가득 고였다. "내가 같이 가자고 해서 갔는데, 걔는, 그러니까, 거의 성폭행 당할 뻔했고, 그건 다 내 잘못이고, 그러니까, 마지막으로 봤을 때 걔는 엄청 속상해했고요. 내가 걔를……."

"괜찮아." 켈러는 하퍼의 손을 잡았다. 소녀는 불그레한 얼굴로 흐느꼈다. "괜찮아. 네가 잘못한 건 없어." 켈러는 하퍼에게 가까이 다가가 앉아 진정할 때까지 기다려주었다.

하퍼는 소맷자락으로 눈물을 닦아냈다.

켈러가 말했다. "힘든 거 알아. 그래도 그날 밤 파티에서 무슨 일이 있었는지 말해줄 수 있겠니? 아주 처음부터 말해봐. 하나도 빠뜨리지 말고."

하퍼는 켈러에게 천천히 설명했다. 매기의 엄마가 집안일 때문에 예전에 살던 도시로 다니러 가셨다. 매기는 파티를 싫어하는 아빠에게 알리지 않고 파티에 갔다. 남자애를 만나러 간 것이었다. 매기와 남자애는 사라졌는데, 잠시 후 매기가 공황 상태에 빠져 울면서 나왔다. 둘은 파티에서 빠져나왔고, 매기를 집까지 데려다주었다.

그러고 나서 곧바로 사이버 괴롭힘이 시작되었다. 그걸로 매기가 받은 메시지들이 설명되었다.

"그날 밤 이후로 매기를 본 적 있니?"

하퍼는 고개를 저었다. "걔가 오빠 관련 사이트들을 전부 닫았어요. 그러고는 SNS랑 휴대폰을 놓고 좀 쉬어야겠다고 하더라고요."

"그게 평소와는 달랐어?"

"매기는 휴대폰을 엄청 많이 보는 애는 아니었거든요. 하지만 오빠 사이트는, 거의 그것 때문에 살다시피 했어요. 그 다큐멘터리는 보셨죠?"

퀠러는 고개를 끄덕였다. 다큐멘터리의 소녀를 생각하니 가슴이 조여왔다. 매기는 아버지를 돕는 투지 강한 조사관이었다. 그런 아이가 남자아이와 무슨 일인지 모를 일을 겪고 파티를 빠져나왔다.

"메시지를 봤을 때, 그리고 매기가 사이트들을 닫았을 때, 그 애한테 연락해봤니?"

"당연하죠. 제 가장 친한 친구인걸요. 내가 그 개새끼들을 엿먹일 방법을……. 아 죄송해요."

"괜찮아."

"매기한테 내가 옆에 있어주겠다고 했어요."

“그랬더니 매기가 뭐래?”

“봄방학 때 멕시코에 간다고요. 자긴 괜찮고 그냥 좀 이곳을 벗어나야 할 것 같다고.”

“그 애 가족이 여행 계획을 세우고 있다는 건 알았어?”

“파티 끝날 때까진 몰랐어요. 매기 말이 아빠가 갑자기 결정한 거랬어요.”

“멕시코에서 매기가 문자 보냈니?”

하퍼는 고개를 저었다.

켈러는 이제 파티에 대한 질문으로 돌아가도 괜찮을 만큼 하퍼가 진정됐다고 판단했다. “혹시 다른 사람한테 — 부모님이나 선생님이나 누구든 — 그날 파티에서 있었던 일을 얘기했니?”

“매기가 아빠에게 알리고 싶지 않다고 해서요. 걔 말로는 그 새끼가 하진 않았다고……. 저한테도 얘기하지 말라고 신신당부했어요.”

“그 남자앤 누구야?” 켈러가 물었다. 그 이름을 아까부터 듣고 싶었지만, 인내심을 가지고 기다려야 했다.

“에릭 허친슨이요.” 하퍼가 말했다. “그 새끼가 애들한테 자긴 아무 짓도 안 했다고 떠벌리고 다녀요. 매기가 저 혼자 흥분하더니 아무 이유도 없이 고환을 걷어찼다는 거예요. 하지만 매기는 그럴 애가 아니거든요.”

아이들은 모두 무슨 일이 있었는지 알고 있었다. 그러나 어른과 이 일을 상의한 아이는 하나도 없었다.

"그 파티에서 기억나는 다른 일은 없었어? 매기가 멕시코로 떠나기 전에 뭔가 평소와 달랐던 건?"

하퍼는 아랫입술을 깨물었다. "하나 있긴 해요."

"뭔데?"

"그 사고 소식을 듣고 난 후에, 토비 리가 절 찾아왔어요. 걔 말이 매기가 멕시코로 가기 전에 걔한테 도와달라고 했대요."

"토비는 학교 친구야?"

"네. 매기가 누구 휴대폰을 추적하려 하고 있었대요. 토비는 컴퓨터를 잘하거든요.

휴대폰을 추적해? 이건 좀 특이하다. "그래서, 걔가 매기를 도와줬대?"

"그랬을걸요. 토비가 자세히 얘기해줄 수 있을 거예요. 근데 걔도 이게 이상하다고 생각했대요."

켈러는 외치고 싶었다. 대체 왜 아무도 이런 얘기를 안 해준 거니? 그러나 십 대 아이들이란 원래 다 그런 것이다.

켈러는 하퍼에게 도와줘서 고맙다고 인사하고, 이 자리에서 얘기한 건 아무에게도 말하지 말라고 당부했다. 그리고 하퍼를 교실로 돌려보냈다.

켈러는 잠시 혼자 기다렸다. 영민한 열일곱 살 소녀가 이 세상에서 마지막으로 경험한 일이 남자아이와의 열받는 사건이었다니. 마음이 아팠다. 하퍼는 그 소년의 이름이 에릭 허친슨이라고 했다. 켈러는 시계를 보았다. 토비 리를 만나 이 휴대폰 추적 건에 대해 물어봐야 했다. 그러나 그 파티에서 일어났던 일을 매기 파인과 함께 영영 묻어버리고 싶진 않았다.

교장이 사무실로 돌아왔다.

켈러가 말했다. "토비 리와 얘기를 하고 싶습니다. 하지만 그 전에, 에릭 허친슨을 데려다주세요."

34장

에릭은 반듯한 자세로 팔짱을 끼고 앉아서 잘생긴 얼굴로 켈러를 노려보고 있었다. 그는 교차된 라크로스 채 그림이 그려진 이스트 코스트 다이즈라크로스 용품 제조 업체—옮긴이 티셔츠를 입고 있었다. 그의 아버지는 불그레한 얼굴에 전직 운동선수의 몸집을 가진 당당해 보이는 남자였다. 그도 아들과 비슷한 자세로 앉아, 껌을 씹으며 켈러를 향해 눈을 부라리고 있었다.

에릭은 교장실로 호출되자 아버지 없이 켈러와 만나지 않겠다는 뜻을 밝혔다. 모든 상황을 고려할 때 현명한 처신이었다. 교육을 잘 받은 부자들은 변호사를 잘 활용했다. 에릭의 경우에는 아버지였지만. 그런 부자 아이들은 변호사를 자주 만나고, 고교 심화 과정 수업에서 미란다 원칙을 공부하고, 대학에서 경찰의 수사 절차와 권리장전, 법질서에 대한 교육을 받았다.

모든 아이들이 다 그런 것은 아니다. 대니 파인은 세상 물정을 잘 알지 못했다. 만일 그 애가 변호사를 불러달라고 요청만 했으면 지금쯤 자유인이었을 것이다. 켈러는 대니의 심문 동영상을 여러 번 보았고, 볼 때마다 속이 뒤집혔다. 심문하던 경찰이 부패했다는 의미는 아니었다. 네브래스카주 소도시의 경찰들은 심문 훈련을 제대로 받지 못했을 것이다. 그들이 사용한 심문 방식은 리드 기법피의자를 압박하고 자백할 때만 호의적으로 대하는 심문 기법—옮긴이이라고 하는데, 이 방법에는 한 가지 중대한 결점이 있었다. 용의자를 거짓 자백으로 몰아넣는 경우가 흔하다는 것이었다. DNA 기술이 비약적으로 발전하면서 수많은 오심 피해자들이 구명되었고, 그와 함께 통상적인 견해와는 반대로 꽤 많은 사람들이, 특히 청소년들은 저지르지 않은 범죄를 자백한다는 사실도 알려졌다.

몇 년 전 켈러는 심문의 모범 사례에 관한 워크숍에 참석했고, 강연에서 밝혀진 거짓 자백 건수에 큰 충격을 받았다. 심문 기술 전문가인 강사는 이런 말을 했다. "심문 전문가로서 우리는 경찰 수강생에게 이런 내용을 가르칩니다. 예를 들어 시선을 피하거나 불안하게 꼼지락거리는 행동을 거짓말의 징후로 간주하고 주시하라고 말이죠. 하지만 그건 아이들이 불편할 때 주로 하는 행동입니다. 또 심문할 때 용의자에게 범죄의 세부 사항 몇 가지를 말하도록 유도해보라고 가르치기도 합니다. 그런데 아이들은 들은 말을 앵무새처럼 따라 하는 속성이 있습니다. 그리고 심문에서 최소화 기술을 사용하고 아이들에게 진실을 말하면 집에 갈 수 있다고 설득하라고 가르치죠. 아이들은 종종 이 미끼를 덥석 뭅니다. 자기가 결백하기만 하면 나중에 얼마든지 바로잡을 수 있다고 믿기 때문입니다." 강연을 끝내며, 강사는 이렇게 말했다. "내가 심문한 사람 중에 15세 때 허위 자백을 하고 저지르지도 않은 범죄 때문에 11년을 교도소에서 보낸 사람이 있습니다. 이제 내 인생의 목표는 이런 피해자가 다시는 생기지 않도록 하는 것입니다."

그렇다고 해서 대니 파인이 무죄라는 의미는 아니다. 그는 유력 용의자였다. 그는 샬럿과 데이트를 했던 사이다. 실제로 모르는 사람에게 살해당하는 경우는 대단히 드물다. 살인범은 대개 면식범이다. 양은 평생 늑대를 걱정하며 살지만, 결국에는 자기를 길러준 농부에게 잡아먹힌다.

켈러는 맞은편에 앉아 있는 늑대를 아니, 늑대들을 바라보았다.

"무슨 일입니까?" 에릭의 아버지가 켈러에게 물었다. 그러고는 옆에 있던 플라워즈 교장을 노려보았다. "그리고 학교가 부모의 허락도 없이 아이들을 연방 수사관의 심문에 들여보내는 것이 영 마음에 들지 않습니다.”

켈러는 위축되지 않았다. 그녀는 잘난 남자들을 어려워하지 않았다. 그녀는 그런 남자들과 함께 성장했고, 그런 잘남이 불안에서 비롯된다는 것을 잘 알고 있었다. 여자에게 감성적으로 굴지 말라고 말하는 남자들은 실은 자기감정에 잘 휘둘리는 사람들이다. 켈러는 에릭의 아버지에게 매기 파인이 받은 악성 댓글 일부를 인쇄한 종이를 건넸다.

“이게 뭡니까?”

“그건 아드님께 물어보고 싶은데요.”

허친슨 씨가 에릭을 처다보았다. 아들의 표정에 처음으로 균열이 보였다.

“너랑 네 친구들은 왜 이런 메시지를 매기에게 보낸 거지?” 켈러가 물었다.

에릭이 입을 막 열려는데 아버지가 아들의 가슴 위로 방패처럼 팔을 뻗었다.

“어이, 이봐요, 아가씨. 여기 메시지에는 내 아들 이름이 없잖아요. 지금 바로 변호사를 불러야 한다면⋯⋯.”

교장이 중재에 나섰다. “켈러 수사관은 파인 가족 사건 때문에 오신 겁니다. 아이들의 사이버 괴롭힘 때문에 비행기를 타고 이 먼 데까지 오셨겠어요? 매기 파인이 죽기 직전에 받은 이 메시지들을……." 교장은 종이를 턱으로 가리켰다. "FBI가 사건 조사 과정에서 발견한 거죠."

켈러가 나섰다. "맞습니다. 사이버 괴롭힘은 대개는 학교 차원의 문제입니다. 하지만 성범죄는……."

"성범죄요?" 허친슨 씨가 놀라 되받았다.

"복수의 증인들이 하우스 파티에서 아드님이 매기 파인과 단둘이 있었다고 증언했어요. 그리고 매기가 겁에 질려 달아났다고 해요. 지금 보여드린 익명의 메시지들은 그때 있었던 일에 대해 매기의 입을 다물게 하려고 위협하는 내용 같습니다."

켈러는 소년의 아버지를 바라보았다. 그는 입을 굳게 다물고 드레스 셔츠의 칼라를 잡아당겼다. 앞으로 30년 후엔 소년도 꼭 이렇게 거만하고 건방져지겠지. 소년의 어머니가 왔으면 좋았을 거라는 생각이 들었다. 매기 파인이 받은 악플을 보고 어머니도 아버지와 똑같은 반응이라면, 얘는 바르게 성장할 가망이 아예 없다고 봐도 될 것이다.

"증거가 없잖아요." 에릭의 아버지는 껌을 더욱 맹렬히 씹으며 말했다.

오늘은 일이 어렵게 풀리는 날인가 보다. "그게 대답이신가요? 아들을 그렇게 가르치고 싶은 건가요?"

"내가 내 아들에게 뭘 가르치든 그건 당신이 상관할 바가 아니오." 허친슨 씨는 교장을 노려보았다. "이건 용납할 수 없는데요, 바버라."

켈러는 한숨을 내쉬었다. "맞습니다. 저는 아드님을 체포할 근거가 없습니다. 이렇게 붙잡아둘 근거도 없죠. 하지만 아드님이 진학할 대학에 연락할 방법은 많습니다. 듣기로 이 친구는 미시간 대학교에 라크로스 특기생으로 입학 허가를 받은 걸로 아는데요." 아버지가 도착하기 전 교장이 에릭에 대해 간단히 설명해주었었다.

허친슨 씨의 얼굴에서 핏기가 가셨다. 그는 교장을 바라보았지만, 교장은 아무것도 지원해주지 않았다.

켈러는 구명줄을 던졌다. "내가 원하는 건 에릭이 몇 가지 질문에 답을 해주는 것뿐입니다. 아버님께서 지금 이 상황을 지나치게 심각하게 받아들이고 있는 것 같군요."

남자는 잠시 생각해보고, 켈러를 향해 고개를 끄덕였다.

켈러는 에릭에게 물었다. "매기가 너에게 여행에 대해 말한 게 있니? 또는 뭐든 마음에 걸리는 게 있어?"

에릭은 고개를 저었다. "걔는 잘 알지도 못해요. 센터에서 만났는데요."

"센터?"

"방과 후에 개인 지도를 해주는 센터요. 내가 걔한테 플러팅을 좀 했고, 뭐 그런 거죠."

"그래서 봄방학 시작 전에 매기를 만났어?"

"네. 제가 센터에 나갔죠. 걔한테 같이 파티에 가자고 했고, 뭐 그런 거예요. 전 아무 짓도 안 했어요. 그리고 저는……."

켈러가 손을 들어 말문을 막았다. 거짓말을 들으면 분노가 폭발할 것 같았다.

"방학 전에 센터에서 매기를 봤어요. 걔는, 그러니까, 오빠 사건에 대해 얘기하더라고요."

"뭐 특별한 내용이라도?"

"저한테 누가 동영상을 보냈다면서 보여주더라고요. 정보랑 뭐 그런 거죠."

켈러는 고개를 끄덕였다. 한 번만 더 '뭐 그런 거죠'란 말을 하면 체포해버릴 거라고 다짐했다.

"매기가 뭐라고 했지?" 켈러도 그 동영상을 몇 번 보았지만 특이한 건 없었다. 그녀는 동영상을 나중에 한 번 더 보기로 하고, 컴퓨터 팀에 영상 개선 작업을 요청하자고 마음먹었다.

에릭이 말했다. "매기는 들떠 있었어요. 걔는 그 동영상에 신원 불상의 남자가 찍혔다고 생각하더라고요. 아시죠, 그 다큐멘터리에 나왔던."

"그거 말고 다른 얘긴 없었어?"

"그게 끝이에요. 그래서 걔한테 파티에 가자고 했고요. 그다음엔 더 얘기 안 했어요."

"그게 다라고?"

에릭이 끄덕였다.

"그럼 파티에선 무슨 일이 있었어?"

소년의 아버지가 긴장했다.

"아무 일도 없었어요." 에릭이 말했다. "걔가 단둘이 얘기하고 싶다고 해가지고 제가 딱 알아챘죠. 아시잖아요. 그래서 우리는, 뭐 그래 가지고, 키스도 좀 하고 뭐, 그러다가 걔가 갑자기 혼자 막 겁에 질려 가지고는, 절 무릎으로 찍고 그대로 달아났어요. 전 아무 짓도 안 했어요. 맹세해요. 그 얘길 제 친구들한테 했더니, 애들 말이 걔가 내가 강제로 하려고 했다고 떠벌리더라는 거예요. 그건 사실이 아니잖아요. 그래서 친구들이 매기한테 거짓말하고 다니지 말라고 메시지를 보낸 것 같은데, 그건 제 잘못이 아니죠. 제가 애들한테 그러라고 시킨 것도 아닌데요."

설득력 있는 연기다. 사실은 아니지만 설득력 있다.

"이봐, 에릭." 켈러가 말했다. "매기 파인이 받은 익명의 메시지를 누가 보냈는지 추적하는 거, FBI한테는 일도 아니야. 그 메시지 중에 딱 하나만이라도 네가 보냈다면 — 또는 그걸 보낸 친구 중 한 사람이라도 네 부탁을 받았다고 진술하면 — 방금 넌 나한테 거짓말을 한 게 되는 거야. 연방 수사관에게 거짓 진술을 하면 어떤 벌을 받는지 알아?"

소년은 마른침을 삼켰다.

"연방 교도소에서 5년 복역."

소년의 아버지가 입을 열었다. "하지만 아까 얘기랑 다르잖아요……."

켈러는 손을 들어 말을 끊었다. "공소 시효는 5년이야." 켈러는 부자의 곤혹스러운 표정을 감상했다. "내가 속한 FBI 지부는 미시간 대학교 경찰과 좋은 관계를 유지하고 있어. 학교 측으로부터 네가 올바른 청년이 아니라는 보고를 받으면, 그러니까 그냥 단순한 소문이라도 듣게 되면, 내가 널 찾아갈 거야. 그러면 넌 오늘 나에게 거짓말한 결과가 뭔지 알게 되겠지."

소년이 입을 열었다.

"입 다물어." 켈러가 말했다. "만일 네가 어느 여자애에게 무례하게 굴었다는 소문이 내 귀에 들리면 그땐…… 알겠어?"

소년은 고개를 끄덕였다.

켈러는 아버지를 바라보았다. "오늘은 이 정도로 하겠습니다. 이런 기회는 딱 한 번뿐입니다."

“알겠습니다.” 아버지가 말했다. 그는 흠씬 두드려 맞은 사람처럼 피곤해 보였다.

“올바른 청년이 되는 거야.” 켈러가 단호하게 말했다.

“올바른 청년.” 아버지도 중얼거렸다.

매기 파인을 위한 정의 구현은 아니었지만, 그래도 어쩌면 다른 소녀를 구했을지도 모른다. 증인도 없고 피해자는 사망했으니 이 정도가 최선이겠지. 켈러는 그렇게 결론지었다.

35장

맷 파인

맷은 거의 비행 내내 잤다. 칸쿤 공항에서는 친구들에게 문자를 보내며 시간을 보내고, 출국 게이트 중앙에 있는 식당에서 끔찍한 미국식 멕시코 음식을 사 먹었다. 마르가리타는 그래도 괜찮았고, 웨이트리스가 비행기에 들고 타라고 스티로폼 컵에 테킬라 슬러시 덩어리를 담아 주었다. 그 덕에 댈러스—포트워스 공항을 거쳐 오마하로 갈 때까지 비행기 안에서 내내 기절해 있을 수 있었다.

무사히 착륙한 비행기가 게이트로 이동하는 동안 맷은 뻐근한 목을 풀어주었다.

문이 열리기를 기다리고 있는데, 늘 그렇듯 멍청이들이 자기차례도 아닌데 뒤쪽에서 몰려나와 통로를 가득 메웠다. 이럴 때 엄마는 입속으로 '무례한 것들!'이라고 속삭이곤 하셨는데. 앞 좌석 아주머니가 짐 내리는 것을 도와준 후, 맷은 천천히 비행기에서 내렸다.

오마하에서 아데어는 차로 1시간 반 정도 걸렸다. 이모가 데리러 오겠다고 했지만 거절했다. 신디 이모의 호의는 고맙지만 좀 부담스러웠다. 비싸긴 해도 우버로 가는 게 낫겠다 싶었다 (네브래스카에도 우버가 있겠지?). 이모 집에 가면 할아버지의 낡은 스테이션왜건을 빌릴 수 있을 것이다.

8시의 공항은 조용했다. 희미한 형광등 불빛과 지친 표정의 교통안전청 직원들뿐이었다. 맷은 사람들과 함께 에스컬레이터를 타고 오마하 스테이크 식당 키오스크를 지나 출구 표지판을 따라 걸었다. 비행기에서 봤던 낯익은 얼굴들이 보였다. 보기 싫은 문신을 잔뜩 새긴 남자, 가방 내리는 걸 도와줬던 할머니, 그를 계속 훔쳐보던 예쁜 여자. 승객들은 수하물 컨베이어 벨트 앞에서 서성이고 있었다. 그때 그가 보였다. 핏발 선 눈의 곱슬머리 남자. 맷은 그에게 어슬렁거리며 다가갔다.

가네시와 맷은 포옹했다.

"너 완전 엉망진창이다." 가네시가 말했다.

"여긴 어쩐 일이야?"

"칸쿤에서 네가 보낸 문자가 어찌나 불쌍하던지. 같이 좀 있어줘야겠다고 생각했지."

가네시의 판단이 옳았다.

"가방 찾았어?" 가네시가 여행 가방들이 회전하는 컨베이어 벨트를 바라보며 말했다.

맷은 고개를 저었다. 더플백은 툴룸 시골길에서 행크의 차에 두고 내렸다.

"그럼 얼른 나가자."

그들은 주차장 차고로 갔다. 가네시는 렌터카의 전자 열쇠를 클릭했다. 묵직한 캐딜락 에스컬레이드의 불이 번쩍 켜졌다.

"아주 튀고 싶어 안달이 났구나." 네브래스카의 아데어는 고급 차량이 다닐 만한 곳은 아니었다.

"뭐가 어때서? 이거 미국에서 생산된 차잖아." 가네시가 아는 미국 시골 마을은 전부 영화에서 본 것뿐이었다. 맷은 그가 좋아하는 영화 〈나의 사촌 비니〉를 가네시에게 권했었는데, 이 영화의 배경은 앨라배마였다. 그러나 가네시의 눈에는 어디든 다 똑같아 보였나 보다.

SUV에서 싸구려 방향제 냄새가 났다.

주차장을 빠져나와, 오마하 시내와 아기자기한 고층 빌딩 숲을 지나 주간 고속도로를 탔다. 주위 풍경은 쭉 뻗은 어두운 도로와 광활한 들판으로 바뀌었다. 드문드문 농가와 뜬금없이 서 있는 풍차가 보였다. 그들은 아무것도 없는 평지를 달렸다.

"꽤 넓네." 가네시가 텅빈 들판을 보며 말했다. "뭄바이에는 남은 땅이 없어. 이제 빈 공간을 찾으려면 위로 올라가는 수밖에 없어."

"그래도 시골 쪽은 좀 낫지 않아?"

"솔직히 말해서 인도 시골은 많이 못 봤어."

맷은 그에게 멕시코 여행에서 있던 일들을 얘기해주었다. 행크와의 기묘한 만남. 무서웠던 숲속의 추격전. 적대적인 멕시코 경찰. 당당한 영사관 직원 칼리타 에스코바르의 등장.

"너 아주 완전 개똥 같은 한 주를 보냈구나." 가네시는 평소보다 더 두드러진 인도식 말투로 말했다.

"그 말 한 번 더 해봐."

"너 아주 완전 개똥 같은 한 주를 보냈구나." 가네시는 씩 웃으며 말했다.

그러고도 1시간을 더 달리자 지평선 위로 아데어의 급수탑이 나타났다. 가네시가 말했다. "다큐멘터리에서 본 거랑 똑같네."

맷은 아데어의 항공 사진으로 시작하는 〈폭력에 물든 세상〉의 첫 장면을 떠올렸다. 그때 다음 출구에서 나가라는 내비게이터의 지시가 들렸다. 가네시는 속도를 줄이지 않고 출구를 탔고, 에스컬레이드는 경사로에서 거의 떨어질 뻔했다.

"장례식 가는 길에 날 죽일 셈이냐." 맷이 말했다.

아데어 시내에 들어가면서, 맷은 창밖을 외면했다. 어린 시절을 보낸 동네에서 느낄 향수나 추억, 그런 것들과 마주하고 싶지 않았다. 맷은 눈을 감고 아데어 모텔에 도착하기를 기다렸다.

모텔의 이름은 이 마을에 딱 어울렸다. 수식어도 없고 건조하고 직설적이었다. 마을에는 파커 식료품점, 설리번 아이스크림, 앤 레스토랑처럼 창업자 이름을 딴 상호의 상점들이 대부분이었다. 그러나 아데어 모텔은 예외였다. 아마 모텔 주인은 저렴한 모텔에 자기 이름을 달고 싶지 않았던 모양이다.

곧 차가 멈춰 섰다.

맷은 눈을 뜨고 창밖을 보았다. "뭐야, 이거?"

그들은 아데어에 딱 하나 있는 술집 파이프 레이어즈의 주차장에 있었다. 샬럿이 살해당하기 전, 맷의 부모님은 가끔 여기 왔었다. 친구의 생일 파티나 축구팀 기금 마련을 위한 것이었다. 금요일 밤이면 주차장이 꽉 찼다. 마을에서 유쾌하게 즐길 수 있는 곳은 여기 하나뿐이었다. "너 한잔해야 할 것 같아서." 가네시가 말했다.

"난 샤워가 더 절실한데."

"야야, 그냥 딱 한 잔이야."

가네시는 절대 한 잔으로 끝나는 법이 없었다. 그러나 맷도 친구와 어울리고 싶었다. 어차피 아데어 모텔은 포시즌즈 호텔 같은 고급진 곳은 아니었다.

"딱 한 잔이다."

"그럼 그럼." 가네시가 말했다. "여기도 내 술집 목록에 올려야겠다."

어떤 사람은 오십 개 주를 전부 다 가보고 싶어 한다. 어떤 사람은 모든 국립공원에서 캠핑을 해보는 게 꿈이고, 또 어떤 사람은 미슐랭 레스토랑을 전부 다 찾아가고 싶어 한다. 그러나 가네시는 온 세상 희한한 술집에 들러 술을 마셔보는 게 목표다. 얼음으로 지은 스웨덴 술집, 우크라이나의 관 모양 술집, 6,000년 된 나무 기둥 안에 지은 남아프리카의 술집, 도쿄의 뱀파이어 바, 여자 속옷으로만 장식된 피렌체 술집 등등. 그의 목록은 계속 채워지고 있었다. 그리고 가네시는 이제 곧 크게 실망할 예정이었다.

파이프 레이어즈는 할리우드 영화에서 볼 법한 전형적인 소도시 술집이었다. 바니시를 잔뜩 칠한 긴 바에 동네 사람들이 늘어지게 앉아 녹슨 거울에 비친 자기 모습을 바라보고 있다. 햇볕에 그을린 농부들, 관개 시설에서 일하는 노동자들, 얼굴이 축 처진 노인들, 술집에서 하루 대부분의 시간을 보내는 사람들. 그러나 높은 테이블과 칸막이 좌석에 앉은 손님들은 좀 더 젊었다. 세련된 커플들, 아데어 수로 개발 회사에서 일하는 사무직 직원들, 캐주얼한 차림의 이십 대 남녀들은 함께 모여 다트와 당구를 즐겼다.

맷이 문을 열고 들어서자 안에 있던 사람들은 모두 하던 일을 멈추고 맷 쪽으로 고개를 돌렸다. 툴룸의 숲속에서 갑자기 조용해졌던 순간이 생각났다. 생물들은 그곳에 속하지 않은 이질적인 것이 출현하면 위협을 느끼고 입을 다문다. 그러나 술집의 정적은 오래가지 않았고, 다시 북적북적한 소음이 돌아왔다.

"깜짝 놀랄 일이 있어." 가네시가 말했다.

맷은 눈을 가늘게 떴다.

술집 뒤쪽에서 낯익은 얼굴들이 나타났다. 언제나 매력적인 칼라가 선두였다. 칼라의 머리 위로 우진이 우뚝 솟아 있었고, 그 뒤로 초록색 군복 재킷 차림의 소피아가 있었다. 맨 마지막 커티스는 아마도 술집 안에서 유일한 흑인이었을 것이다. 누가 봐도 눈에 확 띄는 조합이었다. 가네시는 루빈 홀의 망가진 장난감들을 이곳으로 통째로 옮겨 왔다. 친구들은 만사 제치고 맷을 위해 여기로 달려왔다. 맷은 가슴에 차오르는 감정을 억지로 눌렀다.

"뭐 하러 여기까지 왔어." 맷은 칼라를, 그런 다음 소피아를 포옹하며 말했다. 포옹을 좋아하지 않는 우진과는 주먹을 맞댔고, 커티스의 어깨를 끌어안았다.

친구들은 높은 테이블 두 개에 나누어 앉았다. 가네시와 우진은 맥주 피처를 가지러 갔다.

늘 그렇듯 술집 남자들의 시선이 칼라에게 향했다. 그녀는 그런 시선에 익숙한 것 같았다. 미묘하지만 그렇게 미묘하지만은 않은 남자들의 시선. 어리석지만 또 그렇게 어리석지만은 않은 노인들의 곁눈질.

"와, 옛날식 주크박스네." 소피아는 칼라의 팔을 잡아끌었다. "얘들아, 금방 갔다 올게."

소피아와 칼라는 사람들을 헤치고 자신 있는 걸음으로 주크박스로 향했다. 둘은 얼룩진 유리 패널 위로 몸을 숙이고 손가락으로 무언가를 가리키며 킥킥 웃었다. 곧 술집 안은 AC/DC의 '지옥으로 가는 고속도로'의 경쾌한 서주 리프로 가득 채워졌다. 아버지가 좋아하던 밴드였다. 맷은 목이 메었다.

"너 괜찮아?" 커티스가 물었다.

"비현실적인 기분이야. 여기 이렇게 돌아온 게." 맷은 다시 주크박스 쪽을 바라보았다. 남자 둘이 소피아와 칼라에게 말을 걸고 있었다. 소피아가 남자의 말에 웃었다. 칼라는 그들에게 관심을 두지 않았다. 그녀의 표준 작업 방식이었다.

"다들 언제 왔어? 어떻게 나보다 먼저 왔지?" 맷이 물었다.

"가네시가 오늘 아침 단체 문자를 보냈어." 커티스가 말했다. "걔가 우리들 비행기 표를 다 사고 방도 잡아줬어."

사람들은 흔히 부자는 다르다고 말한다. 가네시는 여러 면에서 볼 때 그렇지 않았다. NYU의 표준에 비추어 보면 오히려 대단히 평범한 축에 속했다. 형편없는 아파트에 사는 성격 좋은 친구. 허구한 날 대마초를 피우고 여자 낚는 데 진심인 놈. 그러나 또 어떤 면에서는 달랐다. 괴짜 기질의 이면을 들여다보면, 그는 단호한 사람이었다. 친구들이 모두 보고 싶어 하는 콘서트가 매진인가? 그럼 가네시는 프라이빗 파티에 뮤지션들을 불러서 연주하게 했다. 친구들이 봄방학을 즐겁게 보낼 여유가 없나? 그럼 비행기를 전세 내고 해변의 별장을 임대했다. 뮤지컬 〈해밀턴〉 티켓? 그거야 쉽지. 고급 레스토랑 예약? 문제없어. 가네시는 물질적인 것은 신경 쓰지 않았다. 그에게 중요한 것은 경험과 우정이었다. 돈은 언제나 있는 것이고, 목적을 위한 수단일 뿐이었다. 확실히 부자들은 다르긴 달랐다.

커티스는 맷을 한참 동안 쳐다보았다. "정말 괜찮은 거 맞아? 뭐든 말하고 싶은 게 있으면, 여기서 나가고 싶으면, 우리가……."

"아냐." 맷이 말했다. "너희를 만나서 좋아. 아무 일도 없는 것처럼 너희랑 이렇게 같이 있는 거, 나한텐 이런 시간이 필요했어."

여자애들이 돌아왔다. "도대체 술은 언제 가져오는 거야?" 칼라는 바 쪽을 쳐다보며 물었다.

"저 남자들이 치근덕거렸어?" 맷이 물었다.

"우린 뉴욕 여자들이라고. 걱정 마세요, 아버님." 칼라가 대답했다.

맷은 미소를 지었다. 그는 동정심보다는 선선한 태도를 더 좋아했다.

소피아가 웃으며 말했다. "저 사람들 이름이 태풍과 번개래. 형 이름은 천둥이라던데. 농담이 아니라 진짜래."

마침내 가네시와 우진이 피처를 하나 들고 자리로 돌아왔다. 우진은 술을 마시지 않는 커티스를 위해 물컵도 하나 챙겨왔다.

그리고 곧 소피아는 최신 정치와 트위터의 만행에 대해 수다를 떨고, 남자들은 스포츠 얘기를 했다. 물론 맷과 칼라는 최고의 영화감독이 누구인지를 놓고 격한 토론을 벌였다. 꼭 친구들과 금요일에 퍼플 헤이즈에서 모인 것 같았다.

"M. 나이트 샤말란은 조던 필에 대면 아무것도 아니지." 칼라가 말했다.

맷이 투덜거렸다. "필이 호러 장르에 활력을 불어넣은 건 인
정. 꽤 영리하게 잘 만들긴 해. 사회적 비평도 잘 엮어 넣고. 하
지만 널 위한 두 단어가 있지. 〈식스 센스〉."

"나도 널 위한 두 단어가 있어. 〈라스트 에어벤더〉. 진짜 무서
운 영화야. 게다가 필은 거만하게 자기 영화에 카메오로 출연하
는 짓은 안 한다고."

"샤말란을 싫어하는 건 그냥 유행일 뿐이야."

"지금 내 견해가 유행을 타는 거라고 말하는 거야?" 칼라는
맷의 시선을 맞받으며 맥주를 한 모금 마셨다. 화가 난 그녀의
예쁜 눈이 반짝거렸다.

"어이, 힘들 좀 빼. 이 바보 같은 논쟁은 내가 2차 맥주와 함
께 돌아올 때까지 정리되길 바란다." 가네시는 이 말을 남기고
다시 바로 향했다.

칼라는 자신이 칼라처럼 굴었음을 깨달은 것 같았다. 맷은
그런 그녀를 안아줄 수도 있을 것 같았다.

"미안해. 내가 너무……." 칼라가 말했다.

맷은 테이블 너머로 손을 뻗어 칼라의 손을 잡았다. "네 견해
가 유행이라면, 그건 네가 그 유행을 시작했기 때문이야."

칼라가 눈을 반짝였다. 마치 맷의 가족에 대해, 둘이 얼싸안
고 울어버릴 것 같은 그런 얘기를 시작하려는 것 같았다. 그러

나 곧 그러면 안 된다는 것을 깨닫고 밝은 표정을 지었다.

"어떻게 그렇게까지 샤말란을 좋아할 수 있는지 모르겠다."

맷은 다시 미소를 지었다. 일리 있는 지적이었다. NYU 영화학과의 고상한 속물들은 M. 나이트 샤말란을 깔보기 때문이었다. 그러나 맷은 샤말란의 영화를 좋아했다. 그의 영화들은 운명을 기반으로 한다. 주인공들은 삶의 모든 것이 어느 하나의 순간으로 이어져 있었음을 알지 못한다. 그러다 갑자기 모든 것이 퍼즐 맞추듯 맞춰지고, 우주 안의 모든 것은 그 안에서 저마다의 목적을 가졌다.

저쪽에서 소란이 일어 맷의 생각을 끊었다. 잘 보이진 않았지만, 곱슬거리는 머리카락이 위아래로 흔들리는 게 보였다. 맷은 곧바로 상황을 파악했다.

"젠장." 맷은 스툴에서 뛰어내려 사람들을 헤치고 달려갔다. 바에서 가네시가 젊은 남자 셋과 마주 보고 있었다. 다른 손님들은 문제를 감지하고 슬금슬금 뒤로 물러섰다.

맷은 가네시의 어깨에 손을 올리고 물었다. "왜, 무슨 일이야?"

가네시는 턱을 내밀고 주먹을 쥐고 있었다. 우진과 커티스도 맷 옆에 나타났다.

"자리로 가자. 그럴 가치도 없어." 커티스가 말했다.

맷과 친구들과 마주 보고 서 있던 일행 중 짧게 깎은 머리에 귀 위로 C자 형태의 흉터가 있는 남자가 리더인 것 같았다. 그가 자기 친구들에게 큰 소리로 말했다. "어이, 너희들 흑인이랑 중국인이랑 테러리스트가 같이 술집에 들어간 얘기 들은 적 있어?"

세 남자는 웃음을 터뜨렸다.

칼라가 맷에게 다가와 속삭였다. "무시해."

칼라의 말을 들어야 한다. 그러나 맷은 참지 못하고 말했다. "한국인이야." 머리에 흉터가 있는 남자가 맷을 쳐다보았다.

"뭐라고?"

"이 친구는 한국인이라고. 중국인이 아니라." 맷이 우진을 올려다보며 말했다.

남자는 어깨를 뒤로 젖히고 맷에게 바짝 다가왔다.

우진이 해결에 나섰다. "우린 문제를 일으키기 원하지 않아요."

남자는 동양인 말투를 흉내 내며 조롱했다. "아, 나는 문제 일으키기 원하지 않아요. 애를 오래오래 사랑해요."

더 큰 웃음.

"야, 너 나랑 밖으로 나가자." 가네시가 맷 앞으로 나서며 말했다. "뭐야, 세멘 브레스와 머핀 탑이 없으면 너무 무서워서 못

나가는 거야?" 가네시는 옆에 선 두 남자를 가리켰다. 이건 영화 〈더 저지〉에 나오는 대사다. 맷은 그 영화를 같이 봐서 알지만, 남자들은 이게 무슨 말인지 알 길이 없었다.

가네시가 머핀 탑이라고 부른 덩치 큰 남자가 바지를 추켜올렸다.

"너한테 아무도 말 안 했어, 이 오사마 빈 얼간아."

맷이 정확한 타이밍에 가네시의 팔을 잡고, 남자에게 달려들려는 가네시를 잡아당겼다.

남자가 싸울 자세를 취했다. 그러나 옆에 선 친구들은 망설이는 것 같았다.

그때 맷은 그들의 얼굴을 기억해냈다. 그는 세멘 브레스에게 인사를 건넸다. "오랜만이야, 스티브. 누나는 잘 지내?"

스티븐 엘리슨은 고개를 떨구었다. 맷과 스티븐은 어릴 때 함께 컵 스카우트 활동을 했었다. 캠핑도 가고 서로의 집에도 자주 놀러 갔었다. 스티브의 누나는 심각한 장애가 있어 휠체어를 사용했고, 혼자서 음식을 먹을 수 없었다.

"응, 잘 지내." 스티브는 겸연쩍은 얼굴로 맷을 바라보았다.

"그리고, 네이트. 넌 아직도 야구 하니?" 가네시가 머핀 탑이라고 불렀던 남자는 어린이 야구 팀의 스타였다.

네이트 역시 당황해서 고개를 숙였다.

그러나 리더는, 낯익긴 한데 확실히 기억나지 않았다. "너희 겁쟁이들은 향수에 젖어도 되지만, 이 개새끼는." 그는 손가락으로 맷의 가슴을 찔렀다. "이 새끼랑 그 유대인 영상 제작자들은 우리를 전부 진흙탕 속으로 끌고 들어갔단 말이야. 그래 놓고 이렇게 '우리' 술집에 아무 일도 없다는 듯 들어와도 된다고 생각하는 거야?"

"난 그 다큐멘터리에 안 나왔어." 맷이 말했다.

"너나 네 거지 같은 식구들이나."

맷은 피가 뜨거워지는 것을 느꼈다. 지난 몇 년간 힘겹게 파묻어놓은 분노가 다시 수면으로 올라왔다. "내 가족에 대해서 한마디만 더 해봐. 그랬다간 스티브와 네이트가 널 들것에 싣고 나가야 할 거야."

모여 있던 사람들이 양쪽으로 흩어졌다. 짙은 색 머리카락의 젊은 여자가 그 틈새로 나타났다. 그녀는 곧장 리더에게 걸어가 앞을 가로막아 섰다.

"리키 오빠, 도대체 뭐 하는 거야? 엄마한테 얘기해야 되겠네 ……." 그녀는 말을 끊고, 돌아서서 맷과 친구들을 뚫어져라 노려보았다. "이 사람한테 손가락 하나라도 대면 너희들 살인죄로 처벌받을 거야. 오빠 머릿속에는 철심이 있어. 건드리기만 해도 죽어." 그녀는 맷을 똑바로 쳐다보며 말했다.

“판단 잘해.”

맷은 믿을 수가 없었다. 그토록 오랫동안 언덕에서의 그 밤을 생각했는데. 그 짜릿했던 첫 키스를 생각했었는데. 그녀였다. 제시카 휠러. 맷이 멍하니 서 있는 동안 사람들은 흩어졌다. 제시카는 리키, 스티브, 네이트를 데리고 테이블로 돌아가 연신 그들에게 손가락질을 했다. 몇 초만에 그녀는 상황을 정리하고 모두를 부끄럽게 했다.

맷도 테이블로 돌아가서 제시카가 세 남자를 나무라고 오빠를 뒤쪽 사무실로 데려가는 모습을 지켜보았다. 제시카는 여기 직원인가 보다. 맷은 리키 휠러에 대한 막연한 기억을 더듬었다. 리키는 대니와 같은 미식축구 팀 선수였지만 특별히 둘이 가까운 사이는 아니었다. 리키는 그때와는 많이 달라 보였다. 나이가 들고 몸집이 커진 것 말고도, 얼굴이 조금 느슨해 보였다. 처음엔 술을 많이 마셔서 발음이 꼬인다고 생각했던 것도 어쩌면 머리 부상 때문일 수도 있겠다. 맷은 사무실 문을 바라보며 제시카가 나오기를 기다렸다.

“저기요.” 칼라가 맷의 얼굴 앞에서 손가락을 튕기며 말했다.

맷이 설명하려는데 막 휴대전화가 울렸다. 켈러 수사관의 번호였다. 그는 전화를 받았다.

“맷, 켈러야.” 그 이후로는 켈러의 말을 알아들을 수가 없었다. 통화 상태도 좋지 않았고 술집 안도 시끄러웠다.

"잘 안 들려서요. 잠깐만요." 맷은 한쪽 귀를 손가락으로 막고 사람들을 헤치고 나갔다.

"이제 들리니?" 켈러가 물었다.

맷은 밖으로 나갔다. 문 앞에서 담배 피우는 남자 둘을 지나쳐 가로등 하나가 켜진 주차장으로 향했다. 텁텁한 실내를 벗어나 신선한 공기를 마시니 좋았다. "네, 죄송해요."

"괜찮아. 멕시코에서 문제가 좀 있었다던데."

"그렇게도 말할 수 있겠죠."

"칼리타 에스코바르의 말로는 지역 경찰관하고 싸웠다던데. 괜찮아?"

"전 괜찮아요. 그냥 거지같은 하루였어요."

"상상이 간다." 켈러는 잠시 멈췄다. "내일 그쪽에 갈 것 같은데. 잠깐 만날 수 있을까?"

"아, 저 지금 뉴욕 아니에요. 항공편을 바꿔서 네브래스카로 왔어요."

"알아. 나도 지금 아데어에 왔어. 내일 아침에 만나면 어때? 큰길에 보니 식당이 있던데. 거기서 같이 아침 먹을까?"

"좋죠. 하지만 이해가 안 가는데요. 왜 여기까지 오셔서……."

"내일 다 얘기해줄게. 하지만 지금 당장 물어봐야 할 게 있어.

실은 이런 건 묻고 싶지 않았는데.”

맷은 기다렸다.

“부검을 할까 해.”

“부검요?” 맷은 이 말을 곱씹어봤다. “저는…… 가스 누출이라고 해서…… 멕시코 경찰은 수사를 종결했다던데요. 이해가 잘…….”

“약속할게, 맷. 내일 자세히 설명해줄게. 하지만 링컨 현장 사무소에 추가 인력을 보내야 하는지 알려줘야 해서.”

“이해가 안 가요.” 맷의 마음은 요동쳤다. “앞뒤가 안 맞잖아요. 왜 부검까지…….”

“맷, 이 얘기는 편안하게 할 방법이 없겠다. 이 사고가 범죄일 가능성을 보여주는 증거가 있어.”

맷은 다리가 풀리는 것을 느꼈다. 자신도 모르게 폐에서 공기가 가느다랗게 새어 나왔다.

“듣고 있니? 맷?”

“네. 좋아요. 부검은 동의할게요.”

“고마워. 이모가 장례식을 일요일로 잡았다고 알고 있어. 그래서 검시 팀이 내일까지는 부검을 끝낼 거야. 최고 우선순위를 올렸어.”

맷은 간신히 전화기를 붙잡고, 억지로 생각을 정리했다. 가족이 차가운 스테인리스 테이블 위에서 해부되는 모습은 애써 머릿속에서 떨쳐버렸다.

"그리고, 맷."

맷은 대답하지 않았다.

"정말 유감이다."

맷은 전화를 끊었다. 그는 낡은 술집 앞에 있었다. 갈라진 벽 틈으로 노랫소리가 새어 나왔다. 이유는 모르겠지만, 그의 생각은 칼라와 조던 필과 나이트 샤말란과 영화 속 인물들의 운명으로 두서없이 흘러갔다.

그러다 불현듯 그 생각이 떠올랐다. 그래서일 것이다. 그래서 그가 살아남은 것이다.

가족에게 무슨 일이 일어났는지 알아내기 위해.

36장

올리비아 파인

이전

"엄마도 엄마가 보고 싶어요?" 토미가 물었다.

리브는 미소를 지었다. 그녀는 가족 묘역 뒤쪽에 있는 어머니의 흰 대리석 묘비를 바라보며 그날을 떠올리고 있었다. 추운 겨울날 아침이었다. 리브는 그때 열 살이었다. 바람이 눈물 젖은 뺨을 할퀴었다. 리브는 사람들이 땅속으로 관을 내리는 것을 지켜보고 있었다. 오늘은 태양이 환히 빛나 가족 묘역이 그렇게 음울해 보이지 않았다. 오래된 나무들이 그늘을 넉넉히 드리우고, 작은 미국 국기와 꽃들이 무덤들을 예쁘게 장식하고 있었다. 묘역은 잘 관리되고 있었다. 땅속에 묻힌 수백 구의 죽은 사람들만 아니면 피크닉을 하기 딱 좋을 만한 곳이었다. 리브의 조상들은 100년도 더 전에 이 고즈넉한 가족 묘역을 꾸몄었다.

"매일 보고 싶지." 리브는 어머니 무덤 옆 빈자리를 바라보았다. 조만간 아버지가 곧 어머니를 만나 이 자리를 채우겠지. 리브의 가슴에 슬픔이 스쳤다.

"엄마가 죽으면 나도 엄마 보고 싶을 거예요." 토미가 말했다.

리브는 몸을 굽혀 아이의 아름다운 회청색 눈을 들여다보았다. "엄마 죽을 걱정은 안 해도 돼."

"약속해요?"

리브는 망설였다. 할머니 묘지에 와서 토미가 겁을 먹은 게 분명했다. 그녀는 아이를 안심시키고 싶었다. 그러나 절대 죽지 않는다는 약속은 할 수 없었다.

"엄마는 머리가 하얗게 센 할머니가 될 거야." 리브는 일어서서 허리를 굽히고 비틀거리며 걷는 시늉을 했다. "그럼 네가 엄마 걸음마를 도와줘야 할걸."

토미는 키득거렸다. "나 거의 죽을 뻔했었죠. 그죠, 엄마?"

음, 죽음 얘기를 멈추질 않네. 아이를 이런 데 데려온 대가다. "아니. 네 바보 같은 맹장이 밖으로 나오고 싶어 해서 그랬던 것뿐이야." 그녀는 아이의 배를 간지럽혔다.

사실은, 소아과 의사가 신호를 놓친 것이었다. 의사는 토미의 복통을 단순한 변비로 착각했다. 맹장이 파열되어 생명이 위태로운 상황이었는데, 설상가상 병원에는 토미의 희귀 혈액형과 일치하는 혈액이 충분하지 않았다. 리브는 그때의 공포를 생생히 기억했다. 에반이 공황에 빠져 병원으로 달려왔던 것도. 두 사람은 입 밖으로 꺼내지는 않았지만, 같은 생각을 했었다. *왜 우리에게 이런 일이?*

토미는 오른쪽 아랫배에 난 흉터를 문질렀다. 그러고 나서 곧 질문 세례가 이어졌다. *죽으면 어디로 가요? 왜 죽은 사람을 땅에 묻어요? 벌레들이 시체를 먹는 거예요? 난 언제 죽어요? 아빠는? 매기 누나는? 맷 형은?* 토미는 대니에 대해서는 묻지 않았다. 사실 놀랄 일은 아니었다. 토미는 대니를 직접 만난 적이 한 번도 없었다. 대니는 동생들의 면회를 한사코 반대했다. 토미는 대니의 사진만 보았고, 잘못한 것도 없는데 어쩌다가 교도소에 가게 되었다는 정도로만 알고 있었다. 그러니 토미에게 큰형은 이를테면 이야기책의 등장인물 같은 것이었다. 에반 파인이 꾸며내는 우화나 전설에 나오는 영웅 같은 존재.

"아이스크림 먹을래?" 리브는 화제를 돌리고 싶었다.

설리번 아이스크림 가게에서 토미의 팔 위로 녹은 아이스크림 방울이 떨어지는 것을 바라보며, 리브는 아들의 질문을 계속 곱씹었다. 최근에 그녀는 죽음에 대한 생각을 많이 하고 있었다. 그러나 그건 아무래도 나이를 먹어가고 있다는 증거일 테고, 어쩌면 아버지 때문일 수도 있었다. 지난 연휴 때 에반과 맷이 심하게 싸웠고 여전히 냉전 중이라 그럴지도 모르고. 어쩌면 대법원이 대니의 항소를 기각해서일 수도, 매기가 고등학교를 졸업하고 곧 집을 떠나 대학에 가야 해서 그럴 수도 있었다. 어쩌면 이 마을이, 그녀의 고향이, 그녀를 싫어한다는 것을 알고 있어서 그런 것일 수도.

아이스크림 가게 안을 둘러보았다. 작은 원형 테이블에 손님 두 명이 앉아 있었다. 아무도 그들에게 관심을 보이지 않았다. 카운터 뒤의 소녀는 열다섯 살쯤 되어 보였다. 그러니 그 다큐멘터리는 아예 모르거나 대수롭지 않게 여겼을 것이다.

〈폭력에 물든 세상〉은 축복이자 저주였다. 이 다큐멘터리 덕분에 무료 변호에 나선 유명 변호사들을 포함해서 대니를 돕고 싶다는 사람들을 결집할 수 있었다. 그러나 동시에 그녀의 가족을 이 세상의 추잡한 사람들, 증오로 가득 찬 사람들 앞에 노출시키는 역할도 했다. 그들 대부분은 컴퓨터 화면 뒤에 앉아 세상으로부터 받은 독을 그들에게 뿜어내는 중년 남성들이었다.

어제 만났던 화이트 경관을 생각했다. 증오가 이글거리던 그 눈빛. 글렌 엘모어가 나타나지 않았다면 무슨 일이 벌어졌을까? 바보 같은 대처였다. 그 여잔 그저 겁을 주려 했던 것뿐인데. 리브의 가족은 아데어에서 4대째 살고 있으니 마을 사람들

338

이 그녀를 좀 너그럽게 봐주리라 기대했었다. 그러나 사람들은 무자비했다. 언니가 이곳에 남기로 선택한 것이 놀라울 지경이었다. 리브는 아버지가 이 끔찍한 상황을 영영 모르기를 바랐다. 아버지도 리브처럼 아데어를 사랑했으니, 이 지경이 된 걸 알면 절망할 것이다.

어머니 무덤 옆 빈자리가 생각났다. 그녀도 언젠가 그 묘역에 묻힐까? 유언장에는 그렇게 써놓았다. 에반의 유언장에도. 그러나 그 유언장은 아이들이 어릴 때 쓴 것이었다. 대니가 체포되고 수감되기 전. 〈폭력에 물든 세상〉이 나오기 전에.

세상은 그 이전과 이후로 나뉘었다.

리브의 세상은 그보다 더 은밀하게 나뉘어 있었다. 노아와의 불륜 이전과 이후. 대니가 체포되고 난 후, 그녀는 노아를 과거로 접어두기로 맹세했었다. 그와 절대 단둘이 있지 않겠다고, 심지어 말도 걸지 않겠다고. 와인을 너무 많이 마셔 벌어진 실수였다고, 중년의 위기 때문이라고 스스로 변명했었다. 궁색한 변명이었다. 리브는 이런 삶을 선택했었다. 사회적 경력을 내려놓고 소도시에서 단란한 가정을 꾸리기로. 그러나 아이들이 성장하고 손이 덜 가게 되면서, 그리고 육아에 매몰되어 에반과의 관계가 서먹해지면서, 리브는 그때 다른 선택을 했다면 누렸을 수도 있는 인생을 머릿속에 그려보기 시작했다. 아직은 그래도 매력적인 외모지만, 그래도 젊은 시절로 돌아갈 수는 없었다. 게다가 머리카락도 점점 회색으로 물들고 있었다. 인정하고 싶지 않았지만, 리브에게 외모는 언제나 그녀를 정의하는 중요한 일부였다. 아름다움이 시들면 어떻게 될까? 아이들은 언제 떠날까? 그런 고민에 잠겨 살던 그녀는 하고많은 장소 중에서도 하필이면 슈퍼마켓에서 우연히 노아를 만났다.

흔히 일이 일어나려면 연쇄적으로 일어난다고들 한다. 그 일은 정확히 한 달 동안 지속되었다. 리브가 노아의 사무실을 찾아가면 그는 그녀를 마호가니 책상 위에 눕혔다. 십 대 때 데이트하러 자주 갔던 옥수수밭에 차를 세우고, 그녀는 그의 위에 올라탔다. 노아가 링컨으로 출장을 오면 리브는 그의 호텔로 슬그머니 찾아갔다. 솔직히 말하자면 그녀는 그런 아슬아슬한 스릴도 즐겼다. 노아는 사별하고 싱글이었지만, 부지사가 유부녀와 관계를 갖는다는 건 보수적인 네브래스카에서는 용납할 수 없는 스캔들이었다. 리브 역시 모든 것을 잃을 수도 있었다.

어떤 면에서 보면, 그녀는 모든 걸 잃었다.

샬럿이 살해당하던 밤, 에반은 출장 중이었다. 리브는 호텔에서 노아를 만나 관계를 정리하자고 했다. 그들은 새벽 3시까지 얘기했다. 노아는 리브에게 남편을 떠나라고 끈질기게 설득했다. 그러나 그녀는 물러서지 않았다. 불륜은 환상일 뿐이다. 노아는 아내의 죽음 이후 상실감과 외로움을 느꼈고, 리브는 가정 안에서 상실감과 외로움을 느꼈던 것이다. 그래도 그녀는 가족을 사랑했고 에반을 사랑했다.

다음 날 아침, 잠에서 깼을 때 노아는 없었다. 그녀의 삶을 바꿔놓은 그 하우스 파티의 뒤처리를 하러 먼저 떠난 것이었다. 리브는 에반의 귀가에 맞춰 집에 도착하려고 서둘렀고, 매기가 건 전화를 무시했다. 집에 도착했더니 매기가 밖으로 뛰어나와 경찰이 대니를 데려갔다고 말했다.

리브는 에반에게 고백할 생각이었다. 경찰이 묻는다면 경찰에게도 전부 다 말할 생각이었다. 그러나 한편으로는 그런 상황에서 가족이 그녀의 배신까지 감당하기엔 너무 버거울 거란 생각도 들었다. 게다가 일이 그렇게 되려니, 수사관들은 그날 밤 리브가 어디 있었는지 한 번도 묻지 않았다. 굳이 물을 이유가 있겠는가? 대니가 혼자 경찰서에 들어간 그 순간 그들이 필요한 건 모두 얻었는데.

리브는 결코 스스로를 용서하지 않았다. 노아 브라운과는 다 끝났다고 굳게 맹세했다. 다시는 그에게 말도 걸지 않겠다고. 단둘이 있는 일은 결코 없을 거라고. 신께 약속했다. 대니만 풀어주신다면, 절대, 절대로 다시는……

그러나 지금, 리브는 노아와 데이트하던 시절 함께 갔던 이탈리안 레스토랑에서 오늘 밤 그를 만날 계획을 세우고 있다. 가지 않을 방법이 없지 않은가? 그토록 간절히 맹세했어도 아들은 풀려나지 않았다. 에반과의 관계도 회복되지 않았다.

그때 전화벨이 요란하게 울렸다. 리브는 화들짝 놀랐다. 화면에 남편 이름이 보였다.

"어, 여보. 우리가 사랑하는 그 마을은 어때?" 에반의 목소리가 기분 좋게 들떠 있었다. 최근에는 그런 적이 드물어 의아했다.

"지금까지는 기묘하게 흘러가고 있어." 리브는 아이스크림 가게 안을 둘러보며 말했다.

"그래? 전화 못 받아서 미안해. 문자 보니까 당신이 아버님 문제를 해결한 것 같던데. 별일 없어?"

"응. 괜찮아. 나중에 자세히 설명해줄게. 지금 설리번 아이스크림 가게에 있어."

"아데어는 별로 그립지 않은데, 거기 록키로드는 그립네."

리브는 대답하지 않았다. 지금 향수를 느낄 기분이 아니었다.

"당신 괜찮은 거 맞아?" 에반이 물었다.

그녀는 쓴 약을 삼키기로 결심했다. "노아를 만났어."

"그래?" 에반은 아무렇지 않게 대답했다.

리브는 노아가 요양원 문제를 해결해준 경위를 설명했다.

"거 참 잘됐네."

"그것만이 아니야. 노아가 주지사로 지명될 거 같아."

"그게 무슨 소리야? 어떻게…….."

"터너가 기소될 것 같아. 그 두꺼비 같은 놈. 미성년자 소녀들이랑 지저분한 일에 얽혀가지고. 당신이 몰랐다니 그게 더 놀라운데. 여기 뉴스에 온통 도배되다시피 했어."

"자업자득이지, 뭐." 에반이 말했다. "노아가 우릴 도와줄까? 당신 생각엔 그 친구가……." 에반은 '사면'이라는 말을 입 밖에 내면 재수가 없을 것처럼 조심스럽게 말끝을 흐렸다.

"모르겠어. 노아가 오늘 저녁 식사에 초대했어. 그 사람 아들이랑, 신디랑 토미도 같이." 리브는 재빨리 덧붙였다.

"누구든 그 친구를 설득할 수 있는 사람이 있다면 그건 당신이야." 에반이 말했다.

리브는 이 말에 어떻게 대꾸해야 좋을지 몰랐다. 그래서 주제를 바꾸기로 했다. "그건 그렇고, 매기 말이 당신한테 멕시코 얘기를 물어보라던데?"

"아, 그 조그만 고자질쟁이 같으니. 내일 당신이 돌아오면 말하려고 했는데. 우리 작은 꼬마하고 통화 좀 해도 될까?"

"그래. 잠시만." 리브는 토미에게 휴대폰을 건넸다. "토미, 아빠야."

전화를 받은 토미는 잠시 아빠 말을 듣더니, 갑자기 놀라는 표정을 지었다. "정말요? 바닷가에 가요? 비행기 타고?"

리브는 에반이 봄방학 여행을 예약해놓았음을 알게 되었다. 그럴 만한 형편이 아닐 텐데. 그래도 잠깐의 여유를 갖자는 아이디어는 좋았다. 가족 여행은 정말 오랜만이었다. 게다가 매기도 그렇게 열심히 공부했으니 놀 자격이 충분히 있었다.

"멋져요! 나도 아빠 사랑해요." 토미는 휴대전화를 다시 리브에게 내밀었다.

"무슨 얘기야?" 리브가 에반에게 물었다.

"곧 알게 될 거야."

좀 더 캐묻고 싶었는데, 누군가의 시선이 느껴졌다. 화장이 번지고 머리는 흐트러진 중년 여자가 묘한 눈빛으로 리브를 노려보고 있었다.

"가야겠어." 리브가 말했다. "매기는 괜찮아? 매기가 건 전화를 몇 번 놓쳤는데."

"맥파이는 아주 잘 지내. 걔한테 프로젝트를 하나 줬어."

항상 그놈의 프로젝트. 에반에게 매기와 함께 시간을 보내라고 말하고 싶었다. 영화를 보러 가거나 근사한 데 가서 저녁을 먹거나. 대니와 관련된 '프로젝트' 말고 다른 걸 좀 하라고.

"저기, 리브." 에반이 진지한 목소리로 말했다.

"응?"

"미안해."

"뭐가?"

"그냥, 전부 다."

도대체 무슨 일이 일어나고 있는 거야? "당신 괜찮아?"

"최고야." 에반이 말했다.

리브는 토미의 손을 잡고 아이스크림 가게를 나섰다. 아이의 손은 끈끈하고 더러웠지만 상관없었다. 아이가 없는 사람은 절대 이해하지 못할 것이다. 토미에 관한 것이라면 리브는 그 무엇도 전혀 역겹지 않았다.

둘은 중심 상가를 따라 걸었다. 소녀 시절이 생각났다. 그 시절 아이들은 집 밖에서 더 많은 시간을 보냈다. 들판을 달리고, 개울에서 낚시를 하고, 자전거를 타면서. 렌터카는 약국 앞 인도에 세워놓았다. 토미는 금 밟지 않기 놀이를 한다면서 엄마 팔에 매달려 보도블록 틈새의 공격을 피해 이리저리 건너뛰고 있었다. 그래, 어차피 다른 사람에게 피해가 가는 일도 아니잖아. 내 팔이 빠질 위험 같은 건 신경 쓰지 말자.

차 앞에서 가방을 뒤져 열쇠를 찾았다. 한 손은 여전히 토미에게 잡혀 있어서 몸을 틀어 반대쪽 손으로 가방을 뒤져야 했다. 한참을 그렇게 찾다가 마침내 차 키를 꺼냈다.

고개를 들자 바로 옆에 여자가 서 있었다. 아이스크림 가게에서 본 그 미친 여자였다. 너무 바짝 다가와서 찻잔 받침처럼 퍼진 동공이 보였다. 리브는 소스라치게 놀랐다.

"당신이 여기 왔다고들 하더라고요." 여자가 눈을 몇 번 깜박거리며 쉰 목소리로 말했다.

토미의 손을 꼭 잡고, 리브는 토미와 여자 사이를 가로막고 섰다.

"실례합니다." 리브는 여자를 자극하지 않으려고 공손하게 말했다.

"나의 로니는 좋은 경찰이었어요. 그이는 자살하지 않았어요."

아, 맙소사. 그 경찰의 아내구나. 리브는 차 키 버튼을 누르고 돌아서서 토미를 안아 들었다. "죄송해요. 저희가 가야 해서요."

리브는 여자의 시선을 피하며 한 손으로 문을 열고, 토미를 안전하게 차에 태운 후 문을 잠갔다. 어린 아들의 안전 때문에 느꼈던 두려움은 이제 분노로 바뀌었다. 처음엔 식료품점의 대니엘 파커였고, 어제는 그 경찰이었고, 오늘은 미친 여자다. 이 빌어먹을 마을과 미치광이 같은 주민들. 정말이지 질릴 대로 질렸다. 리브는 여자를 매섭게 노려보았다.

그러나 가까이에서 여자를 살펴보니 분노가 서서히 사그라졌다. 샘슨 형사의 아내는 늙고 초라한 행색이었고, 눈빛은 슬퍼 보였다.

"남편 분 일은 안됐어요." 리브는 이렇게 말해놓고도 진심은 아닌 것 같아서 부끄러웠다. 론 샘슨은 대니를 심하게 몰아붙인 형사였다.

여자는 가방을 뒤적거렸다.

"사람들이 나보고 미쳤대요. 내 말은 들어주지도 않아요." 여자의 숨에서 알코올 냄새가 났다. 그러나 단순한 술 냄새는 아니었다. 아마 알약이나 진통제 같은 것도 섞여 있겠지.

"하지만 나의 로니는 자살하지 않았어요."

"저 정말로 가야 해서요." 리브는 조심스럽게 운전석 쪽으로 갔다. 토미는 창문에 코를 박고 지켜보면서 엄마에게 손을 흔들었다.

여자의 목소리가 점점 높아졌다.

"미안해요." 리브는 간신히 이 말만 뱉었다.

"론도 미안해했어요." 여자가 말했다. "자기가 한 일에 대해서 미안하다고 그랬어요. 당신 아들한테 일어난 일에 대해서요. 자기가 다 바로잡을 거라고 말했어요."

이 말이 리브의 귀에 꽂혔다. 도대체 이 여자가 지금 무슨 말

을 하는 거야? 론 샘슨은 대니를 몰아붙여 허위 자백을 이끌어
낸 사람이었는데.

"그이가 영화 만드는 사람들이랑 미팅 날짜도 잡아놨었어
요." 여자는 말을 이었다. "그 사람들한테 다 말하려고 했어요.
그랬는데…… 그랬는데……." 그녀는 다시 울기 시작했다. "그
이는 자살하지 않았어요. 날 두고 갈 리가 없어요."

여자는 다시 가방을 뒤지기 시작했다. 리브는 순간적으로 그
녀가 총을 꺼내는 게 아닐까 두려웠다. 그러나 가방에서 나온
것은 구겨진 마닐라 봉투였다.

"로니는 이게 모든 걸 증명할 거라고 말했어요." 여자는 파일
을 리브의 손에 쥐여주었다. "당신 아들 일은 정말 미안해요."

그 말을 남기고, 샘슨 부인은 달아났다.

37장

에반 파인

이전

에반은 리브가 '그 친구'와 함께 저녁 식사를 한다는 말을 애써 무심히 받아들였다. 리브는 대니를 위해 그러는 것이다. 노아도 그런 마음이겠지. 물론 노아의 이타주의는 언제나 그 자신의 이익을 위하는 경향이 있긴 하다. 지금까지 노아가 대니의 무죄를 열심히 지지해왔다는 건 인정한다. 그러나 대니를 지지하면서 노아의 정치적 위상은 올라갔고 유명인의 반열에 오르게 되었다. 그러면서 그날 밤 파티 주최자가 그의 아들이었고, 바로 노아의 집에서 그 파티가 열렸다는 사실은 사람들의 관심에서 멀어졌다.

대니가 체포되기 전에는, 에반은 노아 브라운에게 아무런 감정이 없었다. 리브도 노아를 그저 인기 많고 능력 있는 정치가로 대하고 있다고 생각했다. 그러나 미처 깨닫기도 전에 에반과 리브는 사이가 멀어졌고, 노아는 누가 보더라도 카리스마 넘치는 잘생긴 남자였다. 그리고 정말 솔직히 말하자면, 에반은 스스로를 많이 방치했다. 이제 에반은 어쩔 수 없이 그 남자를 질투할 수밖에 없었다. 리브에게 다시 전화해서 이렇게 말하고 싶었다. *안 돼. 가지 마. 그 자리에 나가지 말라고.* 리브와 통화하면서 에반은 가지 말라고 말해주기를 바라는 리브의 마음을 어렴풋이 읽었다. 리브를 위해 싸워주었으면 하는 마음. 다른 무엇보다도, 심지어 아들의 사면보다도 그녀를 더 소중히 여겨주기를 바라는 마음. 아마 지금쯤 리브는 낙심했을 것이다.

에반은 휴대전화를 집었다. *해. 전화하라고.*

그러나 그때 문가에서 찰랑거리는 열쇠 소리가 났다. 매기가 부엌으로 들어왔다. 눈이 반짝거리는 것이 들떠 있는 것 같았다.

"어이, 맥파이. 방금 엄마가 전화했는데."

"할아버지는 어떠시대요?"

"여전히 문제가 있지. 하지만 적어도 요양원에는 계속 계실 수 있게 되었다더라."

"엄마한테 여행 얘기는 하셨어요?"

"아니, 안 했어. 하지만 분명히 누군가는 얘길 흘린 것 같
던데."

매기는 얼굴을 붉히고 소심하게 미소를 지었다. "나 안 일렀
어요. 그냥 엄마한테 아빠랑 멕시코 얘기를 해보시라고만 했죠.
엄마가 뭐라세요?"

"별말 없었어. 나도 자세히 얘기 안 했고. 그냥 놀랄 일이 있
다고만 했다. 걱정하지 마, 괜찮을 거야."

"과연 그럴까요?" 매기는 부엌 조리대로 다가와 아빠 옆 스툴
에 앉았다.

"뭐가 그럴까요야?"

"괜찮겠냐고요. 이거 좀 미친 짓 같아요."

에반이 웃었다. "세상의 기대에 부응해야지."

매기는 웃지 않았다. 다큐멘터리가 에반을 미친 사람처럼 묘
사한 것이 매기에게는 못내 마음 아픈 일이었다.

에반은 매기를 바라보았다. 이토록 놀라운 아이가 그의 딸로
이 세상에 와주었다는 사실에 감탄하면서. 그는 언제나 매기가
특별한 아이라는 걸 알았다. 매기가 아기였을 때부터 리브는 두
사람의 어린 딸이 '매우 특별한' 마음을 가지고 있다고 말하곤
했다. 그리고 이 아이가 변함없이 멋지게 성장하는 모습을 보면
서 그의 마음도 뿌듯한 자부심으로 채워졌다. 어찌 보면 이것은

양육의 거대한 미스터리였다. 이 작은 아이들은 어떤 사람으로 자라날까? 아기 때 예상대로 그대로 성장할까? 어디선가 읽은 것처럼 사람의 성격은 일곱 살 전에 형성되는 것일까? 아이들에게 심어주려고 노력했던 도덕성이 커서도 그대로 유지될까? 아니면 반전이 있나? 리브가 그토록 좋아하는 범죄 소설에 어울리는 그런 반전이.

"아빠는 안 미쳤어요." 매기가 그의 생각을 끊으며 말했다.

에반은 결이 다른 감정을 느꼈다. 그는 딸을 정말로 사랑했다. 어제 입안에 욱여넣었던 알약들을 생각했다. 이 아이를 두고 어떻게 그런 짓을 할 생각을…….

"여행 가기 전에 이것부터 좀 보세요." 매기는 가방에서 노트북 컴퓨터를 꺼내 조리대 위에 올려놓았다. "이걸 보고 난 뒤에도 여전히 멕시코에 가셔야겠다면, 더 이상은 안 말릴게요."

에반은 호기심이 동했다. "알겠다. 이게 뭔데?"

매기가 노트북 자판을 두드렸다. 동영상이 화면에 떴다. 매기가 동영상을 재생시키자, 에반은 심장이 목까지 치밀어 오르는 기분이었다.

샬럿. 살아 있는 샬럿이었다. 샬럿이 컴퓨터 모니터들 앞에 서 있다. 그런데 옷차림은 낯익다. 그렇다. 샬럿은 매기와 똑같은 스웨트셔츠를 입고 있었다.

동영상 속 샬럿이 말했다. "아빠, 저예요. 샬럿처럼 보이겠지만, 저예요. 내가 토비의 차고에서 이런 걸 만들 수 있다면, 아빠에게 전화를 건 사람도 똑같이 만들 수 있었을 거예요."

시즌 1 / 제9화
'스매셔'

인서트—지역 뉴스 클립

기자가 철조망을 친 교도소 담장 앞에 서 있다.

기자

바비 레이 헤이즈는 일곱 명의 여성을 살해한 혐의에 대해 유죄를 인정했고, 검찰은 이를 바탕으로 사건을 종결했습니다. 그러나 스매셔 바비 헤이즈에게 희생된 사람이 더 있는지는 여전히 의문입니다. 교도소 측은 헤이즈를 직접 면회하는 것은 허락하지 않았지만 대신 전화 통화는 허용했습니다. 시청자 여러분이 앞으로 들으실 내용은 대단히 불쾌할 수 있으며 어린 시청자에게는 적합하지 않다는 것을 미리 경고드립니다.

화면 전환. 사무실 스피커폰 앞에 앉아 있는 기자.

헤이즈

(O.S.)

내가 걔들한테 무슨 짓을 했는지 알고 싶어요?

기자

아뇨. 저는 다른 희생자가 있는지 묻고 싶습니다.

헤이즈

내가 열 살 때, 엄마 남자 친구가 날 플레인스빌 기차 선로 옆에 있는 낡은 창고에 데려가주었어요. 엄마는 무척 좋아했죠. 꼭 나한테 아빠가 생긴 것 같았거든요.

기자

그 사람이 트래비스 페긴이었나요?

헤이즈

트래비스는 마리화나랑 맥주를 가져왔어요. 멜론도 봉지 가득 담아 오고요. 나는, 멜론을 뭐에다 쓰려고? 이런 생각을 했죠.
그런데 5층 지붕으로 올라가서, 멜론이랑 맥주병을 아래로 떨어뜨리는 거예요. 뭐 무슨 옛날 심야 토크쇼에서 들었다나 하면서. 우리는 병이랑 멜론이 시멘트 바닥에 부딪혀 산산조각 나는 걸 보고 막 웃었어요. 재밌었죠. 근데 트래비스가 다른 게임을 하고 싶어 했어요…….

기자

트래비스 페긴은 당신이 열두 살 때 실종됐어요.

헤이즈는 전화에 대고 킥킥 웃는다.

헤이즈

아직도 못 찾았어요?

기자

혹시 당신이……?

헤이즈

그래서 첫 번째 소녀를…… 걔는 학교에서 집으로 자전거를 타고 가던 중이었어요. 걔를 내가 데려간 거예요. 걜 지붕에서 던져버리기 전에 내가 뭘 했는지 알고 싶어요?

기자

나는 다른 희생자가 있는지 묻고 싶은 겁니다. 당신에게 기회를 주려고…….

헤이즈

정말 어리고, 정말 부드러웠어. 걘 이해하지 못하더라고…….

뒤쪽에서 간수의 목소리가 울린다.

간수

(O.S.)

어이, (삐 소리) 바지 입어, 이(삐 소리)!

고함 소리가 더 들린다.
전화가 끊기고 신호음이 울린다.

38장

맷 파인

예상대로 아데어 모텔의 침대는 딱딱했다. 맷은 시트를 몸에 감고 이리저리 뒤척였다. 켈러와의 통화, 술집에서 벌인 실랑이, 생각이 두서없이 흐르다가 제시카 휠러에게까지 이르렀다. 맷은 플라스틱 알람 시계 쪽으로 시선을 돌렸다. 오전 2:34.

밖에 나가서 좀 뛸까. 아니다. 다시 자려고 노력해보자. 그러나 자기엔 신경이 너무 곤두서 있었다. *범죄 가능성.* 켈러 수사관이 그렇게 말했다. 그 말이 잘 이해가 안 갔다. 도대체 누가 그의 가족을 죽이고 싶어 한단 말인가? 멕시코에 돈을 많이 가져가지도 않았을 텐데. 게다가 그런 어린아이를 누가, 왜 죽인단 말인가? 어쩌면 켈러가 답을 알고 있을지도 모르겠다. 아침에 만나기로 했으니까.

그다음엔 할아버지를 만나러 갈 것이다. 이모와도 함께 시간을 좀 보내고.

갑자기 노크 소리가 들렸다. 맷은 놀라 일어나 앉았다. 정말 소리가 났던 걸까, 아니면 환상이었을까? 그는 조명을 켜고, 귀를 기울였다.

맨발로 문에 다가가 문구멍으로 밖을 보았다. 아무도 없었다. 다시 창으로 가 묵직한 커튼을 슬쩍 들추었다. 희미한 가로등이 밝혀진 주차장에도 사람은 보이지 않았다. 가네시나 칼라였을까.

그때 바닥에 뭔가 보였다. 반듯하게 접은 종잇조각이었다. 빨간 실로 묶인 쪽지.

맷은 쪽지를 집어 천천히 실을 풀었다. 흥분과 설렘으로 가슴이 뛰었다.

오늘 새벽 3시에 언덕에서 만날래?
네, 아니오.
하나만 동그라미 쳐.

7년 전 과학 시간에 똑같은 쪽지를 받았을 때 '네'에 동그라미를 쳤던 게 기억났다. 맷은 시계를 보았다. 오전 2:39. 가네시

에게 에스컬레이드를 빌릴까도 생각했지만, 술을 마셔서 운전
은 할 수 없었다. 커티스를 깨워서 운전을 부탁해볼까. 아니다.
부지런히 걸어가면 시간 맞춰 갈 수 있을 것이다. 그는 다시 쪽
지를 읽어보고, 셔츠와 바지를 걸치고 스니커즈를 신었다.

5분 전에 언덕에 도착했다. 땀에 흠뻑 젖었다. 달려오면서 땀
냄새가 나진 않을까 걱정했지만, 다행히 시원한 바람이 몸을 식
혀주었다. 따뜻한 공기만 아니면 9학년 때 그날 밤과 무척 비슷
했다. 머리 위에서 나뭇잎들이 바스락거렸다. 달빛만이 주위를
밝히고, 가끔 흐르는 구름이 달을 가렸다. 그때처럼 똑같이 심
장이 두근거렸다. 물론 지금의 맷은 그때와 같은 순수한 소년은
아니었다. 그 이후로 키스를 한 여자아이들도 여럿이었다. 그러
나 제시카 휠러처럼 강렬한 인상을 남긴 소녀는 없었다. 어쩌면
맷이 그때 그 경험을 미화하는 것일지도 모르겠지만. 인간은 왜
평범한 기억을 장밋빛으로 물들이고 현실을 이상화하는 그런
짓을 하는 걸까? 문득 궁금해졌다.
　나무들 가운데 난 공터에 서서, 몇 년 전 그날을 떠올렸다. 제
시카는 꼭 끼는 잠옷을 입고 손전등을 들고 숲을 헤치고 나왔
었다. 이제는 그 소녀, 아니 그 여인에 대해 아는 게 아무것도
없다는 생각이 들었다. 지금의 맷과 제시카는 그때와는 완전히

다른 사람들 같았다. 맷은 사춘기 시절을 시카고에서 보냈고 뉴욕에서 대학을 다니고 있다. 제시카는 아데어에서 계속 살고 있고, 파이프 레이어즈에서 일하고 있다. 고작 7년이지만, 그들의 인생에서는 3분의 1에 해당하는 기간이다. 그러나 사람들을 헤치고 나타나 과감하게 상황을 정리하고 문제를 해결하던 제시카에게, 맷은 9학년 때와 똑같은 감정을 느꼈다.

주위를 둘러보았지만 아무도 보이지 않았다. 마음을 바꿨을까. 그냥 장난이었을까. 아니면 혹시, 누군가 그를 유인해내 다큐멘터리로 받은 피해를 앙갚음하려는 건 아닐까. 그러나 그날 밤 일은 누구에게도 말한 적이 없었다. 그 쪽지는 오직 제시카만 알고 있다.

숲속에서 불빛이 보였다.

제시카가 천천히 다가왔다. "나왔구나."

그녀는 손전등을 끄고 맷 앞에 섰다. 맷은 은빛 연무 속에 선 과학실의 소녀를 마주 보았다. 섬세한 하트형 얼굴. 그때보단 나이가 들었고, 머리카락이 더 길고 더 세련되어졌다. 키는 여전히 맷보다 3센티미터 정도 작았다. 둘이 같은 속도로 자랐나 보다. 그리고 그 입술은……. 맷은 재빨리 그 생각을 떨쳤다.

할 말은 많은데 목에서 걸리는 느낌이었다. 그는 가만히 고개만 끄덕였다.

"몰래 불러내서 미안해." 제시카가 말했다. "그 TV 쇼 이후로 네가 그렇게 인기가 많은 것도 아니고, 난 또 가게도 운영해야 하고……."

이제야 이해가 갔다. 그녀는 맷과 함께 있는 모습을 남들에게 보이고 싶지 않았던 거다. 그래, 그랬구나. "그 술집을 운영하는 거야? 난 또 네가……."

"……거기 웨이트리스인 줄 알았어?"

"아니, 그런 말은 아니고……."

"농담이야." 그녀가 말했다. "오빠가 사고를 당하고, 대학 진학을 미뤄야 했어. 삼촌은 병이 나고 리키는 가게를 물려받을 수가 없었고. 스탠퍼드는 입학을 유예해줬지만, 난 이제 그 기회는 영영 지나갔다고 생각해. 근데 술집이 생각보다 괜찮아. 어차피 아데어엔 일자리가 많지도 않고. 하지만 너도 봤다시피 근무 시간이 참 별로야."

"스탠퍼드라니, 대단한데."

"가능한 한 멀리 벗어나고 싶었어. 그래서 뭐, 이렇게 됐지."

"우리 둘 다 이렇게."

"가자. 집까지 바래다줘."

맷은 제시카의 뒤를 따라 언덕을 내려갔다. 오래된 길은 넓고 둥근 흙마당 '허브'로 이어졌다. 거기서부터 둘은 흙길을 따라 제시카가 어릴 때 살던 그 집을 향해 걸었다. 지금도 그 집에 사느냐고 묻고 싶었지만, 묻지 않았다. 어차피 답을 알고 있었고, 굳이 제시카에게 대답하게 하고 싶지 않았다. 둘은 어깨를 나란히 하고 좁은 길을 함께 걸었다.

"네가 여기 올 거라고는 생각 못 했어." 제시카가 말했다.

"왜?"

"그게, 여기 사람들이 따뜻하게 대해줬던 건 아니잖아."

맷은 애매한 동의의 말을 중얼거렸다.

"아까 오빠 일은 미안해." 그녀가 말했다. "사고 이후로 사람이 완전히 달라졌어. 오빠는 계속 혼란스러운가 봐. 게다가 친구가 많은 것도 아니고. 그래서 내가 안 볼 때 친구들한테 공짜 술을 퍼주고, 그걸 바라고 같이 놀아주는 멍청이들 앞에서 자꾸 힘자랑을 하는 거야."

맷은 고개를 끄덕였다. "오빠에게 무슨 일이 있었는데?"

"차 사고. 몸보다 머리가 더 많이 상했어. 외상성 뇌손상. 처음엔 잘 티가 안 나는데, 같이 한참 얘기하다 보면……."

맷은 연민의 눈빛으로 제시카를 바라보았다. 그렇게 사랑스럽고 감정이 풍부한 소녀였는데. 그런 매력에 끌렸던 것인데. 그래도 오빠를 돌보기 위해 자신의 삶을 잠시 유예하고 가업을 물려받았으면서도, 그녀는 전혀 변한 게 없었다.

"그래서, 날 왜 여기로 불러낸 거야?" 맷이 희미한 달빛에 물든 그녀의 옆얼굴을 바라보며 물었다.

제시카가 얼굴을 붉혔다. "나도 몰라."

"뭘 몰라."

"그냥…… 미안하다는 말을 하려고?"

"뭐가 미안해?"

"너네 형이 그렇게 되고 나서, 내가 좋은 친구가 되어주진 못했잖아."

그제야 생각났다. 대니가 체포된 후 제시카는 그를 투명 인간처럼 무시했었다. 학교에서 그를 피하고, 전화도 받지 않았다. 그걸 어떻게 그렇게 까맣게 잊을 수 있었을까? 그날 밤 기억이 그토록 생생했는데. 같이 누워서 별을 바라볼 때 등을 간지럽히던 풀의 느낌도. 바로 이 길을 함께 걸으면서 잡았던 손의 느낌도. 키스하기 전 귀 뒤로 머리카락을 넘기던 그 모습도.

대니가 체포되고 난 후 맷의 시간은 비참함이 토막토막 이어진 몽타주였고, 그 사이에는 숭덩숭덩 구멍이 나 있었다. 부모님의 다툼. 닫힌 욕실 문 뒤에서 아버지가 흐느끼는 소리. 집 밖에 진을 친 기자들. 벽에 매달려 대롱거리던 부엌 유선 전화 수화기. 시내에 나갈 때마다 마주했던 속닥거림과 시선들. 이삿짐 차량. 아마도 그 망각은 방어 기제였을 것이다. 불행한 기억을 차단하려는.

문득 그런 생각도 들었다. 혹시 대니 형도 그래서 샬럿이 죽던 날 밤의 일을 아무것도 기억 못 하는 건 아닐까? 자기가 한 짓을 영영 잊기 위해서?

제시카는 고개를 숙였다. "그때로 돌아갈 수 있다면, 엄마에게 그렇게 말할 거야. 나는 내가 친구가 되고 싶은 애랑 친구로 지낼 거라고. 너한테 더 강하고 더 좋은 친구가 되어줬을 거야. 그때 네가 힘들어하는 거 봤어. 근데 난……."

"사과할 필요 없어."

"아냐, 해야 해."

"그래. 그럼 방금 사과한 거야." 그는 미소를 지었다. "솔직히 말하자면, 그때는 그렇게 심각하게 생각하지 않았었어."

그들은 계속 길을 따라 걸었다. 고요한 가운데 발소리만이 정적을 갈랐다. "네 가족 일은 정말 유감이야." 한참 만에 제시카가 말했다.

맷은 고개를 끄덕였다. 아직도 이런 애도의 말에 뭐라 대꾸해야 좋을지 잘 모르겠다. 이 비극을 인정해버리면 정말로 현실이 되어버릴 것 같았다.

"여긴 언제까지 있을 거야?" 어색한 침묵을 깨기 위해, 제시카가 물었다.

"모르겠어. 장례식이 일요일이니까, 끝나면 바로 갈 것 같긴 한데. 이모가 원하시면 좀 더 있을 수도 있고."

"신디 이모가 좀 기인이긴 하지. 네가 이모 집에 안 가고 모텔에 묵어서 놀랐어."

"내가 고양이 알레르기가 심하거든. 뉴욕에서 온 친구들도 다들 아데어 모텔에서 묵고 있으니까." 사실대로 말하자면 이모와 좀 어색한 사이라 그런 것인데, 고양이가 편리한 구실이 되어주었다.

제시카는 고개를 끄덕였지만, 아마 맷이 고양이 알레르기가 있는 건 모를 것이다. 맷은 어릴 때 기억이 떠올랐다. 엄마 친구 집에 놀러 가서, 힘겹게 숨을 헐떡이며 쌕쌕거리던 기억. 엄마가 샤워기를 틀고 그의 등을 문지르면서 수증기를 들이마시라고 소리치던 모습도.

"기자들이 어젯밤 술집에 왔었어. 모텔에 대해 불평을 많이 하던데. 그 사람들 말로는 기자들이 더 올 거래. 전국 뉴스 취재 기자들도 온다고 하더라고."

"이상할 것도 없지. 그들은 대니 파인 쇼를 사랑하니까." 사람들의 관심은 어쩌면 그렇게 시들지도 않고 끈질기게 이어지는 걸까. 맷은 그게 늘 궁금했다.

"농담 아냐. 기자들이 나한테도 질문을 퍼붓던걸. 난 아무것도 모른다고 했지."

"이를테면?"

"알잖아. 이런저런 음모 이론들."

맷은 제시카를 바라보며 살짝 고개를 저었다. 아마도 이 나라에서 대니 사건을 제대로 따라잡지 못한 사람으로는 맷이 유일할 것이다. 수다꾼들과 인터넷 탐정들, 시간 많은 사람들이 쏟아내는 거대한 음모론들을, 맷은 거의 알지 못했다.

"마을에서 헤이즈 가족 중 아무나 본 적 있냐고 물었어. 그 가족이 너네 가족한테 원한 품을 만한 일이 있는 것 같냐고." 스매셔의 가족. 맷도 다큐멘터리는 딱 한 번 봤고, 그걸로 끝이었다. 그러나 그 사악한 가족은 절대 잊히지 않았다.

제시카가 말을 이었다. "어떤 기자는 진짜 이상한 걸 묻던데. 샬럿이 아직 살아 있고 아버지한테서 벗어나려고 죽은 걸로 위장했다는 소문을 들어본 적 있냐고. 아니면 인신매매 업자한테 납치된 거 아니냐는 식으로."

맷이 코웃음을 쳤다. "그 찌라시 기자들……."

"〈시카고 트리뷴〉지 기자라던데."

맷은 역겨움에 고개를 저었다.

"그 사람들이 리키와도 얘기하고 싶어 하는 걸 내가 말렸지."

"그 사람들이 왜 네 오빠랑?"

"너 그 다큐멘터리 안 봤어? 그 신원 불상의 남자를 본 게 리키 오빠였어."

그 내용은 기억이 아예 안 났다. 기억에 뚫린 큰 구멍. "너네 오빠가 그 신원 불상의 남자를 봤다면 형 사건에 도움이 됐을 텐데. 그럼 왜 아까 나한테 그런 식으로 얘기한 거야……?"

"말했잖아. 사고 후 기억이 뒤죽박죽이 됐다고."

저 멀리 집 대문 위에 걸린 노란 불빛이 보였다. 맷은 기시감을 느꼈다.

제시카도 같은 걸 느낀 모양이었다. "그때, 이 자리에 같이 서 있던 거 기억나?"

"조금." 맷이 말했다. 기억나. 부드러웠던 네 입술. 내 안에서 솟구치던 용암. 열네 살 이후로 그 감정을 계속 갈구했지만, 외로움이 내 안에 깊이 새겨졌었지.

"넌?" 맷이 물었다.

"조금." 맷의 거짓말을 알아챘는지, 제시카도 장난스럽게 대답했다.

맷은 별생각 없이 물었다. "그날 밤 뭐 본 거 있어? 뭐든 평소와 다른 거?"

제시카는 맷을 바라보았다. "예를 들면 뭐?" 그는 대답하지 않았다.

"난 그냥 너랑 나만 기억해. 이 자리에서." 제시카의 얼굴이 붉어진 것 같았다. 그 자리에서 그들은 키스를 했었다. "그러고 나서 나중에 리키의 트럭이 멈추는 소리가 났어. 운전하면 안 됐었는데. 술에 취해 있었거든. 데이트 상대랑 다퉈가지고."

제시카는 맷을 올려다보았다. 그날 밤처럼. 맷은 제시카에게 다가가 키스하고픈 충동을 느꼈다. 제시카의 눈빛도 비슷한 갈망을 보여주고 있었다.

"만나서 정말 반가웠어, 제시카." 맷이 주문을 깨고 손을 내밀어 악수를 청했다.

제시카가 슬며시 미소 지었다. "나도 만나서 반가웠어, 매튜. 또 7년을 기다리진 말자." 그러고는 그날 밤 그랬던 것처럼 돌아서서 어둠 속으로 사라졌다.

맷은 천천히 허브로 걸어가 풀밭 위에서 멈춰 섰다. 구름 사이로 달이 드러나 온 세상을 은빛으로 물들였다. 그날 밤처럼. 저쪽에서 학교 재킷을 입은 형의 모습도 보일 것 같았다. 어깨 위에 노란 글씨로 '파인'이라 쓰인 재킷을 입고, 외바퀴 수레를 밀고 개울 쪽으로 가는 모습. 갑자기, 지워졌던 기억 하나를 떠올렸다. 그 사람은 그림자 속에서 갑자기 멈춰, 맷 쪽으로 고개를 돌렸었다. 어두워서 얼굴은 보이지 않았다. 그러나 분명히, 그는 맷을 똑바로 바라보고 있었다.

39장

올리비아 파인

이전

리브는 병에 남은 피노 누아를 다 따랐다. 노아에게는 저녁 식사 자리에 못 나갈 것 같다는 사과 문자를 보내놓았다. 론 샘슨의 아내를 만난 후 이 마을에, 그리고 과거에 질릴 대로 질려버렸다. 어차피 노아가 주지사가 되면 대니의 사면을 청탁할 기회가 따로 있을 것이다. 그래서 약속을 무르고 싶을 때 아이 키우는 부모라면 누구나 사용하는 비밀 무기를 써먹기로 했다. '토미가 몸이 안 좋아서.'

사실 토미는 신디가 저녁을 먹이러 데리고 나갔다. 언니는 내일이면 돌아갈 조카와 함께 시간을 보내고 싶어서라고 말했지만, 리브에게 혼자만의 시간이 필요하다는 걸 알아챘던 것인지도 모르겠다. 부엌 조리대 위에 와인을 한 병도 아니고 두 병이나 두고 나갔으니, 아마 후자일 것이다. 리브는 두 번째 와인병의 코르크 마개를 땄다. 그때 휴대전화가 울렸다.

그냥 무시하고 싶었다. 그러나 호텔에서 나와 집으로 달려가면서 걸려온 전화를 받지 않았던 그날, 대니가 체포되던 그날 아침 이후로, 그녀는 절대 전화를 무시하지 않았다.

큰일을 몇 번 겪고, 리브는 미신적인 사람이 되었다. 어머니가 돌아가시던 날 리브는 낮잠을 자고 있었다. 이제 그녀는 절대 낮잠을 자지 않는다. 낮잠은 나쁜 일을 부른다. 나른한 겨울날 오후, 개와 함께 웅크리고 달콤한 낮잠을 자고 있었는데 갑자기 신디가 어깨를 마구 흔드는 통에 깼다. 언니는 엉엉 울고 있었다. 언니가 우는 걸 본 건 그때가 처음이자 마지막이었다. 그 이후로는 아무리 피곤해도 절대 낮잠은 자지 않았다. 대학에 다닐 때도, 아기를 키우며 피곤해 죽을 지경이어도, 그녀는 절대, 절대로 낮에는 자지 않았다. 마찬가지로, 경찰이 대니를 데려갔다는 매기의 전화를 놓친 후로, 아니, 말은 바로 하자. '무시한' 후로, 그녀는 절대 부재중 전화를 무시하지 않았다.

"여보세요." 리브는 텔레마케터나 기계 음성이길 바라며 전화를 받았다.

"파인 부인. 트와일라이트 미도우 요양원의 앨비타예요." 여자는 자메이카 억양으로 말했다. "아버님이 사라지셨어요."

집으로 돌아가기 전날 밤에 아버지가 요양원에서 사라진 것만으로도 충분히 나쁜 일이었지만, 더 최악인 건 노아에게 도움을 요청해야 한다는 것이었다. 리브는 와인을 너무 마셔서 운전을 할 수가 없었다. 그렇다고 신디를 불러서 이모와 즐거운 시간을 보내고 있을 토미를 방해하고 싶지도 않았다. 노아에게 전화하는 것 말고는 뾰족한 선택이 없었다. 게다가 노아가 요양원 직원보다는 훨씬 더 믿음직하다고 스스로를 설득했다. 노아는 그런 흑기사 역할을 떠맡는 것을 좋아했다. 그는 언제나 그랬다.

"별일 없으실 거야." 노아가 말했다. 그는 운전대를 잡고 있었다. 노아는 절대로 냉정을 잃지 않았다. 대학 때 리브가 이별을 선언했을 때도 그의 반응은 차분했다. 열정이 없어서 그런 것은 아니었다. 허위 자백에 대한 연설은 열띤 설교자의 웅변이었고, 시장 선거 때 했던 유세 연설에도 활활 타오르는 열정이 담겨 있었다. 그는 매사에 감정과 거리를 두고 최대한 냉정하게 일을 처리하는 사람이었다.

"나도 알아." 리브가 말했다. "난 그냥 화가 나서 그래. 아니 도대체, 치매 걸린 노인을 지켜보는 게 그렇게 어려운 일인가?"

노아는 한적한 도로 위를 운전하며 가만히 고개만 끄덕였다. 잠시 후 그가 말했다. "난 지금 기다리고 있어."

리브는 의아한 표정으로 그를 바라보았다.

"네가 그 마법의 말을 하기를. 사. 면."

리브는 노아를 바라보았다. 그는 똑바로 앞만 보고 있었다. 단단한 턱과 진지한 표정의 옆얼굴을 보니 〈폭력에 물든 세상〉의 한 장면이 떠올랐다. 아마도 와인 때문이겠지만, 그녀는 그의 능력을 존중하고 그의 도움이 필요하다는 사실을 부인하지 않기로 했다.

"저기, 그럼…… 도와줄 수 있어?"

"기꺼이."

"하지만……."

노아는 리브 쪽으로 고개를 돌렸다가 다시 도로를 바라보았다. "하지만 터너가 사임한다고 가정하고, 뭐 아마 그렇게 되겠지만, 그렇다고 하면 난 완전히 딴사람이 될 거야. 선거로 선출된 주지사가 아니니, 행동을 조심해야지. 나 혼자 결정할 수 있는 일이 아니야. 사면위원회를 설득해야 할 텐데, 셋 중 둘이 터너 쪽 사람이거든."

"알아, 이해해." 리브는 기가 죽었다.

"불가능하다는 말은 아니야. 영리하게 굴어야 한다는 거지.

아무튼 일반적인 절차를 먼저 따라야 할 거야."

"그건 쉬워. 사면 신청 서류는 두 번이나 작성해봤어. 터너가 그걸 제대로 거들떠보기나 했을까 모르겠지만."

"네 말이 맞아." 노아가 말했다. "난 확실히 볼 거야. 그래도 우리에겐 뭔가 새로운 게 필요해. 내가 편파적으로 구는 것처럼 보여서도 안 되고. 터너에게 맞서는 것처럼 보여도 안 돼. 터너의 친구들 중에 나한테 필요한 사람들도 있거든. 혹시 새로운 증거 뭐 더 찾은 거 있어?"

"확실한 건 아무것도 없어."

"네 딸이 올린 동영상은 어때? 그 파티 장면이 찍힌 거."

노아가 이 사건의 추이를 계속 지켜보고 있었구나. 놀란 리브의 마음을 읽었는지, 노아가 말했다. "카일이 얘기해주더라고. 걔도 그 동영상에 찍혔으니까."

"그 영상에 신원 불상의 남자가 나온다고 생각하는 사람도 있어. 하지만 모르지. 화질도 엄청 안 좋고. 인터넷 탐정들도 아직 새로운 걸 밝혀내진 못했거든.

"그럼 그거 말고 다른 건?"

리브는 한숨을 내쉬었다. "론 샘슨의 아내가 미친 게 아니라면 하나 있긴 한데."

노아가 눈을 가늘게 떴다. "무슨 말이야?"

"그 여자가 나한테 와서 파일을 하나 주더라고. 샘슨이 뭔가를 알고 있었다면서. 다큐멘터리 제작자들한테 말하려고 했다던데."

노아는 리브를 바라보았다. 회의적인 시선이었다.

"나도 알아, 말도 안 되는 거." 리브가 말했다.

"그래서, 파일은 무슨 내용인데?"

"별거 없어. 보니까 무슨 기록이랑 혈액 검사 결과랑 그런 거였어."

차는 요양원 주차장으로 천천히 진입했다. "샘슨의 아내 수전은, 남편의 자살로 힘든 시간을 보냈어. 남편이 죽기 전에도 술을 마신다고 소문이 나 있었지." 노아는 눈썹을 치켜올렸다. "아침 식사 때 반주로."

"나사가 풀린 것처럼 보이긴 했어. 하지만 오늘 밤 나도 와인을 그렇게 마셨으니 내가 그런 말 할 자격은 없지."

노아는 웃었다. "론은 특별히 좋은 남편은 아니었어. 로건 카운티가 퇴폐 안마시술소를 단속할 때 그 친구도 걸렸으니까."

리브는 얼굴을 찡그렸다. "인터넷에 그런 얘기가 한 번도 안 올라온 게 놀랍다."

노아는 어깨를 으쓱했다. "기록엔 안 남았지. 경찰이 어떤지 알잖아."

그래, 리브도 안다. 그들은 끼리끼리 서로를 보호했다. 해피엔딩으로 마무리된 안마시술소라니, 소름이 쭉 돋았다. 샘슨의 아내가 가여웠다. 술이든 약이든, 그녀가 뭘 먹고 있든 중독자가 된 게 이상할 일은 아니었다. "그 여자는 샘슨이 살해됐다고 생각하던데."

노아는 설레설레 고개를 저었다. "요즘은 모든 게 다 음모론이지 뭐."

아이러니한 말이었다. 노아도 대니가 누명을 썼고 샬럿을 죽인 건 스매셔일 거라는 내용으로 강연 투어를 다녔으면서.

"하지만 혹시 또 모르니까." 노아가 말했다. "그 여자가 준 파일을 내가 보길 원한다면, 기꺼이 봐줄게. 나도 잘 아는 파일일 거야. 그러니 사본을 보내줘."

"물론이지. 그런데 그 파일에 뭐든 있다면 아마 에반도 알 거야."

"옳으신 말씀." 노아가 말했다. 그는 번거롭게 차를 주차장에 세우지 않고 바로 현관 앞에 세워버렸다. 문 앞에 데니스 창이 나와 있었다. 짜증이 났는지 발을 이리저리 구르며 서성이고 있었다.

"음, 너 지금 화가 좀 나 있지." 노아는 예의 바르게도 술에 취한 리브의 억양을 언급하지 않았다. 매기는 리브가 술에 취할 때면 늘 농담처럼 '와인 말투'로 말한다고 놀리곤 했었다. "이 문제는 내가 처리하는 게 어떨까?"

리브는 차에서 내리지 않았다.

노아가 세단에서 내려 창과 악수하고 몇 마디를 주고받았다. 노아는 창의 어깨를 두드렸다. 처음에는 짜증을 내던 창이 서서히 협조적인 태도로 바뀌어가는 게 보였다.

점점 술이 깨고 있었지만 머리가 완전히 맑아지지는 않았다. 그녀는 선바이저를 내리고 거울에 비친 모습을 보며 가볍게 자기 뺨을 때렸다.

노아가 차로 돌아왔다. "정원은 찾아봤대. 저녁 식사 후에 나가신 것 같다는데. 간호사가 그때 봤다고 하니까."

리브는 고개를 저었다.

"창 말로는 아버님이 사라지셨을 때 공동묘지의 어머님 무덤에서 찾은 적이 몇 번 있었대. 그래서 이번에도 사람을 보내서 확인해봤는데, 거긴 안 계신다고 하네. 혹시 어디 가셨을 만한 곳 떠오르는 데 없어?"

리브는 아버지에게 의미 있을 만한 장소들을 꼽아보았다. 묘지, 집. 어쩌면 회사.

"저녁 식사 시간에 아버님이 어머님 얘기를 하셨다던데. 지난 며칠간 어머님이 와서 함께 지내셨다고."

아빠가 나를 엄마로 착각했구나. 리브는 울컥했다. 사람들은 리브가 엄마를 정말 많이 닮았다고 늘 말했었다.

"그래서 간호사에게 오늘 밤 데이트를 하러 갈 거라고 하셨대." 노아가 말을 이었다. "여자 친구 아버지가 자길 좋아하지 않아서 조심해야 한다고. 당신 어머니를 데리고 갈 만한 곳을 알아?"

순간 리브는 그에게 미소를 지었다. "알아."

잡초가 무성한 주차장까지 가는 데 10분이 걸렸다. 황량한 풍경이었다. 허허벌판에 시멘트 마당 드라이브인 극장 화면은 낙서로 뒤덮이고, 스피커 기둥은 녹이 잔뜩 슨 채로 우뚝 솟아 있었다. 노아의 메르세데스 전조등 불빛 말고는 모든 것이 어둠에 묻혀 있었다.

노아는 빈자리에 차를 세웠다. 으스스한 주차장은 세기말의 분위기를 풍겼다.

"우리도 여기 온 적 있었지?" 노아가 정적을 깨고 말했다.

리브는 대답하지 않았지만, 얼굴이 달아오르는 것을 느꼈다. 그들은 아버지의 스테이션왜건을 타고 바로 이 드라이브인 극장에 와서 뒷좌석에서 섹스를 했었다. 몰리 링월드가 나오는 영

화 중간에. 극장은 그 후로 곧 사업을 접었다. 설마 연관성이 있
지는 않겠지만.

리브는 아버지를 찾아 주위를 둘러보고, 몸을 틀어 뒤쪽도
살펴보았다.

"차를 뒤로 돌릴 수 있을까? 아빠는 늘 매점 근처에 주차했다
고 하셨어. 그래야 할아버지가 못 찾는다고."

노아는 천천히 차를 회전시켰다. "당신 할아버지는 왜 그렇
게 아버님을 미워하셨대?"

리브는 계속해서 창밖을 바라보았다. 웃자란 잡초가 주차장
을 에워싸고, 갈라진 아스팔트 사이로도 솟아나 있었다. "항상
엄마가 아빠한테 아깝다고 그러셨대. 옳은 말씀이셨다고." 리브
는 미소를 지었다.

그러다 멀리서 뭔가 움직이는 것이 보였다. "저기." 리브는 셔
터를 내린 매점 건물 근처를 가리켰다.

노아가 차를 세웠고, 리브가 뛰어내렸다. 아버지였다. 전조등
불빛을 손으로 가리고 엉거주춤 다가오고 있었다.

"아빠!" 리브는 달려가서 아버지를 얼싸안았다.

그녀는 뒤로 물러서서 아버지가 괜찮은지 살펴보았다. 아버
지는 눈을 가늘게 뜨고, 혼란스러운 듯 눈을 깜박였다. 그는 말
없이 딸의 얼굴만 한참을 쳐다보았다.

“걱정했어요.” 노아가 다가오며 말했다.

순간 아버지의 표정이 또렷해지고 밝아졌다. “에디 해스켈이구나.” 단호한 말투로, 반쯤은 장난스럽게 덧붙였다. “한밤중에 이런 데서 내 딸이랑 뭐 하고 있는 거냐?”

“죄송해요. 우리 함께 따님을 집까지 데려다주는 게 어떨까요?” 노아는 차의 뒷문을 열었다.

아버지가 어슬렁어슬렁 걸어왔다. “좋아. 하지만 네 녀석을 여기서 다시 보고 싶진 않구나. 내 딸은 너한텐 아까워.”

아버지를 요양원에 모셔다드리고, 노아는 리브를 신디의 집까지 태워다주었다.

차에서 내리기 전에, 리브는 노아를 바라보았다. “고마워. 또 신세를 졌네.”

“별일도 아닌걸.”

“아냐, 큰일이지. 특히 지난번에 왔을 때 너한테 그렇게 매몰차게 대했는데.”

“그럴 만했어.” 그는 말을 멈췄다. “난 그냥 힘든 시간을 끝내고 싶었을 뿐이야. 토미를 보면 카일 어릴 때랑 너무 닮아서.”

“괜찮아. 둘 다 잘생긴 아이들이잖아.” 리브는 노아가 친자 확인 검사를 부탁했을 때의 분노와 공포를 떠올렸다. 그녀는 아버지 문제를 처리하러 아데어에 와 있었다. 다큐멘터리가 막 공개되었을 때였고, 마을은 분노로 들썩거렸다. 주지사는 대니의 사면 지원을 거부했고, 노아는 그 빌어먹을 유전자 검사를 원했다.

그래서 리브는 검사를 했다. 에반과 토미의 머리카락을 인터넷 친자 검사 회사에 보냈다고 했다. 가명으로 신청했다고. 극도로 불쾌했다. 사이 나쁜 부부가 친자 확인 검사를 공개하는 끔찍한 생방송 토크쇼에 게스트로 출연한 것 같은 느낌이었다. 리브는 에반이 친부라는 결과가 나오자마자 곧바로 결과지를 노아에게 보냈다. 노아는 대화 기록을 추적할 수 없는 특별한 이메일 주소로 보내달라고 부탁했다. 언제 어떤 상황에서도 노아는 정치인답게 군다.

노아는 키스를 바라는 눈길로 리브를 바라보았다.

그 생각에 리브는 정신이 들었다. 리브는 노아에게서 거리를 두고 차 문을 열었다. 그런 일은 절대 다시는 일어나지 않게 하겠다.

"잘 가, 노아."

그는 고개를 끄덕였다. 패잔병 같은 얼굴이었다. "샘슨 부인이 줬다는 그 파일 나한테도 보내줘. 어쩌면 사면에 써먹을 수 있는 뭔가가 있을지도 몰라."

집에 돌아온 리브는 토미의 방으로 가 잠든 아이를 바라보았다. 그녀는 몸을 굽혀 토미의 뺨에 키스했다. 그러면서, 친자 확인 검사에 보낸 머리카락이 에반의 것이 아니었음을 노아가 영영 모르게 해달라고 기도했다. 그 머리카락은 노아의 것이었다.

시즌 1 / 제2화
'그냥 내 머릿속에 들어왔어요'

인서트—미식축구 유니폼을 입은 대니 파인의 학교 사진.

인서트—교도소 전화 통화 녹취.

예반 파인

(O.S.)

이해가 안 가는구나. 샬럿을 죽였다고 자백했다면서. 왜 그런 말을 했니, 대니? 도무지 이해가 안 간다.

대니

(흐느끼며)

저도 이유는 모르겠어요. 기억이 안 나요. 하지만 전 걜 해치지 않았어요. 전, 전, 전…….

예반

안다, 얘야. 난 다만 네가 왜 그랬는지 이해가…….

대니

여기 너무 끔찍해요.

에반

마음 단단히 먹어라, 대니. 곧 변호사를 선임할 거야. 상황을 바
로잡아야지. 하지만 알아야겠다. 경찰이 널 위협했니? 널 다치
게 했어?

대니

나도 왜 그런 말을 했는지 설명 못 하겠어요. 그냥 그 사람들이 내
머릿속에 들어왔어요.

41장

대니 파인

사람들은 케네디가 암살당할 때 어디서 뭘 하고 있었는지 생생히 기억한다. 또는 우주왕복선 챌린저호가 폭발했을 때. 다이애나 비가 자동차 사고를 당했을 때. 비행기가 무역센터 쌍둥이 빌딩을 들이박았을 때. 강렬한 감정과 함께 형성된 기억은 우리의 생각에 깊이 새겨지고, 트라우마라는 뜨거운 쇠로 낙인찍힌다. 대니 파인은 지난 7년 동안 기억에 대해 많이 생각해보았다.

모두들 '왜 그걸 기억 못 해?'라고 묻는다. 처음에는 경찰이 그랬다. 경찰은 그가 거짓말을 한다고 생각했다. 그다음엔 부모님이었다. 그다음엔 꽁지머리를 한 형사 소송 전문 변호사 데이브였다. 그다음엔 그 영상 제작자들. 젠장. 심지어 호기심이라고는 1도 없는 피시킬 교도소의 흉악범들까지. 죄수 중에 환자들에게 최면을 걸어 오럴 섹스를 시킨 심리 치료사가 있었는데, 대니에게 최면으로 기억을 살려주겠다고 제안했었다. *아, 고맙지만 사양하겠어요.*

많은 사람들이 샬럿에 관한 진실은 대니의 뇌 안 무의식의 영역에 잠겨 있다고 확신했다. 그 기억을 풀 수만 있다면…….

대니의 머릿속이 완전한 백지상태는 아니었다. 처음에 기억나는 것은 누군가의 집에서 열린 파티의 장면이었다. 토막토막 이어지지 않는 장면들. 누군가 '경찰이다!'라고 외쳤고, 놀라 뒷문 쪽으로 달아난 기억. 옥수수밭의 모닥불. 찌그러진 금속 맥주잔. 그다음은 침대에서 일어난 기억이다. 누가 두개골을 망치로 내리치는 것 같았다. 침대 옆에 여동생이 걱정스런 표정으로 서 있었다. *경찰이 집에 왔어. 엄만 어디 계셔?*

그러나 서서히, 다른 기억들도 돌아왔다. 파티에서 본 샬럿, 분노로 일그러진 그녀의 얼굴, *너한테 할 말 있어.* 꽁지머리 변호사는 그런 기억들은 도움이 되지 않으니 혼자 간직하는 게 좋겠다고 했다.

잊고 싶은 기억도 있었다. 재판 후 교도소에 온 첫날. 발가벗긴 채로 소독약 범벅이 되어 파란색 죄수복을 들고 걷던 그날. 복도에 들어섰을 때 강간범과 살인범 같은 인간쓰레기들이 모두 나와 신참의 행진에 고함을 질러댔다.

와, 날고기다, 날고기!

무더운 꼭대기 층 감방 문이 철그렁 닫히던 소리, 이 세상 끔찍한 냄새란 냄새는 모두 배어 있는 그 방. 대니에게 그날은 대단히 충격적인 기억으로 남았지만, 돌이켜 보면 그게 그렇게 특별한 일은 아니었다. 매달 한 번씩 신참이 들어오니까.

이제 그는 완전히 다른 사람이 되었다. 더 좋은 사람이 아니라 그냥 다른 사람. 작년에 피시킬로 이송되던 날, 그는 첫날의 행진 때 반항적으로 고개를 꼿꼿이 들었다. 이곳의 죄수들은 외쳤다. 날생선이다, 날생선! 하여간에 죄수들이란. 그런 놈들에게 독창성을 기대할 수는 없는 것이다. 그의 앞에 선 젊은 남자는 울고 있었다. 대니는 그에게 울음을 그치라는 경고도 해주지 않았다.

이제 대니는 맷집 강한 죄수였고, 담장 안에서는 유명인으로 통하기도 했다. 그는 다큐멘터리를 한 번도 보지 못했지만 사회적으로 큰 이슈가 되었다는 건 알았다. 교도소 도서관에는 신문이 있었다. 게다가 '팬레터'도 심심찮게 들어왔다. 값비싼 변호사들이 면회를 왔다. 아버지는 새 변호사들이 진국이라고, 그 꽁지머리처럼 감당 못 해 쩔쩔매는 일은 없을 거라고 했다. 오심 정정 위원회의 사후 평결 변호사 루이스 레스터 같은 유능한 사람도 거들고 나섰다. 유명인들이 그의 사건에 대해 부지런

388

히 트윗을 올리고, 사실상 온 나라가 그의 마을 사람들과 첫 심문을 했던 두 형사를 맹렬히 비난했다. 심지어 대통령의 딸도. 그래, 미합중국의 대통령 딸도 대니의 무죄를 지지한다고 선언했다. 그러나 사람들의 관심은 서서히 사그라졌고, 그의 희망도 함께 꺼져갔다.

이제 상황은 위험해졌다. 대니의 부모가 그에게 막대한 보험금을 남겼다는 소문이 돌기 시작했다. 이런 곳에서 자산가 이미지는 전혀 바람직하지 않았다. 게다가 더 최악은, 데이미언 월리스가 그에게 불만을 품고 있다는 것이다. 이유는 몰랐다. 여기서는 뭐든 이유가 될 수 있었다.

그날 아침 쭉 뻗은 복도를 걸어갈 때가 가장 위험했다. — 좁은 복도, 붐비는 사람들, 보안 카메라는 양쪽 끝에만 있고 가운데엔 없었다. — 대니는 극도로 긴장했다. 줄을 따라 천천히 걸으며, 눈으로는 계속 위협이 될 만한 것들을 찾았다. 월리를 찾아라. 푸른 셔츠를 입은 죄수들이 줄줄이 걸어갔다. 어깨빵도 없고, 노려보는 시선도 없고, 교도관의 주의를 돌리기 위한 실랑이도 없다.

날 세운 칫솔이 갈비뼈에 박히는 일 없이 복도를 무사히 통과했다. 절로 안도의 한숨이 나왔다. 이 망할, *저주받은 곳!* 한때 피시킬은 정신병자 범죄자들을 가두는 병원이었다. 대니는 자신도 미쳐가고 있다고 믿었다. 언젠가 이 음울한 담장을 벗어나 마음껏 돌아다닐 날이 올까?

이모는 장례식 참석을 위해 귀휴를 신청한다고 했다. 행운을 빌어요, 이모. 교도소장은 동정심 많은 사람은 아니었다. 그는 대니에게 자기도 그 다큐멘터리를 보려고 했지만 시작하자마자 바로 꺼버렸다고 했다. "딱 보자마자 한눈에 헛소리인 걸 알았지." 교도소장이 말했다.

철제 계단을 오르며, 그 남자를 떠올렸다. 그자를 다시 볼 수 있을까. 이곳에서 나갈 마지막 희망을 일깨워줬던 남자. 하늘에 뜬 달을 바라보고, 그의 방 침대에서 잠을 자고, 육즙이 흐르는 햄버거를 먹을 수 있다는 희망.

남자는 교도소에 예고 없이 찾아왔고, 대니의 변호인단이라고 거짓말을 했다. 대법원이 대니의 사건 심리를 기각한 날이었다. 대니는 그 타이밍이 우연이 아니라고 짐작했다.

그의 이름은 닐 플래너건이었다. 값비싼 정장을 입은 뚱뚱한 남자.

플래너건은 자신이 주지사를 위해 일하는 사람이라고 했다. 100만 달러만 있으면 대니가 자유인이 될 수 있다고 했다. 물론 정확히 그렇게 말하진 않았다. 아마 교도소에서 면회 기록을 남길까 봐 조심스러웠던 것이리라. 그는 제안을 적은 종이 한 장을 슬며시 내밀었다. 대니가 그것을 읽고 난 후, 플래너건은 다시 종이를 폴더에 끼워 서류 가방에 넣고 잠갔다.

"그래서, 제가 제시하는 액수를 감당하실 수 있을까요?" 플래너건은 대니의 새 변호사가 되려는 척 물었다. 아마도 어딘가에 설치되어 있을 녹음기를 염두에 둔 말투였다.

"내가 그런 돈을 도대체 어디서 구해요?"

"당신은 유명하잖아요."

"TV 프로그램에서도 출연료 한 푼 못 받았는데요."

"당신 주위에는 유명인들도 많고 공상에 빠진 박애주의자들도 많죠. 그런 사람들은 어때요? 그들은 돈이 있죠."

대니는 눈을 굴렸다. 그러나 그 남자와 남자의 이야기가, 뭔가, 진짜라는 느낌이 들었다. 합법적인 것 같진 않지만, 아무튼 진짜 같은 느낌. 사기 같지는 않았다.

"저기요. 내가 여기서 나가기만 하면, 여기저기서 제안을 엄청 많이 받을 거거든요. 그때 갚기로 하고……."

"우리는 신용 거래는 하지 않습니다, 파인 씨. 아버님께 말씀드려보세요. 후원자들에게도요. 그리고 빨리 결정하셔야 합니다. 이 제안은 유효 기간이 있어요."

"난 1시간에 52센트를 벌어요. 그리고, 막말로 내가 어디서 돈을 구할 수 있다고 해도, 당신이 진짜인지 어떻게 알아요? 내

가 ‘의뢰 비용’을 줬는데 당신이 그냥 사라져버리면 어떡하나
고요?”

“우리는 보험을 제공합니다.”

“무슨 보험이요?”

“돈부터 구해보세요. 그럼 알게 될 겁니다.”

“왜요? 왜 그 사람이 이제 와서 날 사면해요? 여태 그렇게 굴
고서는……”

“은퇴 대비죠.”

일주일 후 대니는 터너 주지사가 검찰 수사를 받고 있으며
그의 오른팔인 변호사 닐 플래너건은 기소되었다는 기사를 읽
었다. 터너는 주지사직을 사임했다.

은퇴 대비.

대니는 며칠 동안 그 돈을 어떻게 구할지 한참 고민했었다.
그러나 아버지에게는 그 남자에 대해, 그가 내놓은 제안에 대
해, 그 어떤 것도 얘기하지 않았다.

감방 문을 열고 들어섰다. 이상했다. 그의 뚱뚱한 감방 동료
는 밥 먹을 때 그리고 1미터 떨어진 변기에 갈 때만 움직이는
친구였다. 그런 그가 아래쪽 침상에 보이지 않았다.

그 순간 대니의 목뒤로 소름이 쭉 돋았다. 등 뒤에서 어두운
그림자가 무겁게 그를 덮쳤다.

42장

맷 파인

식당에 들어섰다. 문에서 울리는 익숙한 종소리가 어린 시절의 기억을 깨웠다. 어릴 때 일요일 아침마다 앤 식당에 아침을 먹으러 오곤 했었다. 대니 형이 거대한 팬케이크 더미 앞에 앉고, 엄마는 포크로 한 입씩 훔쳐 먹었었는데. 왜 그런 이상한 게 기억으로 남았을까.

어젯밤 술집에서도 그러더니, 맷이 들어서자 식당 안도 일순 조용해진 것 같았다. 잠깐 조용해졌다가 웅얼거리는 소리가 이어졌다. 오늘은 분위기가 그렇게 미묘하진 않고, 그가 지나가는 대로 목을 길게 뺀 사람들의 시선이 집요하게 그를 뒤따랐다. 맷은 테이블들을 지나 뒤쪽 칸막이 좌석으로 갔다. 특별 수사관 켈러가 커피가 담긴 머그잔을 앞에 놓고 앉아 있었다. 머그에서 김이 피어올랐다.

맷은 켈러의 맞은편에 앉았다. 식당 손님들은 여전히 그를 쳐다보고 있었다.

"잘 잤니?" 켈러가 말했다.

"안녕하세요."

켈러는 맷을 바라보았다. "좀…… 피곤해 보이네."

그 말이 맞았다. 제시카를 만나고 와서 2시간밖에 자지 못했다. 맷은 억지로 하품을 참았다.

웨이트리스가 와서 켈러의 커피잔을 채워주고 더 필요한 건 없느냐고 물었다. 맷이 어릴 때 이곳에서 일하던 그 웨이트리스였다. 올림머리 스타일도 똑같았다. 웨이트리스는 맷을 투명 인간처럼 취급했다.

켈러는 찡그린 얼굴로 맷을 살짝 쳐다보았다. 맷의 상상이 아니었다. 웨이트리스는 의도적으로 그를 무시하고 있었다.

"저도 커피 주세요." 맷이 말했다. 커피를 아주 좋아하는 편은 아니지만, 커피 없이 그날 하루를 살아낼 자신이 없었다.

웨이트리스는 기묘한 신음 소리를 냈다. 맷의 주문을 무시할지 망설이는 것 같았다. 그러나 곧 말없이 머그잔을 맷 앞에 내려놓고 커피를 따라주었다.

"저랑 같이 있는 모습을 남들에게 보여도 괜찮아요?" 웨이트리스가 떠난 후 맷이 켈러에게 말했다. "저 사람들이 당신 음식을 만들 거잖아요."

켈러는 조용히 미소를 지었다.

"파인 성을 단 사람은 여기 발도 들이면 안 된다고 생각하나 봐요. 여기가 샬럿이 일하던 식당이거든요."

"그것 때문이 아닐걸."

맷이 켈러를 쳐다보았다.

켈러는 테이블 위에 신문을 펼쳤다. 〈링컨 저널 스타〉지 1면에 맷과 대니의 사진이 나란히 실려 있었다. 맷은 지친 얼굴이었고, 지금보다 훨씬 더 안 좋아 보였다. 눈 아래 다크서클이 끼고, 머리카락은 헝클어져 있었다. 그의 대학 학생증 사진이었다. 이 사진을 찍던 날을 기억한다. 입학하고 첫 주, 다들 부모님의 간섭에서 벗어났다는 기쁨에 미쳐 밤새 파티를 하고 난 다음날이었다. 이 사진을 신문사가 어떻게 구했을까? 맷 옆의 대니는 머그샷이었다. 두 사진을 같이 놓으니 꼭 범죄자 형제 같았다. 물론 대니는 범죄자였지만, 그래도.

헤드라인은 더 최악이었다. 〈폭력에 물든 세상〉의 형제가 가족 살인의 용의자로.

"이게 무슨……." 맷은 식당 안을 둘러보았다. 이제야 그에게 쏠린 적의를 이해할 수 있었다. "이 사람들은 내가 관련이 있다고……." 목이 조여드는 것 같았다. 입안이 바짝 말랐다. "난 뉴욕에 있었어요. 대니는 교도소에 있고요. 젠장. 도대체 어떻게 이런 생각을……. 이 사람들 다 고소할 거예요."

켈러는 맷이 감정을 다 쏟아내도록 차분히 기다려주었다. 마침내 맷은 커피잔을 바라보며 억지로 마음을 진정시켰다.

"정말 유감이다." 켈러가 말했다.

다시 감정이 솟구쳤다. 신문 기사를 읽어보려 했지만, 단어에 초점을 맞출 수가 없었다. 온 세상이 기우뚱했다.

"정말 유감이야." 수사관이 다시 말했다.

"이 사람들이 왜 이런 얘길 할까요?"

"나도 모르겠어. 누군가 사고 현장이 조작되었다는 얘기를 흘렸겠지. 전문가의 소행이고, 아버지가 특이할 정도로 거액의 보험을 들었고. 아마 그들이 들은 건 그게 전부일 거야."

맷은 다시 침을 삼켰다. 입안이 사막 같았다.

"이건 옳지 않아요." 감정에 북받쳐 목소리가 떨렸다.

"알아, 매튜." 켈러가 말했다.

"그게 사실인가요, 그, 현장이 조작됐다는 거?"

켈러는 주저했다. "아직 조사 중이긴 해. 하지만…… 그런 것 같아."

"장례식이 내일이에요. 그런데 사람들이 다 이렇게 생각하면……." 맷은 애써 울음을 참았다. 정신 차리자. 정신을 차려야 했다.

"자, 물 좀 마셔." 켈러는 맷 앞으로 물잔을 밀어주었다. 맷은 물을 마셨다.

"그거 말고도 더 있어, 맷. 멕시코 사람들이 시신을 보낼 때 유류품도 함께 보냈거든. 휴대폰과 노트북 컴퓨터는 깨끗이 닦여 있었어. 지역 경찰이 증거를 수집할 때 발생할 수 있는 실수 차원이 아니야. 놈들은 데이터도 모두 삭제했어. 복구 가능성이 전무한 방식으로. 심지어 FBI의 숙련된 컴퓨터 포렌식 수사관들도 아무것도 복구하지 못하고 있어. 뒤처리를 누가 했는지는 몰라도 전문가의 솜씨야."

"하지만 누가…… 왜요?" 맷의 목소리가 여전히 떨렸다.

"나도 몰라."

"그게 대니 형 사건과 관련이 있다고 생각하세요?"

"솔직히 모르겠어."

맷은 소리치고 싶었다. 그럼 도대체 당신이 아는 게 뭐예요? 그러나 그게 수사관의 잘못은 아니었다.

그의 생각을 읽었는지, 켈러가 말했다. "내가 아는 건 이거야. 여동생이 소셜 미디어에 파티 동영상을 올리고 난 후, 동생이랑 아빠가 그 실마리를 추적하기 위해 멕시코 여행을 계획했어."

“그건 또 무슨 얘기예요?”

“매기의 학교 친구 중에 컴퓨터 천재가 하나 있어. 가족이 멕시코로 떠나기 직전에, 매기가 그 친구에게 부탁을 했어. 아버지 휴대폰으로 걸려 온 전화가 어디서 온 건지 추적해달라고. 그 전화는 멕시코 툴룸에서 걸려 온 거였고. 네 아버지는 구글로 툴룸을 몇 차례 검색했어.”

“그래서 멕시코에 간 거예요? 형 사건의 단서를 추적하려고?” 그러면 그 충동적인 여행이 설명이 됐다. 아버지와 매기라면 충분히 할 만한 일이었다.

“뿐만 아니라, 매기는 영상통화를 할 때 디지털 기술을 사용해 다른 사람처럼 보이게 할 수 있냐고도 물었대. 친구는 네 여동생 몸에 다른 사람 얼굴을 입힌 동영상을 만들어줬고. 나도 봤는데 꽤 진짜 같더라.”

“제가 맞춰볼게요. 그거 샬럿의 얼굴이었죠?”

“어떻게 알았어?”

“샬럿이 살아 있다는 소문이 있거든요. 개울에서 발견된 시체가 샬럿이 아니었다고.”

켈러는 얼굴을 찌푸렸다.

맷은 말을 이었다. “누군가 여동생을 어딘가로 꾀여내고 싶었다면 — 아니, 아버지 쪽이 좀 더 가능성 높겠네요. — 아무튼 그러면 샬럿이 아직 살아 있다고 위장할 수도 있겠어요.”

“가능해.”

“하지만 왜 우리 가족을 그 먼 멕시코까지 불러내요? 누가요? 왜?”

“나도 몰라. 지금 현장에서 발견된 증거물을 검사 중이고, 결과를 기다리고 있어.”

“무슨 증거물이요?”

“결과가 나오면 얘기해줄게. 아무것도 아닐 수도 있어. 하지만 칼리타 에스코바르에게 뭘 좀 확인해달라고 지시해놨지. 툴룸에서 만났던 그 영사관 직원 말이야.”

에스코바르는 절대 잊을 수 없었다. 멕시코 경찰을 지릴 정도로 쫄게 만든 강한 여자. 매기를 생각하니 가슴이 저릿했다. 증거를 그렇게 뒤쫓아 가다니 정말 매기답다.

켈러는 태블릿 컴퓨터를 테이블 위로 밀었다.

맷은 화면을 보았다. 매기가 멕시코에서 문자로 보낸 사진이었다.

“사진 해상도를 좀 개선해봤어.” 켈러가 말했다.

아버지가 툴룸의 거리에 서 있었다. 자전거 그림자가 보이고, 목에는 땀이 나 있었다. 자전거를 타고 동네 한 바퀴라도 돌고 오신 걸까. 켈러는 손가락을 화면 위에 올려 사진을 확대했다.

아버지 뒤쪽 건물 앞에 커플이 서 있었다. 그 커플을 본 건 처음이었다.

"이런 세상에." 맷의 맥박이 빨라지기 시작했다. 아드레날린이 솟구쳐 그의 몸을 타고 돌았다.

매기는 아버지 사진을 찍은 게 아니었다. 아버지를 구실 삼아 자연스럽게 이 커플을 찍은 것이었다. 비키니와 반바지를 입은 예쁜 여자였다. 오클라호마 말투를 쓰는 여자. 매기는 죽기 직전, 맷에게 행크의 사진을 보낸 것이다.

그러나 맷의 심장이 뛴 건 행크 때문이 아니었다. 행크 옆에 있는 남자 때문이었다. 그는 이마의 땀을 닦으려는 듯 손을 얼굴 위로 올리고 있었다. 어쩌면 얼굴을 가리려고 했는지도 모르겠다. 사진에는 얼굴의 일부만 보였다.

그래도 갈라진 입술 흉터는 선명히 보였다.

43장

새러 켈러

아침 식사를 마치고, 켈러는 맷과 함께 식당을 나섰다. 생각이 질주했다. 매기 파인이 맷에게 보낸 사진 속 여자는 그를 숲으로 유인해 휴대폰을 빼앗은 여자였다. 그리고 갈라진 입술의 남자는 맷을 찻길로 떠밀고 소지품을 훔치려던 남자의 인상과 일치했다. 그들은 누굴까? 원하는 게 뭘까? 그리고 왜 매기 파인은 죽기 직전에 그 사진을 오빠에게 보냈을까?

켈러는 맷을 돌아보았다. "요양원까지 태워다줄까?" 그녀는 식당 앞에 세워둔 갈색 닛산 렌터카를 턱으로 가리켰다.

"아뇨, 이모가 데리러 오고 있어요." 맷은 도로를 힐금 쳐다보았다. "젠장."

맷의 시선을 따라가 보니 〈폭력에 물든 세상〉의 감독, 주디와 아이라 애들러가 그들을 향해 걸어오고 있었다.

주디 애들러는 켈러에게 고개를 까딱해 인사하고, 맷을 돌아보았다. 부부싸움이라도 했는지 그녀의 남편은 뒤로 한 발짝 물러서 있었다.

"매튜, 가족을 잃어서 얼마나 상심이 크니." 주디가 말했다.

맷은 무시하듯 고개를 끄덕였다.

"네 괴로운 마음은 잘 알아. 그리고, 지난번 다큐멘터리 때는 우리와 얽히고 싶어 하지 않았었지. 그런데 우리가 지금 후속 다큐멘터리를 제작 중이거든. 그래서 너랑 얘기를 좀 하고 싶어. 이걸로 네 형도 도울 수 있고……."

"관심 없어요." 맷은 매몰차게 말을 끊고, 이모를 기다리는 척 도로를 바라보았다.

"매튜, 너도 영상 제작자니까 알잖아. 우린 그냥 우리 일을 하는 것뿐이야. 너는 상관 안 하는 것 같긴 한데, 그래도 〈폭력에 물든 세상〉 때문에 사람들이 네 형 사건에 관심을 갖게 된 거야. 그 전엔 아무도 관심 없었잖아. 그랬던 걸 우리가……."

"당신들이 뭐요? 사람들의 희망을 한껏 부풀려놨다고요? 아빠를 미친놈처럼 보이게 만들고? 여동생을 이 난장판에 끌어들이고? 마을 사람들이 모두 우리 가족에게 등을 돌리게 만들었다고요? 그래서 도대체 얻는 게 뭐예요?"

"매튜, 나는……."

"말했잖아요, 관심 없다고."

켈러는 맷의 목소리에 담긴 감정에, 그 깊은 상처에 놀랐다.

"형은 아직도 교도소에 있어요." 맷은 말을 이었다. "그리고 우리 가족은 단서를 찾아 멕시코까지 날아갔어요. 당신들이 만든 그 영상 때문에, 그 빌어먹을 것만 아니었어도, 우리 가족은 적어도 죽진 않았을 거예요. 여동생은 대학에 갔을 거고요. 막내는 1학년을 마쳤을 거라고요."

주디 애들러의 눈이 반짝거렸다. 맷은 의도치 않게 그들에게 새로운 정보를 준 것이다. 가족이 멕시코로 간 이유를.

맷도 뒤늦게 깨달은 것 같았다. 그는 켈러를 돌아보며 사과의 눈빛을 보냈다.

켈러는 맷에게 '괜찮아'라고 눈빛으로 답했다.

"난 그냥 네가 우리 말을 끝까지 들어주면 좋겠어." 주디가 말했다. "우리가 새 증거를 찾아냈거든. 그게 정말로 도움이 될 수 있어. 아마 네 아버지도 네가 우리 얘기를 듣길 원하실 거야."

켈러가 중재에 나서려는 참에 맷의 이모가 나타났다. 신디는 식당 앞에 차를 세웠다.

맷이 켈러를 돌아보았다. "커피 사주셔서 고맙습니다. 무슨 일 있으면 연락 주세요.”

신디가 차 안에서 불쾌한 얼굴로 애들러 부부를 노려보았다. 그들과 눈이 마주치자, 신디는 가운뎃손가락을 들어 올렸다.

켈러와 애들러 부부는 맷과 신디가 탄 차가 사라지는 것을 지켜보았다. 〈폭력에 물든 세상〉 속편을 위해 맷 파인과 인터뷰 하려던 영상 제작자의 희망도 함께 사라졌다.

“새 증거요?” 켈러는 부부에게 물었다.

주디가 말했다. “당신한테 분석을 부탁했던 CODIS와 DNA 증거보다는 새거예요.”

“그건, 모든 수단을 총동원해서 맨 먼저 처리하도록 노력하 고 있어요.” 켈러가 말했다.

주디는 눈살을 찌푸렸다.

“오늘 밤엔 결과가 나올 거예요. 결과가 나오자마자 전화해 주겠다고 약속할게요. 그러니까, 이 새 증거란 게 뭐죠?”

주디는 남편을 쳐다보았다. 그는 슬쩍 어깨를 으쓱했다. ‘안 될 거 없잖아?’라고 말하는 것 같았다.

켈러는 식당 문을 가리켰다. 앉아서 얘기할 수 있는 곳이 었다.

“아뇨, 저긴 안 돼요.” 주디가 말했다. “저 사람들이 파인 가족 을 싫어하는 것 같죠? 흠, 저들이 진짜로 싫어하는 건 우리거든요. 여기서 10분쯤 가면 베이스캠프로 사용하는 농장 주택이 있어요."

"그럼 거기로 가죠."

농장 주택은 꽤 낡고 관리가 되지 않은 상태였다. 페인트는 갈라지고, 현관 앞 포치의 바닥은 푹 꺼졌다. 애들러 부부의 밴이 진입로로 추정되는 흙탕물 위에 멈춰 서자 개 몇 마리가 흩어졌다. 켈러도 닛산을 밴 옆에 세웠다.

주디가 밴에서 내렸다. 여기저기 찌그러진 포드였다. 아이라도 아내 뒤를 쫓았다. 저 부부는 결혼한 이후로 줄곧 저런 식이었을 것 같다. 주디가 켈러에게 따라 들어오라고 손짓했다.

켈러는 차에서 내려 주위를 둘러보았다. 30미터쯤 떨어진 곳에 헛간 같은 집이 있었다. 문짝의 경첩이 거의 떨어져 문이 덜렁거렸다. 집 너머로 밭이 펼쳐져 있고, 사방 몇 킬로미터 안으로 사람은 전혀 보이지 않았다. 켈러는 진흙과 오물을 피해 조심스럽게 걸었다. 포치 계단은 나무가 다 썩어 물렁물렁했다. 문 앞에 서서 안을 들여다보니, 이십 대로 보이는 남자 둘이 긴 부엌 테이블에 노트북을 펼쳐놓고 앉아 있었다. 작업 공간 안에는 종이 뭉치와 빈 음료수 캔이 흩어져 있었다. 싱크대에는 접시가 수북이 쌓여 있었다.

큰 덩치에 스니커즈와 스웨트셔츠 차림의 여자도 테이블 끝에 앉아 전화 통화를 하고 있었다.

주디가 안에서 켈러를 불렀다. "들어와요. 안 잡아먹어요."

실내는 엉망이었다. 리놀륨 바닥은 쩍쩍 갈라지고, 색 바랜 벽지를 누가 떼어내려다 포기한 것처럼 맨 벽이 군데군데 드러났다. 아보카도색 냉장고와 초록색 라미네이트 조리대 상판이 기묘한 깔 맞춤을 이루었다.

아이라는 테이블 위의 쓰레기와 잡동사니를 밀어서 손님을 위한 자리를 만들었다. "여기, 앉으세요."

주디는 켈러를 팀원들에게 소개했다. 제작팀 사람들은 켈러가 FBI 수사관이란 말을 듣고 관심을 보이는 것 같았다.

"좀 어수선하죠. 미안해요." 아이라가 아내 옆자리, 켈러 맞은편에 앉으면서 말했다. "여기서 밤을 많이 새요. 커피나 뭐 마실 것 좀 드릴까요?"

"괜찮아요. 이미 오늘치 카페인 총량을 채웠어요. 고맙습니다." 켈러는 모니터와 장비들을 바라보았다. "속편 제작은 어떻게 돼가요?"

"속도가 더뎌요. 파인 가족 사망 사건 수사는요?"

"마찬가지죠." 켈러가 말했다.

주디 애들러는 가볍게 웃었다. 켈러의 얼버무리는 대답을 재미있어하는 것 같았다. "샬럿에 대해 조사를 하다가, 음, 좀 놀라운 내용을 발견했어요." 주디는 쪽 진 머리에 플립플롭을 신고 청바지를 입은 남자에게 말했다. "보여드려."

남자가 켈러 앞에 노트북을 놓아주었다. 희미하게 마리화나 냄새가 났다. 그는 자판을 몇 개 두드리고는 자기 자리로 돌아갔다.

화면에 이십 대 중반쯤 되어 보이는 여자가 나타났다. 머리카락은 흐리멍텅한 보라색이었다.

"샬럿은 그냥 사촌이 아니었어요. 가장 친한 친구였죠." 여자가 말했다.

"가족끼리 가까웠나요?" 주디 애들러가 카메라 밖에서 물었다.

여자는 코웃음 쳤다. "엄마랑 샬럿의 아빠랑 원수지간인 걸요. 두 사람은 몇 년 동안 서로 말도 안 섞었어요."

"왜요?"

"엄마가 어릴 때 존 삼촌이 성적으로 학대를 했대요."

켈러는 등에 소름이 쭉 끼쳤다. 여자는 담담하게 말하고 있었다. 그러나 켈러는 가족 성폭행범은 나이가 든다고 하던 짓을 멈추지 않는다는 걸 잘 알고 있었다. 희생자가 바뀔 뿐이다. 켈러는 계속 영상을 지켜보았다.

"하지만 샬럿과는 가까웠다는 거죠?"

"아, 그럼요. 엄마가 항상 걱정하셨어요. 샬럿에게 캔자스로 와서 우리와 함께 살아도 된다고, 언제든 오라고 하셨죠."

"샬럿이 삼촌에게 성폭행을 당했다고 생각하나요?"

여자는 고개를 끄덕였다.

"샬럿이 그런 얘기를 하던가요?"

"길게 얘기하지는 않았어요."

"그런데도 그렇게 생각했던 거죠?"

그녀는 다시 고개를 끄덕였다. "걔는 항상 아데어를 떠날 거라고 했어요. 큰 도시로 가서 이름을 바꾸고 새로 시작하겠다고요."

"그런 얘기도 같이 했었나요? 그러니까, 집에서 무슨 일이 있었는지, 뭐 그런 얘기요?"

"그럴 필요 없었어요. 그냥 알았죠."

"샬럿의 남자 친구를 알았나요?"

"누구, 대니요? 스카이프로 대화할 때 걔 얘기도 몇 번 나왔어요."

"대니가 체포됐다는 얘기를 들었을 때 놀랐겠어요."

"아, 네. 완전 충격이었죠. 웃겼어요, 그 다큐멘터리에서는 대니와 샬럿이 무슨 대단한 관계인 것처럼 나오더라고요. 막 둘이 무슨 어린 연인들이고 금방이라도 결혼식장에 들어갈 것처럼 말이에요. 하지만 대니는 다른 여자애들도 만났고, 샬럿도 그랬어요."

"그 둘이 진지한 관계가 아니라는 말씀인가요?"

"적어도 샬럿 얘기로는 그랬어요. 샬럿은 대니 파인이 사랑스러운 멍청이라고 했어요. 둘이 좋은 시간도 보냈고요. 하지만 걔네가 결혼할 가능성은 없었죠."

"샬럿이 다른 남자들도 만났다고요?"

"그랬을 거예요. 근데 걔는 학교 남자애들은 다 어린애들이라고 생각했어요."

"샬럿이 특별히 다른 사람을 언급했나요?"

"누군가 있다고는 했어요. 나이 많은 남자요. 하지만 누군지는 얘기 안 했어요."

"왜 안 했을까요?"

여자는 어깨를 으쓱했다.

"샬럿이 임신했던 건 알고 있었나요?"

"아닐걸요."

"하지만 검사 결과는……."

"그게 샬럿이 맞다면요." 여자는 고개를 저으며 도전적으로 말했다.

"무슨 말씀인지."

"그 일이 있기 일주일쯤 전이었나, 샬럿이 그랬어요. 더는 못 참겠다고. 떠날 거라고요."

"뭘 더 못 참겠다는 거였나요?"

여자는 바보 같은 질문이라는 듯 허공을 노려보았다. "구체적으로 말하진 않았지만, 뻔하잖아요. 걔 아빠가……."

"그러니까 그 말은……. 그래서, 그 개울엔 누가 있었던 걸까요? 그리고 경찰은 왜……."

"나도 몰라요. 하지만 샬럿은 친구들이 있다고 했어요. 도피를 도와줄 중요한 친구들이라고."

"그게 누구였을까요?"

주디 애들러는 손을 뻗어 영상을 중지시켰다. "샬럿의 친구들도 인터뷰해봤어요. 샬럿은 약간 비밀스러운 삶을 살았더군요. 나이 많은 남자 친구, 약물. 한 친구한테는 자기가 폭행을 당했고, 두려웠다고 말했대요."

켈러는 회의적인 시선으로 주디를 보았다. "실험도 하고 혈액 검사도 했어요. 샬럿의 시신이 맞다고 확인됐습니다."

아이라 애들러는 손가락을 튕기며 켈러를 가리켰다. "그렇죠. 맞아요. 그리고 이 사건에 대해 모든 사람들의 생각을 통째로 뒤집을 뭔가를 들고 있다고 주장한 사람이 있단 말이죠. 특히 그 혈액 검사 결과까지 포함해서요. 그게 누구였을지 맞춰보세요.”

켈러는 고개를 저었다.

“론 샘슨.”

“대니 파인을 조사했던 그 경찰이요?”

“그 사람과 만날 약속을 잡았었어요. 그런데…….”

“자살했죠.” 켈러가 말했다.

아이라는 고개를 갸웃했다. 그의 얼굴엔 ‘어쩌면 자살이 아닐 수도 있다’는 표정이 떠올라 있었다.

너무 나갔다. 너무 많은 음모. 너무 많은 비약. 켈러는 애들러 부부가 음모론에 심취한 사람들이 아닌가 하는 생각이 들기 시작했다.

“샬럿의 아버지는 노스다코타주로 이사했어요.” 아이라가 덧붙였다. “샬럿의 소지품을 좀 볼 수 있게 해달라고도 부탁했고, DNA 검사를 위해 시신 발굴도 허락해달라고 요청했지만, 대화를 아예 거부하더군요.”

와, 놀라워라. 아동 성 착취자로 비난받는 사람이 협조를 안 해주다니. 켈러는 다시 컴퓨터 화면 쪽으로 시선을 돌렸다. 낯익은 얼굴이 보였다. 노아 브라운.

주디 애들러가 말했다. “그 사람 인터뷰도 다시 땄어요. 이번

속편의 클라이맥스가 사면이 되면 좋겠다고 바라고 있거든요. 하지만 두고 봐야죠, 뭐."

켈러는 컴퓨터를 가리켰다. "봐도 될까요?"

주디는 고개를 끄덕였다. 켈러는 잘생긴 브라운의 얼굴이 나온 창을 클릭했다.

인터뷰는 화면 밖 주디의 목소리로 시작했다. "대니 파인에게 모든 관심이 쏠린 지금, 샬럿이 잊혔다고 생각하시나요?"

"절대 그렇지 않습니다. 적어도 나는 절대 그 아이를 잊지 않았어요. 그러나 엉뚱한 사람을 감옥에 넣어두고 샬럿을 위한 정의를 실현했다고 할 수는 없습니다. 진실이 밝혀지기 전까지는 정의를……."

주디는 동영상을 멈췄다. "아시겠죠. 지난번과 똑같은 얘기예요. 스매셔, 신원 불상의 남자, 어쩌고저쩌고. 이번엔 말만 늘어놓지 않고 실제 행동에 옮길지 지켜볼 거예요."

"주지사가 되어도 대니를 사면하지 않을 거라고 생각하나요?"

"주지사 대행이에요." 주디가 정정했다. "터너 주지사가 어린 소녀들을 밝히는 사기꾼이라 대신 그 자리에 올랐을 뿐이에요. 브라운은 실제 선거로 선출될 때까지는 조심스러운 행보를 보일 거예요. 터너 스캔들 내용은 아시나요?"

"대충요."

“전직 주지사가 진짜 추잡한 놈이에요. 그리고 그 심복 있죠. 그 사람 이름이 뭐였지, 아이라?”

“플래너건. 닐 플래너건.” 그녀의 남편이 대답했다.

“아, 맞다. 이 플래너건은 완전 영화에서 튀어나온 것 같은 놈이에요. 혹시 알아요. 그 인간이 우리 다음 작품이 될지……. 그렇지, 아이라?”

그녀의 남편은 어깨를 으쓱했다.

“아무튼, 네브래스카는 좀 특이한 게 주지사가 단독으로 사면권을 갖지 못해요. 브라운도 사면위원회의 일원이고요. 브라운 입장에선 위원회에 남은 터너 쪽 사람들에게 접촉하기 전에 주지사의 심복이 누구를 더 밀고할지 기다려볼 만하죠. 이 행정부는 아주 더럽거든요.”

정치. 규모가 크건 작건 상관없이, 정치는 언제나 더럽다.

“좋아요. 우린 우리 패를 다 깠어요. 이제 당신 패 좀 보여줘봐요.” 주디가 말했다.

“말했잖아요. CODIS와 DNA 분석 결과가 나오는 대로 연락 주겠다고.”

“그거보단 분명히 더 있을 텐데요.” 주디가 말했다. “그냥 터놓고 다 말해줘요. 아무도 모를 테니까. 파인 가족들, 살해당한 거죠? 맞죠? 아까 매튜 말로는 가족이 단서를 쫓아서 멕시코에

갔다고 하던데요? 딱 에반다운 짓이네요. 그는 그런 걸 결코 그냥 내버려두지 않죠."

"미안해요. 그건 말할 수 없습니다." 켈러가 말했다.

주디 애들러는 입을 꼭 다물었다.

"하지만 이렇게 하죠. 맷에게 당신들과 인터뷰해보라고 권할게요." 거짓말이었다. 그러나 굳이 애들러 부부를 화나게 할 이유는 없었다. 적은 바로 옆에 두라던가 뭐 그런 말도 있고. 그들이 뭐든 단서를 찾는다면, 좋은 관계를 유지하는 편이 훨씬 나을 것이다.

"그거 멋지네요." 아이라 애들러가 말했다. 둘이 당근과 채찍 팀이라면 아마도 남편 쪽이 내내 당근이었던 모양이다.

주디가 덧붙였다. "우린 정말 걔 형을 돕고 싶어요."

그래, 계속 그렇게 우겨봐. 켈러는 생각했다.

44장

매기 파인

이전

매기는 좁은 비행기 안 통로 건너편을 바라보았다. 엄마와 아빠가 미소 띤 얼굴로 얘기를 나누고 있었다. 그런 모습은 정말 오랜만에 본다. 지난 며칠간의 상처가 다 씻겨나가는 기분이었다. 그 옆에 앉은 토미는 트레이 위에 온갖 소중한 것들을 다 펼쳐놓았다. 색칠 공부 책, 금붕어 크래커, 주스 팩. 그리고 세상에서 제일 좋아하는 봉제 곰 인형도. 토미는 엄마 휴대전화로 영화를 보고 있었다. 작은 화면 위로 스머프라는 오싹한 파란 생명체들이 뛰어다니고 있었다.

엄마와 단둘이 있고 싶었지만, 엄마가 이 공항에서 저 공항으로 옮겨 가는 동안 둘이 앉아 대화할 시간이 없었다. 엄마와 토미는 오마하에서 온 비행기에서 내리자마자 3시간 후에 멕시코행 비행기에 올랐다. 매기는 엄마가 이렇게 무계획적으로 여행을 떠나는 데 화를 낼 거라고 예상했었다. 바닷가에 가는데 자기 가방조차 챙기지 못했으니. 그러나 엄마는 신이 난 척하거나 정말로 신이 난 것 같았다. 즉흥성에 활력을 얻은 것일까. 아니면 아빠가 신난 모습을 보는 게 좋았던 것일까.

부엌 바닥에 쓰러진 채 발견된 후로(술에 취했던 건지 상한 음식을 먹었는지, 아직도 모르겠다) 아빠는 다른 사람이 되었다. 그렇다고 해서, 대니를 잊었다는 건 아니다. 당연히 대니 오빠 사건은 여전히 큰 문제였다. 그러나 어쨌든 아빠는 더 너그럽고 유쾌해졌다. 엄마는 이 여행의 목적을 알았어도 이렇게 무심히 즐거워하셨을까. 음, 아무튼 미소를 지으며 와인을 한 잔 더 주문하지는 않았을 것이다. 플라스틱 잔을 비우고 아빠와 다정히 웃으며 대화하는 엄마를 보며, 매기는 이 여행의 목적은 더 이상 신경 쓰지 않기로 했다.

어쩌면 엄마에게 에릭과의 일을 말하지 않고 넘어갈 수도 있겠다. 굳이 여행을 망칠 필요는 없잖아? 그 일은 직접 처리해도 된다. 아니다. 그냥 아예 생각을 하지 말자. 그러나 그게 그렇게 쉬운 일은 아니었다. 그가 손목을 단단히 붙잡아 벽에 밀어붙인 걸 떠올리기만 해도 등에 소름이 돋았다. 지금도 손목에는 그가 남긴 멍이 남아 있었다. 매기는 감정이 고조되는 것을 느꼈다. 그가 강간하려던 건 아니었을 것이다. 그러나 그녀는 무기력했고, 너무 두려웠고, 너무 수치스러웠다. 그래도 그 얘길 엄마에게 하면, 엄마는 아빠에게 말하고 아빠는…… 음, 여행은 끝장날 것이다. 아빠는 또다시 아이를 지키지 못할 뻔했다는 사실을 도저히 용납하지 못하실 것이다.

비행기가 난기류를 타고 흔들렸다. 매기는 팔걸이를 꼭 잡았다. 토미가 씩 웃으며 누나를 올려다보았다. 토미가 쓴 헤드폰이 너무 커 보였다. 이렇게 안전하고 든든한 느낌, 천하무적인 기분을 마지막으로 느꼈던 게 언제였을까? 그런 적이 있긴 있었나? 있었을 것이다. 샬럿이 살해당해 스톤크릭에서 시체로 발견되기 전에는 무서울 게 없었다. 그러나 지금 저 밖에는 괴물이 있다. 아빠는 매기에게, 누구든 그의 말을 듣는 사람에게 항상 경고했었다. 매기는 그 괴물을 지금껏 계속 추적해왔다.

물론, 매기도 오랫동안 의심을 품었었다. 사실 매기는 대니 오빠를 잘 몰랐다. 그가 체포되었을 때 매기는 고작 열 살이었다. 매기의 마음속에 오빠는 항상 어른처럼 큰 사람이었다. 그녀를 '얼간이'라 부르며 놀렸던 소년. 만날 때마다 머리카락을 헝클어뜨리고, 어린 매기를 잘 업어주었다. 오빠랑 인형을 가지고 소꿉놀이를 했던 기억도 있었다. 미식축구 경기를 보러 갔을 때 대니 파인의 여동생이라는 게 뿌듯하기도 했다. 대니가 집에 있던 적은 잘 기억나지 않았다. 그 당시 부모님은 괴물을 믿지 않았고 아이들을 자유롭게 풀어주었다. 대니 오빠는 완벽한 소년은 아니었다. 술도 많이 마셨고, 인기 없는 아이들에게 특별히 친절하게 굴지도 않았다. 적어도 지난 수년간 오빠 사건을 조사하며 알게 된 내용은 그랬다. 그렇다고 살인자도 아니었다. 그녀는 그렇게 믿었다. 믿어야 했다.

매기는 볼을 오목하게 만들고, 손목에 난 보라색 멍을 다시 확인했다. 엄마가 알아챘을까. 옆을 보니 아빠가 매기를 바라보고 있었다. 아빠는 자주 그랬다. 매기와 눈이 마주치자, 아빠는 미소를 짓고 등받이에 머리를 기대고 눈을 감았다. 엄마는 아빠의 어깨에 머리를 기댔다.

그래, 됐다. 매기는 마음을 정했다. 집에 갈 때까지 기다렸다가 엄마에게 얘기하기로. 즐거운 분위기는 어떻게든 맞춰줄 수 있었다. 그것 말고도 결정할 게 하나 더 있었다. 비행기를 타기 직전에 받은 이메일에 대해 아빠에게 언제 말하면 좋을까. 휴대전화 데이터 회사, 그러니까 토비가 소개해준 그 회사에서 온 메일이었다. 그냥 200달러를 날리는 셈 치기로 했지만, 약속대로 보고서가 도착했다. 한 페이지짜리 지도. 툴룸 지도 위에 파란 핀 두 개가 그려져 있었다.

첫 번째는 몰로코 바였다. 샬럿이 — 또는 누군가 샬럿으로 가장한 사람이 — 전화를 건 곳이었다. 발신자 정보도 확인되었다. 그러나 더 흥미로운 것은 두 번째 파란 핀이었다. 그곳에서는 딱 하루 동안만 발신 기록이 있었다. 몰로코 바에서 몇 블록 떨어진 곳이었다. 그 전화를 건 사람이 여기 살거나 임시로 묵고 있는 거겠지. 이 보고서를 아빠에게 보여주면 — 아빠는 지금 밝은 얼굴로 맥주를 주문하고 있었다. — 온전히 여기에만 몰두할 것이다. 몰로코 바에 가기 전에 하기로 했던 재미있는 계획들은 다 물거품이 될 것이다. 그래, 아빠에게 말해야지. 지금 당장은 말고. 조금만 기다리면, 즐거운 가족 여행이 될 것이다.

매기는 복도 건너편의 아빠를 바라보았다. 그래, 우리에게 장난을 친 그 여잔 누굴까?

45장

맷 파인

"항상 이러세요?" 맷은 할아버지를 살펴보았다. 할아버지는 낡은 안락의자에 마비된 것처럼 앉아 있었다. 긴장증이었다. 맷과 이모는 식당에서 볼 법한 작은 식탁에 앉아 있었다. 맷은 어릴 때 놀러 갔던 할아버지 집을 떠올렸다. 이 방은 그때 그 집의 할아버지 방보다 더 넓었다. 분위기도 아늑하고, 액자에 넣은 가족사진과 화분으로 장식되어 있었다. 할아버지 집에서 봤던 가구들도 있었다. 사람들이 신디 이모에 대해 뭐라 말하든, 이모는 할아버지를 극진히 보살피고 있었다.

"올해는 상태가 많이 안 좋아지셨어." 신디가 말했다. "네 엄마가 면회 왔을 때만 해도 훨씬 더 생생했었는데. 할아버지는 늘 네 엄마를 보면 기운이 나셨어."

“할아버지도 아세요?”

신디는 고개를 저었다. 정확히 그렇게 말하진 않았지만, 할아버지에게 그 비극을 알려줘 봐야 아무 의미도 없다고 생각하는 것 같았다. 맷도 고집을 부리진 않았다. 그러나 할아버지도 자기 딸이 죽었다는 걸 알 권리가 있지 않나? 사위도, 손자 손녀도, 모두 세상을 떠났다는 걸?

노크 소리가 나고 간호사가 미소 띤 얼굴로 문을 열고 들어왔다. 그러다 신디와 눈이 마주쳤다.

“죄송합니다, 포드 씨. 계신 줄 몰랐어요. 나중에 다시 오겠습니다.”

“앨비타는 어디 있어요?” 신디가 말했다. “아버지는 낯선 사람이 들락날락하는 걸 원치 않는다고 창 원장에게 분명히 말했는데요. 아버지는 앨비타를 좋아해요. 나도 앨비타를 좋아하고요.”

“죄송합니다, 포드 씨. 앨비타는 오늘 비번이에요.”

신디는 눈살을 찌푸렸다.

“나중에 다시 올게요.” 간호사는 잽싸게 방을 나갔다. 맷은 그 여자에게 딱히 나쁜 감정은 들지 않았다.

신디는 맷을 돌아보았다. “너하고 상의할 게 있어.”

“네, 뭔데요?”

"장례식 얘기야."

장례식과 관련해서는 이미 이모와 문자를 열댓 개는 주고받아 처리했는데, 도대체 어떻게 또 상의할 게 있을 수 있단 말인가. 꽃 종류, 사진 배치, 프로그램, 추도사, 맷이 전혀 신경도 쓰지 않는 이런저런 것들. 그러나 한편으로는 그런 시시콜콜한 것에 몰두하는 게 이모 나름대로 슬픔을 이겨내는 방법이라는 생각도 들었다.

"노아 브라운이 자기 집에서 장례 후 식사 자리를 마련하고 싶대." 신디가 말했다.

맷은 잠시 생각해보았다. "엄마 고등학교 때 남자 친구요? 그 다큐멘터리에 나오는 남자? 그거 좀 이상하지 않을까요……?"

"나도 알아. 막 이상적인 그림은 아니지. 솔직히 나도 어릴 때 노아가 영 싫었어. 하지만 지금 그는 네브래스카 주지사야. 할아버지가 이런 큰 방에서 지낼 수 있는 것도 그 사람 덕이고. 내 생각엔 네 부모님도 그걸 원했을 것 같아."

"정말요? 난 우리 부모님이 그런 걸……."

"대니의 사면을 위해선 노아가 필요해."

그거였구나. 형의 사건은 가족의 삶을 지배했으니 당연히 죽음도 지배해야지. 여기에 대고 싸워봤자 소용없는 일이다.

"좋아요."

"그리고 이 얘기는 하고 싶지 않겠지만, 이제 슬슬 부모님 유산도 처리해야지. 집, 신용카드, 유언장, 생명보험, 그런 거……."

"이모 말이 맞아요. 그 얘긴 하고 싶지 않아요." 의도한 것보다 더 날카로운 목소리가 튀어나왔다. 그날 아침 맷과 대니가 보험금 때문에 가족을 죽였다고 암시하는 터무니없는 신문 기사가 생각났기 때문이었다. 그 생각은 떨쳐버려야 했다. 맷은 부드러운 목소리로 말했다. "장례식 끝나면 같이 얘기해요. 약속할게요."

신디는 뭐라 대꾸하려다가, 입을 다물었다. 그러고는 대화 주제를 바꾸었다. "그건 그렇고, 그 애들러 놈들은 뭐라고 하던?"

여기까지 오는 길에도 이모가 똑같은 걸 물었지만, 그는 그냥 어깨만 으쓱하고 대답하지 않았었다. "속편을 만든대요."

신디가 역겨운 표정을 지었다. "그 인간들하고 인터뷰를 했던 나 스스로가 용서가 안 된다. 놈들이 네 아빠를 어떻게 만들었는지 봐. 온 동네를 쑥대밭으로 만들어놓고 그 짓을 또 하겠다는 거야? 역겨운 놈들."

신디의 눈에 안개가 서렸다. 아데어에 온 이후 이모에게서 분노나 짜증 말고 다른 감정을 본 건 처음이었다. 맷은 테이블 너머로 이모의 손을 잡았다.

신디는 냉소적인 미소를 지었다. "이제 세상엔 우리 둘뿐이구나."

이모의 말이 무슨 뜻인지 모르겠다.

"이제 우리에겐 우리를 알아보지 못하는 남자 하나랑, 교도소에서 평생 썩어야 하는 남자 하나가 남았지." 이모는 냉소적인 유머로 고통을 감추고 있었다.

"아뇨, 이모. 우리에겐 서로가 있잖아요." 맷이 말했다.

해야 할 말이었고, 다정한 말이었다. 그러나 솔직히, 맷은 외로웠다. 이 외로움이 언제까지 갈지도 모르겠다. 앞으로도 영영 이런 상실과 고통을 느끼며 살아야 할까. 이 모든 것으로부터 회복될 수 있을까. 낡은 안락의자에 앉아 허공을 응시하는 노쇠한 할아버지를 바라보며, 맷은 이모의 판단이 옳았다고 생각했다. 할아버지는 진실을 알지 못해서 운이 좋은 거라고.

46장

새러 켈러

농장 주택을 나온 켈러는 샬럿의 사촌이 말한 샬럿의 생존설에 대해 생각해보았다. 진실 같지는 않았다. 일단 샬럿이 살해당하지 않았다면, 두개골이 부서진 채 개울가에서 발견된 젊은 여자는 누구란 말인가? 경찰과 검찰의 일 처리가 그렇게까지 엉망이었다고? 샬럿의 아버지가 딸을 성적으로 학대했을 수는 있다. 그리고 샬럿이 〈폭력에 물든 세상〉에서 묘사한 대로 그렇게 순진한 치어리더는 아닐지도 모른다. 그렇다고 해서 샬럿이 죽지 않았다는 뜻은 아니다. 게다가 그게 파인 가족의 죽음과 무슨 관계가 있단 말인가?

단서가 많은 건 아니었다. 지금은 그저 기다림의 연속이었다. 켈러는 DNA 검사 결과 보고서, 매기가 오빠에게 보낸 사진 속 남자와 여자의 안면 인식 결과, 칼리타 에스코바르의 보고서를 기다리는 중이었다. 어차피 기다릴 동안 샬럿의 사망부터 확실히 짚고 넘어가는 것도 좋을 것 같았다.

시신 발굴 말고도, 샬럿의 생존설을 검증할 최고의 방법은 실제로 그 사건을 겪은 사람들을 만나보는 것이다. 일반적인 경우라면 지방 검찰청과 형사들에게 협조를 구했을 것이다. 그러나 그들은 다큐멘터리로 인해 대중의 비난을 받은 후로 방어적인 태도를 보이고 있었다. 그러면 대니의 변호사들만 남는다. 재판에 나온 히피 변호사는 도움이 안 될 것이다. 파인 가족에게 막대한 수임료를 받았음에도 다큐멘터리에 나온 모습을 보면 거의 경계선 무능력자였다. 그 사람 이후 새로 선임된 모범생 스타일의 항소 전문 변호사는 다큐멘터리 속편을 이끌어갈 인물로는 지루하다는 평가를 받았다. 켈러는 루이스 레스터와 얘기하고 싶었다. 다큐멘터리가 제작되기 전부터 열정적으로 대니를 변호해준, 어느 모로 봐도 열정적이고 숙련된 변호사였다.

켈러의 렌터카가 노스 오마하의 상점가 앞에 멈춰 섰다. 도로를 따라 소액 대출 회사, 잡화점, 네일 살롱이 늘어서 있었다. 켈러는 휴대전화를 들고 주소가 맞는지 주위를 둘러보았다. 여기가 맞았다. 거리 저쪽 끝, 평범하게 생긴 건물에 '오심 피해자

426

를 위한 기관'이라고 쓰인 작은 간판이 달려 있었다.

루이스 레스터는 서류 더미가 잔뜩 쌓인 어수선한 책상 앞에 앉아 있었다. 사무실은 벽이나 칸막이 없이 넓게 개방된 공간이었다. 컴퓨터는 열 대가 돌아가고 있고, 경쾌하게 자판 두드리는 소리만 공간을 채웠다. 어쩐지 옛날 기자실이 연상되는 모습이었다.

그러나 이들은 기자가 아니었다. 오심 피해자를 위한 기관은 자원봉사자들이 이끌고 있었다. 법학을 전공하는 학생들, 은퇴자들, 사회 정의를 지키는 전사들. 그래서 토요일인데도 사무실이 문을 열었나 보다. 켈러는 방 안을 가득 채운 열기를 느꼈다.

"급히 연락드렸는데 만나주셔서 감사합니다." 켈러가 말했다. 최근에 이 인사말을 참 많이 하고 다닌다.

레스터는 가볍게 미소 지었다. 화장기 없는 얼굴에, 체구보다 좀 큰 듯한 낡은 정장 차림이었다. 켈러는 이 여자가 큼직한 정장으로 자기 매력을 감추고 있다는 생각을 했다. 그녀의 수수한 차림새는 이렇게 외치고 있었다. *세상에는 예뻐 보이는 것보다 더 중요한 것들이 있다고요.*

"파인 가족에게 더 이상 나쁜 일은 생길 수 없겠다고 생각했는데 말이죠." 레스터는 가라앉은 목소리로 말했다. 마치 패배는 프로답지 않다고 여기는 것 같았다.

“그들을 잘 아셨나요?”

“주로 에반을요. 에반은 우리 일을 적극적으로 후원하셨어요. 놀라운 사람이었죠.”

“저도 다큐멘터리에서 봤습니다. 정말 열정적이더군요.”

레스터는 고개를 끄덕였다. “그 망할 놈의 영상 제작자들이 에반을 반쯤 미친놈처럼 만들어놨어요. 에반에게 그럴 줄 알았다면 그 다큐멘터리에 절대 나가지 않았을 거예요. 참나, 그 인간들 정말 뻔뻔하기도 하지. 글쎄 나더러 속편에도 나와달라는 거예요. 그래서 그 인간들한테 그딴 다큐멘터리는 시궁창에나 처박아버리라고 그랬죠.” 레스터는 깊이 숨을 들이마셨다. 치미는 화를 가라앉히는 방법인 것 같았다. 어려서부터 배운 방법인지 자연스러웠다. “죄송해요. 제가 애들러 부부를 별로 좋아하진 않아요. 에반처럼 우아하고 세련된 사람은 살면서 만나보기 쉽지 않죠. 그런 사람이 애들러 부부에게 그런 짓을 당할 이유가 없었어요. 주디와 아이라 애들러는 최악의 방법으로 에반을 이용해먹었죠. 그 사람들은 에반도 대니도, 수천 명의 오심 피해자들도 전혀 관심 없어요. 그들이 원하는 건 그저 시청률뿐이에요. 진실이고 나발이고! 그저 그럴싸한 이야기만 잘 뽑으면 만족하는 거예요.”

“그 다큐멘터리가 그저 이야기일 뿐이라고 생각하시나요?”

“물론이죠.”

“하지만 대니 파인을 변호하시잖아요.”

“그야 당연하죠. 그 다큐멘터리의 현실성 없는 어설픈 가설 때문이 아니라, 대니의 자백이 터무니없도록 신뢰성이 없기 때문이죠. 나는 그보다 더 최악인 사건도 여럿 맡고 있어요. 그 사건의 아이들은 백인 동네의 미식축구 스타도 아니고, 희생자도 예쁜 백인 소녀가 아니죠.”

레스터의 눈시울이 붉어졌다. 강렬한 힘이 담긴 눈빛이었다. 켈러는 광신자를 믿지 않는다. 그들은 시야가 좁고, 존재하지도 않는 음모론에 빠져 현실을 보지 못한다. 그 살아 있는 증거가 바로 애들러 부부였다. 그러나 맞은편에 앉은 레스터를 보며, 켈러는 자신의 아이들도 그런 열정을 가지고 살아가면 좋겠다고 마음속으로 바랐다.

레스터가 말을 이었다. “그래서 그 신원 불상의 남자나 바비 레이 헤이즈나 괴물 같은 것이 샬럿을 죽였을까요? 절대 아니에요.”

“왜 그렇게 생각하시죠?”

“신원 불상의 남자는 파티에 있었던 한 아이의 희미한 기억 말고는 근거가 없어요. 그 아이는 당시에 술을 마시고 있었고, 그 후 자동차 사고로 뇌 손상을 입었어요. 그러니 그 아이의 기억을 재확인할 방법이 없죠. 게다가 이십 대 후반 남자가 고등학생들의 하우스 파티에 왔다면 당연히 본 사람이 더 있어야죠. 목격자 진술은 신빙성 없기로 악명 높잖아요. FBI 수사관이시니 잘 아시겠죠.”

“DNA 검사로 판결이 뒤집힌 사례 중 목격자 진술 오류가 상당수 포함되어 있다고 알고 있습니다.” 켈러는 공감을 표하기 위해 말했다.

“70퍼센트예요. DNA로 구명된 열 명 중 일곱은 육안 목격자 진술을 바탕으로 잘못된 판결을 받았던 거예요. 나머지는 대부분……”

“허위 자백이죠.” 켈러가 말했다. 레스터의 말을 끊으며 대화의 주도권을 찾아오기 위해서였다. 켈러의 시선은 어쩔 수 없이 레스터의 책상 뒤에 붙은 포스터로 향했다. 전기의자에 묶인 아프리카계 미국인 소년의 흑백사진은 보고 있기 불편했다. 누군가 소년에게 너무 큰 금속 헬멧의 턱끈을 조이고 있고, 소년의 둥근 뺨 위로 눈물이 흘렀다. 사진 아래에는 이렇게 쓰여 있었다.

조지 스티니 주니어.
14세였던 1944년 백인 소녀 두 명을 살해한 혐의로 처형.
2014년 무죄로 복권됨.

켈러는 사진에서 눈을 뗐다. 집중해야 했다. "그렇다면 누가 샬럿을 죽였다고 '생각'하십니까?"

레스터는 웃으며 기침을 했다. "아, 이제 그 토끼굴에 다시는 빠지지 않으려고요. 내 말 믿어요. 그게 당신 삶을 갉아먹을 거예요." 그 사건이 레스터에게 큰 타격을 주었던 것이다. 다큐멘터리의 중요한 몇 장면이 떠올랐다. 레스터가 항소심 판사단 앞에 서서 항소를 주장하는 장면이었다. 그녀의 변론은 절제되면서도 열정적이었다.

"샬럿의 머리도 헤이즈의 피해자들처럼 짓이겨져 있었어요." 켈러가 말했다.

"네, 맞아죠. 하지만 샬럿이 살해당하기 전에 스매셔의 작업 방식이 캔자스주 언론에 보도되었죠." 레스터가 말했다. "그리고 캔자스 경찰은 네브래스카와 이웃 주 경찰 조직에 이 내용을 통보했고요. 혹시 다른 희생자가 있지는 않은지 확인 요청차 알린 거죠. 결국 그렇게 해서 헤이즈를 잡기도 했고요. 대니 사건 담당 검사는 샬럿 살인 사건의 유사성을 지적한 익명의 제보들을 제출하지 않고 뭉갰지만, 뭐 아무튼 젊은 여성의 두개골을 짓이기는 살인자가 있다는 사실은 공개 정보였죠."

"그럼 왜 대니의 변호사는 그 정보를 확인하지 않았을까요?"

레스터는 어깨를 으쓱했다. "그 인간은 살인 사건은 한 번도 맡아본 적이 없었어요. 그 인간이 감당하기엔 어려운 사건이었고요. 하지만 변호사는 그 자료를 '봤다고' 주장하긴 해요. 익명의 제보도 받았대요. 그리고 이 부분이 유죄 판결 후 항소 제기때 검찰이 공격 포인트로 삼았던 부분이기도 해요. 내가 볼 땐그 인간 그냥 자기 치부를 감추려는 것이었지만, 아무튼 변호사말로는 그 단서를 추적하지 않은 건 법의학적 증거와 맞지 않았기 때문이라고 했어요. 헤이즈는 소녀들을 성폭행했어요. 하지만 샬럿은 성폭행당하지 않았거든요. 그리고 검시 결과 별도의 두개골 골절이 있었다고 해요. 샬럿의 얼굴이 짓이겨지기 전에 이미 골절이 있었던 거죠."

켈러는 역겨움과 분노를 동시에 느꼈다.

"그러니까 지금 그 말씀은, 그게 헤이즈의 소행인 것처럼 보이게 하려고 누군가 수법을 모방했다는 건가요?" 그렇다면 이건 계획범죄가 된다. 술에 취한 십 대가 화가 나서 우발적으로여자 친구를 죽이는 상황과는 맞지 않다.

레스터가 말했다. "헤이즈는 사형을 피하기 위해 다른 살인들은 다 자백했어요. 하지만 샬럿을 죽인 것은 부인했죠. 굳이그럴 이유가 있겠어요?"

"샘슨 형사는요? 애들러 부부 말로는 샘슨이 죽기 전 굉장히파괴력 있는 정보를 들고 있다고 했다던데요. 혈액 검사 결과에 대해서.”

“칫, 편리하기도 하지. 그가 애들러를 찾아간 게 사실이라고 쳐요. 사실 전 그것부터가 너무 의심스럽거든요. 애들러 부부가 그 남자 인생을 그렇게 망쳐놨는데. 아무튼, 그렇다고 해도 샘슨은 신뢰할 만한 사람이 아니었어요. 그가 애들러 부부에게 접근했다면, 아마 자기 명예를 회복하기 위해서였을 거예요. 그리고 미리 말씀드리자면, 저도 그 사람이 살해당했다고 추정하는 인터넷 게시물들을 봤어요.”

켈러는 레스터가 원래 시원시원한 사람인지 아니면 이 사건을 담당한 세월이 그녀를 단단하게 한 것인지 감이 잡히지 않았다. 레스터는 샬럿의 살인을 설명하는 가설들을 모두 원천적으로 차단하는 것 같았다. 그래서 다음 질문을 하기가 좀 망설여졌다.

“음모 이론 얘기가 나와서 말인데, 좀 수상쩍은 이론도 있잖아요. 적어도 애들러 부부는…….”

“샬럿 생존설이요?” 레스터는 한숨을 쉬며 말했다. ‘그걸 진심으로 믿는 건 아니죠?’라고 묻는 눈치였다.

“네, 그거요. 저기, 저도 이 말이 어떻게 들릴지 압니다. 하지만 물어보는 게 좋을 것 같아서요.”

레스터는 고개를 저었다. “나도 걔가 살아 있다면 좋겠어요.

하지만 샬럿은 죽었어요. 애들러 부부가 모르는 게 하나 있어요. 재판에서도 이 얘기는 나오지 않았는데, 샬럿에겐 특징적인 흔적이 하나 있었어요. 엉덩이에 작은 하트 모양 문신을 새겼거든요. 샬럿이 맞아요."

켈러는 한숨을 쉬었다. 그녀도 이 가설이 터무니없다는 건 알았고 이런 결말도 예상했지만, 그래도 실망스러운 마음은 여전했다.

"조언 하나 해드릴까요, 켈러 수사관님?" 레스터가 말했다. 책상 위에서 그녀의 휴대전화가 울리고 있었다.

켈러는 고개를 끄덕였다.

"샬럿의 살인자에게 너무 목매지 마세요. 내가 그 길을 따라갔다가 무너져봐서 알아요."

"하지만 샬럿에게 실제로 무슨 일이 있었는지를 알아내는 것이 파인 가족 사망의 진상을 밝힐 유일한 방법이라면요?" 켈러가 물었다.

레스터는 책상에 팔꿈치를 괴고 깍지를 꼈다. "그럼 당신은 망한 거예요, 켈러 수사관님. 완전히 망한 거예요."

47장

에반 파인

이전

"자, 얼른. 얼른 여기 와서 서라, 맥파이." 공항 앞에서, 에반이 셀카 구도로 휴대전화를 들고 매기를 불렀다. 밝은 햇살 때문인지, 공기에 감도는 소금 냄새 때문인지, 아니면 몇 년 만에 온 가족 여행 때문인지는 모르겠지만, 에반은 기분이 좋았다. 활력이 넘쳤다.

"아우, 아빠." 매기는 고개를 저었다.

리브가 에반에게 다가와 뺨을 맞댔다. 그러면서 매기에게 손짓했다.

매기는 얼굴을 붉혔다. 근처에 십 대 소년들이 보였다. 남자애들이 이쪽을 쳐다보지는 않았지만, 매기를 마비시키기에 충분해 보였다.

토미가 나섰다. "나도요. 나도 사진 찍을래요."

에반은 토미를 안아 올렸다. "당연하지. 그런데 그 멋진 선글라스는 어디 있니?"

토미는 아빠가 공항 상점에서 사준 플라스틱 선글라스를 주머니에서 꺼내 썼다.

"너 올 때까지 기다릴 거야." 에반이 한 번 더 매기를 불렀다.

에반과 리브는 과장된 포즈를 취했다. 뺨을 오목하게 패게 하고, 섹시해 보이게 눈을 가늘게 뜨고, 손가락으로 피스 사인을 만들고.

"알았어요, 알았어." 매기가 성큼성큼 걸어왔다. 그녀는 화면 안에 얼굴을 억지로 밀어 넣었다. "얼른 찍어요!"

"자, 치―즈 해야지."

"얼른요, 아빠."

에반과 리브는 함께 웃었다. 에반이 사진을 찍자마자 매기는 잽싸게 떨어져나갔다. 그러나 에반은 매기의 입가에 희미한 미소가 감도는 것을 분명히 보았다.

찍은 사진들을 넘겨보며 가슴이 따뜻해지다가도, 문득 그 자리에 두 아들이 없다는 사실이 슬픔으로 밀려왔다.

에반은 애써 그 슬픔을 밀어냈다. 지금 이 분위기를, 생기를 유지하고 싶었다. 비행기에서 마신 맥주 덕에 아직도 몸이 후끈후끈했다. 그리고 아이들이 잠들었을 때, 리브가 그에게 해준 키스의 온기가. 그에게 불을 지른 그 키스. 만일 리브가 그를 비행기 화장실로 초대했다면 그는 위험을 무릅쓰고 '구름 위 클럽' 회원이 되었을 것이다.

그러니, 대니나 맷은 잠시 잊자. 지금 실직 상태인 것도. 해외여행을 감당할 여건이 아니란 것도. 또 다른 막다른 길로 이어질 게 뻔한 단서를 쫓아 여기 왔다는 것도. 잠시 잊자.

리브가 옆에서 사진을 들여다보았다. "와, 이 사진은 나중에 SNS에 올려야겠어."

리브는 몇 달 전 소셜 미디어를 모두 접고 비공개로 전환했다. 그것 말고도 리브에게서 평소와 다른 분위기가 느껴졌다. 에반에겐 개수대에 한 줌의 알약을 토해냈던 사건이 결정적 전환점이었다. 리브의 전환점은 무엇이었을까? 에반은 그 생각도 털어버리기로 했다. *젠장, 알 게 뭐야.* 그는 아내의 손을 잡았고, 리브도 남편의 손을 맞잡고 깍지를 꼈다.

"바닷가에도 갈 거예요, 아빠?" 토미가 물었다.

"그럼. 하지만 그 전에 먼저 장난감 가게부터 가야지."

리브는 그에게 눈을 흘겼다. 무슨 말을 하려다 참는 눈치였다. 그 대신 리브는 에반의 엉덩이를 꽉 쥐었다. "가서 셔틀버스부터 찾아봐요, 이 아들 바보 씨."

"으웩." 매기는 얼굴을 일그러뜨렸다. 그러나 그 얼굴에도 미소가 스쳐 지나갔다.

2시간 후 툴룸에 도착했다. 밴은 해변으로 가는 길을 지나 관광객들이 많이 모인 번화가도 그대로 지나쳐 곁길로 빠졌다. 중심가를 벗어나니 분위기는 좀 칙칙해졌다. 길가에 색 바랜 원색으로 칠해진 건물은 허물어지기 직전이었다. 시든 잎이 달린 야자나무는 쇠사슬을 엮어 만든 울타리 위로 축 늘어지고, 미로처럼 얽힌 전깃줄이 머리 위로 사방팔방 뻗어 있었다. 성수기에 급하게 예약한 결과였다.

리브는 남편을 바라보았다.

에반은 리브의 마음을 헤아릴 수 있었다. 걱정 마. 즐거운 모험이 될 거야. 그는 눈빛으로 대답했다.

밴은 또 한 번 크게 방향을 틀어 우거진 수풀 사이로 난 좁은 길을 따라 달렸다. 길 끝에 휴가용 숙소로 지은 집 여섯 채가 모여 있는 작은 주택 단지가 있었다. 주택 건물은 높은 울타리를 세워 사생활을 보호하도록 되어 있었다. 밴은 가족을 단지 정문 앞에 내려주었고, 에반이 비밀번호를 입력하고 문을 여는 것을 본 다음 출발했다. 숲의 소리가 주위를 가득 채웠다.

438

에반은 집 현관문의 비밀번호를 입력하고 문을 열었다. 내부는 생각보다 멋졌다. 대리석 마루가 깔린 탁 트인 구조에, 현대식 부엌과 식탁, 거실이 조화롭게 자리 잡고 있었다.

토미가 복도를 뛰어가서 자기 방을 정하고는, 신이 난 걸음으로 소파와 낡은 목제 테이블 주위를 뛰어다녔다. 그러다 화강암 부엌 조리대의 스툴에 잠깐 앉았다가, 다시 뛰어 내려와 뒷마당으로 이어지는 거실 유리문을 향해 달려갔다.

"바닷가는 어디에 있어요?" 토미는 뒷마당을 바라보며 물었다.

리브가 토미 앞에 무릎을 꿇고 아이와 눈을 맞췄다. "바닷가보다 더 좋은 게 있어."

토미는 눈을 크게 뜨고 엄마를 바라보았다.

"여긴 정글이거든." 리브는 손으로 호랑이 자세를 취하고 토미에게 앞발로 달려드는 시늉을 했다. 그러고는 에반을 올려다보며 미소를 지었다.

매기도 주위를 두리번거렸다. 표정만으로는 매기의 생각을 쉽게 읽을 수 없었다. 매기는 유리문으로 밖을 슬쩍 내다보았다. "마당에 자전거가 있네요. 저녁 먹으러 시내 갈 때 타고 가면 되겠어요."

해 질 녘에, 그들은 금방이라도 부러질 것 같은 낡은 자전거를 타고 인적 드문 길을 따라 시내로 향했다. 에반의 자전거 뒷 좌석에는 어린이용 보조석이 고정되어 있었는데, 미국에서 몇 년 전에 리콜되었을 법한 구식 모델이었다. 토미는 불안정한 보조석에 올라타서 자전거가 달리는 동안 팔을 활짝 벌렸고, 리브는 노심초사하며 에반의 자전거 뒤를 바짝 따라 달리며 토미에게 아빠를 꼭 잡으라고 계속 외쳐댔다.

그들은 큰길로 나가는 길을 찾아 차량 흐름이 끊길 때를 기다려 길을 건넜다. 거기서부터는 마야 신의 벽화가 그려진 벽을 따라 흙길을 달렸다.

가족은 길가의 타코 집을 찾아서 타코를 먹었다. 에반과 리브는 마가리타를 실컷 마셨다. 둘은 깔깔대고 웃고, 서로 잠시도 손을 떼지 않고 계속 장난을 쳤다. 매기는 당황해서 애써 외면한 채 토미가 어린이 메뉴판에 색연필로 색칠하는 걸 도와주었다.

저녁을 다 먹고는 기념품 가게를 돌아다니다가 다시 숙소로 향했다. 위험천만한 여행이었다. 매기는 에반이 칵테일을 과음했다며, 어린이용 보조석을 자기 자전거로 옮겨 동생을 태우겠다고 주장했다.

에반과 리브는 나란히 달렸다. 리브의 머리카락이 바람에 날렸다. 매기가 챙겨온 샌들과 원피스를 차려 입은 리브는 사랑스러웠다. 리브는 에반에게 경주를 하자고 제안했고, 에반은 있는 힘을 다해 페달을 밟았다. 낡은 자전거가 미친 듯이 삐걱거리고 제어가 되지 않았다. 결국 앞 타이어가 자갈에 걸려 미끄러지고, 에반의 자전거는 비틀거리다가 아스팔트 길을 벗어나 잡초로 덮인 작은 도랑에 빠졌다. 리브는 자전거를 던지고 에반에게 달려갔다. 어디 다친 곳은 없는지 확인하러 다가오는 리브를 에반은 힘껏 잡아당기고, 둘은 서로 엉겨 잡초 위로 쓰러졌다. 얼싸안고 크게 웃는 두 사람을 바라보며, 매기는 지금 저 사람들이 제정신인가 하는 어이없는 표정으로 엄마 아빠를 바라보았다.

에반은 생각했다. 오늘이 그의 생에서 가장 멋진 밤인 것 같다고.

48장

새러 켈러

켈러는 우울한 분위기의 아데어 모텔 방 책상에 앉아 있었다. 눈앞에 수사 일지와 파일들이 펼쳐져 있었다.

"왜 그래?" 아이폰 스피커를 통해 남편의 목소리가 들렸다.

"그냥 좀, 실망스러워서." 켈러가 말했다. 아니, 아까 레스터는 '망했다'고 했던가. 레스터는 가망 없는 싸움을 업으로 삼았다. "막다른 길이야. 그런데 아침까지 스탠에게 보고서를 보내야 하거든. 스탠이 D.C.로부터 꽤 압력을 받게 될 거야."

"당신이 잘 해낼 거면서." 밥이 말했다. 밥이 그녀에게 품은 신뢰를 병에 담아 가지고 다니면서 일주일에 몇 리터씩 들이마시고 싶었다. 집에 못 간 지 고작 사흘밖에 되지 않았지만, 늘 든든한 그가 그리웠다. 쌍둥이들을 꼭 안아주고 싶었다. 그녀의 방 침대에 누워 자고 싶었다.

"맷 파인을 처음 만난 날보다 나아진 게 하나도 없어. 게다가 방금 실험실에서 전화를 받았거든. 내가 기대를 걸었던 단서 있잖아. 그 다큐멘터리 제작자가 고용한 조사관이 현장에서 발견한 혈흔 말이야. 그건 심지어 피도 아니었대. 검사 결과로는 스파게티 소스인 것 같다는 거야."

밥은 웃음을 터뜨렸다. "스파게티 소스?"

"……하나도 안 웃겨."

"잠깐, 지금 그 혈액 샘플이 진짜 피가 아니라 스파게티 소스였다는 거지. 누가 밥 먹다 흘렸나?"

"뭐라고?" 켈러는 자기도 모르게 웃고 말았다.

"미안." 밥이 말했다. "난 하루 종일 여섯 살짜리들하고 지내고 있다고."

상황이 너무 우스꽝스러워서, 그저 웃을 수밖에 없었다. 이제 스탠은 D.C.의 높은 분들 앞에서 스파게티 소스를 보고해야 하는 신세가 되었다. 애들러 부부에게도 이 사실을 알려줘야 하는데.

뭔가 바사삭 부서지는 소리가 스피커를 통해 들려왔다. 밥이 좋아하는 러플스 감자칩을 먹는 소리겠지. "좋아, 그러니까 DNA는 흐지부지됐고 만날 사람은 다 만났다 이거지. 하지만 사람은 신뢰할 수 없는 존재라고 당신이 늘 말하지 않았어?"

맞는 말이다.

와그작 소리가 계속 들렸다. "그러니까 그냥 당신답게 하면 되잖아? 문서를 보고, 기록을 점검하고. 문서는 거짓말을 안 하니까."

켈러는 다시 미소를 지었다. "정말 내 말을 잘 듣는구나."

"응? 뭐라고?" 밥이 말했다.

"됐어." 그녀는 웃었다.

"그래서, 지금까지 확인한 건 뭐야?"

수사 내용을 외부인에게 말하는 건 규정 위반이다. 켈러는 일반적으로는 규정을 어기는 사람이 아니었다. 그러나 밥은 언제나 좋은 자문역이었다. 그녀의 긴장을 누그러뜨리고 편안히 이야기를 끌어냈다. 게다가 그는 요즘 세상에 보기 드문 재능을 가졌다. 그는 남의 이야기를 정말 잘 들어주었다. 아마도 그래서 맷 파인에게도 마음이 끌렸을 것이라고 켈러는 생각했다. 맷은 자기 얘기만 늘어놓는 자신만만한 여느 이십 대들과는 달랐다. 그도 밥처럼 상대의 말에 귀를 기울일 줄 알았다. 때로는 그런 사람들에게 그냥 생각을 정리하며 말하는 것만으로도 사안의 요점을 추리는 데 도움이 되었다.

"그 딸이 올린 동영상이 있어. 가족이 멕시코로 떠나기 직전에 누가 익명으로 그 애한테 보낸 거야. 타이밍만 봐도 관련성이 있는 것 같아."

"무슨 내용인데?"

"그냥 십 대들이 십 대 짓 하는 몇 초짜리 동영상이야. 대니 파인은 친구들의 환호를 받으며 맥주를 들이켜. 속옷 상의만 입고 동료 선수들 무리에 에워싸여 있지. 영상의 마지막 순간에 보면 화면에 어떤 사람의 얼굴이 불쑥 들어와. 인터넷 탐정들은 그게 신원 불상의 남자라고 생각해."

"당신 생각은?"

"누구든 될 수 있지 않을까. 안면 인식을 할 만큼 분량이 충분하진 않아. 그래도 그 동영상을 보낸 특별한 이유가 있을 거라고 생각해. 하지만 아무리 영상을 봐도 특별한 건 없는 거야."

"매기 파인은 그 동영상을 어디서 얻었대? 누가 그걸 걔한테 보낸 거야?"

"익명의 정보였어."

밥은 웃음을 뱉었다. "당신이 빅브라더잖아. 그 출처를 알아내 봐, 특별 수사관. 그 NSA 장난감들은 뭐에다 쓰려고 그렇게 아껴?"

"발신자를 추적하려고 컴퓨터 팀을 계속 밀어붙이고 있어. 시간이 걸릴 뿐이야."

그러나 밥의 말이 맞았다. 그 동영상의 출처는 중요했다. 그것을 보낸 사람은 분명 이유가 있었다.

"좋아. 다른 건 뭐 없어?" 밥이 물었다.

"멕시코에서 매기가 맷에게 사진을 보냈어. 아빠를 찍은 사진이었는데. 화질 개선을 했더니 맷이 오늘 뭔가 새로운 걸 발견했어. 그 배경에 서 있던 여자가 멕시코에서 맷을 함정에 빠뜨리려 했던 여자였어."

"와, 말도 안 돼." 밥이 말했다. "그 집 딸이 예전에 찍은 사진에 그 여자가 찍혔다고?"

"나도 알아. 이상하지?"

"그쪽을 더 파봐야겠는데."

"그러고 있어. 멕시코 쪽 담당자에게 그 여자를 찾아보라고 지시했어. 그런데 놀라운 게 하나 더 있어. 그 사진에 남자의 모습도 일부 찍혀 있는데, 이 남자는 뉴욕에서 맷을 차도로 밀고 강도 짓을 하려 했던 남자와 인상이 일치하는 것 같아."

"당신 지금 나 놀려? 여동생이 두 사람 사진을 찍었는데, 하나는 멕시코에서 꼬마를 함정에 빠뜨리려던 사람이고 다른 사람은 뉴욕 차도에서 떠민 사람이라고? 이건 도무지……."

"그렇지?"

"하지만 왜? 그들의 목적이 도대체 뭐야?" 밥이 물었다.

"그 휴대폰." 켈러가 말했다. "내 생각에 그들은 맷의 휴대폰을 뺏으려던 것 같아. 매기가 그 사람들 사진을 맷에게 보냈으니까. 나머지 가족의 휴대폰과 컴퓨터는 깨끗이 삭제되어 있었어."

"그럼 그 말은 이게, 이를테면, 프로의 짓이란 건가? 살인청부업자 같은?"

밥은 흥분해 있었다. 그는 TV에 나오는 FBI 드라마를 좋아했고, 이번만큼은 켈러가 하는 일이 드라마와 약간 비슷해지고 있었다.

"그게 내가 알아내려는 거야."

"당신은 서류 조사를 좋아하잖아." 밥이 말했다. "당신이 생각 안 한 기록이 뭐가 있어? 어딜 안 들여다본 거야?"

켈러는 속으로 더듬어보았다. 시카고에서 수집한 마르코니 기록은 담당 부서에 살펴보도록 지시했다. 컴퓨터 포렌식 실험실에는 파티 동영상을 매기에게 보낸 사람을 추적하도록 요청했고, 안면 인식 부서에는 매기가 맷에게 보낸 사진 분석을 의뢰했다. 그리고 AV 전문가에게는 동영상과 사진의 화질을 향상해달라고 요청해놓았다.

"항공사 기록." 켈러가 말했다. "항공사 운항 기록을 얻어야겠어. 그 남자가 파인 가족과 함께 멕시코에 있었고 며칠 후 뉴욕에 있었다면, 항공사 기록을 조회해 찾아낼 수 있을 거야. 하지만 이름이 없으면 건초더미 속에서 바늘 찾기일 텐데. 칸쿤으로 날아가는 사람이 하루에도 얼마나 많은지 알아?"

"아니, 몰라. 하지만 하루에 발생하는 은행 송금 건도 많기는 마찬가지잖아. 아마 칸쿤으로 날아가는 비행기보다 많을걸. 그걸 다 뒤져서 돈세탁 수사도 하면서 뭘. 당신은 반드시 그 나쁜 놈들을 잡을 수 있어."

켈러에 대한 무한 신뢰였다. 그리고 밥의 말이 옳았다. 만일 그 입술이 갈라진 남자가 멕시코에서 파인 가족과 함께 있다가 맷을 뒤쫓아 뉴욕과 툴룸까지 갔다면, 수색을 좁힐 수 있었다. 어쩌면, 어쩌면, 그녀가 제대로 안타를 칠 수도 있었다.

밥은 전화기에 대고 크게 한숨을 쉬었다.

"왜?"

"매기 파인 말이야. 걘 열일곱 살이었잖아. MIT 입학 허가도 받았고. 조사 자료도 수집하고, 나쁜 놈을 쫓아 멕시코까지 가서 놈들의 사진도 찍고. 걔 진짜 대단하지 않아? 나도 그 다큐멘터리 봤어. 중학생일 때도 활약이 어마어마하던데. 그냥, 그런 애가 죽었다는 게 안타까워."

"나도 그래."

"그래도 당신이 이 사건을 맡았으니 걔한테는 행운이지."

“그건 잘 모르겠는데.”

“아니, 아니야. 그런 말 마. 당신도 마찬가지로 대단해. 그렇지 않고서야 이렇게 멋진 남자가 집에서 당신을 기다리고 있을 리 없잖아?”

“나 이제 잘래. 내일 장례식 끝나고 전화할게, 미치광이 씨.”

“그래. 당신이 이겼어, 특별 수사관. 끊을게.”

49장

맷 파인

맷은 할아버지의 낡은 스테이션왜건을 아데어 모텔 주차장에 주차시켰다. 오늘 밤은 평소보다 주차장이 더 붐볐다. 언론사 차량과 다른 주 번호판을 단 차들이 주차장을 가득 메웠다. 내일 장례식 취재 인력이 추가된 것이겠지. 칼라가 방문 앞에 서 있었다. 청바지에 셔츠 차림이었는데, 셔츠 앞자락을 묶어서 피어싱을 한 매끈한 배가 드러나 보였다.

칼라는 주차된 차들 사이로 걸어와, 눈을 가늘게 뜨고 재미있어하는 표정으로 판자를 댄 스테이션왜건의 옆면을 살펴보았다.

"차 좋은데." 칼라가 조수석에 앉아 안전벨트를 어깨 위로 당기며 말했다.

"할아버지 거야. 엄마가 어렸을 때부터 타셨을걸."

"할아버진 좀 어떠셔?"

"아주 좋진 않아. 거기 사람들 말로는 가끔 긴장증 증세를 보이신대. 하지만 그거 말고는 뭐."

"안됐다." 칼라는 맷의 어깨를 쓰다듬었다.

"괜찮아." 맷은 신디의 말을 떠올렸다. 이제 남은 가족은 교도소에 있는 형과 괴팍한 이모, 그를 알아보지 못하는 할아버지뿐이라는.

"배고픈데." 칼라가 말했다.

"그러게 애들이랑 같이 링컨에 가라니까."

가네시와 일행은 답답해 죽을 지경이라고 호소했다. 가네시는 맷에게 '진짜' 레스토랑과 '진짜' 술집을 찾아가야 할 것 같다며 문자를 보냈다. 그러니까 문 밖에 회전초가 굴러다니고 얼간이 시골뜨기들이 덤벼드는 그런 곳 말고 제대로 된 식당 말이다. 그리고 칼라는 남았다. 맷이 혼자 있지 않도록 배려한 것이다. 칼라는 오클라호마 출신이니 이런 고즈넉한 소도시에 좀 더 내성이 있는 것인지도 모르겠다. 그런 칼라조차도 좀 지겨워하는 기색을 보이긴 했다. 한번 그리니치빌리지에서 살아보면 과거로 돌아가기는 어렵다. 그래서 뉴요커들이 항상 그렇게 우쭐거리며 다니는 것이다.

칼라가 말했다. "친구들로부터 잠시 휴식이 필요했어. 널 보고 싶기도 했고. 하루 종일 나가 있었잖아."

"이 동네엔 이런 늦은 시간에 먹을 게 별로 없어."

"그래도 생각해봐."

맷은 딱히 어딜 가야겠다는 생각 없이 고물차를 몰고 주차장을 나왔다. 친구들을 따라 링컨으로 갈까도 생각했지만 이미 늦었다. 이유 없이 피곤했다. 하루 종일 TV를 보다가 잠깐 이모 집에 들른 게 전부인데.

칼라는 멍하니 창밖을 바라보았다. 공기가 탁했다. 이미 여름 느낌이 나고 있었다.

"아무거나 괜찮아." 칼라는 지평선 위의 무언가를 찾는 듯 창밖에서 시선을 거두지 않았다. "너랑 가네시가 좋아하는 그 쓰레기 같은 패스트푸드도 좋아."

"정말 악조건도 감수하는구나."

"로마에서는 로마법을 따라야지." 칼라가 대답했다. 칼라의 말버릇이었는데, 그 덕에 맷도 그 말을 속으로 생각하거나 되뇌는 습관을 얻었다. 친구들의 말버릇을 주워 오는 건 재밌는 일이었다.

"룬자 먹으러 가자. 거긴 늦게까지 열 거야."

"뭐?"

"룬자. 한 번도 안 먹어봤어?"

칼라는 고개를 저었다.

"하긴, 이 동네 사람 아니면 잘 모를 거야."

주간 고속도로에 진입한 스테이션왜건은 질주하는 트레일러들로부터 거리를 유지하며 달렸다. 가속 페달을 열심히 밟아도 시속 80킬로미터가 간신히 나올까 말까 한 지경이었다.

한참 덜컹거리던 스테이션왜건이 마침내 속도를 높이자 칼라는 머리 위 플라스틱 핸들을 잡았다.

10분 후 맷이 창밖을 가리켰다. "아직도 있네."

높은 기둥 위에 녹색과 노란색이 섞인 간판이 빛나고 있었다. 고속도로에서도 보이도록 높이 올린 간판이었다. 맷은 출구를 따라 고속도로를 나와 주차장으로 들어갔다.

"생긴 건 꼭 맥도날드 같은데, 초록색이네." 칼라가 말했다.

"큰 기대하지 말라고 했잖아. 여기서 먹을래, 아니면 포장해서 가지고 나올까?"

칼라는 식당 안을 들여다보았다. 매장 안은 텅 비어 있고 폴리에스터 유니폼을 입은 어린 점원 하나가 대걸레로 바닥을 닦고 있었다.

"당연히 밖에서 먹어야지." 칼라가 말했다.

맷은 드라이브스루 스피커 앞에 차를 세웠다. 칼라가 말했다.

"정확히 룬자가 뭐야?"

맷은 잠시 생각했다. "따뜻한 빵 안에 쇠고기, 양파, 양배추를 채운 거야. 일종의 핫포켓 같은 거지. 이름은 끔찍한데 맛은 꽤 좋아."

스피커에서 점원의 목소리가 흘러나왔다. 맷은 오리지널 룬자, 감자튀김, 콜라를 주문했다.

칼라는 맷에게 몸을 기대고 창밖으로 외쳤다. "제 것도 똑같은 걸로요."

다시 도로를 달리며, 칼라는 감자튀김을 하나 뽑아 먹었다. "이거 먹을 만한 공원 같은 데가 있을까? 모텔만 아니면 어디든 좋아."

"나 다니던 학교가 여기서 멀지 않아. 거기에 야외 테이블이 있었어."

"오, 매튜 파인이 성장한 학교라니 가보고 싶은데."

"미리 말해둘게. 〈죽은 시인의 사회〉에 나온 것 같은 학교는 아냐."

칼라는 빨대로 음료수를 마셨다. 눈이 반짝거렸다.

벤치는 새것으로 바뀌어 있었다. 야외 농구 코트 건너 체육관 옆이었다.

칼라는 호기심을 가지고 룬자를 이리저리 살펴보고는 플라스틱 포크로 쿡쿡 찔렀다.

맷은 룬자를 부리토처럼 들어 올려서 한 입 깨물었다. 익숙한 맛이 예전 그 시절을 떠올리게 했다. 특별한 기억은 아니었고, 그냥 느낌만.

맷은 주위를 둘러보았다. 어린 시절의 모든 게 작아 보인다는 그 클리셰는 사실이었다. 2층짜리 붉은 벽돌 건물의 전면은 볼품없었고, 학교 앞마당은 나무도 정원도 없이 썰렁한 콘크리트 바닥이었다.

건물 너머로 어두운 하늘이 번쩍거렸다. 저 멀리 번개가 치고 있었다. 굉장히 멀어서 천둥소리는 들리지 않았다.

"여길 떠날 때 몇 학년이었어?" 칼라가 물었다.

"9학년." 맷이 말했다. "이 학교에는 7학년부터 12학년까지 다녀. 별도의 중학교를 두기엔 학생 수가 많지 않아서."

"그래서 형이랑 여동생도 이 학교에 같이 다녔어?"

"대니만. 매기가 초등학생일 때 이사 갔거든. 그때 토미는 엄마 뱃속에 있었고."

"왜 마을을 떠난 거야? 다큐멘터리를 보니까 마을 사람들이 갈퀴를 들고 너희 가족을 공격하는 것처럼 그리던데, 그래서였어?"

"그렇게 드라마틱했던 건 아냐. 그냥 우리가 어딜 가든 엄청나게 수군거리고 쳐다보고 그랬지. 그것 때문에 어떤 애를 두들겨 팬 적도 있어. 저쪽에서."

그는 농구 코트 쪽을 턱으로 가리켰다. 대니의 명예를 지키려던 것은 아니었다. 그 애가 나중에 매기도 개울로 끌려갈 거라고 말해서 덤벼들었던 것이다. 맷은 자신이 통제력을 잃고 소년에게 돌진했다는 사실이 스스로 두려웠다. 그리고 그가 그렇게 통제력을 잃을 수 있다면 형도 그럴 수 있었을 거라고 생각했다.

"그걸로 끝이었어. 우리는 짐을 싸서 이사했지."

"부모님이 너희를 위해 희생하셨구나. 아버지는 직장을 떠나야 했고, 어머니는 대대로 살던 고향을 포기해야 했으니까."

맷은 그런 식으로 생각해본 적은 없었다. 그러나 칼라의 말이 맞았다. 맷은 칼라가 그의 가족에 대해 직설적으로 말하는 것이 좋았다. 사람들이 가족 얘기를 불편해한다는 걸 맷도 잘 알고 있었다. 그러나 맷은 가족에 대해 얘기하는 것이 좋았다. 그의 가족이 이 세상에 아예 존재하지 않았던 것처럼 굴고 싶지는 않았다.

칼라는 반쯤 남은 룬자를 잘 싸서 가방에 넣고, 맷의 자리도 정리해주었다.

둘 사이에 정적이 흘렀다.

한참 후에 칼라가 말했다. "가네시가 그러는데, 그때 그 술집에서 싸움을 말려줬던 그 여자 말이야. 그 여자랑 네가, 새벽 4시에 만났다고 하던데?"

맷은 제시카에 대해 말해주었다. 샬럿이 죽던 날 밤 언덕에서 그녀와 만났던 얘기. 대니가 학교 재킷을 입고 외바퀴 수레를 미는 걸 봤다는 얘기까지 할 뻔했지만, 오늘 밤은 대니 얘기를 할 때가 아니었다.

"그 여자가 네 첫사랑이야?"

"그렇게 멀리까지 가진 않았어."

"그럼 첫 썸녀?" 칼라는 눈썹을 치켜 올렸다.

맷이 눈을 굴렸다. "나 그때 열네 살이었어."

칼라는 맷의 다음 말을 기다렸다.

"그냥 키스였다고." 단 한 번의 짜릿한 키스.

"그 여자랑 끝맺지 못한 일이 있구나."

맷은 다시 고개를 저었다. "그땐 애였다니까."

"끝맺지 못한 일." 칼라는 단호하게 고개를 끄덕였다. "그걸 끝내는 게 좋겠어."

어쩌면 칼라가 옳을 수도 있고, 아닐 수도 있다. 어느 쪽이든. 그건 나중에 해도 된다.

"고마워." 맷이 말했다.

"뭐가?"

"여기까지 와줘서. 그냥…… 그냥 모든 게 다."

칼라는 맷을 한참 바라보았다. 아주 잠깐, 맷은 칼라가 다가와 또 한 번의 잊을 수 없는 키스를 해주지 않을까 기대했다.

"끝맺지. 못한. 일." 칼라는 단어 하나하나마다 검지로 그의 가슴을 찔러 강조했다. 그러고는 맷의 손을 잡았다. "그만 가자. 내일은 너에겐 긴 하루가 될 테니까."

물론, 그의 생에서 가장 긴 하루가 될 것이 틀림없었다.

50장

에반 파인

이전

툴룸에서의 첫날은 바닷가에서 보냈다. 오두막에 앉아서 졸다가 칵테일과 버진 다이키리를 주문하고 바닷물을 튀기며 노는 토미를 지켜보았다. 노곤해질 때까지 햇볕에 몸을 그을리다가, 식료품점에 들러 먹을 걸 사서 숙소에서 저녁을 해 먹기로 했다.

에반은 부엌 조리대에 앉아 가족이 식사 준비를 하는 것을 지켜보았다. 메뉴는 스파게티였다. 멕시코 지역 요리는 아니었지만, 그래도 토미가 제일 좋아하는 요리였다. 에반은 일요일 밤이면 함께 요리한 음식을 식탁에 놓고 둘러앉아 이야기를 나

누며 웃던 시절을 떠올렸다.

토미는 버터 바르는 칼로 양파를 잘랐고, 리브는 와인을 홀짝거리며 간간이 토미의 손을 잡아주었다. 소스 담당 매기는 나무 숟가락으로 큰 냄비에 담긴 토마토소스를 젓고 있었다.

"아뇨, 정말로요. 느긋하게 앉아 계세요. 여긴 여자들이 알아서 할 거니까요." 매기가 에반에게 말했다.

에반은 맥주를 마시며 부엌을 바라보았다. 토미의 얼굴이 토마토색으로 발그레했다. 리브가 2분에 한 번씩 자외선 차단제를 덕지덕지 발라주었는데도 저렇다. 토미는 뭉툭한 칼날로 낑낑대며 양파를 잘랐지만, 양파는 계속 도마를 벗어나 굴러다녔다.

"물 끓는다, 딸."

냄비가 끓어 넘치려는 걸 에반이 알아채고는 잽싸게 스토브로 달려가 버너를 껐다.

"너 내 맥주 훔쳐 마셨어?" 약간 멍해져서 생각에 잠긴 매기에게 에반이 물었다.

"대학 갈 준비를 하는 거죠." 매기가 말했다.

에반은 가슴을 움켜쥐고 괴로운 척하며 말했다. "그런 말 하지 마. 내 어린 딸은 그런 말 안 해." 그러고는 과장된 자세로 매기를 꼭 끌어안았다. 평소라면 저항했을 텐데, 오늘 밤 매기는

가만히 팔을 내리고 서서 아빠가 포옹을 풀어줄 때까지 기다
렸다.

식사 준비가 끝나고, 네 사람은 식탁에 둘러앉았다. 그리고
정말로 오랜만에, 그들은 손을 잡고 고개를 숙였다. 올리비아가
감사 기도를 올렸다.

리브의 기도는 언제나 감사 말씀을 올린 후 아이들 하나하나
의 축복을 비는 것으로 마무리되었다. 대니 차례가 되었을 때,
에반은 매기가 그를 바라보는 것을 알아챘다. 아빠의 반응을 기
다리는 것처럼. 아빠의 마음속에는 오직 오빠만 있는 것인지 알
아내려는 것처럼. 에반은 최선을 다해 감정을 숨겼지만, 딸은
그를 너무 잘 알았다.

그날 밤 에반은 침대 가장자리에 걸터앉아, 욕실에서 스며드
는 희미한 빛에 잠긴 아내를 바라보았다. 리브는 알몸인 채로
시트와 담요를 모두 걷어차고 잠들어 있었다. 낮의 햇볕, 칵테
일과 저녁 식사 때 마신 와인 기운으로 세상 모르고 자고 있었
다. 그녀는 여전히 숨이 멎을 만큼 아름다운 여인이었다.

에반도 살짝 취기가 있었고, 아내를 그대로 놔두고 싶지 않
았다. 그러나 그는 애써 욕구를 떨쳐냈다. 계획은 간단했다. 전
화가 걸려온 몰로코 바에 몰래 들어가서, 상황을 파악하고, 샬
럿이 없다는 걸 확인한 후 집에 오는 거다. 그의 이성은 물론 이

게 미친 짓이라는 걸 잘 알았다. 이성적으로 따지면 샬럿이 죽었다는 걸 이해하고 있었다. 그러나 에반의 이성은 종종 절박함에 굴복하곤 했다.

아까 입었던 반바지와 티셔츠로 갈아입고, 조용히 방을 나왔다. 휴대전화 지도 앱을 보니 몰로코 바까지는 자전거로 약 10분 거리였다.

"어디 가세요?"

가슴이 철렁 내려앉았다. 불 꺼진 거실에, 매기가 소파에 앉아 있었다.

"넌 뭐 하는 거냐?"

"제 질문에 대답 안 하셨어요."

에반은 매기를 쳐다보았다.

"대답 안 하셔도 돼요. 어딘지 아니까. 저도 가요." 매기가 일어섰다.

"안 돼."

매기는 아빠를 바라보았다. "그럼 엄마를 깨워서 물어볼까 봐요."

에반은 눈을 가늘게 떴다. 맙소사, 그는 이 아이를 정말 사랑했다.

"저 지금 진지해요. 같이 갈래요."

“위험할 수도 있어.”

“음, 그러면 정말로 엄마를 깨워야겠네요.” 매기는 침실 쪽을
바라보았다.

“잠깐만.” 에반은 잠시 고민했다. 그의 딸은 일단 뭔가를 물고
늘어지면 절대로 놓지 않았다. 그런 기질을 누구에게 물려받았
는지 그는 너무나도 잘 알고 있었다.

“밖에서 기다리렴.”

매기는 고개를 끄덕였다.

“그리고 내가 집으로 가라고 하면, 말 들어야 해.”

매기는 다시 고개를 끄덕였다.

“그리고…….”

“알았어요, 아빠. 지금 겨우 11시 반이잖아요. 제 말 믿으세
요. 그 술집은 지금 사람들로 가득 차 있을 거예요. 여긴 툴룸이
에요. 네이퍼빌이 아니고.”

에반은 과장된 한숨을 내쉬었다. “내 말, 끝까지 들어. 내가
집으로 가라고 하면, 그 즉시…….”

매기는 미소를 지으며 신발 끈을 묶고 있었다.

그들은 자전거를 타고 어두운 길을 달렸다. 혹시 이게 실수
는 아닐까. 앞서 달리는 매기의 굵게 땋은 머리카락이 괘종시계
추처럼 좌우로 흔들렸다. 문득 실버스타인 박사 사무실에 어색

하게 놓여 있던 괘종시계가 생각났다. 저 멀리 불빛이 보였다.

교차로에 도착하니 매기는 휴대폰 지도를 보며 에반을 기다리고 있었다. "그렇게 멀진 않아요. 저쪽 큰길가에서 조금 떨어진 곳이에요."

그들은 어두운 아스팔트를 계속 달렸다. 이제 바람결에 음악 소리가 섞여 흘러오고, 멀리 보이던 불빛이 점점 밝아졌다. 매기는 보행자들 무리를 지나 앞장서서 몰로코 바를 향해 페달을 밟았다. 야외 술집에서 모퉁이를 도니 몰로코 바가 바로 나왔다. 이렇게 늦은 시간에도 술집은 북적거렸다.

매기는 몰로코 바 길 건너에 자전거를 세웠다. 뭔가 할 말이 있는 듯 잠시 고민하는 것 같았다.

"괜찮니?" 에반이 물었다.

"조심하세요, 아빠. 아시겠죠?"

에반은 미소를 지으며 자전거에서 내려 길을 건너갔다.

도어맨이 한심한 눈빛으로 그를 바라보았다. 에반을 클럽이나 다니는 초라하고 슬픈 아저씨라고 생각한 모양이었다. 그는 손짓으로 에반을 안으로 들여보냈다.

내부는 예상했던 대로였다. 북적거리는 사람들, 쿵쿵 울리는 댄스 음악. 향수와 땀 냄새. 그는 사람들의 얼굴을 훑어보며 그녀를 찾았다. 그리고, 아무런 맥락 없이 문득, 정신이 들었다. 샬럿은 여기 없었다. 그는 유령을 쫓고 있었다. 이제 곧 대학에 갈 맥파이와 보내야 할 소중한 시간을 이렇게 허비하고 있었다. 리브와 토미와 함께할 인생을 낭비하고 있었다. 맷과의 관계를 망치고 있었다. 그래, 이젠 그냥 놓아줄 때가 되었다.

그러나 지금, 그는 여기 와 있었다. 어차피 온 거, 그냥 돌아갈 게 아니라 뭐라도…….

에반은 인파를 헤치고 바텐더에게 다가갔다. 바텐더는 팔에 가득 문신을 새기고 힙스터 턱수염을 기른 남자였다. 멕시코인은 아니었는데, 미국인인지는 확실치 않았다.

음악 소리가 컸다. 남자는 소음을 누르고 호주 말투로 고함을 질렀다. "뭐 드릴까요, 손님?"

에반은 500페소 지폐를 바 위에 내려놓았다. 영화나 TV에서 정보를 구하는 사람들이 하는 걸 따라한 것이었다. 그는 샬럿의 사진을 띄운 휴대전화 화면을 내밀었다.

"내 딸을 찾고 있어요."

경찰이나 사설 조사관, 아니면 젊은 여자 뒤나 캐는 한심한 늙은이처럼 보이기보다 딸을 찾는 아버지라고 하면 동정심을 얻을 거란 계산이었다.

에반은 모르는 여자라는 대답이 나오기를 기다렸다. 도와줄 수 없어 미안하다는 사과의 말도.

바텐더는 손으로 턱수염을 쓰다듬으며, 큼직한 주먹으로 돈
을 덮었다.

"네, 이 여자 본 적 있어요."

51장

새러 켈러

휴대전화 벨소리에 잠을 깼다. 켈러는 잠시 방향 감각을 잃고, 왜 침대 옆 전등과 침실 창문이 엉뚱한 위치에 있는지 당황했다. 그러다 이곳이 어딘지 기억해냈다. 네브래스카. 모텔. 낡은 알람 시계는 밤 11시 40분을 가리키고 있었지만, 잠깐 동안 꽤 깊이 잠들었었나 보다. 무시할까 생각도 해보았지만, 어쩌면 밥이 쌍둥이들의 응급 상황을 알리는 전화일 수도 있었다.

화면에 멕시코 번호가 떠 있었다. 켈러는 일어나서 전등을 켜고 전화를 받았다.

"칼리타 에스코바르입니다."

아직 잠이 덜 깼는지 생각이 흐릿했다. 켈러는 잠시 눈을 깜박였고, 곧 안개가 걷혔다. 당연히, '그 사람과 친척은 아닌' 영사관 직원 칼리타 에스코바르다.

"아, 네. 연락 주셔서 감사합니다."

"미안해요. 제가 잠을 깨웠나요? 새 소식이 있으면 시간과 상관없이 전화 달라고 하셔서요. 내일 다시 전화할 수도 있어요."

"아뇨. 괜찮습니다……."

"그 여자 신원을 확인했습니다."

"행크요?" 켈러가 물었다.

"본명은 조애너 그레이스예요. 보통은 조이라고 불리죠. 오클라호마 출신인 건 맞는데, 미용사는 아니에요."

아드레날린이 확 솟구쳤다. 가짜 신분은 행크가 맷을 만난 게 우연이 아니었고, 맷을 꾀어 누군가에게 배달하려는 목적이 있었음을 증명하는 것이었다. 그러다 중간에 심경의 변화가 생겼던 것이겠지.

"그 여잔 파티 걸이었어요." 에스코바르가 말을 이었다. "뉴욕에 있는 회사 소속이었습니다."

"매춘부란 말씀인가요?" 켈러는 침대에서 일어나 방 안을 서성였다.

"꼭 그렇진 않아요. 확인해보니 그 여자를 고용한 회사는 임대업으로 등록되어 있었어요. 물품을 임대하는 대신 예쁜 여자들을 보내는 거죠. 나이트클럽이나 리조트 같은 곳에서 자기들

시설 안을 돌아다니게 하려고 예쁜 미국 여자들을 돈을 내고 빌려요. 이를테면 임시 서비스직 같은 거예요.”

“실제로 그런 서비스가 있군요. 이해가 안 가요.”

“내가 젊었을 때는 클럽에서 여성들의 밤 같은 행사를 했었는데 말이죠. 요즘은 그걸로는 충분하지 않은가 봐요.” 에스코바르가 말했다. “어떤 여자들은 예쁜 모습으로 어슬렁거리는 것 말고 다른 일로 돈을 벌기도 하는 것 같아요. 하지만 그것만 아니면 합법적인 사업입니다.”

“그 여자랑 얘기해보셨나요?”

오랜 침묵이 흘렀다. “아뇨. 우리가 그 여자 신원을 이렇게 빨리 확인한 이유는 몰로코 바라는 클럽에서 같이 일하던 회사 동료가 실종 신고를 냈기 때문이에요.”

심장이 덜컹 내려앉았다. 켈러는 서성거리던 걸음을 멈추고, 커튼을 열고 아무 이유 없이 밖을 바라보았다. 언론사의 위성 차량 몇 대가 주차장에 세워져 있었다. “맞춰볼게요. 맷 파인이 그 여자를 만났던 그날 밤 이후로 아무도 그녀를 못 본 거죠.”

“맞아요.”

“달아났을 수도 있겠네요. 맷 말로는 행크가 두려워했다고 하니까요. 아마 그녀를 고용한 사람들로부터 달아나 숨은 것이겠죠.”

"그 여자는 동료들과 함께 클럽 위층 방에서 지냈어요. 그 여자가 쓰던 2층 침대와 사물함도 다 조사해봤습니다. 여권도 두고 갔던데요. 그리고 렌터카 하나를 다른 두 여성과 공유해서 썼는데, 그 차는 찬 체무일에 버려진 채로 발견되었어요. 툴룸에서 15분 거리죠." 에스코바르는 잠시 말을 멈췄다. "유감이에요."

켈러는 한숨을 내쉬었다. "그 여자에 대해 더 알아낸 건 없을까요? 전과 기록은? 공범은요?"

"오클라호마에서 코카인 소지 혐의로 기소된 적은 있어요. 하지만 그게 끝입니다. 사진 속 남자와 함께 엮을 만한 건 없어요. 조애너 그레이스는 꽤 거친 삶을 살았더군요. 아버지는 어릴 때 오클라호마 폭탄 테러로 사망했고요. 학생 시절은 위탁 보호 시설에서 살았어요. 그러다 신사들의 클럽에서 일한 기록이 있습니다. 그곳에서 아마 그 파티 걸 회사와 연결되었을 거예요."

"그 입술 갈라진 남자에 대해서는 아무것도 없던가요?" 심장이 빠르게 뛰고, 입술이 꼭 다물어졌다. 켈러는 커튼을 치고 침대에 걸터앉았다. 마음을 가라앉히고, 명료하게 생각해야 했다.

"완전 유령이에요. 보내주신 주소의 집은 그 남자가 빌린 것 같더군요."

매기 파인이 휴대폰 정보 수집 업체를 통해 얻은 주소였다. 그 집요한 소녀 매기. 켈러는 불현듯 매기가 살았으면 FBI 수사관이 됐을 수도 있겠다는 막연한 생각이 들었다.

에스코바르는 말을 이었다. "그는 스미스라는 이름을 댔고 비용은 현찰로 지불했어요. 집주인도 그를 직접 본 적은 없대요. 돈은 심부름꾼을 통해 보냈다더군요. 하지만 간간이 그를 본 이웃들이 있긴 해요. 그 임대 숙소는 통째로 표백제로 닦아 냈고요. 아마 그 집이 그 정도로 깨끗해진 건 이번이 처음일 걸요."

"청소 업체는 일반적으로 그렇게까지 완벽하게 닦아내지 못해요. 그러니 우리 팀을 보내서……."

"제 얘기를 제대로 안 들으셨군요. 그 집은 '완벽하게' 깨끗해요. 청소 업체 솜씨가 아니에요. 포렌식 전문가들 수준이죠."

"프로군요." 켈러가 말했다. 조작된 범죄 현장, 삭제된 휴대전화와 일관성이 있다.

에스코바르가 말했다. "그래야 앞뒤가 맞죠."

"그 지역 CCTV 카메라는요?" 답은 알았지만, 그래도 물어봐야 했다.

"미안해요. 하지만 여긴 맨해튼이 아니랍니다, 켈러 수사관."

"그 남자의 신원 확인에 도움 될 만한 게 뭐라도, 정말 뭐 하나라도 있을까요?" 이 질문의 답 역시 알고 있었다.

에스코바르는 잠시 멈췄다가 대답했다. "구티에레즈가 뭔가를 아는 것 같아요. 그 인간 굉장히 부패한 공권력이거든요."

"시신을 인도할 때 우리를 괴롭혔던 그 경찰요? 맷 파인을 위협했던?"

"네."

"그 사람과 얘기해봤나요?"

"해보려 했는데, 그 사람이 나와 대화를 거부해요."

켈러는 이 문제를 생각해보았다. 외국 지방 경찰관에게 협조를 강요할 수는 없었다. 그리고 칼리타 에스코바르는 툴룸의 공권력을 다루기에 가장 유능한 사람이라고 국무부가 인정한 재원이었다. 그런 칼리타조차도 복지부동 자세를 취하려 하고 있었다.

"무슨 아이디어든 괜찮으니 말씀해보세요." 켈러가 말했다.

또 한 번 긴 침묵 끝에, 에스코바르가 말했다. "구티에레즈가 아는 걸 털어놓게 할 방법이 있을지도 몰라요."

무슨 말인지 의아했다. 에스코바르의 말투에 켈러는 자신도 모르게 긴장했다.

"무슨 말인가요?"

"그 인간 내가 묻는 말엔 대답 안 할 거거든요. 내가 미국의 인터뷰 규칙을 따라야 한다는 걸 아니까…….”

켈러는 에스코바르의 말을 이해해보려고 노력했고, 숨겨진 의미가 영 마음에 들지 않았다.

“그런데 우리 주 상원의원이 집안 친구란 말이죠. 그가 멕시코 연방 경찰을 휘두르고 있거든요. 그 사람을 통해 경찰에 압력을 넣으면 구티에레즈를 심문할 수 있을 거예요.”

문득 켈러는 극구 부인하고 있지만 에스코바르가 실은 파블로 에스코바르와 친척 관계가 아닌가 궁금해졌다. 바닥 한가운데 배수구가 있는 음산한 경찰서 지하 조사실이 떠올랐다.

에스코바르가 말했다. “당연히 제가 직접적으로 그렇게 해달라고 부탁하면 안 되죠. 하지만 구티에레즈가 미 국무부를 불편하게 만들고 있다는 걸 상원의원이 알면, 아마 직접 나서서 이 문제를 해결하려 할 거예요…….”

켈러는 갈라진 입술의 남자를 원했다. 이제 그는 조이 그레이스의 실종과 파인 가족 죽음의 관련자였다. 그러나 법을 어길 수는 없었다.

“그건 플랜 B로 해두죠.” 켈러가 말했다.

“물론이에요. 제가 제안하려던 건…….”

“다른 건 뭐 찾으신 거 없어요?” 켈러는 에스코바르가 거짓말을 하지 않아도 되도록 화제를 바꿨다.

“아, 하나 더 있어요.” 에스코바르가 말했다. “그 여자가 일했던 술집의 바텐더요. 그 사람 말이 조이랑 그 입술 갈라진 남자가 같이 있는 걸 봤다고 합니다. 딱 한 번이지만요. 그런데 그 사람이 그걸 기억하는 건 조이 그레이스가 특이한 제안을 했기 때문이래요.”

켈러는 다시 긴장을 느꼈다. “무슨 제안인데요?”

“조이가 바텐더에게 4,000페소를 주면서 미국 여자를 찾는 사람이 오면 전화해달라고 했답니다.”

“그래서, 바텐더가 전화를 했다던가요?”

“네. 바텐더 말로는, 어느 날 밤 미국 남자가 술집에 와서 여자애를 찾더래요.”

“에반 파인이군요.”

“네. 바텐더에게 에반 파인의 사진을 보여줬더니 그가 확인했어요.”

켈러는 마음속으로 복기해보았다. 갈라진 입술 흉터의 남자는 지역 파티 걸을 고용해서 샬럿처럼 연기하게 하고 딥페이크 영상을 제작했다. 그런 다음 에반 파인을 툴룸으로 유인했다. 에반이 샬럿을 추적해 특정 클럽으로 오도록 했을 것이다. 그런 다음 바텐더에게 돈을 주고 에반이 오면 자기에게 전화하라고 지시했다.

이건 전문가의 솜씨였다.

"열심히 조사해주셔서 감사합니다." 켈러가 말했다.

"별말씀을요." 에스코바르의 사무적인 말투에 켈러는 등에 소름이 돋았다. "그 여자 시체를 찾으면 또 연락드릴게요."

52장

매기 파인

이전

매기와 아버지는 툴룸의 마야 유적을 따라 나란히 흙길을 걸었다. 오후의 태양이 내리쬐고 있었다. 엄마는 저만치 앞서 달려가는 토미의 뒤를 쫓고 있었다. 유적지는 다소 실망스러운 편이었다. 일단 관광객이 너무 많고 유적 자체는 별로 없었다. 심지어 스타벅스도 있었다. 매기는 이곳이 부서진 돌로 세운 고대의 대학 캠퍼스 같다는 느낌이 들었다. 공터를 바라보는 높은 사원이 본관쯤 되려나. 주변을 에워싼 구조물들은 작은 강의동들이고. 여기는 바다를 내려다보는 절벽 꼭대기에 있어서인지, 맷이 좋아하던 인디애나 존스 영화에 나오는 정글 같은 분위기는 아니었다.

"아빠, 이거 좀 이상하단 거 아시죠. 모든 게 너무 완벽하잖아요. 우린 발신자 정보만 가지고 여기까지 왔어요. 그랬더니 클럽 바텐더가 밤마다 밀려드는 그 많은 손님들 가운데 샬럿을 알아봤다는 거잖아요? 그러더니 오늘 밤 자정에 거길 다시 오래요? 그것도 혼자서?"

아빠는 매기의 입을 막으려는 듯 손을 들고는 엄마와 토미 쪽을 쳐다보았다. "나중에 얘기하자."

매기는 눈살을 찌푸렸다. 어젯밤 이후로 아빠와 얘기할 기회가 없었다. 이 일을 엄마에게 비밀로 하는 것도 싫었다. 매기는 말없이 아빠를 바라보았다. 이젠 무슨 말을 해도 아빠를 말릴 수 없다는 절망적인 기분이 들었다. 끝없는 악순환이었다. 에반 파인이 단서에 꽂히고, 그 단서를 바닥까지 파헤치고, 낙담하고, 이번이 정말 끝이라고 맹세하고. 그러고는 새 단서가 나오면 처음부터 이 과정을 다시 반복하고. 중독에서 벗어나려는 마약 중독자처럼. 이제 아빠는 이 여행을 망치려 하고 있다. 스스로를 위험에 빠뜨림으로써! 아빠는 제 발로 덫에 걸어 들어가려 한다. 그건 덫일까? 아니면 그냥 장난? 누군가 그를 갈취하려는 건가? 알 수 없었다. 그러나 뭔가 문제가 있다는 것만은 분명했다. 그리고 누군가 그들을 몰로코 바로 유인했다는 것도.

"이거 사기예요." 매기가 말했다.

"나도 알아."

이 말이 매기를 놀라게 했다. 아빠는 그렇게 쉽게 포기할 사람이 아니었다. 그러나 오늘은 뭔가 달랐다.

"그럼 오늘 밤 안 가시는 거예요?"

"아직 결정 못 했어."

"위험할 수도 있어요, 아빠."

아빠는 대답 없이 엄마에게 손을 흔들었다. 엄마는 더위에 지친 기색으로 토미를 잡아끌며 돌아오고 있었다.

이젠 더 이상 아빠에게 숨길 수 없을 것 같았다. 이게 실수가 아니길. 그러나 그 휴대전화 보고서에 대해, 그 전화의 발신지 주소에 대해 말해주는 것만이, 아빠를 그 술집에 못 가게 할 유일한 방법이었다. "아빠한테 말할 게 있어요. 새 단서예요. 하지만 오늘 밤 몰로코에 가지 않는다고 약속해야 말씀드릴 거예요."

아빠는 매기를 한참 쳐다보았다.

"내가 하나 알아낸 게 있어요. 이 모든 일 뒤에 누가 있는지 알아낼 수도 있어요. 아빠에게 전화를 건 사람이 누군지."

아빠는 매기를 뚫어지게 노려보았다.

"뭔데? 왜 진작 얘기를 안 한 거냐? 도대체……."

"약속 먼저요, 아빠."

"알았어. 약속하마."

“진지하게 하세요.” 매기가 말했다.

“알았어. 진지하게.” 아빠가 장난스럽게 말했다.

엄마와 토미가 나타났다. 엄마는 두 사람을 회의적인 눈빛으로 쳐다보았다. “두 사람 지금 무슨 얘기 하는 거야?”

“매기가 갭이어를 갖기로 했대. 어쩌면 2년쯤. 서른 살이 될 때까지 우리랑 같이 살겠다고.” 아빠가 말했다.

“난 찬성이요.” 리브는 매기의 어깨를 끌어안았다. 매기는 살짝 당황했다.

“사실은, 아빠랑 오늘 밤 저녁 먹으러 나가기로 했어요. 저만요.” 매기가 말했다.

“응, 아빠가? 너랑 단둘이? 두 사람 무슨 꿍꿍이인 거야?”

토미가 끼어들었다. “인간 제물이 뭐예요?” 토미는 제물을 ‘재물’이라고 발음했다.

“그런 말은 어디서 들었니, 아가?” 엄마가 물었다.

“저 사람들이 저기가 인간 제물을 바치는 곳이라고 그랬어요.” 토미는 유적지 중앙에 있는 돌판을 가리켰다.

엄마와 아빠는 서로를 쳐다보았다.

아빠가 말했다. “당신이 설명해줄래?”

“아, 물론이지, 미남 씨.” 엄마가 말했다. “날 저녁 식사에 따돌리면 당신이 인간 제물이 될 거라고 할 거야.”

53장

매기와 아빠는 부리토 아모르라는 곳에서 간단히 저녁을 먹고 계획을 짜기 시작했다. 그 집에서 누가 나올 때까지 밤새 기다릴 수는 없었다. 좀 더 적극적으로 나서야 했다.

매기가 짧은 쪽지를 썼다.

당신이 가짜 샬럿 영상을 만들었다는 걸 알아요.
우리는 경찰에 신고했어요.

매기는 수고롭긴 해도 이쪽으로 시도하는 게 낫다고 아빠를 설득했다. 오늘 밤 술집에 가는 건 미친 짓이라고. 그들이 바로 그곳에서 아빠를 노리고 있는 거라고. 그들은 사냥감이 아니라 사냥꾼이 되어야 했다. 매기는 마음이 차분하고 냉정하게 가라앉는 것을 느꼈다.

해가 뉘엿뉘엿 질 무렵, 두 사람은 자전거를 타고 그 집을 찾아갔다. 매기는 모퉁이 관목 울타리 밑에서 기다리기로 했다. 아빠는 자전거를 타고 깨진 보도블럭 위를 달려 그 집에 다가갔다. 그는 주위를 둘러보며 보는 사람이 없는지 확인하고, 집 정문을 향해 페달을 밟았다. 낡을 대로 낡은 단층짜리 건물의 창에 방범 창틀이 붙어 있었다. 이 주소를 구글에서 검색해보면 여행자용 공유 숙소로 떴다. 그리고 운 좋게도 전화를 건 휴대전화 주인은 아직 이 집에 있었다. 혹시라도 그 사람이 퇴거했다면 새로 온 투숙객이 쪽지에 많이 놀랄 것이다.

아빠가 돌아서자 문 위에 테이프로 붙여둔 쪽지가 보였다. 아빠는 자전거 방향을 돌려놓고 문을 세게 노크한 후 자전거에 올라타 죽어라 달렸다. 아빠가 달리는 모습을 보고 매기의 심장도 쿵쾅거렸다. 아빠가 들키지 않고 그 자리를 무사히 빠져나오기를 간절히 기도했다. 아빠가 모퉁이 뒤로 사라지고 몇 초 만에, 문이 살며시 열렸다. 남자의 실루엣이 문에서 나왔다. 그가 쪽지를 떼었다.

영원처럼 느껴지는 시간 동안, 남자는 그곳에 우뚝 서 있었다. 아빠는 집 주위를 크게 한 바퀴 돌아 매기 옆으로 왔다.

"쪽지를 읽고 있어요." 매기가 속삭였다.

남자의 움직임이 빠르고 격해졌다. 고개를 좌우로 돌리는 것이 쪽지를 보낸 사람을 찾으려는 것 같았다. 남자는 집 안으로 들어가면서 문을 세게 닫았다.

매기와 아빠는 서로 마주 보았다. 아빠는 숨을 헐떡이고 있었다. "자, 이젠?"

매기도 솔직히 거기까지는 생각하지 못했다.

그러나 결정할 필요가 없었다. 그 순간 다시 문이 벌컥 열렸다. 남자는 야구 모자와 선글라스를 쓰고 나와 고개를 푹 숙이고 걸었다. 걸음걸이를 보면 불안해하는 것 같았다. 그는 휴대전화로 누군가와 통화하고 있었다.

매기와 아빠는 큰 도로까지 남자를 뒤쫓았다. 다행히 안전거리를 유지하기는 쉬웠다. 남자는 마르고 키가 큰 편이어서 사람들 위로 움직이는 야구 모자가 선명히 보였다. 예상대로 그는 몰로코 바로 향했다. 몰로코 바는 낮에는 완전히 다른 모습이었다. 저녁이 되기 전에는 영업을 하지 않는 것 같았다.

남자는 문 앞에서 누군가를 기다리는 것 같았다.

여자가 하나 나왔다. 반바지에 비키니 상의를 입은 예쁜 여자였다.

남자가 여자에게 뭐라고 말했다. 그녀는 반복적으로 고개를 저었다.

"사진 찍어요." 매기는 카메라를 들었다. 그러나 아무리 줌을 당겨도 선명하게 찍히지 않았다.

"너무 멀어요. 가까이 가야겠어요." 매기가 자전거에서 내리며 말했다.

"안 돼." 아빠가 말했다.

"저랑 같이 가요. 저쪽을 등지고요. 그럼 우리가 관광객인 줄 알 거예요."

아빠는 반대할 기회도 없었다. 매기는 아빠의 자전거 핸들을 잡고 뒤쪽으로 밀어 사진 구도를 잡았다. 매기는 아빠의 얼굴을 프레임 안에 넣고 사진을 찍는 척했지만, 실제로는 그 뒤의 남녀에게 초점을 맞췄다.

남자와 여자는 그림자 안에 서 있었다. 간판의 네온 등이 여자 위로 희미한 빛을 비췄다. 매기가 사진을 찍는 동안 남자는 손으로 얼굴을 가리고 있었다. 여자가 매기를 쳐다보는 것 같았다.

"가야겠어요." 매기는 돌아서서 자전거에 올라타 달리기 시작했다. 그 뒤로 아빠가 뒤따랐다. 매기는 뒤돌아보지 않았다.

54장

맷 파인

네 개의 관이 교회 저 끝에 안치되어 있었다. 네 번째 관은 너무 작고 앙증맞아서 교회에 들어서는 문상객들의 한숨을 자아냈다. 이 교회는 어릴 때 맷이 다니던 교회였다. 지루한 일요일 예배 시간에 멍하니 바라보던 스테인드글라스 창의 은은한 빛이 오늘의 우울한 분위기와 잘 어울렸다.

교회 안은 사람들로 가득했다. 그러나 문상객 중에 아는 사람은 거의 없었다. TV 뉴스 기자들이 제법 많이 보였다. 헤어스프레이를 지나치게 많이 뿌려서 헬멧을 쓴 것 같은 모양새였고, 여름도 아닌데 얼굴이 많이 그을렸다. 이모는 언론과 구경꾼, 어중이떠중이와 마약 중독자들을 막아보겠다고 했지만, 어차피 역부족이었다. 파인 가족은 그 마을에서 냉대를 받았지만, 그래도 마을 사람들 몇몇이 자리를 채웠다.

가운데 긴 통로를 따라 걸어 들어가는 맷에게 사람들의 시선이 쏠렸다. 맷이 네 개의 관에 다가가자 노골적으로 소곤대는 소리도 들렸다. 맷은 똑바로 앞을 보았다. 그저 고개를 꼿꼿이 들고, 사람들의 소리에 귀를 닫고 유체 이탈을 시도했다.

맨 앞줄까지 가니 신디 이모가 옆자리를 툭툭 치며 앉으라고 신호를 보냈다. 이모 옆에는 할아버지가 먼 곳을 응시하며 앉아 있었다. 할아버지 옆을 지키는 자메이카인 간호사가 오히려 더 슬퍼하는 것 같았다. 주지사이자 엄마의 옛 친구도 함께 앉아 있었다. 교도소 측이 대니의 귀휴를 거부해서, 유족은 그걸로 끝이었다.

자리에 앉자 누군가 어깨에 손을 올렸다. 돌아보니 칼라였다. 칼라 옆에는 나머지 '망가진 장난감'들이 있었다. 모두들 점잖게 옷을 차려입고 있었다. 지금껏 한 번도 본 적 없는 모습이었다. 심지어 가네시도 정장을, 그것도 고급 정장을 입고 있었다. 거기에 제멋대로인 헤어스타일과 수염이 자라난 얼굴이 대조를 이루어 무슨 IT 업계의 거물 같은 인상을 풍겼다. 커티스는 머리를 숙이고 기도 중이었다. 소피아의 화장은 이미 눈물에 녹아내리고 있었고, 그 옆엔 우진이 거인처럼 버티고 앉아 있었다. 맷은 친구들에게 가볍게 묵례하고 고개를 돌렸다.

맷은 다시 네 개의 관을 바라보았다. 단순하고 절제된 디자인의 관이었다. 엄마는 미모가 빼어났지만 사람들의 주목을 받는 것은 싫어했었다. 이모가 이메일로 관 카탈로그를 보냈을 때 맷의 선택은 오래 걸리지 않았다.

늙은 목사가 들어왔다. 맷이 어릴 때 봤던 똑같은 목사였다. 목사는 강대상에 올라 사람들이 자리에 앉기를 기다렸다. 장내가 정리되자 어릴 때 들었던 그 힘없는 목소리로 설교를 시작했다.

교회는 하나도 변한 게 없었다. 맷은 목사의 설교에 더 이상 귀를 기울이지 않았다. 대신 그는 관에 초점을 맞추었다.

가장 작은 관을 바라보며 맷은 눈물을 삼켰다. 그는 마음속으로 작별 인사를 했다. 토미, 네가 무럭무럭 성장하는 모습을 이 세상이 지켜보지 못해서 너무 아쉬워. 넌 정말 사랑스럽고, 모두에게 웃음을 주는 아이였어. 네가 필요했던 우리에게 와준 천사. 잘 가, 우리 막내. 눈물이 맷의 뺨을 타고 흘렀다.

그 옆에 매기의 관이 있었다. 맷은 소리 내어 흐느꼈다. 넌 우리 가족의 중심이었어. 널 중심으로 우리는 한데 뭉쳤었지. 언제까지나 네가 그리울 거야. 네가 없는 이 세상은 결코 예전 같지 않을 거야. 내가 대학에 가서 멀리 떨어져 있을 때도, 넌 항상 나와 함께였어. 나의 양심, 나의 천사. 너로 인해 나는 사람들의 근본적인 선의를 믿을 수 있었어. 안녕, 맥.

목이 메었다. 사람들이 조금씩 움직였고, 누군가 새로 마이크를 잡았다. 주지사였다.

맷은 엄마의 관을, 그리고 그 옆에 아빠의 관을 보았다. 그는 정치가가 지껄이기 전에 작별 인사를 하고 싶었다. 장례 예식, 추도사, 그런 것들은 아무 의미도 없었다. 그는 쇼를 원치 않았다.

작별 인사를 하기 전에, 밖에서 사이렌 소리가 울렸다.

소리는 점점 더 커졌다. 교회 안은 웅성거리는 소리로 채워졌다. 맷은 뒤에 앉은 친구들을 돌아보았다. 가네시는 어리둥절한 표정으로 주위를 둘러보았다. 다들 갑작스런 사이렌 소리에 당황한 기색이었다. 오클라호마 출신인 칼라만 빼고.

칼라가 속삭였다. "토네이도 경고야."

"좋아요, 여러분. 저도 이러긴 싫습니다만." 주지사가 마이크에 대고 말했다. 옆에서 목사가 주지사에게 귓속말로 지시를 내리고 있었다. "모두 지금 바로 지하실로 가셔야겠습니다."

군중의 소음이 점점 커졌다. "우리는 모두 이런 일은 백만 번은 경험해봤습니다. 아마 별일 아닐 겁니다. 그러나 후회하는 것보단 안전한 게 낫죠. 그러니 다들 침착하게 계단 쪽으로 이동하시기 바랍니다."

문상객들은 재빨리 차례대로 자리에서 일어나 통로를 메웠다. 목사가 앞장서서 행렬을 지휘했다.

맷은 가네시와 눈이 마주쳤다. 가네시는 맷에게 교활한 미소를 보내고는 윙크했다. 기이한 제스쳐였지만, 어떤 의미로는 완벽했다.

질서정연한 대피였다. 신디 이모는 맷을 데리고 내려가려 했지만, 맷은 친구들을 챙기겠다며 뒤로 처졌다. 사실 그는 작별 인사를 마무리할 혼자만의 시간을 바랐다. 맷은 토네이도가 무섭지 않았다. 아데어에서 살았던 14년 동안 경고는 수도 없이 들었고, 트위스터가 옥수수밭을 뒤엎은 적도 한두 번 있었지만, 소용돌이 구름을 직접 본 적은 없었다. 이모는 마지못해 맷을 놓아주었다. 무엇보다 소란 통에 흥분한 할아버지를 돌봐야 했기 때문이었다.

교회가 텅 비었다. 맷은 관 앞에 홀로 섰다. 밖에는 바람이 매섭게 몰아쳤다. 번개가 쩍쩍 하늘을 갈랐다.

그는 엄마의 관을 조용히 쓰다듬었다. 그런 다음 아빠의 관도.

말은 필요 없었다.

맷은 돌아서서, 지하실로 향하는 대신, 넥타이를 느슨히 풀고 폭풍 속으로 걸어 나갔다.

55장

새러 켈러

켈러는 모텔 방 거울에 비친 모습을 바라보았다. 평소에 입는 네이비색 바지 정장에 흰 블라우스 차림이었다. 장례식에 완벽하게 어울리는 복장은 아니어도 어쩔 수 없었다. FBI 수사관이 장례식까지 왔다는 모양새가 좋아 보이지는 않아 가지 말까도 생각해보았지만, 그 정도는 그냥 감수하기로 했다. 켈러는 한 번도 만나본 적은 없는 파인 가족이 어쩐지 아는 사람들 같은 기분이 들었다. 그들의 유류품을 확인하고, 인터넷 검색 기록을 조사하고, 친구들을 심문하고, 유일하게 생존한 아들과 시간을 보냈으니까. 살아남은 아들들이지 참. 켈러는 그들에게 애도의 마음을 보태고 싶었다.

휴대전화가 울렸다. 장례식에 이미 늦어서 처음엔 무시할까

했다. 사람들의 눈에 띄는 일 없이 자연스럽게 휩쓸려 들어가고
싶었다. 그러나 그 전화는 피시킬 교정국에서 온 것이었다.

"켈러입니다."

"여보세요. 피시킬의 마지 보일입니다. 전화하셨더군요." 교
도소 연락 담당관의 목소리는 지루하고 무기력했다.

"연락 주셔서 감사합니다. 지금 막 파일을 살펴보고 닫으려
는 참이었어요. 혹시 지난 6개월간 대니얼 파인의 방문자 기록
을 보내주실 수 있을까요?"

수사 내용이 여러 방면으로 유출되는 상황이라, 켈러는 연락
담당자가 이 요청을 일반적인 것으로 여겨주기를 바랐다.

"네, 문제없어요. 전자 사본을 보관하고 있습니다. 잠시 기다
려주시면 지금 바로 이메일로 보낼 수 있어요. 그게…… 여기
어디 있을 텐데……. 아무튼 바로 확인됩니다. 이메일 주소 좀
알려주시겠어요?"

켈러는 주소를 알려주고, 기다리면서 열쇠와 핸드백을 챙겼
다. 전화를 끊자마자 곧장 장례식장으로 갈 생각이었다. 교도소
직원이 자판을 두드리는 소리가 희미하게 들렸다. 괴로울 정도
로 느린 속도였다. 이 여자는 교도소 시간에 맞춰 일하나 보다.

"실은 제가 장례식에 늦어서요. 혹시……."

"대니에겐 참 끔찍한 일이었죠." 연락 담당자는 눈치 없이 말

했다.

"네, 교도소에서 장례식 참석을 허락하지 않은 건 정말 실망스러운 일이었어요. 하지만 저도 자원 낭비라는 측면으로 이해하고……."

"잠깐만요." 교도소 직원이 말을 끊었다. "모르시는 거예요? 아무도 안 알려줬나요?"

"뭘 알려줘요?" 켈러가 물었다. 그리고 누구든 그녀에게 뭘 알려야 한다면 당연히 지금 통화하는 '연락 담당관'이 해야 할 일 아니냐는 질문은 하지 않았다.

"아, 맙소사." 여자는 잠시 말을 멈췄다. "댄 파인이 어제 습격을 당했어요. 살아날 수 있을지 모르겠다고 하네요."

30분 후 켈러는 교회에 도착했다. 언론이 대니 파인 소식을 물어가기 전에 스탠에게 보고하느라 시간이 지체됐다.

그림 같은 교회는 아니었다. 깔끔히 정리된 부지 위에 세워진 고풍스러운 첨탑 같은 것은 없었다. 스테인드글라스 창과 정문의 간판만 없으면 그냥 은행으로 오해받을 수도 있는 현대식 건물이었다. 도로를 따라 위성 트럭이 늘어서 있고, 비를 막기 위해 세운 임시 방수포 텐트에 방송 장비들이 빼곡히 들어가 있었다. 기자들은 커피가 담긴 종이컵을 들고 손거울을 들여다보며 장례식이 끝나기를 기다렸다.

켈러는 가득 찬 주차장 맨 끝 풀밭 위에 불법 주차된 차들 옆에 차를 세워두고, 빠른 걸음으로 교회로 향했다. 기자들은 신경 쓰지 않았다. 공기는 기이할 정도로 묵직했고, 하늘은 평소와 달리 녹색 빛을 띠었다. 대기에서 전기의 흐름이 느껴졌다.

교회 안으로 들어서니 입구는 조용했다. 커다란 예배당 문 너머로 말소리가 들렸다. 예식을 방해하고 싶지 않아 밖에서 기다릴까 잠시 고민하는데, 짙은 색 정장을 입은 남자가 문을 열고 나오더니 남자 화장실 쪽으로 달려갔다. 닫히는 문을 잡고 안으로 들어가려는 순간, 교회 밖에서 찢어질 듯 날카로운 사이렌 소리가 울렸다.

이건 또 뭐야?

켈러는 그것이 토네이도 경보임을 깨달았다. 파인 가족에겐 안식마저도 허락되지 않은 걸까. 다시 문이 열리고 문상객들이 빠져나와 화장실 옆 계단으로 향했다. 켈러도 사람들에게 휘말려 조용히 지하실 계단으로 밀려 내려갔다. 켈러 앞에 선 노인은 계단을 하나씩 힘겹게 내려갈 때마다 투덜거렸다.

"만날 이렇게 과잉 반응이라니까. 지하실 내려갈 때쯤엔 다 끝나 있을걸."

어디서나 이런 식이다. 맨해튼에 있으면 테러 경보에 면역이 된다. 샌프란시스코에 살면 땅이 좀 흔들려도 대수롭지 않게 여긴다. 플로리다에 살면 어지간한 허리케인쯤은 그러려니 한다. 그리고 이곳에 살면, 하늘에서 내려오는 소용돌이 구름이 모든 걸 파괴해버릴 것처럼 위협해도 다들 차분하게 줄지어 지하실로 내려간다.

당황한 기색을 들켰거나 외지인인 게 티가 났던 모양이다. 교회 지하실에 도착하자 나이 지긋한 부인이 켈러의 팔에 손을 얹으며 말했다. "걱정 말아요. 이런 일은 항상 있으니까요."

몇 분이 지나자 지하실은 문상객들로 가득 찼다. 켈러는 커뮤니티 빵 세일, AA 미팅 일정, 컵스카우트 활동 같은 공지 사항을 꼽아둔 게시판 근처에 서서 벽에 기대어 둔 접이식 의자를 건드리지 않으려고 이리저리 몸을 틀었다. 그러면서 맷을 찾아 사람들을 하나씩 훑어보았다.

저쪽 구석에, 신디 주위로 모여 선 사람들이 있었다. 흑인 여성이 신디 옆에 섰고, 그 옆에 누군가 앉아 있는 사람이 있었다. 아마 맷의 할아버지겠지. 맷은 보이지 않았다.

저쪽에 대학생쯤 되어 보이는 청년들이 보였다. 재미있는 조합이었다. 매혹적으로 아름다운 금발의 소녀, 장난기 있어 보이는 인도 청년, 머리가 천장에 닿지 않도록 구부정하게 서 있는 한국인 청년, 친절한 눈빛의 흑인, 그리고 얼굴이 온통 녹아

내린 마스카라 범벅인 자그마한 여자. 맷의 대학 친구들인가 보다. 맷은 그들과도 함께 있지 않았다.

맷과 얘기해야 했다. 지금 형 얘기를 꺼내기엔 최악의 타이밍이었지만, 형의 습격 소식을 전화로 듣게 하고 싶진 않았다. 문득 켈러는 자신이 맷 파인에게 나쁜 소식만 전달하고 있는 것 같다는 생각이 들었다.

다른 곳에도 사람들이 모여 있었다. 주지사가 중심에 서서 사람들을 즐겁게 해주고 있었다. 그를 향한 카메라가 없다는 게 놀라웠다. 〈폭력에 물든 세상〉 속편은 안 찍는 건가. 아마 신디가 애들러 부부를 못 오게 막았을 것이다. 그때 목사가 문상객들을 헤치고 주지사에게 다가갔다.

"좋아요, 여러분." 주지사가 사람들의 소음을 누르고 큰 소리로 외쳤다. "경보가 해제되었습니다. 이제 위층으로 올라가실까요? 한 줄로 서서 올라갑시다."

사람들은 맷의 할아버지와 이모가 먼저 올라가도록 길을 터주었다. 할아버지는 혼란스러운 표정으로 방향 감각을 잃고 간병인 손에 이끌려 걸음을 옮겼다.

켈러는 사람들이 모두 나가면 맷을 따로 불러내야겠다고 생각했다. 아니, 장례식이 끝날 때까지 기다렸다가 말해주는 게 낫겠다. 켈러는 대니의 습격 소식이 뉴스 기사로 떴는지 휴대폰을 열어 확인했다. 아직은 아무 얘기도 없었다.

이메일이 두 통 연달아 들어와 있었다. 첫 번째는 교도소 연락 담당관이 보낸 대니 파인의 방문자 목록이었다. 이건 나중에 봐도 된다. 두 번째는 컴퓨터 팀에서 보낸 것이었다. 대니 파인 사이트로 파티 동영상을 보낸 사람을 확인했다는 내용이었다. 아데어에 사는 여성인데 켈러가 모르는 이름이었다.

켈러는 계단 쪽을 힐긋 보았다. 사람들이 계단 위에서 정체되어 올라가지 못하고 있었다. 시간도 죽일 겸, 현장 사무소에 익명으로 동영상을 보낸 여성을 조사해달라고 문자를 보냈다. 그런 다음 대니의 방문자 목록을 클릭했다. 길지 않았다. 부모님. 변호사. 그다음 이름 하나가 눈에 띄었다. 닐 플래너건. 이름이 낯익은데, 누구인지는 기억나지 않았다. 이 이름을 어디서 들었지? 그녀는 영리한 FBI 수사관들이 범죄와 맞서기 위해 남몰래 즐겨 사용하는 비밀 병기, 구글 검색창에 플래너건을 입력했다.

신문 기사가 화면에 떴다.

플래너건은 터너 전 주지사의 성 추문에 연루된 사람이었다. 부유한 후원자를 위해 파티를 마련하고 미성년 소녀들과 약물을 공급한 주지사의 오른팔. 대배심은 플래너건을 기소했고, 사람들은 플래너건이 터너와 그의 주변인들을 배신할 거라고 예상했다.

왜 이런 놈이 대니 파인을 면회했을까? 대니의 가족이 청부 살인 전문가 손에 죽기 불과 2주 전에. 이 사이에 어떤 관련성이 있는지는 모르겠지만, 심상치 않다는 직감이 들었다. 애들러 부부는 샬럿이 나이 많은 남자를 사귀며 비밀스런 삶을 살았다고 했었다. 일부 신문은 링컨 연방 검찰청 소속 수석 연방 검사의 말을 인용했다. 켈러는 스탠에게 이메일을 썼다. 지금 당장 플래너건을 만나야 했다.

56장

맷 파인

맷은 길을 따라 걸었다. 하늘은 짙은 초록색이었다. 빗방울이 그의 얼굴을 때렸다. 곧 큰 비가 올 것 같았다. 사이렌이 마침내 멈췄고, 소용돌이 구름은 없었다. 그러니 이제는 기껏해야 비에 젖는 것 말고는 문제 될 게 없었다. 교회로 돌아가야 했다. 먼 훗날 장례식을 빼먹은 걸 후회하지 않으려면. 그러나 과연, 후회하게 될까?

정처 없이 천천히 걸었다. 파필리온 로드는 막다른 길로 이어지는 좁은 아스팔트 길이었다. 그는 교회 앞에 진을 친 기자들을 피해 가기 위해 교회 놀이터를 가로질러 울타리를 넘어갔다.

어깨가 뻐근했다. 어깨가 아프니 툴룸에서의 죽음의 탈주가 생각났다. 그게 겨우 사흘 전 일이라니. 이게 말이 되나? 꽉 끼는 정장 구두 안의 발이 아팠다. 그는 정장 딱 한 벌, 정장 구두 딱 한 켤레만 가지고 있었다. 뉴욕을 떠나기 전, 가네시가 장례식을 위해 맷의 기숙사에 들어가 챙겨 온 것이었다. 사려 깊은 행동이었다. 이제 다시는 친구들을 당연하게 여기지 말아야지. 인생에서 너무 많은 것들을 당연하게 여겼다. 이제는 그러지 말자.

뒤에서 경적이 두 번 빠르게 울렸다. 돌아보니 차 한 대가 그를 천천히 뒤쫓고 있었다. 앞유리창이 빗물에 젖어 있어 운전자는 보이지 않았다. 지금은 기자와 얘기할 기분이 아닌데. 차가 그의 옆으로 천천히 다가왔다. 창문이 내려갔다.

"토네이도 경보가 뜬 건 알고 있는 거지?" 제시카 휠러가 그를 올려다보았다. 입가에 희미하게 미소가 감돌았다. 그녀는 검은색 옷을 입고 머리카락을 깨끗하게 틀어 올렸는데, 목에는 진주 목걸이가 걸려 있었다. 맷이 교회에서 나가는 것을 보고 뒤쫓아 온 모양이었다. "어디 가?"

"그냥."

"나도 그래." 그녀가 말했다. 차는 맷의 걷는 속도에 맞춰 천천히 움직였다.

맷이 멈춰 서자 차도 같이 섰다. 그는 차를 돌아보았다.

제시카는 조수석을 턱으로 가리켰다.

맷은 혼자 있고 싶었다. 적어도, 그렇다고 생각했다.

제시카는 조용히 그의 결정을 기다렸다.

그런데 발이 좀 아픈 것 같기도 하다. 맷은 차에 올라탔다. 제시카의 항수 냄새가 그를 반겼다. 톡 쏘는 향기가 기분 좋았다.

제시카가 기어를 넣었다. 차가 출발했다.

여전히 부슬부슬 비가 내렸다. 아직 폭우는 아니었다. 와이퍼가 양옆으로 움직이며 먼지와 빗물을 뭉쳐 반원을 그렸다.

"얘기하고 싶어?" 제시카가 마침내 물었다.

"그다지."

"그럼 한잔할래?"

"그쪽이 더 솔깃하다."

그녀는 고개를 끄덕이고, 룸미러를 힐긋 보고는 길 한가운데에서 급하게 U턴을 했다.

그들은 곧 파이프 레이어즈에 도착했다. 몇 시간 전 영업을 끝낸 술집은 어둡고 조용했다. 제시카는 불을 켜고 열쇠를 바위로 던지고 주크박스로 갔다. 맷은 스툴에 앉아 거울에 비친 제시카를 보았다. 점잖은 검은색 드레스를 입은 모습이 이곳과 어울리지 않았다. 그녀는 몸을 굽혀 주크박스를 조작하고 있었다. 곧 음악 소리가 공간을 채웠다.

제시카가 바 뒤로 들어갔다.

"본 조비?" 맷이 말했다.

"삼촌이 30년 전에 주크박스 플레이리스트를 손수 짰어. 그걸 내가 감히 바꾸지는 못하겠더라고. 어차피 본 조비 노래 한두 곡쯤은 누구나 좋아하잖아?" 그녀는 벽에 진열된 술병을 가리켰다. "뭘로 할래?"

"맥주가 좋겠다."

"아, 왜 그래." 제시카는 실망한 투로 말했다. "잠깐, 그거다." 그녀는 유리잔을 꺼내 커다란 얼음을 한 알 집어넣고, 이것저것 섞기 시작했다. 그러고는 유리잔을 맷에게 내밀었다.

맷은 잔을 받아 불빛에 비춰 보았다. 갈색 액체에 투명한 얼음이 잠겨 있고 그 위에 레몬 껍질이 얹혀 있었다. "이게 뭐야?"

"구식 음료."

맷은 눈썹을 치켜올렸다. "너 뭔가 돈 드레이퍼미국 드라마 〈매드 맨〉의 주인공─옮긴이 에 대한 환상 같은 걸 품고 있는 거야……?"

"닥치고 마시기나 해."

한 모금 마셨다. 정말로 좋았다. 스모키한 향과 단맛이 입안에 감돌았다. "내가 구식 인간이라고 할 수는 없지만, 이건 정말 좋다."

제시카는 고개를 끄덕이고, 미소를 지으며 맥주를 따랐다. 너는 맥주 같은 평범한 걸 원했지만 난 이렇게 근사한 걸 만들어주었다는 약간의 자부심 같은 게 엿보였다. 제시카는 맥주를 한 모금 마셨다. 윗입술에 거품이 묻었다.

둘은 한동안 말이 없었다. 맷이 잔을 비우자 제시카가 한 잔 더 만들어주었다. 그러고는 맥주를 비우고 경쟁하듯 한 잔 더 채웠다.

곧 둘 다 술기운이 스르르 올랐다.

맷의 휴대전화가 주머니 안에서 계속 진동했다. 그는 확인하지 않았다.

"장례식 멋졌어." 제시카가 말했다.

"그러니까 사이렌이 울리고 하나 남은 유일한 아들이 달아나기 전까지 말이지?"

그녀는 살짝 얼굴을 찡그렸다. "할아버지 좋아 보이시더라. 할아버지를 마을에서 한참 못 뵈었어."

맷은 구식 술을 들고 지그시 바라보았다. "내가 지금 얼마나 고마운지 넌 모를 거야. 하지만 정말이야. 소소한 대화는 필요 없어." 그는 술잔을 비웠다.

"그래? 알았어." 제시카는 바 위로 몸을 기대고 맷의 정장 옷깃을 잡아당겨 그에게 키스했다. 예상치 못한 돌발 행동에 아드레날린이 확 치솟았다. 입술을 떼지 않은 채로 제시카가 바를 넘어왔다. 유리잔과 도구들이 요란스럽게 쓰러졌다. 마침내 입술을 떼자 두 사람은 거칠게 숨을 헐떡였다. 제시카의 틀어 올린 머리에서 머리핀이 다 빠져 머리카락이 풀어 헤쳐져 있었다.

"위에 방이 있어." 제시카가 말했다.

맷은 고개를 끄덕이고, 제시카의 뒤를 따라 뒷문으로 향했다. 그녀는 다시 맷에게 키스하며 열쇠를 더듬어 좁은 계단으로 이어지는 문을 열었다. 그녀는 그의 손을 잡아끌었다.

머리가 어지러웠다. 술기운에, 그녀에 대한 갈증에, 이날의 비현실성에. 제시카는 비틀거리며 계단을 올랐다.

슬슬 다른 생각이 들기 시작했다. 애써 물리쳐봤지만, 그 생각은 끈질기게 계속 떠올랐다. 그는 이 소녀를 지난 7년간 그리워했었다. 이게 과연 그가 원했던 걸까? 이렇게 엉성하게, 술집 윗방에서, 그것도 가족의 장례식 날? 그러나 지금 그는 그녀를 원했고, 바로 지금 기분을 전환해줄 무언가가 필요했다. 그래, 끝내지 못한 일을 끝내자. 칼라가 말한 대로. 하지만 칼라를 떠올리니 이건 실수라는 느낌만 더욱 강해질 뿐이었다.

계단 위 작은 방에는 트윈베드와 협탁, TV가 있었다. 제시카는 맷의 정장 재킷을 잡아당겨 벗기고, 넥타이를 느슨히 풀어 머리 위로 빼냈다. 셔츠 단추와 바지 단추를 풀었다. 그러다 갑자기 멈췄다. "잠깐 기다려. 금방 올게." 그녀는 작은 화장실로 급히 들어갔다.

맷은 침대에 앉아 스스로와 싸우고 있었다. 휴대전화가 다시 울리기 시작했다. 이모겠지. 아니면 친구들. 그는 휴대전화를 무음 모드로 설정하려고 주머니에서 꺼냈다.

화면에 뜬 문자가 시선을 끌었다. '긴급'이라는 글자였다.

보지 말아야겠다. 보지 말자. 그러나 그의 엄지가 말을 듣지 않았다. 켈러 수사관이 보낸 문자가 화면에 떴다.

긴급. 전화 바람.

단순하고 요점만 살아 있는 문자. 켈러답다. 켈러는 '긴급'이라는 말을 함부로 흘리는 사람이 아니었다. 맷은 켈러에게 전화를 걸었다.

전화가 연결되자마자, 제시카가 진주 목걸이 말고는 아무것도 걸치지 않은 모습으로 나타났다. 제시카의 투명하고 하얀 피부를 바라보며, 그는 잠시 할 말을 잊었다.

놀랍도록 아름답다.

막 전화를 끊으려는데 켈러의 목소리가 들렸다. "맷, 전화했구나. 끔찍한 소식이 있어." 켈러는 잠시 기다렸다가, 말했다. "형 소식이야."

57장

올리비아 파인

이전

다음날은 하루를 꼬박 바닷가에서 보냈다. 리브도 다른 사람들처럼 바닷가를 좋아했지만, 여섯 살짜리와 함께 바다에 있는 건 고역이었다. 느긋한 여유 따위는 없었다. 익사를 걱정하거나, 쉴 새 없이 화장실을 왔다 갔다 하거나, 모래성 쌓기 지옥에 강제로 끌려 들어가야 했다. 그녀는 불평하지 않았다. 어차피 아이들은 금방 자라고, 이 소중한 시간은 길지 않다. 그래도 저녁에 숙소로 돌아온 게 기쁘긴 했다.

리브는 홈즈와 왓슨을 계속 눈여겨보았다. 에반과 매기는 최선을 다해 아무것도 안 하는 척 위장하고 있었지만, 리브는 속지 않았다. 짜증이 날 만도 한데, 그래도 매기와 남편의 끈끈한 관계는 보기 좋았다. 에반과 맥처럼 가까운 부녀 사이가 또 있을까. 이 여행도 어떤 의미에서는 대니와 관련이 있다는 걸 그녀는 어렴풋이 알고 있었다. 그러나 지금 당장은 신경 쓰지 않기로 했다.

리브는 남편을 찬찬히 살펴보았다. 그는 부엌 조리대에 앉아 열심히 노트북 자판을 두드리고 있고, 매기는 아빠의 어깨 너머로 화면을 보고 있었다. 매기는 평소보다 감정적으로 흔들리는 것 같았다. 리브는 그동안 내내 뭔가 매기를 괴롭히는 게 있는 것 같다고 짐작했다. 매기는 자꾸 무슨 말을 할 것처럼 망설이다가 포기해버리곤 했다. 혹시 둘이서 대니 사건의 단서를 가지고 뭔가 캐고 있다는 고백을 하려던 걸까? 리브는 엄마와 딸만의 시간도 필요하다고 판단했다. 차례대로 모두 씻고 난 후에, 리브는 매기에게 산책을 나가자고 제안했다. "아빠랑 단둘이 저녁 먹으러 나갔잖아. 이번엔 내 차례야."

숙소 바로 밖에 숲으로 들어가는 산책로가 있었다. 에반은 두 사람에게 너무 멀리 가지 말라고 말했다. 정글에 뭐가 있을지 누가 알겠냐며 휴대폰도 꼭 챙기라고 했다. 정말이지 걱정 전문가가 따로 없다.

"너랑 아빠랑 지금 무슨 일을 벌이고 있는 건지 물어봐도 돼?" 양옆으로 나무들이 빽빽하게 선 오솔길을 따라 걸으며 리브가 물었다.

매기가 리브를 바라보았다. 매기는 거짓말을 들킬 때마다 보이는 쑥스러운 미소를 지으며 얼굴을 붉혔다. "아빠한테 말씀드리라고 할게요. 아빠가 오늘 밤 얘기하신다고 했어요."

리브는 고개를 끄덕였다. "궁금한데……."

"아빠는 그 일에만 몰두하려고 그러는 거 아니에요." 매기가 말했다. "단지 대니 오빠에게 일어났던 일을 인정할 수 없고, 아빠가 포기하면 다들 포기할 것 같으니까, 그래서……."

"내 앞에서 아빠 변호하지 않아도 돼. 가끔은 안 그렇게 보일 때도 있겠지만, 나는 그래서 네 아빠를 사랑해. 내가 아빠에게 좀 심하게 굴긴 했어. 너희들 걱정이 되니까. 맷 문제도 그렇고. 하지만 네 아빠는 자기가 옳다고 생각한 걸 하고 있을 뿐이야. 너희 중 누구에게라도 그런 일이 생겼다면 똑같이 그랬을 거야." 리브는 에반이 좋아하는 소설에 나온 그 구절을 떠올렸다. 내 온 마음은 너한테 있어. 늘 그랬어.

두 사람은 한참 걸었다. 해가 뉘엿뉘엿 지면서 우거진 나무 사이로 가라앉았다.

"그거 말고 나한테 뭐 하고 싶은 얘긴 없니?"

매기가 우뚝 멈춰 섰다. 눈에 눈물이 차오르기 시작했다. 매기는 엄마를 안고 울었다.

“괜찮아, 아가.” 리브는 떨리는 딸의 등을 쓰다듬으며 말했다.

“나한텐 뭐든 말해도 돼. 엄마잖아. 얘기하렴.”

매기는 엄마에게 말했다.

58장

맷 파인

파이프 레이어즈의 위층 방에서, 맷은 침대 발치에 앉아 있었다. 셔츠 자락은 풀어 헤치고 휴대전화를 귀에 대고.

"형 상태는 어때요?" 맷은 켈러에게 물었다.

찬란한 나신의 제시카는 조용히 욕실로 들어갔다. 중요한 전화였고, 분위기는 이미 깨졌다.

"모르겠어." 켈러가 말했다. "장례식 직전에 소식을 들었는데, 아직 의사와는 얘기 안 해봤어."

맷은 자신의 감정이 무엇인지 감을 잡을 수가 없었다. 그저 마비된 것 같은 느낌만 생생히 들 뿐이었다.

"이게 우리 가족에게 일어난 일과 관련이 있을까요? 아니면 단순한 교도소 내 폭력일까요?"

“모르겠어. 이 얘긴 나중에 하자. 지금 막 링컨 검찰청에 도착했거든. 어쩌면 그 답을 알고 있을 사람을 만나보려고 해.”

“누군데요?”

“나중에 얘기해줄게. 지금은 들어가야 해.”

맷은 더 추궁할 힘이 없었다.

“괜찮아? 장례식 중간에 나가서 다들 걱정했는데.”

“전 괜찮아요. 그냥 옛 친구랑 같이 있어요.”

제시카가 화장실에서 다시 나왔다. 옷을 차려입고, 걱정하는 표정으로.

“그래. 나중에 전화할게. 아, 한 가지 더.” 켈러가 말했다. 걷는 중인지 거친 호흡 소리가 들렸다. “그 파티 동영상을 매기에게 보낸 사람을 알아냈어.”

맷은 말없이 들었다.

“IP 주소를 추적했더니 스톤크릭 로드 15번지에 있는 컴퓨터라고 나왔어. 거주자는 휠러였고. 신디 이모 말이 네가 그 가족을 안다던데.”

맷은 제시카를 보았다. 그녀는 다시 머리를 단정히 묶고, 큰 눈으로 그를 바라보고 있었다.

“네.” 맷이 말했다. “알아요.”

59장

맷은 계속 제시카를 뚫어져라 바라보았다. 그녀는 살짝 흐트러진 모습이었고, 얼굴은 아직도 발그레했다.

"왜?" 제시카가 물었다.

영리하게 굴어야 했다. 공과 사를 구분하자. 장례식. 대니의 습격. 일단은 다 접어두자. 한 번에 한 입씩.

"FBI 수사관이었어." 술기운에 아직도 혀가 얼얼했다. 그러나 정신은 점점 또렷해졌다. 아드레날린이 대용량 커피만큼의 효과를 보이고 있었다. "형이…… 심하게 구타를 당했대."

"오, 세상에. 형은 괜찮대?"

"소식을 기다리고 있어."

제시카는 맷 옆에 나란히 앉았다.

맷이 일어섰다. 셔츠의 단추를 채우고, 침대를 턱으로 가리키며 말했다. "미안하게 됐어……."

"다음에." 제시카는 다시 얼굴을 붉혔다.

다음 기회가 과연 있을까. 그는 그냥 이대로도 괜찮다는 생각이 들었다. 이제는 그녀에게 답을 들어야 했다. 정신을 가다듬고, 맷은 계단을 내려갔다.

아까 바닥에 떨어뜨린 유리잔과 냅킨, 작은 빨대들을 주워 바 위에 쌓았다. 그러고는 버번 병의 목을 잡았다.

제시카가 혼란스러운 얼굴로 맷을 쳐다보았다. "너 괜찮아?"

모두들 그에게 끊임없이 물었다. 괜찮냐고. 그는 병째로 술을 마셨다. 술이 목구멍을 찔렀고, 속을 따뜻하게 데웠다. "FBI가 다른 것도 알아냈어."

제시카는 맷과 눈을 맞췄다. "아, 그래?"

"내 여동생에게 파티 동영상을 보낸 사람을 찾았어."

제시카는 맷을 똑바로 쳐다보았다. 그러나 곧 시선을 돌렸다. 그녀의 표정은, 뭘까? 죄책감? 걱정? 아니. 체념이었다.

"왜?" 맷이 물었다.

그 단어가 허공에 오래도록 맴돌았다.

마침내. "내가 널 얼마나 오랫동안 생각했는지 알아?" 제시카가 말했다.

“왜?” 맷은 제시카의 말을 무시하고 다시 물었다.

“그날 밤 모든 게 바뀌었어. ……그날 내 인생이 무너졌어.”

도대체 무슨 말을 하는 건지 알 수가 없었다. 게다가 다른 사람도 아니고 맷에게 그런 말을 하다니, 어처구니가 없다.

“리키 오빠는 완전히 다른 사람이 됐어. 그날 샬럿에게 무슨 일이 있다는 건 알았어. 그냥 알았어. 그러고 나서 얼마 후 리키는 차를 나무에 박았고, 그 이후로 내가 오빠를 돌봐야 했어.”

전에도 제시카는 오빠의 차 사고를 여느 교통사고처럼 얘기했었다. 그러나 지금은 뭔가 다른 말을 하는 것 같았다.

“무슨 얘길 하는 거야?”

“난 언제나 그날 밤 무슨 일이 있었다고 느꼈어. 네가 언덕에서 집까지 날 바래다주고 난 다음에, 리키를 봤어. 그 얘긴 했지.” 제시카의 목소리가 떨렸다. “리키는 데이트 상대랑 싸워서 완전히 코가 비뚤어지게 취했었어. 그날 밤 이후 리키는 내성적으로 변하고 우울증도 생겼어. 언젠가는 자살 시도를 하더라고. 리키에게 묻고 싶었지만, 오빤 지금도 혼란스러워 해.”

맷은 아직도 이야기를 따라잡을 수가 없었다. 제시카는 이야기를 계속했다.

“그러다 지난달에, 대법원이 너희 형 항소를 기각했단 뉴스가 나왔잖아. 그날 밤 리키 오빠는 술집에 있었어. 사람들은 건

배를 하며 술을 돌리고 있었지. 가게 문을 닫고 나서, 리키는 완전히 엉망진창이 되어가지고는 주체할 수 없이 울기 시작했어. 나한테 이유는 말해주지 않았어. 그냥 계속, '그들이 얼굴을 짓이겼어, 그 여자애 얼굴을 짓이겼어. 얼굴을 짓이길 필요까진 없었는데' 그러는 거야."

맷의 심장이 철렁 내려앉았다.

"오빠는 계속 중얼거리면서 휴대폰으로 영상을 보고 있었어." 제시카가 말했다. "바로 눈앞에 있었어. 모든 사람들의 눈앞에. 그런데도 사람들은 모두 그 동영상에서 리키의 윤곽에만 초점을 맞췄어. 리키가 그 신원 불상의 남자인 것처럼. 존재하지도 않는 그 사람인 것처럼. 신원 불상의 남자는 그들이 만들어낸 거였는데."

아직도 제대로 그림이 그려지지 않았다. 리키가 샬럿의 죽음과 관련이 있다는 말일까. 그 동영상의 뭔가를 모두가 놓치고 있다는 얘기일까.

제시카의 눈에서 눈물이 흘렀다. 그녀는 힘겹게 숨을 헐떡이며 흐느끼고 있었다.

맷이 다가가 제시카의 어깨에 손을 얹었다. "심호흡 크게 해봐." 그는 스스로 코를 통해 숨을 크게 들이마시고 입으로 뱉는 시범을 보였다.

호흡이 조금 편해지자, 제시카는 말을 이었다. "리키는 사고 이후로 기억이 뒤죽박죽이라, 난 확신이 서지 않았어. 오빤 계속 그러는 거야. 네가 그날 밤 봤다고 생각했던 게 실제로 본 게 아니라고. 그러면서 휴대폰으로 그 영상을 계속 돌려봤어. 나중에 그가 곯아떨어지고 나서, 오빠 휴대폰을 뒤져서 그 동영상을 찾아냈지."

"지금 무슨 말 하는 거야, 제시카?" 맷이 물었다. "그날 밤 외바퀴 수레를 미는 사람을 내가 봤어. 그게 리키였다는 거야? 리키가 날 봤다고? 너한테 그렇게 말했어?" 맷은 7년 전 그날을 다시 떠올렸다. 그 사람이 걸음을 멈추고, 정확히 맷 쪽으로, 맷과 시선을 맞추려는 듯 고개를 돌렸다. 리키는 미식축구팀 소속이었고 레터맨 재킷을 입었다. 그러나 맷은 그 재킷에 '파인'이라고 쓰인 것을 봤다. 그건 확실했다. 하지만 맷은 그날 밤 뭘 봤다는 얘기를 아무에게도 한 적이 없었다. 그렇다면 그 현장에 리키가 있었다는 얘기다.

"내 말 제대로 안 들었구나." 제시카가 말했다.

알코올 때문인지 — 맷의 체내 또는 제시카의 체내에 있는 알코올 중 어느 쪽이든 — 그녀는 조리 있게 말하지 못했다.

"리키 오빠가 아니야." 그녀가 말했다.

"그럼 누구야? 누구야, 제시카?" 제시카는 리키가 그날 밤 데

514

이트 상대와 함께 있었다고 했다. 하지만 그러면 이야기의 앞뒤가 맞지 않는다.

제시카는 손에 휴대폰을 들고 있었다. 파티 동영상의 첫 장면이 보였다. "오빠가 그냥 헷갈린 건지, 상상한 건지, 난 몰랐어. 난 이 동영상을 '대니 파인에게 자유를' 사이트에 보냈어. 그럼 네가 볼 줄 알고. 리키 오빠의 말이 사실이라면 — 그날 밤 네가 그들을 정말로 봤다면 — 네가 그 영상을 이해할 수 있을 거라고 생각했어."

제시카는 동영상을 재생했다. 소년들이 맥주를 마시고, 속옷 바람의 대니가 레터맨 재킷을 입은 소년들에게 둘러싸여 있고, 어떤 남자의 윤곽이 — 아니, 리키의 윤곽이 — 화면 가장자리에 걸려 있었다.

그때 맷은 보았다. 그 의미가 그를 와르르 무너뜨렸다.

맷은 돌아서서 문 쪽으로 달려 나갔다.

60장

새러 켈러

링컨 지방 검찰청 회의실에서, 켈러는 마주 앉은 남자를 면밀히 살펴보았다. 그 옆에는 변호사가 있었다. 곱슬머리 여자는 확신에 찬 표정이었다.

변호사는 켈러와 트레이 반스를 번갈아 쳐다보았다. 연방 검사보 트레이 반스는 전직 주지사의 오른팔 닐 플래너건의 담당 검사였다. "자, 드디어 우리 의뢰인의 얘기가 듣고 싶어지신 건가요?" 변호사가 물었다. "어쩌다 생각이 바뀌셨나요?"

"난 뭐 특별한 거 없습니다. FBI에서 이 자리를 요청했고……." 검사는 켈러를 가리켰다. "그래서 우리가 모인 거죠."

"우리 의뢰인은 들려드릴 얘기가 많습니다. 하지만 그 전에 약속을 받아야 해요. 복역 기간이요."

검사는 요란하게 웃었다. "실비아. 지금도 내 사무실 밖에는 린치를 가할 폭도들이 우글우글해요. 그 소녀들 중 일부는 열네 살이었다고요."

플래너건이 끼어들었다. "난 모르는 일이었고……."

"조용히 해요." 변호사는 의뢰인을 쳐다보지도 않고 입을 막고는, 검사에게 말했다. "그들도 검사님이 할 일을 했다는 걸로 이해할 겁니다. 이 건이 검사님 커리어에서 가장 큰 사건이 될 거잖아요." 변호사는 켈러를 바라보았다. "두 분 다요."

"계속 그렇게 말해보시죠." 검사가 말했다. "하지만 나는 당신들이 지금까지 들려준 재미난 동화보다 더 큰 걸 원합니다. 확증 없이 선량한 사람들의 명예를 더럽히지 않을 거예요."

"죄송합니다." 켈러가 말했다. "제가 늦게 끼어들어서요. 두 분이 지금 무슨 얘기를 하는지 전혀 모르겠어요. 일단 비공식으로 얘기를 해보면 어떨까요? 제가 몇 가지 질문을 하고, 그런 다음 협상 거리가 있는지 찾아보시죠."

플래너건의 변호사는 팔짱을 끼고는 마지못해 고개를 끄덕였다. 검사는 켈러에게 질문하라는 눈짓을 보냈다.

켈러는 몸을 앞으로 숙여 플래너건을 바라보았다. "왜 대니얼 파인을 면회하러 교도소에 갔는지 알아야겠어요."

플래너건은 히죽 웃었다.

기소장에는 플래너건이 어린 소녀들을 — 가출한 소녀, 모델 지망생, 방황하는 영혼들 — 거느리고 그의 호사스러운 생활을 후원해준 부자와 권력자들을 위해 파티를 주최했다고 적혀 있었다. 간단히 말해 아첨꾼과 소아성애자들을 위한 포주였다. 그리고 후원자 중 하나가 네브래스카 주지사였던 것이다. 그러다 어느 예지력 있는 소녀 하나가 그들의 만남을 비밀리에 동영상으로 촬영하고, 그 방탕한 현장 기록과 증언을 태블로이드지에 팔았다. 그 덕에 주지사는 사임했고, 네브래스카 FBI 현장 사무소가 사악한 음모의 전말을 밝혀냈다. 이 모든 혼란의 중심에 닐 플래너건이 있었다.

플래너건이 마침내 입을 열었다. "그, 저기, 파티 외에도, 제가 주지사님을 위해 다른 일도 하곤 했습니다."

"어떤 일이죠?"

"이를테면, 특별한 프로젝트죠. 정치적 라이벌의 더러운 일을 캐내는 거, 처방 기준이 느슨한 의사를 찾아주는 거, 조용히 해야 할 사람들을 조용히 시키는 거, 뭐 그런 거죠."

"해결사군요." 켈러가 말했다.

플래너건은 묘한 표정을 지었지만, 부인하지는 않았다.

"그래서, 아무튼, 터너의 후원금을 받는 기자 하나가 뭔 일이 있는 것 같다고 전해주더군요. 누가 큰 걸 하나 터뜨리려고 한

518

다고요. 하지만 그 기자는 그게 뭔지는 몰랐고요. 그리고 터너
는, 그 자리에 오랫동안 앉아 있었으니 그게 뭔지 아예 감도 못
잡았고요." 플래너건은 씩 웃었다. "내 말은, 그가 그토록 더러
웠으니 무슨 일이든 일어날 수 있다는 거죠. 어쨌든 터너는 뭔
가 잘못되고 있다는 불길한 예감이 들기 시작했어요. 그래서 가
진 걸 현금화하기로 하고 손에 든 것 중 가치 있는 걸 뒤지기
시작한 겁니다. 그래서 나온 게 사면권이었습니다. 터너는 나에
게 대상을 물색하라고 했어요. 누구든 사면 신청을 한 사람 중
에 현금을 들고 있을 만한 사람을요. 그 목록에 파인이 있었던
겁니다."

"대가성 사면을 제안했단 말인가요?"

플래너건은 고개를 끄덕였다.

"대니 파인은 지금 수감 중인데요. 왜 그가 돈을 가지고 있을
거라고 생각했죠?"

"뒤를 대주는 부자들이 많잖아요. 책 출간 제안도 받을 수 있
고. 그러니 해볼 만했죠."

"대니가 뭐라던가요?"

"지금 당신과 똑같은 얘기를 하더군요. 돈 없다고."

켈러는 플래너건을 바라보며 이야기를 기다렸다.

"그래서 그걸로 끝이라고 생각했습니다. 당장 처리할 일이

많았거든요. 로비스트들한테 입법안 같은 것도 팔고, 터너가 은
퇴 자금을 마련하는 것도 돕고요."

"하지만……."

"그러다 전화가 왔죠. 나의 암호화된 사업용 전화는 선택된
사람들에게만 번호를 알려줬습니다. 그 번호를 알려면 그 사람
들 안에 속해야 해요." 그는 자랑스럽다는 듯 말했다.

켈러는 가만히 얼굴을 찡그렸다. 그는 이야기를 계속했다.

"그래서 전화를 받았습니다. 그자는 ─ 자기가 누구라고 말하
지는 않았지만, 누군지는 알겠더군요. ─ 그자는 대신 손을 더럽
혀줄 누군가를 원했어요."

"살인청부업자?" 켈러가 물었다.

"네. 나는 그런 일은 안 한다고 했습니다. 난 사업가니까요.
하지만 수수료를 부담하면 연결시켜줄 수는 있다고 했습니다.
친구의 친구 같은 뭐 그런 식으로요."

이 지저분한 남자는 자기 일을 기업 비즈니스처럼 들리게 애
기하고 있었다. 켈러는 말 그대로 의자 끝에 걸터앉아 있었다.
요점만 말하라고 놈을 뒤흔들어 놓고 싶었다. 그러나 어쩐지 이
이야기의 끝을 알 것 같다는 침울한 예감이 들었다. 플래너건에
게 전화를 건 사람은 에반 파인을 죽인 프로를 고용했을 것이
다. 매기는 살인자의 사진을 찍었고, 그자는 가족을 모두 죽인

후 가스 사고인 것처럼 현장을 조작했다. 그리고 사진을 회수하기 위해 맷의 뒤를 쫓았다.

"정리해보죠." 켈러가 말했다. "어느 날 느닷없이 전화가 와서 살인청부업자와 연결시켜 달라는 부탁을 받았는데, 당신은 그냥 '네, 좋습니다, 문제없어요'라고 말했다는 거죠?"

플래너건은 한쪽 어깨를 으쓱했다. "전화 건 사람은 내 사업에 대해 여러 가지를 알고 있었어요."

"그리고 그 사람을 살인청부업자와 연결시켜줬고요." 검사가 끼어들었다. 이야기의 속도를 높이려는 것 같았다. "존재조차 입증할 수 없는 그런 암살자겠죠."

켈러는 왜 이 이야기가 계속 진척 없이 맴도는지 깨달았다. 연방 검사보는 플래너건이 거짓말쟁이라고 생각했다. 왜 아니겠는가? 플래너건은 절박했고, 이야기는 누가 들어도 터무니없었다.

"나야 그냥 중간에 선 중개자였는걸요. 그 남자가 뭘 할지는 전혀 생각을……."

검사가 손을 들어 그의 입을 막았다. "알았습니다. 당신은 성가대 소년처럼 결백하니까요."

"아무튼 그 청부업자는 — 나는 그 사람은 한 번도 만나본 적이 없어요. 그냥 명성만 들었죠. — 그는 의뢰인과 직접 대화하지 않아요. 그가 나에게 100K를 불렀고 사진과 이름을 얻어다 달라고 했습니다."

"그자에겐 어떻게 접근했습니까?" 켈러가 물었다. "그리고 명성만 들었다는 건 무슨 의미죠? 뭘 들은 거예요?"

"내가 하는 그런 일을 하다 보면 이런 저런 얘기를 듣게 돼요. 그 청부업자는 깨끗한 일 처리로 정평이 나 있었죠. 사고로 위장하는 데 전문이라고."

"그 사람 이름이 있나요?"

"아뇨. 다들 그냥 '입술'이라고만 부르죠."

켈러는 팔에 소름이 돋는 것을 느꼈다. 매기의 사진에 찍힌 갈라진 입술 흉터의 남자가 떠올랐다.

"의뢰하신 분은 내 몫을 포함한 돈을 의사당 사물함에 던져 넣었습니다. 그리고 나는 그중 실제 비용을 덜어서 다른 보관소에 넣고 입술에게 알려줬고요."

"왜 송금을 하거나 암호화된 파일을 보내지 않고요?"

"그건 그가 원하는 게 아니었으니까요." 플래너건은 지금껏 들어본 중 가장 바보 같은 질문이라는 듯 대답했다. 현찰이나 종이 메모 같은 것들이 디지털 지문을 남기지 않는 유일한 방식이다. 암살자는 구식이었다.

"하지만, 아시잖아요. 난 호기심이 많은 편이라서요." 플래너건이 말했다.

켈러는 이해했다. 족제비는 누가 의사당에 봉투를 떨어뜨렸는지 숨어서 봤을 뿐 아니라 봉투 안까지 들여다보았다. 도둑들 사이에는 명예가 없다. "그래서, 표적이 누구던가요?"

"그 뉴스랑 TV 다큐멘터리에 나왔던 남자요. 에반 파인."

"입술을 고용한 건 누구였죠?" 켈러가 말했다. 긴장감을 조성하는 플래너건에게 슬슬 지쳐가고 있었다.

변호사는 플래너건의 팔에 손을 얹고 이야기를 중단시켰다. "형량 감형이요." 그녀는 연방 검사보에게 말했다.

플래너건은 느끼한 미소를 지었다. 켈러는 주먹으로 그자의 얼굴을 가격하고 싶었다. 검사는 켈러를 바라보았다. 켈러의 태도를 읽고 플래너건에게서 원하는 정보를 얻었음을 깨달았을 것이다. '입술'. 매기의 사진에 찍힌 입술에 흉터가 있는 남자. 그가 플래너건의 이야기를 뒷받침해주었다. 우연일 수가 없었다. 플래너건은 진실을 말하고 있었다.

"협상하세요." 켈러가 말했다.

"이건 저 혼자 결정할 수 없는 사안입니다. 곧 돌아올게요." 검사는 회의실을 나갔다.

15분 후 돌아온 검사는 플래너건의 변호사를 바라보며 고개를 끄덕였다.

변호사는 구역질 나는 그녀의 고객을 바라보며 말했다. "말
씀드려요."

에반 파인

이전

"나 힘들어요, 아빠." 토미가 말했다.

겨우 6시였지만, 에반에겐 그날 하루가 참 길었다. 햇볕과 열기 속에 내내 걸어 다녔으니 진이 빠질 만도 했다. 토미는 얼굴이 발그레했고, 에반이 만들어준 저녁을 다 먹지도 못했다. 리브와 매기는 긴 산책을 나갔다. 맥앤치즈를 남기는 건 토미답지 않았다. 리브가 그들 모두에게 꾸준히 물을 마시게 했으니, 탈수 증상도 아닌 것 같다. 반쯤 빈 물병이 토미의 접시 옆에 놓여 있었다.

에반은 아들의 이마를 손으로 짚어보았다. 따끈했다. 걱정할 일은 아니겠지만, 예전 무시무시한 맹장염 사건 이후로 에반은 평범한 증상도 절대 당연하게 여기지 않았다. 그래도 오늘 밤은 그냥 단순한 피로일 것이다. 젠장, 에반 역시 지금 당장이라도 침대로 가서 몸을 웅크리고 잠들 수 있을 것 같았다.

"자러 가자, 아가." 에반이 말했다. 토미는 고개를 끄덕이며 식탁에서 일어섰다. 에반은 토미를 안고 방으로 데려갔다. 여행 가방을 뒤져 토미의 잠옷을 꺼내고 아이를 침대에 내려놓았다.

"자, 팔 번쩍." 에반이 말했다.

아들이 팔을 들어 올렸다. 꼭 국수 가락 같았다. 에반은 토미의 셔츠를 머리 위로 벗기고, 부드러운 손길로 잠옷을 입혔다.

토미가 털썩 뒤로 누웠다. 에반은 바지도 갈아입히고, 토미를 담요 아래 눕히고 곰 인형을 옆에 놓아주었다.

에반은 아들을 바라보았다. 새근새근 오르내리는 작은 가슴. 잘생긴 얼굴. 그는 토미의 이마에 입을 맞추고 불을 껐다.

거실로 돌아오니 산책을 나갔던 리브와 매기가 돌아와 있었다. 침울한 표정에 가라앉은 분위기가 느껴졌다.

"괜찮아?"

리브가 매기를 바라보았다. "응. 그냥 좀 피곤해서. 그렇지, 맥?"

매기는 존경의 표정으로 엄마를 바라보았다. 둘만이 공유하는 비밀 이야기라도 있는 것처럼. "네, 좀 피곤하네요."

"맥앤치즈가 좀 있고 스파게티도 남은 게 있어. 아니면 뭘 좀 만들어줄까?" 에반이 말했다.

"난 배 안 고파. 이번 여행에서는 너무 많이 먹는걸." 리브는 냉장고에서 물병을 꺼내 물을 마셨다.

"나중에요." 매기도 물병을 들고 침실로 들어갔다.

리브와 단둘이 남자, 에반이 말했다. "확실히 괜찮은 거 맞지?"

리브는 고개를 끄덕였다. "그 얘기는 나중에 해요. 하지만 매기는 괜찮아. 내가 약속할게."

혹시 매기가 이 여행의 목적을 리브에게 말한 걸까. 헛수고일 게 뻔한 조사. 툴룸으로 에반을 유인한 커플. 그래서 이렇게 분위기가 싸해진 거겠지.

쓴 약을 삼킬 때가 됐다. 리브에게 직접 얘기해야 했다. 아내에게 솔직해야 했다. 그렇지 않으면 이 여행의 마법은 현실이 될 수 없었다.

"당신한테 할 말이 있어." 에반이 말했다.

리브는 식탁에 앉아 있던 에반의 옆에 앉았다.

그는 물을 오래 마시면서 잠시 시간을 끌었다. 어떻게 설명하면 좋을까. "여기 오면서 당신한테 솔직하지 못했어."

"여행 올 돈이 충분히 있다고 한 거? 그래, 나도 그 생각은 했어."

"아니, 그거 말고." 에반은 샬럿에게, 또는 샬럿을 가장한 사람에게서 걸려온 전화 얘기를 했다. 매기가 그 휴대폰을 추적해 여기까지 왔고, 그를 함정에 빠뜨린 어느 커플을 확인한 것까지. 얘기를 하면서 에반은 스스로가 바보처럼 느껴졌다. 그는 나머지도 전부 털어놓을 생각이었다. 실직, 집안의 재정 상태, 그리고 약을 먹었던 것 등등.

그 얘기를 꺼내기 전에, 리브가 말을 가로막았다. "음, 나도 할 말이 있어."

에반은 고개를 갸웃했다.

리브는 침실에서 얇은 파일 폴더를 들고 나왔다.

"네브래스카에 갔을 때 론 샘슨의 아내가 이걸 줬어. 이 파일이 대니가 무죄라는 걸 증명할 거라고 샘슨이 그랬다는 거야."

"왜 이 얘길 이제……." 에반은 입을 다물었다. 지금 그건 중요하지 않았다.

"나도 우리가 대니 때문에 여기 왔다는 건 알았어." 리브가 말했다. "당신과 맥이 정확히 무슨 일을 꾸미고 있는지 몰랐지만, 암튼 알긴 했어. 파일을 진작 꺼내지 않은 거, 미안해. 이 여행이 너무 행복했고, 당신이랑 맥도 이 일에 완전히 몰두하는 것 같진 않아서, 좀 천천히 꺼내자고 생각했던 거야. 샘슨의 아내가 제정신이 아닌 것 같기도 하고. 그냥 아무 서류나 막 줬을 수도 있잖아. 아무튼 여기선 우리가 할 수 있는 게 없겠다 싶었고.

그래서……."

"괜찮아." 에반은 부드럽게 말했다. 폴더 안에는 세 장짜리 서류가 들어 있었다. 에반은 첫 두 페이지를 읽어보았다. "혈액 검사 결과지야. 샬럿과 대니의 혈액 샘플 테스트 같은데." 서류에는 샬럿의 샘플 번호가 4215, 대니는 5094로 적혀 있었다.

에반은 세 번째 페이지를 읽고, 이것이 증거물 기록에서 뽑아온 서류라는 걸 깨달았다. 왜 샘슨은 이 서류를 빼낸 걸까? 혹시…… 혹시 샬럿의 혈액 검사 샘플이 다른 사람의 것과 바꿔치기 된 것이라면? 살해당한 소녀가 샬럿이 아니었다면? 에반은 고개를 저었다. 또 그 토끼굴에 빠지면 안 된다. 안에는 경찰의 증거물 관리 기록도 함께 들어 있었다. 내용을 보니 샬럿의 샘플에는 아무도 접근한 사람이 없었다. 그런데 5094호 샘플, 대니의 혈액 샘플에는 접근한 사람이 있었다. 론 샘슨이었다.

에반이 기록을 손으로 짚었다. "무슨 까닭인지 샘슨이 대니의 혈액 샘플에 접근했던 것 같네. 샘슨이 전체 기록에서 이 페이지만 빼낸 것 같아. 다른 사람이 알지 못하게."

"그래서, 이게 무슨 뜻일까?"

에반은 고개를 저었다. 스스로에게 화가 났다. 숱하게 파일들을 뒤지고, 모든 실마리를 다 잡아당겨 보고, 모든 이론을 다 검증하느라 그렇게 많은 시간을 쏟아부었는데. 아무것도 그려지는 게 없었다. 완벽하고 완전한 백지였다.

리브가 말했다. "애당초 대니의 혈액 검사를 왜 해? 범죄 현장에서 그 애의 피는 발견되지 않았어. 대니에게 불리한 DNA 증거도 없었고."

"샬럿의 아이 아버지인 걸 증명하기 위해서. 그게 대니의 범행 동기였으니까." 에반이 말했다. 그리고 마치 총에 맞은 것처럼, 갑자기 깨달았다. "이런 제기랄. 맙소사!"

"왜? 뭔데?" 리브가 말했다. 전혀 놀라지 않은 목소리였다.

"대니는 O형 네거티브가 아니야." 에반은 5094호 샘플 기록을 손으로 짚었다.

"대니의 혈액형을 알아?"

"아니." 에반이 말했다. "하지만 O 네거티브는 될 수 없어. 내가 AB형이니까."

리브는 고개를 저었다. 무슨 말인지 이해할 수가 없었다.

"혈액형이 AB형인 부모에게선 O 네거티브인 아이가 나올 수 없어."

"그걸 어떻게 알아? 그게 도대체……."

"토미의 맹장 수술." 에반이 말했다. 그의 아들의 응급 수술.

리브는 혼란스러운 얼굴로 그를 바라보았다.

"토미가 수혈을 받아야 했지."

"맞아. 우리가 겁에 질려 있는 동안 병원 직원들이 혈액은행에서 피를 가져왔어."

끔찍했던 기억이 떠올랐다. 응급실에서의 그날. 에반은 일하다 말고 달려왔고, 의사는 토미가 희귀 혈액형인 O형 네거티브라고 설명하면서 혈액을 주문했다고 했다. 그러나 에반이 수혈을 해줄 수 있다면 그게 더 빠르다고 했다. 리브는 A 포지티브라서 수혈할 수 없었다.

"의사가 나에게 헌혈을 해달라고 요청했었어. 그때 알았지. 토미가 O 네거티브인 걸." 에반은 대니의 혈액 샘플 기록을 손가락으로 가리켰다. 토미의 혈액형과 정확히 일치했다.

리브의 얼굴이 하얗게 질렸다.

"의사가 나를 따로 부르더라고. 그러면서 이걸 어떻게 말해야 좋을지 모르겠다면서, 내가 수혈해줄 수 없다고 했어. AB형은 피를 줄 수도 없고 O 네거티브의 부모가 될 수도 없다고."

리브의 눈가가 촉촉이 젖어 들었다. "알고 있었어? 그동안 내내, 알았어?"

에반은 고개를 끄덕였다.

"그럼…… 왜?"

"그래도 그 앤 내 아들이니까." 에반이 말했다. 오랫동안 고민했었다. 토미가 자신의 생물학적 아들이 아니란 걸 알고 있다고 리브에게 말해야 할지. 그러나 도저히 그렇게 할 수가 없었다.

리브가 눈물을 흘렸다. "미안해, 난, 난 정말이지……."

에반은 리브의 어깨에 손을 얹고 매기의 방 쪽을 바라보며 손가락으로 입술을 막았다.

리브의 낯빛이 좋지 않았다. 그녀는 물을 한 모금 마셨다. "무슨 말을 해야 할지……."

"날 사랑해?" 에반이 물었다.

리브는 그를 바라보았다.

"올리비아 파인, 날 사랑해?"

"응." 리브는 혼란스러운 표정으로 대답했다.

"그럼 다른 말은 할 필요 없어."

둘은 말없이 앉아 있었다. 리브는 조용히 숨을 가다듬었다. 손이 떨렸다. 한겨울처럼 몸이 떨렸다.

"난 우리를 되돌리고 싶어." 에반이 매기에게 들리지 않게 속삭였다. "예전 우리처럼. 우리 가족을 되돌리고 싶어."

리브가 흐느꼈다. "내가 원하는 것도 그게 전부야."

매기의 방에서 소리가 났다. 리브는 손으로 눈물을 훔치고, 에반은 다시 컴퓨터에 집중하며 애써 자연스럽게 행동했다.

그러다 리브가 입을 열었다. 리브의 세상이 뒤집어지게 만든 그 이야기를 마무리 지어야 했다. "만일 그게 대니의 피가 아니라면 ─ 대니가 O 네거티브가 아니라면 ─ 그럼 그 피는 누구거야?"

에반은 리브를 한참 동안 바라보았다. 리브의 얼굴에서 다시 핏기가 가셨다.

"노아?"

"아니, 그의 아들. 그럼 파티 이후에 왜 아무도 샬럿을 보지 못했는지 설명이 돼. 다른 소년에 대한 소문도. 왜 샘슨이 혈액을 바꿔치기했는지도. 샘슨은 노아의 친구였던 거야. 놈들이 대니의 혈액 샘플을 카일 브라운의 것과 바꿔치기한 거지."

"샬럿의 아기 아빠가 대니가 아니었구나." 리브가 말했다. "카일이었어."

마침 그때 매기가 침실에서 나왔다. "왜 그래요? 무슨 일이에요?"

"우리가 잡았다, 맥파이." 에반이 말했다. "놈을 잡았어."

62장

매기 파인

이전

매기는 엄마 아빠를 바라보았다. "믿기지가 않아요, 아빠. 결국 해내셨네요." 목소리가 갈라졌다. 극도의 흥분으로 몸이 떨렸다.

아버지는 멍한 것 같았다. 아빠는 엄마의 손을 꼭 잡고 말했다. "아니, 우리가 한 거야. 그리고 가장 큰 공은 당연히 맥파이, 너한테 돌아가야지."

가슴이 뭉클했다. "하지만 카일 브라운이? 왜요? 이해가 안 가요."

"나도 이유는 모르겠다. 샬럿을 임신시켜 놓고 나서 뒷감당을 하고 싶지 않았나 보지."

엄마가 끼어들었다. "그리고 그 애 아빠가 그걸 감추는 걸 도 왔을 거야."

"그럼 카일의 아버지는……." 매기는 말을 맺지 못했다. 노아 브라운은 그들의 편이었고, '대니 파인에게 자유를' 사이트에서 함께 활동하는 전사였다. 배신감이 들었다. 그는 우리를 도와주 려 했던 게 아니었다. 사람들의 관심을 분산시키려던 것이다. 카일의 친구 리키는 신원 불상의 남자를 목격했다고 증언했다. 노아 브라운은 다큐멘터리 제작자들에게 스매셔를 주목하라고 주장했었다.

"그럼 그 입술에 흉터가 있는 남자는 누구죠? 그리고 같이 있 던 여자는?" 매기가 물었다.

"아마 사기꾼이거나 괴짜겠지. 아니면 노아가 고용한 사람일 수도 있어. 샘슨 형사의 아내가 엄마에게 증거물을 줬을 때 우 리를 본 궤도에서 멀어지게 하려고."

매기는 여전히 확신이 들지 않았다. 왜 그들을 멕시코까지 유인한단 말인가? 왜 샬럿이 살아 있는 척 정교한 술책을 꾸민 단 말인가? 그러나 그런 궁금증은 나중에 처리해도 된다. "맷 오빠에게 문자를 보내야겠어요!"

너무 들떠서 그런지 머리가 어질어질했다. 매기는 침실로 곧 장 뛰어가 침대에 몸을 던졌다. 충전기에서 전화기를 뽑고 맷에게 문자를 보내기 위해 문자 앱을 열었다. 아, 무슨 말로 시작하지?

갑자기, 생각이 뒤죽박죽이 되었다. 방이 흔들렸다. 기분이 좋지 않아서 일어나 앉으려고 몸을 일으켰다.

움직일 수가 없었다.

무슨 일이지?

그러다 숨이 멎을 듯 놀랐다.

사람. 남자가 옷장에서 뛰어나왔다! 매기는 벌떡 일어서려 했다. 소리를 지르려 했다. 그러나 꼼짝도 할 수가 없었다. 도대체 이게 무슨 일이야? 심장이 가슴 안에서 쿵쾅거리며 뛰었지만, 점점 몸이 마비되는 것 같았다. 몸이 뇌의 지시를 듣지 않는 것 같았다. 일어서. 일어서! 그러나 일어설 수가 없었다. 통나무처럼 몸이 굳어갔다. 남자는 매기의 시야를 벗어났다.

젠장. 그놈이야. 도와줘요! 아빠! 말이 입 밖으로 나오지 않았다. 끔찍한 공포가 그녀를 덮쳤다.

손에 쥔 휴대폰은 여전히 느껴졌다. 아직 눈은 움직일 수 있었다. 매기는 힘겹게 빛나는 화면을 쳐다보았다. 맷에게 보내는 문자. 그리고 엄지손가락. 엄지손가락이 천근만근이었지만, 아무튼 움직였다. 사진 릴을 간신히 건드렸다. 지금까지 찍은 사진 전체가 화면에 떴다. 그중에 마지막 것. 그 커플. 이 방에 있던 남자! 매기는 사진을 건드리려고 기를 썼지만, 엄지손가락이 말을 듣지 않았다.

정신이 아득해졌다. 매기는 계속 엄지손가락에게 움직여 달라고 빌었다. 손가락이 화면 위를 스쳤다. 커플의 사진이 맷에게 보내는 문자에 첨부되었다. 이제 보내기 버튼만 누르면 된다.

그때 남자가 달려왔다. 매기의 손에서 휴대폰을 낚아채기 직전, 문자가 전송되는 슉 소리를 들은 것 같았다.

남자는 휴대폰을 들여다보면서 나지막히 욕설을 중얼거렸다.

점점 의식이 혼미해진다.

남자가 매기의 팔을 들었다가 놓았다. 팔이 봉제 인형처럼 축 늘어졌다. 그가 쪼그리고 앉아 매기의 동공을 들여다보았다. 표정이 없고 평범한 얼굴이다. 코에서 입술까지 이어진 흉터만 아니면 금방 잊을 얼굴.

눈꺼풀이 무거웠다. 매기는 남자가 물병을 허리춤에 매단 쓰레기 봉지에 넣는 것을 지켜보았다. 그러고는 매기의 폰을 만지작거리더니 무슨 휴대용 장치에 연결했다. 작업이 끝난 후 그는 휴대폰을 천으로 닦고, 뻣뻣한 매기의 손에 다시 쥐여주었다.

공포가 스르르 물러났다.

이제는 따스하고 차분한 기분이, 사랑과 자부심이 차올랐다.

우리가 해냈어요, 아빠. 우리가 해냈어요.

63장

올리비아 파인

이전

사건의 진상을 밝혀냈다. 아들은 살인자가 아니었다. 남편에게 자신의 과오도 용서받았다. 영리하고 끈질긴 딸도 너무나 자랑스러웠다. 그러나 그 모든 기쁨을 누릴 새도 없이 가슴에서 통증이 치고 올라왔다.

"기분이 안 좋아." 리브는 에반에게 말했다.

에반이 염려스런 얼굴로 리브를 살펴보았다.

눈이 감겼다. "난……." 리브가 다시 눈을 떴을 때, 그녀는 바닥에 누워 있었다. 일어서려고 했지만, 팔다리가 굳어 움직이지 않았다.

머리가 어지러웠다. 에반이 식탁 위로 엎드려 있는 모습이 보였다. 물병이 옆으로 쓰러져 바닥으로 물방울이 똑똑 떨어지고 있었다.

도대체 무슨 일이지. 말을 해보려 했지만, 입이 움직이지 않았다.

리브는 남편 쪽으로 손을 뻗었다. 그러나 아무것도 움직이지 않았다. 몸이 모래에 묻혀 있는 것 같았다.

생각이 뒤죽박죽이 되었다. 그녀는 이유 없이 기도를 시작했다. 에반과 아이들 하나하나의 축복을 비는 기도.

배에서 찌르는 듯한 통증이 느껴졌다. 눈앞에 보이는 두 개의 발에 공포가 치솟았다. 신발은 수술용 덧신으로 잘 감싸져 있었다.

리브는 끈 잘린 인형이었다.

더 짙은 어둠이, 그러다 눈앞에 점이 떠다녔다.

생각이 망망대해를 떠다니며 아득해졌다. 리브는 다시 에반을 바라보았다. 내가 저지른 실수에도 불구하고, 그 모든 슬픔에도 불구하고, 모든 걸 처음부터 다시 시작하고 싶어.

곧 세상은 암흑에 잠겼다.

64장

에반 파인

이전

에반은 식탁 위에 무거운 짐 더미처럼 쓰러져 있었다. 팔에 묻은 물과 다리로 떨어지는 물방울을 느꼈지만, 움직일 수가 없었다. 뺨에 닿는 식탁의 나무 상판을 느꼈고, 그의 컴퓨터와 휴대폰을 조작하는 남자에 대한 분노를 느꼈다. 남자는 자료를 삭제하는 프로그램을 돌리는 것 같았다. 그자였다. 그와 매기가 집까지 추적했던 그 남자. 에반은 그를 계속 바라보고 싶었지만, 눈이 움직이지 않았다. 남자는 몸을 굽혔고, 에반의 시야에서 벗어났다.

남자가 일어섰을 때, 어깨에 걸쳐진 리브가 보였다.

무슨 짓을 하는 거야? 그녀를 놔줘! 이 말이 입안에서 맴돌

았다.

남자는 천천히 리브를 소파에 눕혔다. 에반의 시선 정면이었다. 남자가 리브의 손을 접었다. 손이 흐느적거렸다. 생명의 기운이 보이지 않았다.

안 돼. 안 돼!

남자는 테이블 끝의 책을 한 권 집어 리브의 가슴 위에 올려놓았다.

약을 먹인 걸까. 그 약이 뭐든, 그것을 이겨낼 힘을, 의지를 찾아야 했다. 다리가 축축했다. 그러다 문득 깨달았다. 물병. 남자는 물병 전부에 약을 탔던 거다. 토미가 갑자기 피곤해했던 것도, 리브가 쓰러진 것도 기억났다. 그 자신의 의식 상실도. 팔이 눈앞에 활짝 펼쳐져 있었다. 손가락이 움직이는 게 보였다. 집중하기만 하면, 생각의 모든 조각을 한곳에 모으면, 손을 움직일 수 있었다. 그러나 동시에 의식이 빠르게 꺼져 들어가는 것도 느꼈다. 펜이 오른손 근처에 있었다. 그는 손이 움찔거리는 것을 지켜보았다. 집중하자. 집중해야 한다. 뇌가 손에게 펜을 잡으라고 지시한다. 그는 눈을 감고, 그 동작을 머릿속으로 그려보았다. 그가 눈을 떴을 때, 펜이 그의 손아귀에 잡혀 있었다.

남자는 샘슨 형사의 아내가 리브에게 준 서류를 모아 물병과 함께 쓰레기 자루에 넣었다. 손에는 라텍스 장갑을 끼고 있었다.

시야가 흐려졌다.

남자가 복도로 사라졌다가, 다시 돌아왔다.

에반은 회한을 느꼈다. 공포를. 사라져가는 의식을 느꼈다.

무언가가 에반의 어깨를 쿡 찔렀다. 에반의 몸은 반응이 없었고, 반사 작용도 보이지 않았다. 남자는 에반을 어깨 위에 걸머졌다.

바닥을 바라보며, 피가 머리로 몰리는 것을 느꼈다. 팔이 대롱거렸다. 손에는 아직 펜이 쥐어져 있었다. 모든 게 저 멀리 있고, 모든 게 비현실적으로 느껴졌다. 그는 이 모든 게 그냥 끔찍한 악몽이 아닐까 하는 생각이 들었다.

어둠이 자꾸 그를 끌어들였다. 세상은 핑크 플로이드의 비디오였다. 그는 뇌 안의 모든 세포를 오른손에 집중했다.

이제, 에반은 자신의 몸에게 그것을 하라고 지시했다. 통제할 수 있는 모든 근육을 움직여 그걸 하라고. 그는 펜으로 남자의 옆구리를 힘껏 찔렀다. 고함 소리가 들렸다. "에잇, 젠장!" — 남자는 에반을 바닥에 떨어뜨렸다.

남자의 얼굴이 분노로 일그러졌다. 그는 에반의 머리를 걷어찼다. 별이 보였다. 피가 눈 속으로 방울져 떨어졌다. 세상이 희미하게 꺼져 들어갔다.

남자가 다시 에반의 시야에서 사라졌다. 돌아온 그는 키친타월로 옆구리를 누르고 있었다. 다른 손에는 커다란 칼이 들려 있었다.

남자는 에반의 목에 칼을 들이밀었다. 울대뼈 아래 차가운 날이 느껴졌다. 겁에 질렸지만, 대비는 고사하고 이젠 눈을 감을 수조차 없었다. 그러나 다음 순간 남자가 그에게서 멀어졌다. 목에 쇠붙이도 느껴지지 않았다.

남자는 부츠로 에반의 머리를 걷어찼을 때 생긴 흔적을 들여다보는 것 같았다.

그가 일어섰다. 손을 허리에 얹고, 에반과 핏자국을 살펴보았다.

그러더니 결정을 내린 것 같았다. 그는 에반을 집 밖으로 들고 나가 축 늘어진 그의 몸을 테라스에 던졌다.

옆으로 누운 채로 에반은 모든 것을 지켜봤다. 남자는 주위를 둘러보았다. 집 밖 거리에서 에반이 보이는지 확인하는 것 같았다. 그는 다시 사라졌다가, 냉장고에서 그릇을 꺼내 들고 나왔다. 남자는 남은 미트 스파게티 소스를 에반 위로 뿌렸다. 맥앤치즈와 빵은 대문 근처에 버렸다. 스파게티 소스 때문에 라텍스 장갑에 붉은 물이 들었다. 그는 무슨 까닭인지 울타리 문의 잠금장치를 풀고 살짝 틈이 생기게 열어놓았다.

"인정해." 남자는 에반에게 말했다. "넌 싸움꾼의 근성이 있군. 들개들과는 어떻게 싸울지 한번 보겠어."

이건 도대체 무슨 말일까.

그 순간, 에반은 축구장 관중석에 앉아 있었다. 10월의 어느 추운 금요일 밤에, 리브와 손을 잡고, 맷과 맥파이, 그리고 어쩐 일인지 토미까지도 그의 옆에 나란히 앉아 게임을 승리로 이끈 마지막 롱패스에 모두 함께 환호하고 있었다. 쿼터백이 헬멧을 벗었다. 그는 관중석을 훑어보다가, 에반과 가족을 발견했다. 이 영광스러운 승리가 그들을 위한 것인 양 쿼터백은 가족들을 가리켰다.

승리는 그들의 것이었다.

65장

맷 파인

대문이 열려 있었다. 맷은 현관을 통해 거실로 갔다. 크라운 몰딩과 징두리 벽판으로 잘 꾸며놓은 방 안은 꽃과 화환으로 가득 차 있었다.

맷은 부엌으로 들어갔다. 개수대 안에 접시들이 쌓여 있고, 반쯤 먹은 케이크와 접시에 담긴 핑거푸드, 장례식에서 남은 음식들이 보였다.

카일 브라운이 접시를 들고 부엌으로 들어왔다.

"맷! 맙소사, 깜짝 놀랐네." 카일이 말했다. "지금 막 치우는 중이었어. 문상객들이 정말 많이 왔었어. 네 가족은 정말 사랑을 많이 받았고. 장례식은 정말이지……."

맷은 온 힘을 다해 카일을 들이받았다.

카일 브라운이 뒤로 홱 밀렸다. 그가 팔을 휘두르면서 접시들이 허공을 날아 바닥에 떨어져 깨졌다. 카일은 거대한 스테인리스 스틸 냉장고에 등을 부딪쳤다. 맷의 팔뚝이 카일의 목으로 향했다. 공포로 휘둥그레진 카일의 눈이 툭 불거졌다.

맷이 외쳤다. "이대로 도망갈 수 있을 거라 생각했어?"

카일이 맷의 팔뚝을 잡고 손가락을 끼워 넣어 억지로 밀어냈다. 그는 심하게 숨을 헐떡였고, 맷의 눈을 바라보며 고개를 저었다.

맷은 뺨으로 흐르는 뜨거운 눈물을 느꼈다. 스스로에게 냉정하라고, 감정을 억제하라고 계속 말했다. 좀 더 힘을 썼다면 카일의 기도가 짓이겨졌을 것이다. 하지만 왜, 그러면 안 될 이유가 있을까?

카일의 눈가도 젖어 있었다. 그의 손은 여전히 맷의 팔을 잡고 있었다. 말을 하려 했지만, 바람 새는 소리만 날 뿐이었다.

그러다 곧, 카일은 예상 밖의 대응을 했다.

모든 걸 포기한 것이다.

팔이 옆으로 축 늘어졌다. 카일은 맞서 싸우려는 의지를 접었다. 마치 맷이 자신의 숨을 끊기를 기다리는 것처럼, 마치 그러길 바라는 것처럼 보였다.

조금만 더 힘주어 누르면, 카일이 원하는 대로 될 것이다. 그러나 그가 죽으면, 수많은 답이 그와 함께 묻힌다. 맷은 힘을 풀고 팔을 펼쳤다.

카일은 손을 올려 목을 잡고 몸을 숙여 기침을 했다. 속이 메스꺼울 때 나는 짖는 기침. 마침내 카일은 허리를 펴고, 등을 냉장고 문에 기댄 채로 스르륵 바닥으로 미끄러져 앉았다.

순간 맷은 그가 힘을 너무 많이 가해서 카일의 기도가 망가진 줄 알았다. 카일이 죽어가는 줄 알았다. 그러나 깨진 접시와 바닥에 쏟아진 음식 사이에 주저앉아, 카일은 흐느끼기 시작했다.

시간이 꽤 흐른 것 같았지만, 아마 몇 초 정도밖에 되지 않았을 것이다. 맷은 아직도 몸에 전기가 흐르는 느낌이었다. 카일이 무슨 말이든 할 때까지 기다렸지만, 카일은 그 자리에서 몸을 떨며 흐느낄 뿐이었다.

맷은 카일의 내면이 무너져 내린 것을 깨달았다.

"사고였어." 마침내, 카일이 말했다.

"거짓말." 맷은 차분하게, 그러나 위협적인 목소리로 말했다. "네가 샬럿을 죽였지. 그리고 수레에 실어 개울로 나르고 우리 형한테 뒤집어씌웠어."

카일이 떨리는 숨을 깊이 들이마셨다. 그는 아무 말 없이 격하게 고개를 저었다.

"다 끝났어." 맷이 말했다. "그 동영상. 파티 동영상. 대니는 속옷만 입고 있었어. 형의 재킷을 입은 건 너였어. 내가 그날 밤 본 건 너였어. 너도 날 봤고. 지금까지 넌 내가 형을 본 걸로 생각하도록……."

"사고였어." 카일은 다시 말했다. "모두 다 돌아간 뒤에, 샬럿이 뒤에 남았어. 걔가 화가 나서, 사실이 아닌 말을 했어. 그래서 내 집에서 나가라고 했는데, 샬럿이 나에게 달려들었고 난 그냥 밀었을 뿐이야. 그런데 걔가 뒤로 넘어지면서 머리를 부딪쳤어. 사고였어." 그는 숨을 헐떡였다.

분노가 다시 치밀었다. 그 순간에는 그냥 카일의 얼굴을 바닥에 대고 깨진 접시 파편 위로 짓이겨버리고 싶었다.

"대니가 — 우리 가족이 — 도대체 너한테 뭘 어쨌다고 이래?"

"대니를 다치게 할 생각은 없었어. 우리는 그게 스매셔 짓처럼 보이게 하려고 했다고."

그래서 샬럿의 머리가 돌로 짓이겨졌던 거구나. 맷의 아버지가 항상 얘기했던, 스매셔의 수법과의 차이도 그래서 생긴 거였다.

"지금까지 난…… 나는 대니 형인 줄 알았는데…… 너였어……." 가슴이 미어지도록 후회가 됐다. 그는 형을 미워했었다. 아버지를 원망했었다. 바보같이. 그토록 고집스러운 바보였다니. "네 짓이었어!"

"아냐." 문 쪽에서 소리가 들렸다.

노아 브라운이 권총을 들고 서 있었다. "일어서라, 카일."

카일은 그를 올려다볼 뿐, 움직이지 않았다.

"일어서!" 노아가 다시 외쳤다.

카일은 천천히 일어섰다.

"돌아서." 노아는 맷에게 지시했다.

맷이 돌아서자 총구가 등을 찔렀다. 노아는 맷을 넓은 거실로 몰고 갔다. 책장이 벽을 따라 죽 늘어서 있고, 고급 가구와 값비싼 예술품이 공간을 장식하고 있었다. 노아는 맷에게 손을 머리 위로 올리고 돌아보라고 지시했다.

카일이 뒤따라 들어왔다. 노아는 어떻게 할지 고민하는 것 같았다. 그는 커다란 유리창으로 뒷마당을 내다보았다. 파티오를 따라 이어진 전구들이 뒷마당을 환히 밝히고 있었다.

그러다, 노아는 결심이 선 것 같았다.

맷은 그 표정이 마음에 들지 않았다. "아들을 지켜주려고? 형에게 누명을 씌운 거예요?"

"대니에게 뒤집어씌우려던 건 아니었어. 네 엄마에게 그런 짓을 할 순 없지. 주 경찰이 정보 하나를 주지사 사무실로 보냈어. 캔자스의 연쇄 살인범이 네브래스카로 왔을 가능성이 있다고. 그래서 검찰과 대니의 변호사에게 전화해 샬럿 사건이 스매 서와 관련 있을 수도 있다는 정보를 흘린 거지.”

카일이 끼어들었다. “그래서 리키에게 신원 불상의 남자를 신고하라고 했던 거야. 그러면 스매서를 범인으로 생각할 줄 알 았지. 대니가 자백을 할 줄은 정말 몰랐어. 그때부터 모든 게 우 리 손을 벗어나 걷잡을 수 없게 되었고.”

아마 그게 진실일 것이다. 샬럿의 얼굴이 짓이겨진 것도 설 명이 된다. 왜 신원 불상의 남자를 리키만 목격했는지도. 그들 은 괴물을 하나 만들어 모든 걸 뒤집어씌울 계획이었던 거다. 그리고 왜 리키가 죄책감에 사로잡혀 차를 나무에 박았는지도 알 것 같았다.

“아빠, 총 내리세요.” 카일이 말했다. “다 끝났어요. 제가 사고 였다고 말할게요. 제가 시체를 옮겼고, 아버지랑 리키는 아무 상관 없다고…….”

“입 닥쳐.” 노아가 말했다.

그날 밤의 장면들이 맷의 머릿속에서 조각조각 이어졌다. 경 찰이 파티장을 급습하자 샬럿은 숨을 곳을 찾았다. 그러다 침 실에서 카일을 발견했다. 진탕 술을 마신 카일은 샬럿에게 손 을 대고, 샬럿은 그를 밀어낸다. 그러다 카일이 샬럿을 밀어 넘 어뜨리고, 바닥에 쓰러진 샬럿의 뒤통수에서 피가 배어 나온다.

카일은 리키를 불러 도움을 청하고, 둘은 샬럿의 시체를 개울로 옮긴다. 카일은 파티에서 주운 대니의 재킷을 입고 있다. 개울로 가는 길에 오솔길에서 맷을 보고, 극도의 공포에 빠져 아버지에게 전화해 도움을 요청한다.

아마 카일과 리키는 노아에게 도움을 청하는 문제에서 의견이 갈렸을 것이다. 그날 밤 제시카가 목격했다는 리키의 다툼이 그것이었다. 그러나 제시카는 그 사람을 리키의 데이트 상대라고 했다.

그러다 문득, 알 것 같았다. 어쩌면 카일은 샬럿에게 관심이 없었을 것이다. 어쩌면 샬럿은 알면 안 되는 무언가를 우연히 목격했을지도 모른다. 학생회장과 학교 스포츠 스타의 낯 뜨거운 모습을.

"샬럿이 너와 리키가 그런 관계란 걸 알아낸 거지. 그걸 목격한 거야. 넌 네 비밀을 지키기 위해 샬럿을 죽였고." 그럴 필요는 없었다. 아데어가 아주 진보적인 도시는 아니라도, 게이로 밝혀지는 게 누굴 죽일 만큼 심각한 문제는 아니었다.

카일은 고개를 저었다. "아빠, 총 내리세요."

노아는 계속 맷을 겨누고 있었다.

그는 맷을 곱게 보내줄 마음이 없는 것 같았다.

"빠져나갈 수 없을걸요." 맷이 말했다. "동영상에 보면 카일이

형 재킷을 입고 있는 장면이 나와요. FBI도 알아요." 거짓말이지만, 뭐라도 해보긴 해야지.

"동영상은 아무것도 입증하지 못해."

"그럼 왜요?" 맷의 목소리에 울음이 묻어났다. "왜 죽였어요? 왜 내 가족을 죽였어요?" 목소리가 갈라졌다. 어찌 보면 논리의 비약이었다. 그러나 모든 일은 그 동영상이 등장한 후에 일어났다. 그리고 켈러의 추정대로 전문가를 고용해 가족을 죽일 자원과 능력을 가진 사람은 노아 브라운뿐이었다. 카일은 아버지에게 경제적 지원을 받는 법대생이고, 리키는 장애인이다.

"그런 식으로 흘러갈 일이 아니었어. 난 네 엄마를 사랑했다." 노아가 말했다.

묵직한 몽둥이로 머리를 맞은 것 같은 충격이었다. 맷이 옳았다.

"무슨 말이에요, 아빠? 재가 지금 무슨 말을 하는 거예요?"

맷이 다시 외쳤다. "저 사람이 전문가를 고용해서 우리 가족을 죽였다고! 샬럿과 샬럿의 아기를 죽인 널 보호하려고!"

카일 브라운은 혼란스러운 표정이었다.

"아냐." 카일은 눈물 고인 눈으로 노아를 바라보았다. "아니죠, 아빠!"

노아는 아들을 무시했다. "가자." 그는 맷에게 뒷문 쪽을 가리켰다.

"아, 맙소사." 카일이 말했다. "그래서 샘슨 형사의 아내가 파인 부인에게 증거물을 줬단 얘길 듣고 그렇게 이상하게 반응하셨던 거군요. 그 혈액 검사. 아버지였어요. 샬럿이 거짓말을 한 게 아니었어." 카일은 숨이 막히는 듯 힘겹게 호흡을 이어갔다.

"이 얘긴 나중에 하자, 아들."

"아뇨! 지금 얘기해야 해요! 내가 그건 사고라고 했잖아요. 경찰한테 사실대로 말해야 한다고 했잖아요. 샬럿은 계속 아빠 얘기를 했었어요. 내가 그만하라고 걜 떠밀었고요. 하지만 아빠는……."

"내가 뭘? 널 구해줬지. 네 인생 망칠 뻔한 걸 내가 구했다고."

"그리고 아빠 인생도요." 카일이 말했다. "걔가 그랬어요. 아빠가 강제로 했다고."

맷은 온몸에서 공기가 빠져나가는 것 같은 기분이었다.

"거짓말이야." 노아가 말했다.

"증거도 있다고 했어요." 카일은 헐떡이며 숨을 들이마셨다. "그 아기가 아빠 아이라고 했어요!"

노아는 아들을 돌아보았다. 순간적으로 총의 겨냥이 맷에게서 벗어나 있었다. "그런 거 아니야."

"아빠를 개울로 불렀을 때요. 난 샬럿이 아직 숨을 쉬고 있다고 생각했어요. 조금 움직였다고요. 난······." 카일과 아버지는 서로 얼굴을 마주 보았다. "그런데 아빠가······ 아빠가 돌을 들고······."

맷이 노아 브라운의 손에 들린 무기를 향해 달려들었다. 그게 그에게 허락된 마지막 기회였다. 노아의 손에서 총을 빼앗으려고 잡아당겼다. 손안에서 차가운 금속이 느껴졌다.

노아가 무릎으로 맷의 배를 걷어찼다. 순간적으로 폐에서 공기가 전부 빠져나가는 느낌이었다. 맷은 몸을 굽혔다.

노아가 간신히 맷의 손을 풀었다.

총성이 울렸다.

맷은 바닥에 쓰러졌다. 어깨에 불이 붙은 듯 뜨거웠다. 어깨를 만져보니 손에 끈적한 붉은 피가 묻어났다.

노아는 몇 미터 떨어진 곳에서 맷을 내려다보았다. 총구가 맷의 얼굴을 향하고 있었다. 맷은 다시 무기를 향해 달려들어 노아의 팔을 거칠게 들어 올렸다. 오로지 아드레날린과 분노의 힘이었다. 온 세상이 흐릿했다. 그때 다시 한번 총성이 울렸다.

맷이 다시 눈을 떴을 때, 카일이 바닥에 쓰러져 있었다.

"안 돼!" 노아 브라운이 아들에게 달려갔다. 붉은 피가 카일의 셔츠에 번지고 있었다. 카일의 시선이 아득했다.

"안 돼!" 노아는 울부짖으며 아들을 끌어안았다.

맷은 여전히 바닥에 쓰러져 있었다. 출혈과 통증으로 머리가 어질어질했다. 여기서 빨리 나가야 했다. 손을 짚어 간신히 몸을 일으키는데, 노아가 맷을 향해 휙 고개를 돌렸다.

"너랑 네 빌어먹을 가족들. 그냥 좀 내버려둘 순 없었나?" 노아는 죽은 아들 옆에 떨어져 있던 총을 집었다.

"그래서 다 죽인 거예요? 여섯 살짜리 꼬마를? 십 대 소녀를? 사랑한다던 여자를?" 맷은 책장을 잡고 간신히 일어섰다. 머리가 빙빙 돌았고, 셔츠는 계속 붉은색으로 물들어갔다.

"일어나지 않아도 될 일이었어. 그 동영상이 등장했을 때, 네 아버지가 그냥 넘어가길 바랐는데. 그런데 네 여동생이 그를 발견했고, 그의 얼굴을 보고, 멕시코에서 그의 사진까지 찍었지. 그는 선택의 여지가 없었다고 했어. 난 네 엄마를 절대 해치고 싶지 않았어. 난 그저 네 아버지만……." 그는 말끝을 흐렸다.

노아는 아빠를 몰아내고 싶었던 거다. 어쩌면 엄마가 그에게 돌아올 수도 있었으니까. 아니면 대니 사건을 끈질기게 파고드는 아빠를 제거해 사건 조사를 흐지부지 끝내버리고 싶었을지도 모른다.

멀리서 사이렌이 울렸다.

노아는 무릎 위에 죽은 아들을 안고 바라보고 있었다. 그의 눈빛이 어두워졌다. 노아는 조심스럽게 한 손으로 카일의 몸을 바닥에 내려놓고, 다른 손으로는 맷에게 총을 겨눈 채로 일어섰다.

다 끝났다. 맷은 노아의 표정에서 모든 게 끝났음을 읽을 수 있었다.

노아가 말했다. "죽을 때 이건 알아두면 좋겠다. 네 형은 평생 감옥에서 썩을 거야. 세상 사람들은 네가 보험금 때문에 사람을 고용해 부모님을 죽였고, 내 아들까지 죽였다고 알게 될 거야."

그는 또 이렇게 달아나려 하고 있다. 맷과 대니가 보험금 때문에 킬러를 고용했다고 주장하면서. 맷이 그의 집에 침입해 카일을 공격했고, 자신은 정당방위로 맷을 죽였다고 하겠지.

웃기시네. 오늘은 날이 아니야.

맷은 형이 보여주었던 미식축구 동작들을 모두 쏟아내면서 노아에게 달려들었다. 총 아래로 몸을 굽히고 달려들어 노아의 허리에 팔을 감고 함께 바닥으로 쓰러졌다. 맷은 그를 올라타고 앉아 주먹을 휘두르기 시작했다. 계속해서 펀치를 날리자 노아가 맷을 할퀴며 반격했다. 사방에 피가 뿌려졌다. 마침내 노아가 움직임을 멈췄고, 맷은 비틀거리며 일어섰다.

노아가 피와 콧물을 머금고 뭔가 알아들을 수 없는 말을 웅얼거렸다.

맷은 책장 위로 손을 뻗어 대리석 북엔드를 집었다. 그는 개울가에 버려진 채 살기 위해 몸부림쳤을 샬럿을 생각했다. 병원에서 살아나기 위해 힘껏 싸우고 있을 대니를. 아버지와 어머니, 어린 남동생과 여동생을 생각했다. 그는 무거운 북엔드를 머리 위로 높이 치켜들었다.

"맷, 안 돼!"

돌아보았다. 켈러 수사관이었다. 켈러 뒤로 경찰관들이 있었고, 그중 하나는 총을 꺼내 들고 있었다.

"이런 걸 원하는 게 아니잖아, 매튜."

"이자가 전부 다 빼앗아 갔어요." 맷이 흐느꼈다.

"알아, 맷. 우리에게 증거가 있어. 이자가 너마저도 빼앗아 가게 하지 마."

맷은 노아 브라운을 내려다보았다. 그는 손으로 얼굴을 가리고 있었다.

맷은 대리석 북엔드를 최대한 높이 들어 올렸다가, 마지막 남은 한 방울의 힘까지 짜내어, 마룻바닥을 내리찍었다.

<폭력에 물든 세상>에서 발췌

시즌 1 / 마지막 화

실외. 스톤크릭—낮

아름다운 날이다. 햇빛이 빛나고, 개울물 소리가 들린다.

클로즈업. 샬럿의 시신이 발견된 둑.

에반 파인
(목소리만)
사람들은 내가 집착한다고, 광적이라고 생각해요. 내가 이기적인
바보라고. 하지만 당신 아들이 저지르지도 않은 범죄로 유죄 판
결을 받는다면, 당신은 어떨 것 같습니까? 그 아들이 남은 평생
교도소에 갇혀 살아야 하고 당신은 아들이 무죄라는 걸 온몸으로
알고 있다면? 그것 때문에 당신 가족이 무너졌다면 어떨까요?
그런 맨 끝에 남은 마지막 두려움까지 직면한다면, 두 가지 선택
이 있습니다.
포기하거나, 끝까지 죽도록 싸우거나.
그리고 난 마지막 숨이 붙어 있는 그날까지 대니를 위해, 리브,
맷, 매기, 토미를 위해, 그리고 샬럿을 위해, 진실을 밝히기 위해
싸울 겁니다.

암전.

맷 파인

이후

"이 사람이 네 형이냐, 애플렉?"

"네, 아까 얘기했잖아요, 레기. 자, 이제 카메라 보지 마시고요. 그냥 평소처럼 하세요." 맷은 워싱턴 스퀘어 파크에서 체스를 두는 두 남자에게 블랙매직 카메라를 맞췄다. 해가 뉘엿뉘엿 지고 있었다. 대니는 단편영화 촬영을 끝내기 전 미리 도착해 있었다. 레기는 대니를 보며 감탄했다.

"거기 있었다던?" 레기가 물었다.

"네. 피시킬이요." 대니가 말했다.

"와, 이런 제길. 너처럼 예쁜 소년이 어떻게 피시킬 놈들한테서 살아남았다니?" 레기는 맞은편에 앉은 상대에게 동의를 구하려는 듯 고개를 끄덕였다.

맷의 형은 미소를 지었다. "그냥 죽었다 생각하고 고개 숙이고 있었죠."

"그리고 엉덩이는 벽에 단단히 붙여놓고." 레기가 킥킥 웃었다.

대니는 거의 살아남지 못할 뻔했다는 말은 하지 않았다. 한 달간 병원 신세를 졌던 것도.

"동생이 꺼내줬다고 들었는데?" 레기가 말했다.

맷이 체념하고 카메라를 내렸다. "아녜요. 우리 가족이 꺼내준 거예요." 맷은 책상 위 산더미처럼 쌓인 증거들을 꼼꼼히 살피던 매기와 아빠, 그리고 주지사에게 사면을 간청하던 엄마의 모습을 떠올렸다.

대니는 맷의 어깨에 손을 올렸다. "쟤 아니었으면 전 여기 없었겠죠." 일부는 사실이었다. 그러나 새 주지사에게 공을 돌리는 게 옳았다. 새 주지사의 첫 직무는 사면위원회에 압력을 가해 대니를 사면한 것이었다. 전 주지사 노아 브라운은 대니가 처음 수감되었던 바로 그 교도소에서 여생을 보낼 예정이었다.

"젠장, 애플렉. 아무튼 너한테도 희망이 있나 보다."

맷이 카메라를 들어 올렸다. "나 지금 진지해요. 빛이 점점 사라지잖아요. 해 지기 전에 갈 데도 있는데."

레기는 짜증 섞인 신음을 내뱉고는 다시 체스판을 향해 돌아앉으며 입속으로 웅얼거렸다. "늙은이 둘이 체스 두는 영화를 누가 본다고 이래?"

1시간 후, 맷과 대니는 14번가 야외 카페에 있었다. 맷의 앞에 물기 맺힌 커다란 맥주잔이 놓여 있었다. 더운 여름날 저녁에 차가운 맥주는 더없이 완벽했다. 대니는 물을 한 모금 마셨다. 그는 술을 끊었다.

"얼마나 남았지?" 대니가 물었다.

맷이 휴대전화의 시간을 확인했다. "8시 반이라던데."

태양이 도시의 틈새로 모습을 보이기 시작했다. 사람들이 휴대전화를 들고 거리로 나오면 그때가 되었음을 알 수 있을 것이다.

"맨해튼헨지 처음 봤을 때 기억나?" 맷이 물었다.

대니가 기억을 더듬으며 고개를 들었다. "그때 네가 몇 살이었지? 다섯 살? 아님 여섯 살?"

"여섯 살."

"딱 토미 나이였네." 대니가 말했다.

맷은 북받치는 감정을 느꼈다.

"걘 어땠어? 아빠 엄마가 토미 얘기를 많이 해주시긴 했는데,

난 한 번도…….” 대니는 말끝을 흐렸다.

“재밌는 애였어. 엄마 껌딱지였고.”

“너도 그 나이 땐 그랬었어.”

맷이 미소를 지었다.

“아, 그거 기억난다.” 대니가 말했다. “엄마 친구 집에 놀러 갔을 때. 그분이 고양이를 키우셨잖아. 거기서 네가 알레르기 때문에 숨도 못 쉬고 난리가 나서, 사람들이 다 죽도록 겁이 났었어.”

맷은 그날 그 낯선 욕실을 떠올렸다. 엄마는 욕실 안을 수증기로 가득 채워 숨을 쉬게 해주려고 안간힘을 쓰고 있었다. 어린 맷을 차분히 달래주던 엄마의 부드러운 목소리. 그 목소리를 듣고 맷은 마음을 놓았었다.

“넌 진짜 우리 가족의 짐 덩어리였어. 모든 게 다 너 위주로 돌아가고.” 대니가 농담처럼 말했다. 그러다 곧, 그 말이 자신에게 해당됨을 깨달은 것 같았다. 대니의 표정이 진지해졌다. “매티, 너한테 할 말이 있어…….”

맷이 손을 들었다. “하지 마.”

대니가 말을 삼키고, 동생을 바라보았다. 눈가가 촉촉해졌다.

“제가 방해가 되었나요, 숙녀분들?” 목소리가 말했다.

돌아보니 가네시가 햇빛에 눈을 찡그리고 있었다. 그 뒤에 칼라가 금빛 햇살에 잠겨 있었다. 두 사람은 작은 테이블의 의자 두 개를 가져왔다. 칼라는 맷 옆에 바짝 붙어 앉았다.

맷은 형을 슬쩍 바라보았다. 대니는 가볍게 고개를 끄덕이며 친구들을 맞이했다.

"다들 어딨어?" 맷이 물었다. 그는 루빈 홀 친구들을 전부 초대했었다.

가네시는 어깨를 으쓱했다. "커티스는 아마 종교 집단 미팅에 나갔을 거고. 소피아에게 일몰 관람은 가부장제의 남성성을 상징적으로 보여주는 행위라 힘들 거야. 그리고 우진이는 안 불렀어. 걔 때문에 태양이 가려져 못 볼까 봐."

"왜 우리가 이놈하고 친구인지 누가 좀 알려줘 봐." 맷이 말했다.

칼라는 어이없다는 듯 고개를 저었다. "다들 오는 중이야."

가네시가 술집 안으로 사라졌다. 대니는 테이블 위에 돈을 올려놓고 자리에서 일어섰다.

"어디 가? 못 보면 아쉬울 텐데." 맷이 말했다.

사람들이 거리로 나오기 시작했다. 허공을 향해 스마트폰을 겨누고, 건물 사이로 맞춰지는 태양과 셀카를 찍기 위해 몸을 이리저리 틀고 있었다.

"그냥 조용한 데서 산책이나 할까 하고." 대니가 말했다. "나중에 보자."

맷은 거리를 따라 걸어가는 대니의 뒷모습을 바라보았다. 태양을 등지고, 여전히 당당하게 걷고 있었다. 교도소 습격의 후유증으로 다리를 절었지만, 그것 말고는 여전히 자신감 있는 태도와 걸음걸이였다. 여자 둘이 대니에게 말을 걸었다. 석방 소식을 언론이 대대적으로 다루었으니 그의 얼굴을 알아본 것이겠지. 대니는 그들과 셀카를 찍어주고 계속 걸어갔다.

맷에게 아쉬운 건 딱 하나뿐이었다. 아버지가 저 모습을 보지 못한 거.

칼라가 손을 뻗어 그의 손을 잡았다.

테이블 옆으로 차가 멈춰 섰다. 거리는 사람들로 가득했다. 그들은 지평선 아래로 천천히 가라앉는 태양 사진으로 인스타그램 피드를 채우고 있었다. 차 창문이 내려가고, 요란한 음악 소리가 울렸다.

린킨 파크의 '넘'.

"괜찮아?" 칼라가 물었다.

맷은 칼라의 눈을 바라보았다.

그 눈빛.

"이젠 괜찮아."

새러 켈러

이후

"나 무서워." 켈러는 위성 전화기로 조용히 말했다.

"그딴 소리 마. 나도 무서워. 게다가 난 지금 3,000마일은 멀리 떨어진 곳에 있다고. 컬럼비아의 어느 헛간이 아니라." 밥이 말했다.

밥은 언제나 그녀의 감정을 부정하지 않고 있는 그대로 받아들여주었다. 이것이 묘하게도 위안이 되었다. 켈러는 결코 뭘 두려워하는 그런 사람이 아니었다. 그러나 그건 잃을 게 많지 않던 시절 얘기다.

"그 텍사스 사람 거기 있어?" 밥이 물었다.

켈러는 칼 뷰캐넌을 쳐다보았다. 미 중앙정보국 특무과 시카고 현장 사무소 소속. 마르코니 LLP를 급습할 때 도와줬던 사람이다. 칼은 대구경 화기를 들고 전술 장비를 착용한 부대원들과 함께 서 있었다. 파인 사건을 해결한 공로로 켈러는 뉴욕 현장 사무소장으로 승진했고, 상관인 스탠 웹은 D.C.로 영전했다. 대통령의 딸을 행복하게 해주는 건 참으로 보람된 일이었다. 새 직책을 맡은 켈러는 원하는 팀을 조직할 수 있었다. 어떤 일은 섬세한 세련미를 원했고, 어떤 일은 돌아이가 필요했다.

칼은 기회를 놓칠까 봐 불안한 듯 켈러를 힐긋 쳐다보았다.

"애들이랑 얘기하고 싶은데." 켈러는 여전히 신경이 곤두서 있었다.

"나중에 얘기해."

밥이 옳다. 긍정적으로 생각하자.

"나랑도 나중에 얘기하고." 밥의 말투는 담백했다.

"사랑해."

"내가 더 사랑해. 그리고, 이봐, 특별 수사관. 할 수 있어. 걱정 마."

켈러는 전화를 끊고, 마음을 가다듬었다. 허물어져가는 오두막에 창문은 딱 하나뿐이었다. 켈러는 그곳에 모여 있는 팀원들에게 다가갔다.

"타깃에 접근하는 사람들이 있습니다." 감시자가 창가에서 말했다.

"전력망에서 벗어나 지내기가 쉽지 않았을 텐데." 칼 뷰캐넌이 말했다. "저자는 도대체 어떻게 찾은 거요?"

"항공사 기록으로요." 켈러는 간단히 대답하고는, 감시자의 쌍안경으로 블라인드 틈새를 내다보았다.

저 멀리 그들이 잠복한 곳보다 더 작은 오두막이 있었다. 플라스틱 물통을 든 남자가 오두막 문으로 다가갔다. 키가 크고 마른 체형에 머리는 갓 이발한 듯 짧았다. 그는 콧수염을 기르고 있었다. 그러나 콧수염으로도 흉터는 완전히 가리지 못했다. 남자의 오른쪽 콧구멍부터 입술까지 긴 흉터가 이어져 있었다.

남자가 오두막 안으로 들어갔다. 켈러는 수사관에게 쌍안경을 다시 건넸다. "그자예요."

팀원들은 신중하게 일어섰다. 자물쇠를 채우고 짐을 싣는 소리가 방 안을 채웠다.

"여기 남아 있어요." 칼이 말했다. "다 잡았어요. 우린 이 분야 최고의 전문가들이니까."

언제나 두려움 없이 앞장서던 매기가 생각났다. 켈러는 나머지 팀원들과 함께 공격 대형에 섰다. 칼은 켈러에게 존경의 눈빛을 보냈다.

잠시 후, 켈러와 팀원들은 문을 박차고 달려 나갔다.

이 소설은 옛날 방식으로 세상에 태어났다. 작가와 편집자가 음침한 뉴욕의 술집에 앉아 책과 인생 얘기를 하고 있었다. 그러다가 내가 갖고 있던 아이디어 얘기가 나왔다. 비극에 의해 흩어진 가족이 결국에는 하나가 된다는 내용이었다. 조셉 브로스넌, 당신은 천재예요. 그리고 당신의 현명한 안내와 사악한 첨삭의 은총으로 소설가로서의 경력을 유지할 수 있게 되어 참으로 행운이라고 생각합니다.

나는 또한 업계 최고의 문학 에이전트인 리사 에르바흐 반스를 대리인으로 모시는 축복을 받았다. 당신을 위해서라면 불 속으로 뛰어들 수도 있어요, 리사. 당신이 이미 날 위해 그렇게 해주었으니 참으로 마땅한 일이죠.

재능 있고 헌신적인 세인트 마틴스 프레스 팀에게 깊은 감사의 마음을 보내고 싶다. 이 팀의 일원인 켈리 래글란드는 이 책에 상당한 힘을 보태주었고, 마틴 퀸, 스티브 에릭슨, 카일라 야나스는 전문성을 발휘해 이 책을 세상에 알렸다. 그리고 케이틀린 세베리니는 나의 실수와 오류를 모두 바로잡아주었다.

초고를 읽고 의학 자문을 해준 친구들, 국무부, 기술 자료 검색을 도와준 친구들에게 특별히 감사한다. 또한 리브스 A., 루 B., 마라 B., 데버라 C., 킴벌리 H., 브라이언 H., 던 I., 스탠턴 J., 로버트 K., 배리 L., 더그 L., 실라 S., 카먼 V., 그리고 이탈리아 레카나티 출신의 '일당들(스테파니 G., 제니퍼 R., 린 S., 그리고 찰리 S.)'에게도 감사의 뜻을 전한다.

이 자리를 빌려 오심 피해자를 위한 기관이 담당했던 충격적인 사례들, 그리고 저지르지도 않은 죄 때문에 수감되고 이후 무죄 복권된 사람들 얘기도 해야겠다. 나는《무고에 대한 해부: 오심 판결 피해자들의 증언Anatomy of Innocence: Testimonies of the Wrongfully Convicted》(Liveright, 2017)에 나오는 몇몇 사례를 보고 영감을 얻었다.

당연히, 나의 가족에게도 감사해야 한다. 파인 가족을 창조할 때 내 아이들을 모델로 썼다. 제이크의 소소한 일화, 친구들과의 우정, NYU에서의 체스. 그리고 엠마의 끈기 있는 근성, 함께 몇 시간이고 넷플릭스 실화 범죄 드라마를 몰아보았던 소중한 시간들. 영화와 여행에 대한 에이든의 사랑. 얘들아, 내 온 마음은 너희들한테 있어. 언제나 그랬어.

　그리고 내 아내 트레이스 없이는 그 어느 것도 불가능했을 것이다. 이 세상 모든 것이 다 그렇듯《마지막 모든 두려움》은 당신을 위한 거야.

처음 이 소설을 읽었을 때 제일 먼저 든 감정은 놀라움이었다. 이 책은 검토 단계에서 처음 만났다. 솔직히 검토용 독서는 '일'처럼 느껴지는 경우가 많다. 객관적 태도를 유지하며 꼼꼼히 분석하고 장단점을 파악해야 하기 때문이다. 그런데 이 소설은 달랐다. 초반부터 팽팽한 긴장감과 서스펜스가 압권이었고, 다음 내용이 궁금해 도저히 책을 내려놓을 수가 없었다. 특히 이야기의 시작부터 얽히고설키는 서브플롯들을 보며 '이 어마어마한 떡밥(?)들을 과연 다 수습할 수 있을까' 하는 걱정이 들 정도였지만, 작가는 작품 전체에 뿌려놓은 사소한 디테일들을 하나하나 다 주워 모아 한 편의 거대한 이야기로 엮어내는 완벽한 솜씨를 보여주었다.

이 소설은 가족의 비극적인 죽음이라는 충격적인 결말로 이야기를 시작한다. 이미 벌어진 결과를 독자들에게 미리 밝히고 시작하는 방식이다. 그러면서 현재 갑작스러운 사건에 휘말리며 위기를 맞는 아들 맷의 긴박한 행보와, 과거 대니의 무죄를 입증하기 위해 고군분투했던 가족들의 절박했던 모습이 교차하며 제시된다. 이렇게 이야기가 두 시점을 오가며 전개되는 과정에서 감춰졌던 진실은 서서히 모습을 드러내고, 독자가 느끼는 긴장과 궁금증은 폭발 직전까지 고조된다. 그러면서도 이야기가 진행되는 동안 현실감 있게 그려진 등장인물들과 그들 간의 애정 어린 유대에 몰입하며 구성원 한 사람 한 사람의 내면에 깊이 동화하게 된다.

사실 나는 번역 일을 하기 전부터 미스터리 스릴러를 좋아했고 또 제법 많이 읽은 독자라서 장르물의 전형적인 패턴이나 트릭에는 익숙한 편이다. 그렇기에 이 소설의 파격적 구성과 높은 완성도는 놀라웠고, 이 작품이 데뷔작이라는 정보는 다소 충격적이기까지 했다. 첫 소설을 이렇게 쓰는 작가는 도대체 어떤 사람일까? 궁금해서 찾아보니, 알렉스 핀레이는 뜻밖에도 변호사이자 법학 교수 출신이라는 이력을 지닌 작가였다. 소설 전반에 흐르는 리얼리티와 법률적인 디테일은 우연이 아니었던 것이다. 그런 배경을 알고 보면 고개가 끄덕여지는 부분도 적지 않다. 작가는 작품 속 대니를 통해 잘못된 판결의 피해자들이 겪는 부당함을 부각시키며 사법 제도의 허점을 날카롭게 파고든다. 소설에 등장하는 여러 오심 사례들은 대니와 파인 가족의 억울한 심정을 알려주기 위한 중요한 장치인 동시에 국가 제도와 체계에 의해 부당한 피해를 입은 힘없는 개인을 위한 항변이었을 것이다. 이와 더불어 진실을 자극적으로 왜곡하는 미디어의 속성과 이를 흥밋거리로 소비하는 익명의 대중들이 한 가족의 삶을 파괴하는 과정도 낱낱이 보여주고 있는데, 이 역시 초연결 사회를 살아가는 누구에게나 일어날 수 있는 일이기에 가볍게 넘길 수 없는 묵직한 사회적 메시지였다.

그러나 검토와 번역, 퇴고 과정을 거치며 원고를 매만지는 동안 결국 마음속 깊이 여운처럼 남은 것은 '사랑'이었다. 온 세상이 파인 가족에게 등을 돌릴 때 그들을 버틸 수 있게 해준 원동력은 서로에 대한 깊은 신뢰와 사랑이었고, 사건의 실체를 밝혀내기 위해 고군분투하는 켈러 수사관의 뒤에는 묵묵히 가정을 지키며 아내에게 무한한 지지와 사랑을 보내는 남편 밥이 있었다. 사랑하는 이를 위해 자신이 가진 모든 것을 내던지며 세상에 맞섰던 가족들의 처절했던 싸움을 지켜보며 책을 끝까

574

지 읽고 나면, 그들의 죽음이 새삼 가슴 아프게 다가오는 것을 느낄 수 있다.

세상이 무너져 내리는 절망적인 순간에도 결국 우리를 구원해주는 것은 언제나 곁을 지켜주는 가족과 친구의 사랑이라는 메시지는 어쩌면 좀 촌스럽고 진부한 것 같기도 하다. 하지만 그 단순한 메시지가 주는 위안은 컸다. 결국에는 나도 내 곁에 있는 가족과 친구들의 사랑에 기대어 살아가고 있기 때문이다. 냉정한 사람들과 잔혹한 사건이 주를 이루는 미스터리 스릴러라는 장르 안에서, 인간에 대한 신뢰와 사랑을 다시 돌아볼 수 있었던 특별한 경험이었다. 오랜만에 내 곁의 사랑하는 사람들에게 권해주고 싶은 소설을 만났다.

마지막 모든 두려움

초판1쇄 펴낸 날 2026년 4월 25일

지은이 알렉스 핀레이
옮긴이 배지은
펴낸이 김영정
편집 이미정, 박현숙
저작권 모희진
영업마케팅 윤준원, 윤소라, 이은애, 윤연주

펴낸곳 ㈜현대문학
등록번호 제1-452호
주소 06532 서울시 서초구 신반포로 321(잠원동, 미래엔)
전화 02-2017-0280
팩스 02-516-5433
홈페이지 www.hdmh.co.kr

©2026, 현대문학

ISBN 979-11-6790-355-6 (03840)